★ 长篇小说 ★

执法检查

托如珍 著

江西教育出版社

图书在版编目（CIP）数据

执法检查/托如珍 著.
-南昌：江西教育出版社，2009.12
ISBN 978-7-5392-5535-4

Ⅰ.执… Ⅱ.托… Ⅲ.长篇小说—中国—当代 Ⅳ.I247.5

中国版本图书馆CIP数据核字（2009）第227859号

书名：**执法检查**
　　　ZHI FA JIAN CHA
作者：**托如珍**

出 品 人：傅伟中
责任编辑：熊　侃　万　哲
策　　划：念念文化
特约编辑：刘玉浦　魏　力　何　力
装帧设计：南京观止
　　　　　13641164039

出 版　江西教育出版社
发 行　江西教育出版社
社 址　南昌市抚河北路291号
邮 编　330008
开 本　710×1000　1/16
印 张　21
字 数　300千字
版 次　2010年1月第1版　2022年3月第2次印刷
印 刷　三河市文通印刷包装有限公司
书 号　ISBN 978-7-5392-5535-4
定 价　29.90元

目　录

车上只有两个人，一个司机，一个押车的。见七个大男人围上来，吓得脸都变了色。

车上的货物的确是酒。甘凤麟让押车的过来，当场搬下一箱酒来，打开。

是一箱五粮液。甘凤麟拿出一瓶，仔细观察，透明的包装盒上有明显的划痕，用手指敲了几下，声音脆性大，轻轻地把瓶子倒过来，酒水中有一些明显的杂质。不用再看别的，就凭这些，就能定性是假酒了。五粮液这种酒，真品没有明显的杂质。真酒的盒子，敲击声音柔和浑厚。有明显划痕，说明制作假酒用的是回收包装。

又检查茅台，一箱六瓶酒，五个批号。只凭这一条，就是假酒，真酒同一箱中不会超过两个批号。包装盒粗糙，瓶口漏酒，丝带质地稀松，颜色晦暗，标签字迹模糊，红色部分偏黄。

昨天，臧副书记还严厉地对寇主任说："像这样的执法队伍中的败类，应该开除，最少也要记大过。"

寇主任小声回答："我们会依法处理的。"言外之意，要秉公处理，不能以势压人。

臧副书记沉了脸："什么叫依法？对这些人，狠一些就是对人民负责。你当的是人民的官，要对人民负责。你管不了，抽空儿，我跟市长说说。

市长是我看着成长起来的，他一定不会姑息养奸。"

寇主任窝了一肚子火。臧副书记在本市姻亲干亲盟亲众多，是通宜市的地头蛇，惹不起。

3 你威胁我们？

"这个案子，案值在两万上下，如果按批发价就不到两万，按零售价就两万多了。"朱读算了算，对甘凤麟说。

"是啊。"甘凤麟感慨着。征求赵玉琴的意见，"咱们再和检察院的同志解释一下。实在不行，就让办里出面协调一下，这样的事儿，还是领导们之间沟通一下更好，不然，以后总会在这些事儿上摩擦。"

"嗯，是应该让领导出面。"赵玉琴赞同着。

甘凤麟起身去向领导反映情况。赵玉琴一愣，本以为甘凤麟会和她一起去反映，转念想到，自己现在还没有正式回机关工作，没有资格去汇报稽查队的工作，心里生出一股失落。

4 不要打着我的旗号敛财

"张力和程光被哪里抓了？"赵玉琴摸摸手包，里面的确有卡，只有几百块钱的卡，算不得什么。家里还有一万多元的购物卡，这不重要。那些用卡在通联超市买的家电也不重要。她更关心的是别的。

"不知道。"小胡一向心直口快，说完就跑了。赵玉琴支持不住，一屁股坐在地上，头上渗出细密的汗珠。

5 我不能打她

"给我！"甘凤麟把酒从展飞的手里拿过来，老板娘的手也到了，她死死地抱住这瓶酒，这已经是唯一证据，十分重要。

甘凤麟不撒手，老板娘躺到地上，手指甲在甘凤麟的手腕上用力划，血很快就流下来，甘凤麟的手没有松，心里的火烧得他就要跳起来。

要不要制服她？要不要制服她？甘凤麟在心里问自己。

不，我是执法人员，我不能打她。

6 有人逼你告状？ / 37

寇主任气不打一处来："来了？"没等两个人回答，声音大起来："捅完娄子了？你们看看，有你们做的这事儿吗？我三令五申，叫你们一定注意党风廉政建设，尤其是你们稽查队，我是大会说了小会讲，私下里也不知和你老崔说过多少次了，你每次都表态很坚决，说什么你知道。经销商没一个善茬子，你去罚他，他就恨你，你罚得多恨你，你罚得少还是恨你，你不罚也恨你——谁叫你上他那里去了，去了就给他添麻烦了。他给你送礼了，你照顾他了，你就有了把柄在他手里，到他不高兴的时候就会咬你一口。这是你说的吧？"

7 送礼的接踵而至 / 42

"甘队，你们天天坐在机关，干的是正义的事儿，不了解我们这些人，我还不知道吗？聪明的，钻法律空子；胆子大的，直接违法。抓到了，算倒霉；抓不到就偷着乐。等赚够了钱，大多数就不再违法了，成了正经商人了，谁还能翻出老账来说他什么？大家都是这样做的，你们不知道，我知道。"袁世林对自己的经验很自信，他只顾了自己说，看不到甘凤麟的愤怒。

8 赵玉琴被这种融洽的氛围感动了 / 50

"一看赵队就是财大气粗呀。"花如玉说，"你们说吧，吃什么？发

3

五百的奖金，怎么也要吃六百吧？"

"还真就是财大气粗。花儿，我家一个月的工资加奖金，我们两口子加上孩子，你知道有多少？差点儿不到一万。你说，像你这样的，不是我说你，还要在外面租房子住？你就住你赵队家里，我管你吃管你住，你没事儿了就是帮我做做家务就行了，省你多少花费呀。"赵玉琴有点儿忘乎所以。

9 爱情和婚外情 / 56

"关于婚外情，人们可能出于多种心理，有的是寻求刺激，有的是寻找感情的慰藉。其实，不管是哪一种，首先不是违法的，所以我不斥责。任何人都有权利在不违法的前提下选择自己喜欢的生活，可以高尚一些，也可以庸俗一些，别人无权批判。但是有些人的做法是不明智的，会给自己带来想不到的麻烦，自尝苦果，所以我也不支持。有一些人，因为婚姻的不幸福，却又由于父母子女等等原因无法解脱，对于这些人，他们的做法又让我感到同情和理解。"

10 从来就没有甘凤桐 / 66

陈桐带李志遥回家，把自己要结婚的事情告诉父母，父亲甘子泉只对李志遥说了一句话："志遥啊，小秀可是我最漂亮最才华出众的女儿，她文武双全，我们家所有最好的遗传基因都被她继承了，你可一定要好好待她呀。"

陈桐躲进卫生间流眼泪。父母早就催她快点儿结婚，希望她能嫁一个有权有势的人家，她竭力抗拒，就算找不到爱情，她也不能拿婚姻做交易。

所谓"酒版",是指酒的样板。酒版又称酒办、酒伴、酒样、"迷你"酒,是一些酒厂按比例将各种名酒缩小制成,专为促销宣传、专家品鉴、收藏者收集而特意生产的微型瓶装酒,它与原装酒在外观、材质、酒液、酒标上完全一样,瓶内装有30到50毫升的原酒。

展飞最近迷上了这种小巧精致的东西,专门收藏。

"凭什么给他们涨工资?他们嫌工资少,可以不干啊,这里又不是传染病隔离区,准入不准出。他们在这里,还抢了我们的权利了呢。"赵玉琴的嘴一向不饶人,但是这话说得过了,有失干部水准。

"有了临时工,正式工还不干活儿了呢。"甘凤麟揭露道。自从临时工多了,赵玉琴就变成了动嘴的,从不动手。

上次在丛令书仓库查到假货,大家就怀疑是丛惠书的,一直没有抓到她。看来,她售假的水平也提高了,没想到,栽在外地人手里。

经常售假的,眼光毒,他们只要看一眼,说上几句,就能判断顾客购物用来做什么。外地人,送礼的,他们就大胆地给假货;如果是饭店超市来进货,他们不敢给假的,那样被查获的风险很大。

甘凤麟和赵玉琴商量了一下,决定在丛惠书身上深挖。

甘凤麒这时候招手叫里面的女人出来："走吧，谢谢两位大哥啊，以后有事儿还要他们多照顾呢。仔细认着点儿，以后就是朋友了。"仿佛这里都是他的手下，他正把他的女人托付给他们一样。

小姐笑笑，慌得扣子都系错了，笑比哆嗦一下好不到哪里去，忙趿拉着鞋跑了。这里甘凤麒也若无其事地走了。

俩警察忽然相视而笑。他俩这回算是碰上财神，交了好运了。他俩蹦着高跑了。到外面一脚端着了摩托车，飞一样地绝尘而去。

"我儿子拿多少钱回来？我吃我儿子，用我儿子的，你挣多少钱了？"婆婆指着赵玉琴鼻子说。

"你吃你儿子的，用你儿子的，现在是谁在给你洗衣服？天天谁给你做饭？"赵玉琴把手里的衣服往脸盆里一扔，不洗了。"谁爱伺候你谁伺候。"

"你不用威胁我，我可以给我妈雇个保姆，不用你帮忙了。"柴云鹏下不来台，在他妈面前没面子。

假酒假烟的案子最近比较频繁，凭着职业的敏感，甘凤麒觉察，有一个大的造假团伙，提供给市场的假烟假酒数量巨大。如果以这两个方面为重点，深挖细纠，查获大案，对市场来一次大的净化，对不法分子是有力的震慑，也是一次立功雪耻的机会。

花如玉看到三个全坐在车上等她的时候，她的脸红红的。

赵玉琴说："看，小花儿累的，快歇会儿，来，坐这儿。"

吴跃升的媳妇抱着几条烟过来，硬是往车上塞，赵玉琴脸一沉，严词拒绝，命令展飞开车。

车开出去，只留下吴跃升媳妇站在原地大声说："慢点儿开啊。"然后，她大声，更大声地说："撞死你们！"

江水娟答应得很痛快，还一个劲儿地感谢大家，只要能减轻对她的处罚，不管用什么方法，她都感激不尽。她说，她也恨死了那个卖给她假货的人，害得她又要被处罚又要担惊受怕，最重要的是"砸"了她门市的牌子。为此，她非常感谢稽查队，要不是稽查队查出了假酒，她还不知道要上多少当，吃多少亏呢。就为这些原因，哪怕稽查队不能给她减轻处罚，她也会想办法抓住那个假酒贩子，让他尝尝苦头的。

"小秀，你怎么来了？"虽然心里正在想着小秀，当看到小秀就站在自己家门口的时候，甘凤麟心里还是惊喜非常。他一把拉住妹妹，把她拽进了屋里，又按在沙发上。小宝也跑出来，高兴地扑到姑姑怀里。甘凤麟关切地看了看妹妹，妹妹精神焕发，气色很好，不像是受了气跑出来的，他先放了心。看小秀高兴的样子，知道大概是有喜事儿，妹妹也许真的调到通宜来了，而且是和市委书记形影不离。

"二哥，我来通宜工作了。"小秀证实了甘凤麟的猜测。

"甘队，你这人真风趣，想不到，想不到啊，平时看你挺威严的，我们见了你都害怕，其实听你这么一说话，真是挺愿意和你说话的。有时间常来坐坐吧。我们交个朋友。"丛胖子高兴地送甘凤麟出来，到了大门外还紧紧抓住他的手不放。

甘凤麟感觉得出来，不考虑工作因素，丛胖子喜欢和自己攀谈。

"寇主任。"于副主任拿着一封相同的信，只是信封上的名字是他的。"听说好多人都收到了。"

两个人交换了信件。

"一样。连打印机都是同一台，你看，这边儿上有一块儿黑的，这是打印机有点儿毛病，所以，每一页上都会有这一小黑块儿。很明显，这是一起打出来的，措词、页数全一样。"寇主任已经见怪不怪了。

办公室主任甄立把十几封匿名信都收上来，寇主任赞许地点点头。

匿名信是针对展飞的。

上任以来，展飞通过吴跃升的嘴宣传出去，稽查队不打假，只收品牌费，让商户踏实做生意，稽查队也能轻松完成罚款任务。

一个月，展飞说到做到，商户们也很配合工作。

渐渐地，市场上的假货多起来。展飞不动声色，把情况摸透。然后，迅速收网，一举查获了彭泽军价值两万多元的假货，而且，当场查获发票存根，已经售出的假货大约三千元。那些发票，都是为了迷惑消费者，显得更像真货才开具的，没想到此时成了违法的证据。

23   赵玉琴早就怀疑柴云鹏 / 176

现在这个社会，人心不古，人没走，茶就凉了，好多人已经不愿意为她代卖东西。

那天，赵玉琴拿了几条烟去卖。那个经营户居然说现在查得紧，没有发票的东西不敢卖了。怕展飞追查货源。

"展飞算个什么呢？不过是我手底下调教出来的小毛孩子，他还敢管我吗？"赵玉琴没想到，经营户会拿展飞来压她。

经营户不买账："不管怎么说，他现在是队长了，我们就得听他的呀。他说再让他发现了来源不明的，就要处罚。"

赵玉琴脸皮薄，觉得受了奇耻大辱。

24   线索总是这样断掉 / 182

"大哥挺好吧？"展飞挺周到。

"好嘛，人家那叫一个美，天天在分局一坐，下边有干警们忙活着，当局长有什么事儿啊？不就是吃饭喝酒吗？我那天说了，我也不想再这么混了，给我弄个干警当当，大哥还没同意呢，这不，这几天我正和我们老爷子闹呢，这事儿，就得老爷子说话了。"二龙的哥是公安分局长。

甘凤麟听着他们唠，没想到，二龙有些背景，原来只以为是个混混儿。不过，混混儿大多有点儿根基，这也不足为怪。

25   执法人员都成什么了？ / 188

一直以来，通宜是个比较有名的地方，因为通宜综合批发市场。市场最初的红火和后来的假货泛滥，使通宜美名与臭名兼具。

一个网络上发出的帖子，很快又让通宜处在风头浪尖，惊动了通宜市委市政府。

喝酒喝出了人命。

26　在甘凤麟眼里，亲情重于金钱 / 198

"陈科长，你有姓甘的亲戚吗？"工商局长在一次会议休息的时候，故意走到她的旁边，说闲话似的问。

陈桐吃了一惊，自己的身世，这么快就被人了解。她没有马上回答，只是看着工商局长。这让那位局长很不自在，他想不到陈桐这样一个年轻的女子居然能这样沉稳，对于这种问题也无动于衷。

27　不要只检察别人，忘了自身 / 206

甘凤麟夫妇是工薪阶层，虽然富裕无望，却也温饱有余，负债运转的原因是他们买了这套房子。住进新房，宋丽影的情绪就不好起来。唠叨甘凤麟，成了她缓解压力的最好方法。

结婚的时候，甘子泉为甘凤麟买了一套四十平米的房子。这几年，周围的人都搬进了大房子，丽影觉得，再住这样的房子很没面子。正好单位集资建房，两个人商量了一下，要了一套一百平米的，一百四十平的太贵，他们有自知之明。

28　答案只在陈桐心里 / 213

"您好，您好。"程书记未到甘家门口，甘子泉已经带领全家人恭候了，陈惠英，甘凤麒，何丽娟，甘春西，甘凤阁，胡彬，胡钟，全都在楼下站着，等候着市委书记的检阅，还有几个甘凤麒的手下也来了。众星捧月，把程书记接上了楼。

"我这个女儿啊，文武双全，是我最出色的孩子。"甘子泉不住口地夸奖着陈桐。

陈惠英偷看一眼甘凤阁，她这次没有和妹妹争高低。

29　赵玉琴突然有点儿害怕 / 220

放下电话，愣了好长时间，赵玉琴知道，胡县长这是没安好心，他一定是知道了什么消息才故意使坏。虽然胡县长巧舌如簧，赵玉琴看明白，他是想让自己家打内战，他好利用这个机会，不知道他又想做什么。

赵玉琴强迫自己镇定，不要上胡县长的当。

话虽如此，赵玉琴心里还是七上八下的。她已经是四十多岁的人了，阅历不可谓不丰。男人，有成就的男人，在外面有些花边新闻，不算什么，她看开了。

30　妹妹也是可以利用的 / 230

甘凤麟又问到她家里的情况，小秀说很好，自从她到通宜来工作后，家里人对她的态度好得不能再好，生怕她会飞了似的。

"只要他们能对我好，对孩子好了，我还能有什么想法？婚姻，本来就是有矛盾的，哪儿有没有矛盾的婚姻啊？能有现在的温暖，我也不求别的了，做人，还是要有容人之量，我会好好和他们过日子的。"

31　只有我一个人是最可信赖的 / 235

"猫咪。"打开防盗门，柴云鹏马上露出开心的笑脸，冲着里屋喊。

"老公，你回来了。"一个美丽的女孩子从卧室飞了出来，只有不到二十岁的样子，穿着睡衣，头发披散着，看得出是听到他的叫声从床上奔出来的，没有任何整理，连鞋也没有来得及穿，一下子扑到柴云鹏

11

怀里，差点儿把他扑倒了。"也不提前打个电话来，人家都睡了。"

32 言旋言归，复我邦族 / 242

在人数上压倒了对方，唐超很从容地要求和小混混的头儿谈谈。他不和对方来硬的，只是晓之以理。

"酒店的人，对酒店安全看得很重，我们每一个员工都对酒店忠心耿耿，但是，我们是做生意的，不想伤了和气。以后，还请弟兄们多扶持，如果不是为了交朋友，我一个电话，公安马上就到，你也知道，我们董事长和市公安局长的关系，市委书记的秘书是董事长的妹妹，亲妹妹，说白了，那是市委书记的保镖。还有，我们董事长的师弟，是武校的校长。"

33 男人都是这样好的 / 251

原来，定好了通宜麒麟阁的总经理人选，是通南宾馆的副总张志。想不到，张志喝多了和人打架，脑袋让人家砍了，进了医院。他自己不在乎，要来上任，甘凤麒怕总经理如此形象，影响酒店的声誉，于是临时换将。其他副总能撑住通宜麒麟阁场面的，只有唐超一个人选。

用人不疑，甘凤麒将大权放给唐超。表面文章做得再好，也不能没有内线。甘凤麒安排了新雨，只是没想到，他们这么快就住到了一起。

34 断了我的财路，我就断了你的活路 / 255

"我举报。江水娟家今天晚上来一车假货。有假烟，也有假酒。不信你们就去看。不在市场交货，在她们家仓库，不是市场里的那个仓库，这个黑仓库在市场外面，就是对面那个楼的地下室。"甘凤麟接到这个电话的时候，他正在家里吃晚饭，不知道举报人是怎么知道自己电话的，还没来得及追问，对方就挂了电话。

35 她常常怀念柴云鹏当官之前的那段时光 / 265

"找情人没人找你这样的。最不适合做情人的理由里你占了两条。别人告诉我一个顺口溜，别的我忘了，就记住了两句。一句是第一夫人不可以，这个第一夫人不是指总统的媳妇，指的一把手的夫人，市长的夫人，县长的夫人，甚至是局长乡长的夫人，这些人不合适，而您老人家，就是县委书记的夫人，所以我不会找你的。第二嘛，想知道了是吗？第二就是你本身的原因了，就是自视过高的女人不可以做情人。"

36 根本不懂什么叫一人执法 / 277

"我问过纪委的同志了。栗克良找了他们，说，这个案子不处理，就说明他们受贿了。"寇主任很生气，单位已经处理过的事儿，想不到，又追查，没完没了。

"这一次，来势很猛，你们有什么办法都想一想，有什么关系，自己找一找吧。"寇主任让甘凤麟和展飞自己去想办法。

"她就是为了正科的位置。"只剩下两个人，于副主任对寇主任说，"这个赵玉琴，过分了。"

37 赵玉琴隐隐觉得，她喜欢甘凤麟 / 285

赵玉琴一手策划了告状事件，连信也是她起草的。

事情闹大了，赵玉琴有点儿后悔。她原本以为，这事儿可以全推到臧副书记身上，人们会以为是他幕后操纵。她低估了同事们的智商，崔月浦和甘凤麟很快向她暗示，请她帮忙。

对崔月浦，赵玉琴不同情。他自私狭隘，赵玉琴对他没好感，就算为他摆平了栗克良，他也会记恨赵玉琴。而且，赵玉琴知道，崔月浦一定会报复，只是，他能量有限，报复也不足为虑。

38　谢谢她费心惦记着我 ／ 295

"真是可笑。"甘凤麟气极反笑，"看来，这又是赵玉琴使的坏。他自己收人家一条烟，我能替他担着吗？再说了，他是临时工，又不是党员，纪委能把他怎么样？这件事儿，现在，板子只能落在我一个人身上了。"

寇主任把甘凤麟叫到办公室："凤麟，大概很快就会出结果了，对你们个人的处理可能会从重。我希望你要吸取教训，但是千万不要一蹶不振。哪里跌倒，哪里爬起来吧。工作还要做好。"

39　甘凤麟永远是一条铁骨铮铮的汉子 ／ 302

"是啊。有些事儿，就是这样的，不知不觉把人得罪了，到自己有了事儿，本来可以宽大的，别人也拼了命地害你，到那时候后悔就晚了，我也常常有这种时候，毕竟年轻啊，你也知道我是最年轻的书记了，有些事儿，过了很久才明白，当年只是觉得我依法按文办的事儿，谁能说错了？错是没错，但是给自己留下了后遗症，现在想想，还是错了。很多过去做过的事儿，要是现在再让我重新处理一次，我一定会处理得更圆满。"

"张书记，您喝茶，我这里没有好茶，给您沏的菊花。您总是用电脑，这个对您有好处。"陈桐不知道再说什么好，给张副书记续茶。

40　它将会长成为他今生最美丽的烙印 ／ 308

"你是想通过努力拥有我家的物质吧？"赵玉琴毫不客气，谁也别想打她财产的主意。

14

"阿姨，您可以说我穷，但是请尊重我的人格。"樊溪不高兴。

　　"好啊。我愿意尊重你的人格。请你证明，你不是为了我家的财产来的。结婚，你的房子呢？你的聘礼呢？请你准备好了再来提亲。"赵玉琴下了逐客令。

　　樊溪很尴尬，他不是个脸皮厚的人，受不了赵玉琴这样的话，站起来就走。"等我准备好了再来。"

1 最后一次机会

甘凤麟垂首站着，脸上着火一样，瞄一眼寇主任，寇主任脸色铁青，再看身旁同样站着的崔月浦，汗从脸上滴下来，脸色苍白。

"最后一次机会，栗克良这件事儿再处理不好，我就处理你们。"寇主任已经训了他俩半个小时，眼里全是怒气。

甘凤麟不敢说话，用眼角瞟着崔月浦。老崔更是低了头，一言不发。

"市场上的假货，一定要打击。这件事儿办不好，我也饶不了你们。滚！"寇主任完全失了风度。

综合执法科科长崔月浦正巴不得听到这一句，马上带头往外走。副科长甘凤麟脚步迟疑了一下。

"甘凤麟，你等一下。"寇主任坐下，看一眼自己的手掌，手掌刚才拍在桌子上，有点儿疼。

甘凤麟退回来，隔桌站在寇主任对面，眼里满是愧疚。

通宜市市场管理办公室主任寇连喜此时坐在自己宽大的椅子上，一时不知说什么好。良久，叹一口气，说："去吧。"

甘凤麟脸上更红，他这人，脸皮薄，让人骂了，比让人打了还难受。何况是因为自己不争气。心里的火就全映到脸上来了。

"凤麟，又有个举报的。"刚进办公室，老崔迎上来，对案子，他不内行。不等甘凤麟回答，又提出了问题："寇主任刚才对你说什么了？咱们的事儿？"

"什么也没说，就叹了口气。"甘凤麟心里堵，看着老崔狐疑的眼光，更烦。

不管心里多憋闷，甘凤麟还是坐下来，耐心地听情况。

举报电话是花如玉接的，她一五一十地向甘凤麟转述。

有一车假酒，今天下午到通宜批发市场。举报人提供了送货车辆的车型颜色车牌号，花如玉问对方的电话，人家说不想留电话，就挂断了。

花如玉把记录的情况给甘凤麟看，甘凤麟让她补充一些具体情况。

来电话的是个男人，声音很陌生，似乎不是市场里的人，口音也不是本地的，来电也没有显示号码。

这些都好办，找个人打电话，用一个隐藏号码的机子，没什么大不了的。关键是，这次举报不知是真是假。

"这里是通宜市——市场管理办公室——综合执法科——稽查队吗？"花如玉学着来电人的语气。这人把单位名字说得这么详细，好像是个对本单位不熟悉的人，熟悉的人一般直接问，这是稽查队吗？

从这些情况看不出来举报是真是假。已经好几次了，稽查队接了电话，守候半天，甚至是一夜，一无所获。

"这种举报，空穴来风，咱们完全可以不去。"崔月浦心里正不痛快，工作没动力。

"不去，就是不作为。何况，咱们干着这份工作，明知违法事件有可能发生，不制止，心里难安啊。"甘凤麟不同意崔月浦的意见，崔月浦没有再坚持。

下午三点半多，市场西边第二个门，花如玉发现了目标，市场外面的马路上，人车拥挤，目标行走缓慢。

一分钟后，守在另一个门口的甘凤麟赶到了，目标已经开出去几百米，甘凤麟骑摩托车追上去，命令货车停下，后边的执法队员也都到了。

车上只有两个人，一个司机，一个押车的。见七个大男人围上来，吓得脸都变了色。

车上的货物的确是酒。甘凤麟让押车的过来，当场搬下一箱酒来，打开。

是一箱五粮液。甘凤麟拿出一瓶，仔细观察，透明的包装盒上有明显的划痕，用手指敲了几下，声音脆性大，轻轻地把瓶子倒过来，酒水中有一些明显的杂质。不用再看别的，就凭这些，就能定性是假酒了。

五粮液这种酒，真品没有明显的杂质。真酒的盒子，敲击声音柔和浑厚。有明显划痕，说明制作假酒用的是回收包装。

又检查茅台，一箱六瓶酒，五个批号。只凭这一条，就是假酒，真酒同一箱中不会超过两个批号。包装盒粗糙，瓶口漏酒，丝带质地稀松，颜色晦暗，标签字迹模糊，红色部分偏黄。甘凤麟一边看一边给他的队员讲解，识假技术是队员要掌握的基本知识，甘凤麟心胸豁达，从不吝啬。

两个送货人知道碰上内行，瞒不过，竹筒倒豆子，坦白不讳：他们是隔壁那个省临河县的，车上有三十箱假酒，货是送往通宜西边的富城市的，有发票为证。在通宜没有销售，只是路过。

做过现场笔录，把人和货带到单位，做了详细的询问笔录。甘凤麟难住了。

案子已经报到了主任那里，这样的大案子一定要报上去的。

可是不好立案。

人家是过路车，虽然是运送假货的，但没有在这里生产，也没有在这里销售，要处理这样的事件，无法可依。轻易放过，又心有不甘。

"移交给公安吧，也许他们有相关的法律。"甘凤麟无奈。

抓个大案不容易，拱手让人，崔月浦坚决不同意。外地人好欺负，又有车扣在这里，崔月浦力主："让他们回去一个人，拿钱。刚才他们不是也说了吗，愿意交罚款，只要能放他们走。他们害怕了，这就好办了，让他们交钱，咱就放车。"

甘凤麟想了想，也许可行，没有说话。

两个队员去和临河人谈罚款。临河人说，他们身上只有三千，如果处罚多了，需要回去拿。

崔月浦和甘凤麟商量，需要大家研究一下。全科会议上，大家都觉得，有车在这里，价值也有几万，那两个人应该舍不得。

两个临河人又要求，让他们一块儿回去，反正路不远，他们明天早上就回来了。

"一块儿去也好。咱们没有拘留权，免得被他们告非法拘禁。"甘凤麟认为，扣留人质，还要看守，万一出了事儿，死亡逃走，都要担责任。

崔月浦点点头，觉得有道理。他对法律不太懂，只知道他们两个刚出过了事儿，肩膀柔弱，担不起什么了。

货车也要放个稳妥的地方，甘凤麟又提出了问题。

"车就放在咱单位院里，咱总不能出去租车库吧？咱也没法报销租金啊。再说了，这样的事儿，一般人都不愿意把仓库租给咱啊，万一出点儿事儿呢，而且，要是这两个人好多天不回来，这笔费用可也不少呢，谁给出啊？还有，咱的人也开不了这个车呀。封好了，我看没事儿。不就是一晚上吗？过去不都是在这里放着的？你也太小心了。"崔月浦摆出了一大堆困难，甘凤麟想想，确实是事实。

天早就黑了，崔月浦岔开话题，说饿了。甘凤麟知道，崔月浦一向自负，不太听得进别人的意见。况且，崔月浦是正科长，只好不再多说。

大家都饿了，崔月浦给寇主任打个电话，希望能带大家去吃水饺。寇主任知道大家辛苦，又抓到了大案子，很痛快地答应了。

要了几瓶啤酒，大家筷子如飞，不等第二盘菜上桌，一盘爆肚很快见了底，崔月浦牢骚起来。

执法办案，经常错过饭时。回家吃，来不及，在外面吃又贵。单位一不给报销，二没补助，别的科室还总是眼红，说执法科是肥差。崔月浦抚了一下头发，指着脑袋说："你们不知道，我这头发，早都白了，这全是染的。有时候，真盼着快点儿退休算了。我都五十九了，还在这里担惊受怕，吃苦受累。"

市场办这几年的日子不好过了。

当初，成立通宜批发市场的时候，有一半企业是国营的，其余是其他经济形式，这二十多家国营单位，都是市场办的下属企业。那时候，通宜批发市场是全国有名的批发市场，企业效益都很好，市场办收企业的管理费，又有财政拨款，是全市最好的单位。

这两年，假货充斥，通宜批发市场成交量萎缩。很多企业都不景气，国营的衰败尤甚，破产的破产，改制的改制，已经所剩无几。勉强支撑的那几个，大多也是靠出租经营场地生存。奇怪的是，国营企业经营，连职工的工资也保证不了；租给个体户，人家交了租金，还有利润。

二十几个国营企业，职工们各自为政，变身为近千个个体工商户。管理费已经寥寥无几。市场办的资金来源，除了财政拨款，主要依靠执法科的罚款，花起钱来，小气得很。

谈起现状，讲起历史，崔月浦话多了，似乎在摆自己的老资格。

"哪怕每人一个月给几十块钱的补助也好啊。是吧，崔队？"队员展飞试探着崔月浦的口气。

"那怎么可能呢？市场办不是只有咱们一个科，你在外面受累没人看到，你要是多拿一分钱，他们能把你吃了。"甘凤麟的话得到了大家的认同，都点着头不再说话，只把饺子快速往嘴里送着。

第二天，天刚亮，电话铃就响了起来。甘凤麟心里"咯噔"一下，知道一定是出事儿了。

果不其然，单位出事儿了。

快速穿上衣服，甘凤麟把一支火腿拿出来，放在小桌子上，给儿子小宝当早餐，忙着往单位赶去。

市场办的大门洞开着，门锁已经被剪断，几个公安人员在忙碌着，货车已经被开走了。

门卫的老头儿正在做着第 N 遍陈述，大概每来一个人他都要讲述一遍："半夜里，也不知道几点，我正睡着觉呢，进来几个大小伙子，把我摁在床上，说，别动，我们不想伤害你，只要你不动不说话，没你的事儿，我们是临河的，就是来拉这车酒。我们拉完就走。我吓坏了，看着他们把电话线也铰断了，又把我捆起来，嘴上粘上胶布，然后他们就开车跑了。我这身上到现在还让他们摁得疼呢。天亮了，财务科胡科长今天晚上值班，他起得早，出去锻炼，才发现大门上的锁被铰了，来喊我，才看到我在这里绑着呢。这才报的警。报也晚了，人家早到家了。"

甘凤麟一拍大腿，说什么也没用了。

5

稽查队的人陆续到来,除了叹息,补救无策。寇主任也只有埋怨一番,告诫他们前事不忘,务为后事之师。

"租仓库不是怕花钱吗。"崔月浦说。

"租仓库花钱多呀,还是罚款多?你会不会算账?"寇主任正在气头上。

谁也不敢再说什么,灰溜溜退了出来。

"听说你们昨天抓住那辆车了,我能拿到举报奖励吗?"昨天举报的人把电话打了过来。

"这个案子还没有结果,等结案了,我们再通知您吧。"花如玉知道现在还不能把这个案子的情况说出去,但是,奖励是肯定没有的了。按规定,奖金要按比例从罚款中提取,皮之不存,毛将焉附?"谢谢您对我们工作的支持与帮助。"

"像这种事儿,以后就不要去做。什么举报,谁知道对方是个什么人,安的什么心?没有实名举报,咱就不受理。省得最后弄出这些乱子来。"崔月浦冲着花如玉嚷。

崔月浦把出事的责任推卸到花如玉身上。花如玉脸上变了颜色,她最讨厌不敢担当的人。

"这话可就不对了。"花如玉正欲辩解,有人替她说话了,"咱们是干什么的呀?打假是咱们的工作,有人举报了,凭什么不去?没那个道理。这是咱们的职责,不能对不起自己领的那份工资。"

说话的是个四十多岁的妇女,穿着高档,态度高傲,只有个子不高。她叫赵玉琴。

崔月浦的气焰马上消失,换上笑脸:"玉琴啊,这么早就来上班了?"面对赵玉琴的伶牙俐齿,崔月浦自动败下阵来。

"这种事儿,以后可不能掉以轻心。幸好没出人命,否则,你会自责一辈子。"赵玉琴言犹未尽。

"这种案子,过境的假货,没有出售的事实,不算商品,处罚没有法律依据,跑了更好。"崔月浦给自己找台阶。

"这话就更没道理了。没有依据，当初就不该扣押。现在跑了，就是自己的失职，怎么能说是跑了倒好呢？再说了，哪儿能这样把假货放在院子里，也没有人看守。像这样，不出事儿是万幸，出事儿倒是很正常了。你不是给人家制造了机会吗？"赵玉琴不依不饶。

"以后，要吸取教训。"甘凤麟表情郑重。

崔月浦看一眼甘凤麟，怨他向着赵玉琴说话，甘凤麟没有回应他的眼神。

"早知道这样，还不如当时收下他们三千块钱呢。"崔月浦悔不当初。

"你们应该庆幸。半年前，通南县有个单位，也是抓住了一个外地人。晚上，人家来了二十多个小伙子，把看守的四个人打伤了，其中一个重伤。到现在，伤者还在医院，案子也没结。公安去了几次，根本就找不到犯罪嫌疑人。人家那里，地方保护，你想到人家那里执法，门儿也没有。"赵玉琴说得头头是道，没有人再反驳她。

"咱们这个案子怎么办？"花如玉有点儿愁，眉头皱着。

"这事不能完。公安已经立案了。正和临河的公安联系，共同抓捕那几个人。"崔月浦长出口气，把身子坐正。

"这样的案子，我看还是不要再追了。这么小的案子，追也是白花钱。我这话先说下放在这里，不信你们就看着。"赵玉琴大声说，仿佛她自己就是诸葛亮一样，前知几百年后知几百年。

2　一切都逃不过她的眼睛

"昨天只顾了忙案子的事儿，今天把咱们自己的事儿办一办吧。"甘凤麟跟着崔月浦进了科长办公室。

综合执法科有两间办公室，一间大屋，一间小屋，崔月浦自己占小间，其余的人都在大间。

"我也着急。"在崔月浦眼里，私事比公事重。

两个人商量了一下，纪委臧副书记是个"吃礼儿"的人，有钱有物就好办事儿。这样的人不可怕，可怕的是不要东西的人。

送礼，崔月浦最在行。两个人提着东西，给经营户栗克良打了电话，要了臧副书记的地址，诚恳登门。

臧副书记瘦瘦的，气色不太好，面皮青白，两只眼睛亮亮的，看得人心里直发毛。态度很和蔼，话不多，坐在沙发里，听着他们说，眼睛晶亮地看着他们。

崔月浦紧张，一时变成结巴，反复地认错检讨。

直到两位来客搜罗不出语句，只剩下紧张，臧副书记端起杯子，吹吹茶叶末，抿了一小口："行。过去的事儿，好好反思，吸取教训，坏事儿会变好事儿。以后，好好工作，不许再犯。不要忘了教训，也不能让教训压得抬不起头来。"

领导吐了口，两人如同听到无罪释放判决，一齐说："谢谢书记，我们记住了。"

从臧副书记家出来，两个人都长出了一口气，不怪这个老头儿能坐在这个位置上，他的眼睛实在是太厉害了。你说话的时候，他不说话，就那么看着你，看到你心里，让你觉得什么都瞒不住他。

"这个老家伙，太厉害了，我就差给他下跪了，我的天哪，弄我一身汗。你呢？小甘。"崔月浦擦了擦额头，着了凉风，生怕感冒了。

甘凤麟也非常紧张，好在他这几年在市场上和经营户打交道多了，练得喜怒不形于色，但是手心也湿了。

"看来，管理市场很难啊。经营户背后，关系复杂，稍有不慎，就会大祸临头。"甘凤麟感叹着。

"是啊，就一个栗克良，谁会想到，这千丝万缕的关系。"崔月浦后怕，"这也给咱们提了醒，日后，要多了解经销商的背景，看人行事，不会错的。"

两个人相随着进了机关，已经快三点了，迟到了。

"摆平了吧？我说没事儿呢。"赵玉琴一见甘凤麟就笑，一切都逃不过她的眼睛，"栗克良都不再追究了，臧书记只是为了他的面子，当领导的，都这样，尊严重要。他跟寇主任说过的事儿，总要有个交代。再者，你们送的礼，也够厚了吧？"

"赵姐料事如神，服了。"甘凤麟端起杯子喝水，"不愧是县长夫人。运筹帷幄，决胜千里，我要是能娶到你这样的老婆，早当县长了，说不定比你家老柴还能干，早当上市长了。"

"嗯，你要是娶到我这样的老婆，早把你管好了。"赵玉琴不生气，喜欢甘凤麟这样开玩笑。"只是你们两个去的？展飞没去吗？"

"没有。"甘凤麟擦擦嘴边的水珠。展飞只是个临时工，责任应该由科长们负。

无暇多说，崔月浦和甘凤麟要去向寇主任汇报。

"这事儿办得不错。臧书记能放你们一马，办里也不再追究了。你们好自为之。"寇主任脸上有了笑。

昨天，臧副书记还严厉地对寇主任说："像这样的执法队伍中的败类，应该开除，最少也要记大过。"

寇主任小声回答："我们会依法处理的。"言外之意，要秉公处理，不能以势压人。

臧副书记沉了脸："什么叫依法？对这些人，狠一些就是对人民负责。你当的是人民的官，要对人民负责。你管不了，抽空儿，我跟市长说说。市长是我看着成长起来的，他一定不会姑息养奸。"

寇主任窝了一肚子火。臧副书记在本市姻亲干亲盟亲众多，是通宜市的地头蛇，惹不起。

这些细节，寇主任不愿对两个下属讲，只吩咐他们一定要注意市场上的假货，市里要求下大力度整顿市场秩序。

卸掉了肩上压了几个月的包袱，两人很高兴。没想到，乐极生悲，崔月浦晚上参加喜宴，酒喝得多了点儿，中风了。甘凤麟和同事们去医院看他时，已经脱离了危险，落了个半身不遂，说话不清。

科长歇了病假,科里要有人主持工作,主管领导于副主任给全科开会。

"经主任办公会研究,科里工作暂时由凤麟同志负责。队长也由凤麟同志担任。玉琴还在工作队,那项工作很重要,离不开她,办里要调她回来,我没同意。工作队不忙的时候,玉琴多支持凤麟一下,你经验丰富,凤麟对你也很尊重。"于副主任办事一向圆滑,照顾到各方的情绪。

赵玉琴用笔在记录本上画了个圆,每次于副主任开会,她都要记录,她知道,于副主任喜欢。她是综合执法科的副科长。三个月前,于副主任任基层工作队长,把她抽去任副队长。几个上访职工的事儿现在已经风平浪静,她成了自由人,高兴了就来上班,不来,也没人干涉。

"赵姐,咱俩又在一起过日子了。"于副主任的脚刚迈出科室门口,甘凤麟就和赵玉琴贫,"你可得多帮着兄弟啊。"

"和你一起过日子?真恶心。"赵玉琴笑,啐一口。

于副主任叮嘱甘凤麟,一定要把打假工作做好。甘凤麟与赵玉琴研究。

赵玉琴假意推辞:"要你负责,你就拿主意啊。不管你。"嘴上冷,心里温暖着。她热爱工作,最近闲得很失落。

"你那边也没什么事儿,回来和我一起过日子,别说得这么疏远。"甘凤麟有好话也不会好说,嘴贫。

赵玉琴理解话里的意思,甘凤麟的大度,让她后悔,自己过去是不是做得过分了。"哎,别打哈哈儿了,我说,有人给我提供了线索……"她凑近甘凤麟耳朵,大家都把耳朵竖了起来,却只字未闻。

"走!"甘凤麟一声令下,率队直奔市场后面的仓库区。

赵玉琴心里一转,难道自己成了甘凤麟的手下吗?此事,要有个说法。现在,案子重要,先把工作做好,再分高下。

仓库区不远,丛惠书的仓库,大家早认识。门锁着,不像赵玉琴说的正在卸假烟。倒是旁边的化妆品仓库正在卸货,门庭热闹。

"进去看看。"甘凤麟率先下了车,赵玉琴紧随其后,她也想到了,这里面一定有"猫腻"。

"我们是市场管理办公室综合执法大队的。"朱读亮出了执法证,他是招聘的新队员，执法证刚给他办下来，心气正高，到哪里都第一个亮证。榜样一带动，其他三个新队员也争相把证件亮出来。

赵玉琴笑看甘凤麟，队伍带得不错。

"咱不能吃这个亏。"甘凤麟解释一句。行政执法，程序出了差错，就很可能输了官司。就为一个未出示证件，处理得再公平公正公开的案子，也经不住被处罚者的告诉。

"你们干什么？我们这里正盘货呢，你们不能进来。"仓库里有人出来，阻拦执法。

赵玉琴和甘凤麟对看一眼，心照不宣，这里有问题。里面有人在偷偷打电话，甘凤麟第一个冲了进去。

"不准你们进去，这里面都是货物，你们给弄坏了怎么办？"仓库里有七八个人，全围过来，向外推搡甘凤麟他们。

"展飞，朱读，你两个去控制住外面那辆车，不许放它跑了。赵队，给派出所打电话，叫他们支援咱们。你们三个，跟我来。"甘凤麟布置完，不再硬冲，他们不是打群架，是在执法，不能和对方打起来。"请你们让开，我们在执法。"

"你们要查什么？我们这里什么也没有。""我们这是仓库，不是门市。""老板不在，我们不能让外人随便进去。""你们进来，少了东西谁负责？"七嘴八舌，显然，没有主事儿的。

"小兄弟，我们是稽查队的，刚才已经给你看了证件，仓库也是我们检查的范围。我们来查的是商品，不是老板，要是没有什么问题，我们也不用见老板。我们只是例行检查，查完了还要去别家看看，咱们不要在这里耽误太多的时间。好不好？要不然，一会儿派出所的来了，还不是一样要检查？你说呢？"甘凤麟和颜悦色，和这些人说话，只能如此。

卸货的几个人互相看了看，再看看装模作样拨着号的赵玉琴，不知所措。甘凤麟知道时机成熟，赶忙带着队员们走了进去。

这间仓库利用率真高，一垛一垛，堆满了货物，几无空闲。大家仔细地检查着。甘凤麟不动手，只用眼睛搜索。在一个高架子上，有些乱七八糟的东西，他知道那里一定藏着什么。

"甘队，你看。"闫取在一小垛护手霜下边抽出来几个大箱子，里面全是烟，甘凤麟拿到亮处一看，假的。

赵玉琴收起手机，转到另一个角落，又发现了几箱假烟。她有些得意。毕竟，识假，她也是行家。

清点了一下，一共十二箱，门外停着刚刚卸完的送货车，看来，大鱼不在这里。

"来，你们过来个人，咱们做一下笔录。"甘凤麟喊了一声，几个卸货的全跑了出去，顺手把大门一关，锁了。

"你锁门干什么？有什么事儿说什么事儿啊。锁了门有什么用？快打开。你们这算非法拘禁，知道吗？"甘凤麟哭笑不得。

"钥匙没在我们这里，我们也不是故意锁的。等老板来了，就给你开了，老板拿着钥匙呢。"

外面的展飞和朱读也没办法。展飞碰到这样的事儿一向是不敢碰硬，现在更是没了话说，一个人坐到一边等着去了。朱读是新队员，一个劲儿地和那几个人讲道理，对方不辩驳，只说是老板不在，打不开锁。

甘凤麟在里面半真半假地打着电话，外面的人就仔细地听着。一边有人不断地向老板汇报。

赵玉琴一直在冲着门外做思想工作。

"老板来了。"半个小时后，老板终于出现了。

"滚一边儿去，怎么这么不会办事儿啊？快把门打开。"老板呵斥着，开了门，连声道歉。"对不起了，几位，孩子们不懂事儿，你们别跟他们一般见识。来来来，咱们到外面坐吧。这里这么挤。也不是办公的地方。到我办公室吧。"

"不用了。咱们先在这里把这些货物清点一下，做个笔录。然后，有什么事儿再说。"赵玉琴说。

甘凤麟带着人开始清点，同时让老板看好了，该做标记的做上标记。

甘凤麟和赵玉琴对了一下眼神，心里都挺高兴，关键时候，还是他们配合默契。

"谁敢动我家的东西。我砍了他。"一个二十多岁的小伙子，挥舞着一把刀，闯了进来，几个卸货的伙计拼命拉住。

"谁让你来的？快回去。"老板装模作样，站起来，大声责骂。

"谁也别拦着我，要动我们家的东西，门儿也没有。"好几个人居然没有拦住一个人，眼看就进到仓库里来了，离甘凤麟不过几步距离，才被人死命地抱住。

甘凤麟面无惧色，赵玉琴暗自佩服，她也毫无惧色。两个人本来是站着的，这下倒都稳稳地坐下了。三个队员本来不由地往后退了退，见了甘凤麟和赵玉琴的表现，都把胸膛挺了起来。

老板也在观察着他们，见他们摆出这样的姿势，倒是不好再表演下去了，这一招明显是失败了。

"不用拦他了，你们放开他。"甘凤麟今天有意露一手。

"快把他弄走。"老板骂起人来，"对不起，甘队，这是我一个侄子，在这里帮我看仓库，有点儿浑，又喝了点儿酒，您别和他一般见识啊。"

"没事儿，你叫他过来吧。你也不用怕。这要是在平时啊，他这样做，就是暴力抗法，可是我们今天不说那个，你叫他过来吧。"甘凤麟冲那几个人一挥手。

拦的人都是好事儿的，见甘凤麟居然这样，也就愿意看看好戏，全放了手。这倒难住了持刀的，不冲过来吧，自己掉了价，冲过来吧，不知道甘凤麟有多大的本事，就算是甘凤麟什么本事也没有，要是自己真把甘凤麟给砍了，不也是犯了罪？亏他脑子也快："大哥真是好汉，小弟佩服。咱们不打不相识。以后，您这个哥哥我认定了。"

"以后啊，别干这傻事儿了。你说，你要是真砍死了我，我是烈士，你是杀人犯，你年纪轻轻的也是个死。要是砍伤了我呢，我是工伤，国家给我报销一切费用，兴许我还能一辈子不用上班了，就在家吃劳保，你呢，也不用上班了，进去吃窝头。你说，咱俩是不是都挺倒霉啊？以后，还是少做这样的傻事儿。再说，你伤得了我吗？"甘凤麟一伸手，把刚才锁门的那把锁拿过来，用力一拧，锁鼻子就弯了，"说实话，我要是想出去，你们刚才也关不住我们。我只是给你们个机会。去吧，我们这里还说正事儿呢。回头，我买把新锁给你。"

小伙子灰溜溜地走了，老板只剩下说好话："甘队，咱不说那些了，咱找个像样点儿的地方，好说话。今天兄弟我一定赔罪，我得请大家原谅我，真是得罪大家了。"

"什么像样的地方，不就是饭店。你的想法我们知道。别麻烦了，哪里也不用去，就在这里把情况说一下，我们把这些商品带走，你要是对这些商品的真假有异议的话，咱们再做进一步的鉴定，如果你觉得没有必要鉴定了，咱们再进行下一步，反正我们现在初步认定这些烟是假的。现在先把这些商品登记一下，我们要异地保存。"赵玉琴一副公事公办的样子。

"你怎么称呼？"朱读抓住机会，赶紧做笔录。这样的奸商，说不定一会儿又有什么坏招呢。

"我叫丛令书。"老板客气地说。

"丛惠书是你什么人？"甘凤麟和赵玉琴对看一眼，同时问。

"是我妹妹。"

"谁也不许动这些烟，这是我们已经立了案的，还没有处理，正在调查中。"突然进来两个人，穿的是烟草专卖局的服装。

这里是交叉管理，所以，烟草作为单项执法也能管理这个市场里的烟草经营。来人亮了执法证："这些烟我们现在要带走。根据谁先查获谁先处理的原则，这个案子是我们的。"

"很抱歉，我们正在调查这个案子。今天，我们先把这个案子带回去，如果你们有什么证据证明这个案子是你们先查处的，明天，请你到我们单位来说。"甘凤麟不软不硬地说："小朱子，装车。"

几个小伙子不管那么多，队长让装车就装吧。

烟草的两个人也不示弱，把驾驶座上的展飞拉下来，坐到稽查队的车上，握住了方向盘，把车控制在他们手里。

3　你威胁我们？

"是你请他们来的吧？我劝你最好不要再表演这些拙劣的节目。"每一次查获了假货都要有一番较量，方式不同，轻重有别，甘凤麟都愿意用自己的智慧化解。

请其他执法部门来，利用一事不二罚的原则和谁先查获谁先处理的规定，这是第一次。看来，丛令书与某些执法部门关系非常。

"勾结。"赵玉琴小声提醒甘凤麟。甘凤麟点头，悄对赵玉琴竖大拇指。

"我不管你们是什么关系。"甘凤麟不急，索性坐下来，声音洪亮，态度从容，长篇大论。做思想工作，气势不能输。"也许没有关系。"更不能有漏洞。

"我和他们没有关系。他们来查我，我恨不得宰了他们。不对，我凭什么恨啊。人家是执法，和你们一样，我都得敬着。"丛令书话里带着暗示。

"你威胁我们？"赵玉琴坐在丛令书另一侧，和甘凤麟三人成一三角形。这种时候，她要替甘凤麟化解，这才叫配合默契。

"他没那么傻。赵姐，他那是一时说走了嘴。咱们是工作，不是存心和他过不去，他要是合法经营，咱们会保护他。他和执法人员作对，执法人员不是一个人，走了这个还有那个，他不做生意了？"甘凤麟给丛令书找台阶，同时告诉他，别做傻事儿。

丛令书聪明，当下给赵玉琴笑脸，解释自己的话。自己怎么敢和政府部门作对呢。

"我的身手你刚才看到了。"甘凤麟开始和丛令书磨嘴皮子。现在是两个部门，不是小混混打架，不然，甘凤麟一个人就把那两个人从车上拉下来。烟草的同志这样做，无疑很可笑。

丛令书点头，面露难色，都是执法部门，他哪个也不敢得罪。

"不敢得罪不行，这事儿，还就得你去解决。我们两个执法部门，难道真的在你这里掰扯起来？两边你都熟，这事儿，非你莫属。"赵玉琴也隐去丛令书和烟草执法那两个人勾结的事实，迂回作战。

"对。你就作为中间人，把这事儿办好。我们相信你的能力。他们声称是他们先查获的，请问有什么证据？"没有点儿硬话，甘凤麟知道，丛令书不会让步。

丛令书果然经过风浪："这是你们的事儿，我一个商户，不懂这些。"

"假烟还在这里，也没有封存的迹象。另外，重要的证据他们没有吧？"重要的证据，是立案的手续，甘凤麟不能明说，如果这几个丧心病狂，给单位的同党打个电话，马上会做一份假的案卷送过来，签上前几天的日期，自己等于提醒对方。这种事情发生的可能性极小，来捣乱的两人，应该是个人行为。执法数年，甘凤麟知道，凡事不可不防。

丛令书低头不语，眼珠在快速地转。甘凤麟扫一眼赵玉琴，赵玉琴以同样的姿态示意，火候差不多了。

"今天这种情况，我绝对不会让他们把假货带走。为了不伤了两家的面子，希望你能把这事儿处理好。也算你做了件好事儿。"明知他不做好事儿，还要把粉给他擦到脸上，甘凤麟暗笑自己的圆滑。

丛令书知道，碰到了厉害角色："甘队，您放心，这事儿交给我了，现在，不是得罪您还是得罪他们的事儿了。现在这事儿，就是他们不对，我去说，不管费多大劲儿，我也让他们走。甘队，您先抽根烟，我马上去请他们走。赵队，您喝饮料。"

丛令书吆喝他的伙计搬来一箱饮料，不喝也强塞到稽查队员手里。

五分钟后，烟草那两个人面无表情地走了。

照惯例，稽查人员把这个案子议论一番。既是释放压力，也分析各种情况，以利于扬长避短。

协作愉快，甘凤麟不住地和赵玉琴开玩笑。赵玉琴心情也很好，工作中的默契，是一种享受。

"甘队，昨天，真是开了眼了。""您拧锁那功夫，真厉害。""甘队，您是武林高手啊。"队员们七嘴八舌，夸起甘凤麟来。

"不要拍了，我会脸红的。"甘凤麟不喜欢听别人夸奖自己，止住了大家。

"放心，你的脸短时期内红不到表面上来。"

"赵姐，我的脸皮真的这么厚么？很荣幸，得到您的表扬。"甘凤麟谦虚着，"要我说，赵队才是真的厉害。你们知道，咱这稽查队，有过几任队长了，崔科长当过队长，赵队也当过，展飞当过，最后才排上我。"甘凤麟要开大书一样，几个队员都认真听着。提到自己曾经的辉煌，展飞也来了精神。

"不知道又要编排谁呢。"赵玉琴看着甘凤麟，似笑非笑。

"不编排人，说说正事儿。你说咱们这稽查队吧，赵姐，你说这叫个什么东西，你说乱不乱？咱们单位，科室是正式编制，稽查队只是科里下属的队，不在编，队长也只是办里封的官，没级没品，主任办公会一句话，让谁当谁当，让谁下谁下。科长当行，副科长当也行，你当也行。"甘凤麟指着朱读、闫取、桑匀、张分，他们四个是聘来不到半年的临时工。

"你当更行。"甘凤麟不愿意冷落每个人，花如玉是内勤，不属于稽查队，"你是大学生，又这么聪明得跟傻瓜一样。"

"嗯。"花如玉不反驳，她的确认为自己又聪明又傻。

"这个没什么奇怪的，你是不知道，很多单位都有这种情况，有些单位的执法队长，一直是临时工，说起来都是笑话。"赵玉琴显得比别人见多识广。

"还是说赵队吧。"甘凤麟见展飞脸色不好看，转移话题，"那真是女中豪杰。当年，赵队长一个人，一把刀，杀得宋兵遍地尸骨，那英雄气概，啧啧……"

大家都含笑看着甘凤麟，赵玉琴笑得拿手指着他。展飞也快乐起来，忘了刚才赵玉琴的话带给他的不满，他也是临时工。

"如今，赵大姐有了我帮着，那更是，如母老虎添翼一般……"甘凤麟的笑话这才告一段落，大家笑翻了。

"按照案值，这个案子要移交，还有，过去，你们有没有应该移交尚未移交的案子，我们要调查一下。"不速之客搅乱了所有的快乐，刚才的气氛烟消云散。

检察院的同志来得真巧，丛令书的案子一波三折。

检查了以前的案卷，没有什么大案，本案正在审理中，案值还没有落实。检察院的同志不喜饶舌，只表示会按规定继续监督。

"要是早知道这个，查获的时候少查几箱不就行了。真是的。"赵玉琴说，"这还有地方说理去吗？要是都这样，以后大家再查案子不是要把大案子变成小案子啊？谁愿意为别人做嫁衣裳啊。咱查获，叫别人处理，他们真会吃现成的。"

"以后，在这方面，的确是要注意了，案值较大的案子，一定要慎重，千万别给自己带来麻烦。"甘凤麟也觉得有点儿后怕。

"这个案子，案值在两万上下，如果按批发价就不到两万，按零售价就两万多了。"朱读算了算，对甘凤麟说。

"是啊。"甘凤麟感慨着。征求赵玉琴的意见，"咱们再和检察院的同志解释一下。实在不行，就让办里出面协调一下，这样的事儿，还是领导们之间沟通一下更好，不然，以后总会在这些事儿上摩擦。"

"嗯，是应该让领导出面。"赵玉琴赞同着。

甘凤麟起身去向领导反映情况。赵玉琴一愣，本以为甘凤麟会和她一起去反映，转念想到，自己现在还没有正式回机关工作，没有资格去汇报稽查队的工作，心里生出一股失落。

没有人再说话，赵玉琴心里发空，转向展飞："小展，最近股票又赚了吧？"

"没有。"展飞无精打采的，他最近又赔了。看好了的，没买，涨了；买了的全绿着。对这个话题，他没兴趣。他对什么都没兴趣。所有的案子，他觉得，与他无关。

三八妇女节。宋丽影已经好几年没有在家过这个节日。导游，总是在外面跑，时间要服从旅行社安排，不带团就意味着收入减少。

"祝你们节日快乐。妇女和女孩儿。"甘凤麟把杯子举得挺高，看着妻子丽影和侄女甘春西。

"节日快乐。"大哥甘凤麒今天来弟弟家做客，"丽影，你辛苦了。"

丽影花了一上午时间，忙活了一桌菜。甘凤麒几次要请大家去饭店，都被婉拒。宋丽影认为，来了客人，就要自己掏钱招待，不能让客人花钱，即使客人很富有。当然，她舍不得自己花钱去饭店消费。家里最缺的就是钱，要精打细算。

"二婶，你做的菜真好吃。我给你当女儿吧。"甘春西十八岁了，仰着一张漂亮的脸，永远玩世不恭。

"你可别给我做女儿。"甘凤麟不客气地说，"我怕你闹得慌。好家伙，自从你来了，这几天，把家都翻过来了。小宝本来挺听话，你一来，也成混世魔王了。"

西西嘿嘿直笑。才三天，叔叔家已经让她折腾得不像样子。

"我愿意姐姐在我们家。姐姐来了，天天有好吃的。"甘小宝反驳爸爸的话。甘凤麟笑着抚摸他的头。

"小宝说了，等我们老了，天天让我们吃方便面。"甘凤麟笑着对大哥说。

"爸爸今天和我一起吃方便面了。

"爸爸做的方便面就是和自己泡的不一样，他做的方便面里有肉丝有西红柿还有鸡蛋，煮出来香喷喷的一锅，怎么吃着也不像我自己泡的那个，自己泡的方便面我每次吃着都想吐。

"爸爸说他做的这叫福寿面。

"我每天在家吃方便面。"

西西抑扬顿挫，大家都搞不懂她在念叨什么。

"妈妈出去带团，常常在外面住，爸爸常不回家吃饭。没有人给我做饭，我就吃方便面，吃火腿，吃饼干，吃面包，吃零食，反正这些东西家里有的是，他们不会让我饿着了。可是我吃烦了，不想吃了。

　　"小的时候，吃完了我就站在门口，打开我家的门。那时我家的防盗门是栅栏式的，横竖的几根铁棍子，对门的文文家也是那样的，文文和我一样大，我俩就隔了防盗门说话。文文比我幸福，她有一只猫。"

　　"不准你再背。"甘小宝意识到什么，过来捂西西的嘴。

　　"后来我上学了，我们家也搬家了，我吃完了方便面就只能一个人写作业。

　　"我不爱写作业。我总是边玩儿边写，爸爸妈妈很生气。他们打我。我习惯了。我不怕。有时候他们会坐在我身边监督我写作业，这时候我觉得我好幸福，就算他们打我，我也愿意待在他们身边。"

　　"不理你了，臭姐姐。"小宝捂不住西西的嘴，气得回自己屋。

　　"西西，不许再说了，弟弟都哭了。"甘凤麒制止女儿。

　　西西不理睬爸爸。

　　"那一次我哭了，妈妈以为打疼了我了，问我：'还疼吗？'我哭得更厉害了。我早就不觉得疼了，我是觉得妈妈在身边的感觉真好。我记起书上有个词叫亲情。

　　"爸爸那天和他的同事在一起说笑，他说我家小宝说了：等你和我妈妈老了，天天让你们吃方便面。他这样说，好像是觉得我这个孩子很可笑，我听了什么话也不说，就像说的不是我。其实我想说，我不想天天吃方便面，尤其不想一个人在家吃。要是爸爸妈妈和我一块儿吃，吃什么都行。

　　"今天的方便面真好吃，我吃了三碗，我还想吃。"

　　这是小宝的日记，只是写得没有这么好，是西西按自己的水平修改的。开始小宝没听出来。

　　西西泪流满面，三个大人都沉默了。

　　"小宝，对不起。等姐有本事了，姐养着你，再也不让你吃方便面。"

西西擦干泪，走到屋里，抱着小宝。小宝往她身上抹鼻涕，用脚踢她。

"你真生我气了？我走了。再也不来了。"西西的耐心没几分钟，见小宝不给面子，站起来要走。

"不让你走。我不让你走。"小宝跑过来，抱住西西的胳膊。他八岁了，知道姐姐对他好。又气不过，在西西的胳膊上用力掐了一下。

"这下扯平了？出去吃饭吧。要不，好吃的都让你爸吃了。"两个孩子握手言和，三个大人预知结果一样的，如同什么也没发生。

"孩子们从小都受苦了，咱们都在忙着自己的事儿，其实还不是为了让他们有一个更好的家庭环境。凤麟，别太难为孩子。"甘凤麒掏出一大沓钱，数了一千，给小宝买零食。

甘凤麟和宋丽影赶忙推辞。

"有人给钱，凭什么不要？"西西从她爸手里把钱抢过来，"我替小宝收下了。"

"这孩子。"甘凤麟看着西西，束手无策。这孩子，他了解。

"我也没钱了。"西西无视几个大人的眼光，把手伸向她爸甘凤麒。

"你们看到了？这就是我祖宗。"甘凤麒无奈，又给西西一千。"别总在叔叔家捣乱，住几天就回家吧。你姥姥想你了。"

"嗯。"西西啃着鸡腿，和小宝比赛谁吃得快。

"凤麟，做执法工作，就要黑白两道，太老实了不行。"孩子们消停了，甘凤麒和弟弟喝酒。

"他这人，太正派。"甘凤麒对弟妹说，"胆子小。执法，你就当自己的事儿来做，什么叫公私分明啊，权力就是你自己的，维护手中的权力，这是你的本钱，你要全力以赴。有办不了的事儿，你找大哥。我在通南县，没有办不了的事儿。一提甘凤麒的大名，哪个不怕？"

西西白了她爸一眼，继续吃饭。

"也就是我这小姑奶奶。"甘凤麒笑，凤麟给他斟酒。

"瞧你这没出息的样儿。"小宝把衣袖蘸进了菜汤里，西西数落着。一物降一物，小宝听西西的话，乖乖去把衣服换了。

"西西这孩子，让你们费心了。"甘凤麒对着宋丽影客气。

"我看，你们的关系也没你说得那么僵啊。她这不也是有说有笑的？"甘凤麟以为西西会不理大哥呢。

"哎，这孩子，很难管啊。心机深着呢。"甘凤麒无奈，"她喜欢二婶，丽影，你多劝劝她吧。"

4　不要打着我的旗号敛财

银行的基础真高。凡是离钱近的单位，楼都漂亮。银行是，财政局是，税务局也是，近水楼台先得月。几十层台阶，赵玉琴站在上面，有点儿晕。平时她是不晕的，今天不一样。

街对面就是通联超市最大的直营店。她站的位置是最佳观察点。

通联超市出出入入地挤满了情绪激动的顾客，警察在维持秩序。赵玉琴用手机给通联的董事长张力打电话，对方关机。再拨总经理程光，也是关机。

看来，真的出事儿了。

前天还打通过他们的电话，他们都保证得挺好。今天，全失踪了？

"赵姐。"财政局的小胡从银行出来，赵玉琴的熟人多，总是能碰到叫赵姐的，"看到了吧，听说，老总被抓了。可惜，人们手里拿着他们那么多的购物卡。这下，全扔了。我们单位好多人正骂呢。现在去抢购东西，哪儿还有好的啊，原来值十几块的东西，现在卖一百多。就这样，这些人还疯了一样的抢呢。哎，你手里一定也有他们的卡吧？"

"张力和程光被哪里抓了？"赵玉琴摸摸手包，里面的确有卡，只有几百块钱的卡，算不得什么。家里还有一万多元的购物卡，这不重要。那些用卡在通联超市买的家电也不重要。她更关心的是别的。

"不知道。"小胡一向心直口快，说完就跑了。赵玉琴支持不住，一屁股坐在地上，头上渗出细密的汗珠。

我这是怎么了？赵玉琴自笑失态，看看四下，没人注意她，赶紧站起来，手在屁股上划拉几下，拍掉沾上去的尘土。

有柴云鹏在，什么事儿也不会出的。只要柴县长地位稳固，县长夫人赵玉琴就稳如泰山。

"不要贪图这些小便宜。"柴云鹏看着地下室满满的礼物，告诫赵玉琴，别把钱看得太重。这些东西，这么显眼，出了事儿，不值得。

"你知道咱家有多少钱吗？"赵玉琴故作神秘地询问，柴云鹏三次没有猜中，他还是说："钱不重要，咱们今天的生活来之不易，要珍惜。不要打着我的旗号敛财。"

柴云鹏当县长，曾经明令，哪个给他送礼，严惩不贷。结果，有一个送礼的副局长让他给处理了。

赵玉琴支持柴云鹏的观点，你做你的官，越清廉越好。但是，我贪我的财，只要你这棵大树在，我什么都不怕。

经济问题，什么叫经济问题？经济问题的根源是政治问题。因为经济问题出事儿，是因为经济之外的问题没有处理好。赵玉琴一向这么认为。相对于她的灰色收入，栗克良告崔月浦和甘凤麟那个案子，真是可笑至极。

去年，将近中秋。

稽查队突袭栗克良门市。队长崔月浦、副队长甘凤麟、老齐、展飞，四个人的出现，栗克良始料不及。赵玉琴是副队长，她请假了，她婆婆的外甥来了。

那时候，综合执法科只有六个人，花如玉在单位值守，她是内勤。

通宜批发市场，全省最大的综合批发市场，市里的重点保护区。市场管理办公室就是市里专门设置的管理这个市场的行政单位，属于本市特色。

两年前，这个市场开始走下坡路，因为假货太多了。通宜造假的速度已经超过特区发展的速度，只要是市场上畅销的东西，通宜都能在一夜之间造出成批的仿制品。

市政府意识到，打假治劣成为挽救市场的当务之急。

栗克良售假，名声在外，只是苦于某些原因，总是抓不住他。这一次，机缘巧合，让稽查队抓个正着。

展飞从柜台下面翻出十条假红塔山，十条假熊猫，撂在柜台上，挺漂亮的一小堆。崔月浦冲他点点头，满含赞许，他得意地一笑。

老齐也凑上去，他不认识假货。稽查队原本只有甘凤麟和赵玉琴是打假的行家。展飞好学，经常求教，赵玉琴的识假技术从不外传，甘凤麟与她不同，倾囊相授。

展飞打趣老齐，他也不生气。内退后返聘，老齐只想多得点儿实惠，不想学知识。

战果辉煌，展飞和老齐兴高采烈，忙着做笔录。

崔月浦咧开嘴，看着栗克良，嘲笑。甘凤麟坐在一边，微笑。

两个队员无比兴奋。

群情振奋。

打假人员，大多有"职业病"，见到假货就兴奋，好比老虎见到兔子，狼见到羊，蜂见到蜜，蝴蝶见到花，天性使然。当然，今天逮到的是栗克良，大家的兴奋有了更深一层的含义。

栗克良收起平日的傲慢与冷淡。凑过来，递烟，倒水。

崔月浦仰头不睬。

栗克良求甘凤麟帮忙。平时，他对别人傲慢，对甘凤麟还算尊重。

"队长在呢，我说了不算。"甘凤麟不争权。

栗克良蹲在崔月浦的旁边，身子向地面倾着，要给崔月浦跪下似的，好话说了一车。

崔月浦有了回话："先把笔录做了，有什么事儿再说。"这是程序，执法重证据。先把笔录做了，拿到第一手材料，这是证据，没有这个说什么也没用。

栗克良没办法，只好把这些烟的来源进货数量等等一五一十说了，边说边大喊冤枉，说真的不知道这些烟都是假的。

做过笔录，让栗克良签字。把烟封好，双方做好印迹，稽查队出了登记保存的手续，假货装到了稽查队的车上。

打道回府！

四人乐不可支，一路欢笑，把栗克良的种种丑态描述得细致而夸张，感觉出了一口恶气。

"他妈的，这小子也有今天。我在市场好几年了，谁家水没喝过？独独没喝过他们家一口水。"老齐还没等车门关上就大声嚷着，也不怕栗克良听到。

甘凤麟对栗克良没好感，但是，"不能因为人家对自己态度不好就挟私报复。"

老齐就笑，说："就是，咱还有纪律呢。从现在开始，他让我喝他水我还不喝呢，今天就没喝吧？"

"你知足吧，他从来都没拿正眼看过我。"展飞开着车，"人家有恃无恐，他就没想到有今天。"

崔月浦此时要表现出自己的成熟稳重，不笑是最好的方法："我算是看到他那孙子样了。看来人都是这样的，你不捏住他的短儿，他是不认识你的。要不怎么说'管理管理，不管不理'呢。这回我就让他知道，卖假货的结果。"

"也让他知道马王爷三只眼，是吧？"展飞扭头看崔月浦，崔月浦眼神一挑，命令他好好开车。

"嗯——"崔月浦拐了个弯并且拉了个长声，表明他的不同意，可惜字典里没有他说的这个字，"咱是执法，不是私事儿，哪儿能掺杂那么多呢？咱就是秉公执法。"

对对对，秉公执法。几个人都笑了，姜还是老的辣。

怎么秉公执法？没收假货，没收这批货物已售出部分的非法所得，按条文处以三到五倍的罚款，停业整顿，媒体曝光，吊销证件，还要上黑名单。

栗克良是大批发商，这些烟，不算什么，罚款也没什么大不了。时近中秋，秉公执法，要他到单位配合调查，或者是稽查队到他门市，就把一个大好的旺季给搅了。更重要的是，这件事情传出去，会严重影响他的生意。

如果照此办理，栗克良将元气大伤。

栗克良懂法。当晚，他去崔月浦家串门。十分钟后，他从崔家出来，直奔甘凤麟家。

甘凤麟住的新房子，用的旧家具。

"你的事儿，我说了不算，有正队长呢。"甘凤麟不喜欢争权卖权。

栗克良拉着甘凤麟的手，叫他兄弟，说自己也是上当受骗，不知道这些烟是假的。也许，是真的里面掺上了假的。"我大意了，这么多年，你们抓到过我卖假货吗？"

见栗克良在真假的问题上纠缠，甘凤麟心里暗笑。根据经验，贩假的大多这样，一直到交完了罚款，也不肯承认自己知道经营的是假货。

"我们只是凭感观判断，不具备权威性。为了慎重，咱们可以请权威部门来鉴定。如果是真的，我们赔偿你损失，如果是假的，再依法处理。"甘凤麟一向认为，生意人不容易，不能冤枉人家，要让人家主张应有的权利。

栗克良赶紧解释："我不是那个意思，你们说是假的，那还能有错？我只是恨自己没验好货。"

谈了一个小时，甘凤麟听明白，栗克良刚从崔月浦家来。栗克良轻轻放在桌上的购物卡只是为了封他的口。

如果甘凤麟拒绝了那张卡。只要栗克良在这个案子中吃了亏，一定会以为是甘凤麟从中作梗。

响鼓不用重槌。栗克良知道，甘凤麟全听明白了。起身告辞。甘凤麟拉住他，让他带上自己的卡，两人推让到门口，栗克良匆匆出去，甘凤麟没有再追。在楼道里推让，等于广泛宣传。

卡是一千元的。甘凤麟一愣，他第一次收这么大的礼。

环顾自己简陋的新家。甘凤麟觉得自己活得肮脏，窝囊。

在稽查队很多年了，起初，没有什么权力，直到最近两年，政府严厉打击制假售假，甘凤麟才知道什么叫受贿。他很正直，秉公执法。同事都对他有意见。

入乡随俗吧。赵玉琴比甘凤麟大几岁，开导他，否则会被大家孤立的。收两瓶酒几条烟，算不得什么。

甘凤麟慢慢习惯了吃请，也慢慢习惯了收下经营户的小恩小惠。虽然，心里总是不痛快。

这次，数额太大，不再是入乡随俗，是受贿了。

"最近，我不是想钱想疯了吗？丽影回来一定会很高兴的，她嫌我没本事，为钱愁坏了。我不怪她，她也不容易，一个人在外面带团，现在的导游不好干，看到她晒得黑黑的脸，我心里也不是滋味儿。"甘凤麟不由苦笑了一下。

小宝在屋里写作业，甘凤麟帮他检查了一遍作业，又给他洗了澡，安顿孩子睡下。

第二天，崔玉浦拿出了处理意见，栗案要从重处罚。罚款数额，是按条文规定的最高额。稽查队有自由裁量权，只要在法律规定的范围内，不管是不是合理，全由他们说了算。

出乎意料。甘凤麟愣住。

崔月浦说明他的理由：第一，中秋将近，商户日进万金，甚至数十万金，此时，时间就是金钱，任谁摊上这事儿，也宁可多交罚款，不愿意耽误时间；第二，只罚款，不曝光，商誉是无形资产，栗克良知道孰轻孰重；第三，继续营业，除罚款外不做其它处理。

甘凤麟觉得，罚款应该适度。崔月浦提出，罚款任务也要完成。甘凤麟没再坚持。

栗克良一听罚款额度就炸了。这个数字与他的想象相去甚远，他的脸"呼"地红了。商人，最看重钱。

花如玉给栗克良端了杯水，崔月浦瞪她一眼，她不理。在她心里，公务员就应该这样，礼貌待客。

栗克良接过杯子，镇静了一下，说："领导们，我说，咱能不能高抬贵手，照顾照顾我呀？我今年的生意做得不好，还没有挣到什么钱呢。春天，出了车祸，花了好几万，到现在还在打着官司呢。咱就少罚点儿吧？"

甘凤麟很尴尬，又不得不说："你以为这是在菜市场买东西呢？可以讨价还价呀？"自己也明白，处罚从来都是讨价还价，随意性很大。

栗克良没有说话，恨。

崔月浦把他认为的那些"优惠"讲出来，栗克良说："等于你们没有照顾我呗？"

崔月浦把眼一瞪："你这个人，真是不知好歹，这还不是照顾你了？你还想怎么样？花如玉，给报社打电话，叫记者过来，就说咱们这里有个案子要报一下。"

花如玉马上拿起电话，找出号码本查号。虚张声势。

商户有吃软的有吃硬的，吃什么就要端什么，看人下菜碟。

现在的记者，不像过去，过去想登篇新闻要苦求他们。现在，一个电话打过去，一会儿就到。

这招挺灵。

栗克良的气焰小了："别打别打，你是我祖宗，千万别打。"说着，看表，快中午了，拉了崔月浦的手请求："咱先吃饭行吧？我说祖宗啊，咱先吃饭去。"

大家都冷着脸，栗克良缠了半个小时，崔月浦是个贪吃的人，经不住纠缠，答应带全科一起去。

"赵队今天有事儿，没上班，你不给赵队打个电话？"崔月浦问。

栗克良厌恶地说："叫她干什么，咱们兄弟们在一起多好。"

大家一起走到门口，花如玉说有约会，退出。

甘凤麟打趣她："丫头，少吃点儿，刚处对象，别让人家看着跟没出息似的。"

她一笑说："放心吧，少吃不了。不吃白不吃。"

真是不吃白不吃，这一顿饭，栗克良花了一千多。双方喝得高兴，崔月浦把罚款一降再降，最后定在五千。当天下午，差老齐和展飞去收罚款。

第二天，刚上班，寇主任把崔月浦和甘凤麟叫到了办公室。一封信摆在他的桌子上。是栗克良的告状信。相同的还有一封，在纪委。

5 我不能打她

临河的案子，公安去了几趟，来市场办报过几次费用。据说临河公安很配合，还出动了十几个人，配合抓捕抢车贩假的那两个人，只是每次都是无功而返。找人，人不在家；找车，车无踪影。

为这事儿，寇主任很恼火，最后也没能有个满意的结果，

"不是找不到，是他们那里的公安本来就是那些人的内线，不用他们帮忙，兴许还能找到那些假酒贩子；用了他们，却找不到了。"赵玉琴及时验证她说过的话，"我当时怎么说的？这事儿，追不出结果来。没必要瞎耽误工夫。"

"没什么重要事儿，就不要让玉琴同志去稽查队了。"寇主任吩咐下来，"让她和花如玉在家做内勤工作吧。小花是新录取的公务员，虽然有学历，毕竟只是二十出头的孩子，工作经验还少，玉琴经验丰富，多带带她。工作队的事情也很重要，不能掉以轻心。"

寇主任知道，赵玉琴再在稽查队，还会出事儿。

丛令书的案子还没有结，甘凤麟知道，这批假货的真正主人是丛令书的妹妹丛惠书。丛令书替他妹妹扛下来，又费了这么大的力气，找了这么多的人，此案，应该拖一拖再办。让那些隐藏着的关系露出水面，也让丛令书的神经疲劳一些，冷处理，免得操之过急。

这些年，假货案一个一个办下来，没有一个能深挖，只是把最终端

29

的商贩揪出来，罚款了事。市场上的假货也就东方不亮西方亮，按下葫芦起来瓢。

一定要严厉打击假冒伪劣，寇主任对甘凤麟说，新来的程市长对市场的信誉很重视，在会上表态，要铁腕反腐，铁腕打假。

甘凤麟不知道谁是新来的市长，他对谁当市长不太关心，寇主任批评他，不懂政治。甘凤麟笑，他只懂打假，对本职工作，他有最大的热情，寇主任说他工作狂，宋丽影说他职业病。

通宜批发市场经过几年的发展，大大小小，两千多个商家。售假比较猖獗的是烟酒和日化，前几年管理松懈的时候，假货率达到百分之八十多。曾经有一段时间，市场上买不到一瓶真五粮液，找不到一条真红塔山。而今，这些商品的假货率也在百分之四十左右。

市场管理，主要是三个方面：证件，渠道，质量。

甘凤麟在主任办公会上谈到他的工作思路。主任们很感兴趣，议论纷纷。

"证件管理，自从花如玉负责这项工作，基本变成了一项服务，管理规范，没有吃拿卡要。对于无证经营户，我们稽查队尽量以教育为主，做好宣传，办证费用不大，一般都能办理。遇到特殊的，不妨罚一儆百。"

寇主任点头，大多数主任唯寇主任马首是瞻。只有主管财务的年主任提出疑问："这样就会减少了咱们的罚款。"

寇主任不以为然："不能只看罚款，咱们还要看社会效益。况且，这一项本来也没有多少罚款。"

大家都知道，办里的经费紧张，再加上招聘了这些临时工，他们的费用也挺大的，罚款是办里很关心的事情。

渠道管理方面，甘凤麟认为："收品牌费是违法的。"

"可是钱呢？钱从哪里来？你用什么来保证这几个人的工资？"

"过去展飞收品牌费，每一个进入咱们批发市场的品牌都给咱们交钱，不是也没出事儿吗？工作要讲究方法，只要你做得巧妙，把每一个收费项目都变成了合法的处罚。”

几个副主任都认为甘凤麟胆小死板。

“小甘的提法，有道理，不管手续多么合法，事实上，我们是在变相地收保护费。”寇主任一语定对错。

政府机关的办公经费，公务员的工资，理当政府财政负担，机关招聘临时工，大部分是非法用工，再为这些人的工资乱罚款，错上加错。

在编的公务员，不一定做好本职工作。稽查队在编人员五个，崔月浦歇了病假，赵玉琴专门拉倒车，常玲借调到市政府，真正努力工作的只有甘凤麟和花如玉。不用临时工，人手不够。

寇主任示意甘凤麟继续说，思谋着，竞争上岗多好，不管正式工临时工，能者上，庸者下，一改不良风气。可惜自己说了不算。

甘凤麟分析了市场上假货的情况，认为应该追根溯源，清理假货。有的副主任提出来，把假货清理了，你还干什么？换句话，没有小偷了，警察还有用吗？罚款还有吗？

寇主任也考虑到这个问题，市长已经下了决心的事情，请大家不要再纠缠自身利益。

有了寇主任的支持，甘凤麟带着他五个不在编的队员开赴市场，地毯式检查。

“你的许可证呢？”

“甘队，这不是还没来得及办吗，刚开业。”

老生常谈。

“有点儿新意好不好？又骗我。”甘凤麟笑着，“都开业好几个月了，办个证能花多少钱，按规定该处罚了。”

不说处罚，动员办证要很长时间，一谈罚款，马上主动地要求办证，只要不罚就行。甘凤麟深知这些人的性格特点。

“不是我不办，有个前置条件的证没有办下来。说句实话，我去那个单位办证了，去了好几次，不是因为我的材料没带齐，就是找不到他们的人，今天是管批准的领导不在家，明天是负责办证的人不在家，反正去了几次就是办不成，等到这些人都在家了吧，又说是要到我这里来看看，看就看吧，又这不合格那不行的，我也急了，跟他们打起来了，这下子更办不了。我也不办了，爱怎么着就怎么着吧。"

"哪儿有你这么办事儿的？"朱读正色善意，"你不能和他们急，有话好好说。看这意思，人家是想叫你送礼？"

"没错，他就是这个意思，我也不在乎那几个钱，就是不惯他们这毛病。"

"看看，倔劲儿又来了。这样会吃亏的。早点儿想办法把证办了，好来办我们的证。不行，就换个人去。做生意，该圆滑的时候就得圆滑。"甘凤麟设身处地。

"甘队，我想办法去办证，你看，就别罚了吧？这是几条烟，给弟兄们带上。"老板此时倒是开了窍，想把甘凤麟叫到一边，甘凤麟没有动，只好面对着大家说。

"弟兄们，你们看，怎么样？"甘凤麟征求大家的意见。几个队员眼光里纷纷显出希冀的神色。

甘凤麟知道，钱是好东西。尤其是几个新队员，过去没有正式工作，挣几个钱，手指头缝就漏光了，基本没有什么积蓄，要是有可能，他们都愿意多往自己口袋里装一些。

"你们知道，我前些天出了点儿事儿，栗克良的事儿。要不是因为我们几个出事儿，单位也不会把你们招聘来，你们说，这个事儿怎么办呢？"

没有想到甘凤麟会自揭伤疤，一时都愣住了。

"我不怕伤疤，这伤疤就是我一生的座右铭。"甘凤麟推开老板的手，"走吧。别忘了，赶紧补办你的许可证。"

吩咐完经销商，甘凤麟走出去，看着经销商诧异的目光，他笑了笑，感觉有一种对自己的嘲弄。

"甘队，我真是佩服你。"朱读恭维着。

甘凤麟笑笑，本来想说"别拍了，我不是马"，可是觉得这样说话有失自己德行，也会让朱读脸上下不来，就把话又咽了回去。

"这是什么？"又是一家商户，朱读在柜台上发现了一瓶假的进口香水。

"不知道这是什么，这不是我家的。"这个商户狡猾得与众不同，当场否认。

掘地三尺，再没找到任何假货。

孤证不能定案。看来这家老板是个老手。可惜，稽查队没有任何录音录像资料，只能没收这瓶香水。

"我们拿走了，你总要证明一下吧，要不我们怎么解释这瓶香水呢？"甘凤麟还想做一次努力。

"你们爱怎么处理我不管，不知道你们从哪里拿来的这样一瓶东西。"他是咬定牙关不承认。

"我说这瓶香水是真的呢？"

"真的也不是我的。"

"其实还就是真的。走吧。你们谁家媳妇愿意用就拿回去用吧。"甘凤麟一本正经。

经销商脸上的表情一变，马上又恢复了原来的模样，不再多说一个字。

"这的确是真的香水，而且是不错的香水，只是，用的是外国的瓶子，灌得是咱们国产的香水，但是香水也挺好的。不信你们闻一下。"

一听这话，几个小伙子抢了起来，谁都想着拿回去给自己的爱人献媚，老板极力克制着自己的表情。

"这瓶酒，桑匀，你测一下酒精度。"在一家专门销售烟酒的门市，甘凤麟拿起一瓶酒，晃了几下，酒水的堆花情况显示度数太低，标示的是四十五度，看样子也就在十几度。

桑匀拿出酒精计测了一下，只有十三度。老板也很意外，当时把嘴张得挺大，看得出来，他的吃惊是真的。

"甘队，这，这事儿，怎么闹的呀，我也不知道这是劣质酒啊。你看，甘队，这可怎么办呀？"看得出来，这是个老实人。

"你叫什么名字？"

"我叫郑重。甘队，这个事儿，你可得帮我呀，我这是进了一车货呢。好几万块钱的呢。这可怎么办呀？我可是受害者呀，你们可千万别没收啊。"

"这样的劣质商品，不没收怎么行？我们要保护消费者权益，这种劣质商品绝对不能再流入市场了。"朱读义正词严，全然没有了跟展飞作队员时的习气。

"先登记保存吧。"甘凤麟做出了决定。他们租了辆货车，几个人搬了半个小时才把这些货物搬上了车。

展飞一边慢慢腾腾地搬着一边说："这哪儿是执法啊，我们成搬运工了。搬运工收入也比我们高。"

雇搬运工，没有这项开支。

"领导吃饭能报，这个就不能报了。"展飞小声对桑匀说，桑匀不敢接话茬儿。

郑重也愁眉苦脸地帮着装货，一边不住地哀求，甘凤麟倒安慰起他来："知情和不知情是不一样的，你这个案子，我们会根据情况处理的。先别着急，看有没有更好的解决办法。"

没有办法，这些酒还是要存在单位，办里没有经费，不可能租场地。好在，这些酒根本没有什么价值。

卸酒还要搬运，这个活，展飞是不愿意干的，甘凤麟派桑匀、闫取和张分跟车回去，自己带着展飞和朱读继续检查别的店。

"甘队。"朱读拿着一瓶剑南春酒，怀疑，但是不敢确定，甘凤麟接过来，盒子制作粗糙，锁扣质地低劣，知道是假的，故意问："这个还有吗？"

"没有了。"看来这个商户早有准备。

甘凤麟冲朱读使了个眼色，他马上会意，进里面去检查。

"哎，你进去干什么呀？"老板娘拦住了朱读。

"请让一让，我们要检查。这是我的证件，刚才已经让你看过了。"朱读又掏出证件递过去。

老板娘抢过证件，看也没看，远远扔出去，朱读忙捡了起来。

以后，再也不能让经营户摸到执法证了。甘凤麟暗忖。

朱读捡起证件，继续往里面走，老板娘急了，过来推朱读："就是不让进去。里面是我睡觉的屋子，你进去干什么呀？"

"你这是门市吧？是门市我们就要检查。"朱读被推急了，两个人争执起来，老板娘往外推他，他就往里推老板娘。

"你敢非礼我！"老板娘耍起了无赖，马上哭起来。引得外面好多人在看。

"说什么呢？这么多人在这里，你说出这种话来，你这么大岁数了，怎么好意思说这话呢？现在我们是执法检查，希望你好好配合工作，说别的没用。"甘凤麟上前止住她。

"少来这个，老娘什么没见过，就凭你们几个小毛孩子还想占老娘的便宜？"

"谁占你便宜？瞧瞧你那老样子吧？我还看不上你呢。"朱读气得脸色发青。

"朱读，不要说这话，你出去。"甘凤麟知道，只能让朱读出去了，"你也让开，我们要检查。"

甘凤麟义正词严，老板娘有点儿怕，往后退了一点儿："不能让他走，我这么大岁数了，不能吃这个亏。"

"那个事儿，下一步再说，如果你有证据，去法院告他也行。现在我们是执法检查，请你配合工作，否则就是阻碍执法。"其实，阻碍执法又能怎么样呢？只是说给老百姓听吧，甘凤麟心里苦笑。

这句话好像起了作用，老板娘让开了一条路，甘凤麟进了里间屋。里面的假酒不多，只有三瓶，但是有两个空箱子，应该是装这批假货的包装箱。

"假货，假货怎么了？你们有本事去找那个制造假货的呀，别和我们较真啊，我们还是受害者呢。"老板娘理直气壮地说。

"我们一定查，只要我们能查到，我们一定打击，你要是能给我们提供线索我们还会奖励你呢。"朱读做笔录。

老板娘不再纠缠朱读，好像刚才的事儿没发生过。

"我才不做那缺德事儿呢，你们愿意找，你们自己查去吧。我不得罪那人。"老板娘这种人，真是让人头疼。

"甘队，我们已经把货卸完了，你们在哪儿呢？"是桑匀打来的电话，号码是科里的，他宁可跑上三楼，也舍不得用一下自己的手机。

"你们过来吧。"甘凤麟看看表，已经十一点了，还有一个小时下班，能多检查几家就多检查几家吧，不要把这一个小时浪费了。

"哎，你这是干什么呀？"展飞的声音，很着急的，甘凤麟忙挂了电话跑过去。晚了，老板娘正在摔酒，展飞只是大声嚷着，不去干涉，手里还抓着一瓶酒。

"给我！"甘凤麟把酒从展飞的手里拿过来，老板娘的手也到了，她死死地抱住这瓶酒，这已经是唯一证据，十分重要。

甘凤麟不撒手，老板娘躺到地上，手指甲在甘凤麟的手腕上用力划，血很快就流下来，甘凤麟的手没有松，心里的火烧得他就要跳起来。

要不要制服她？要不要制服她？甘凤麟在心里问自己。

不，我是执法人员，我不能打她。

好几分钟，老板娘躺在地上。甘凤麟弯着腰站着，手上吊着这个撒泼的女人。

甘凤麟的脑子飞速转着，怎么样才能既不伤害她还要让大家都看得出来我没有对她运用武力，还要把自己解救出来。

"你干什么？你放手。"朱读和展飞在一边焦急地做着思想工作，却一点儿作用也不起。

"都起来。怎么回事儿？"不知道是怎么回事儿，110居然来了。

老板娘放开了手，甘凤麟的腕子已经让她抓得破了一大块。

"谁打的110？"甘凤麟奇怪地问自己的两个队员。

"我！不能看着你们这么欺负人。"旁边一个围观的人说，在他眼里，执法人员的形象很糟。

"做个笔录吧。"在派出所，甘凤麟成了当事人。

直到此时，甘凤麟才知道，这个老板娘叫曾敏芝。她家只是一个小经营户，没有自己的代理品牌，来得也晚，所以稽查队还不认识她。

做完笔录出来，曾敏芝的态度来了个一百八十度大转弯："甘队，实在对不起，我刚才是着急，没想到自己店里会出了假货，你别和我一般见识啊，我一个老娘们家，没见过世面，你多原谅吧。"

"就你这样，平时怎么做生意呢？对顾客也是这态度吗？你是做生意的，要和气生财，哪儿能这样做人做事儿啊？你这样做了，就能把事情给平息了吗？恐怕是越闹越大吧？这也就是我，要是换了别人，你这暴力抗法，还不知道怎么收拾你呢。"甘凤麟教训她，她毕恭毕敬地听着："是啊，我这人呀，就是这么个烂脾气，从小父母惯的，以后，确实得改改了。您可千万别和我一般见识啊。"

甘凤麟没有回答，这点儿伤害，他不想追究。但是，案子一定要想办法找到突破口。最近，这个市场上的真货率明显下降，他不想放过任何一条线索。也许，可以利用老板娘的恐惧心理，让她提供线索。

6　有人逼你告状?

寇主任常说，他姓寇准的寇。他认为，寇准为人正直而圆融，充满了人生的智慧，是他学习的榜样。所以寇主任很少发怒。

栗克良的信摆在桌子上，寇主任再也压不住心中怒气。

野蛮执法，推打经营户，吃拿卡要，打白条，调戏女商户，而且，一向如此。依这封信的说法，崔月浦甘凤麟等四人罪不可恕。

"把他们叫过来。"寇主任脸色不好，命令办公室主任亲自去综合执法科。

办公室主任叮嘱崔甘二人小心从事。两个人丈二和尚摸不着头脑。

告状，难免夸大其词，先调查一下。寇主任冷静下来。

两个人小心翼翼，相跟着进了寇主任的办公室。过去每次来了都是一屁股坐在沙发上，这次不敢，并排站在寇主任的桌子前面，毕恭毕敬。

寇主任气不打一处来："来了？"没等两个人回答，声音大起来："捅完娄子了？你们看看，有你们做的这事儿吗？我三令五申，叫你们一定注意党风廉政建设，尤其是你们稽查队，我是大会说了小会讲，私下里也不知和你老崔说过多少次了，你每次都表态很坚决，说什么你知道。经销商没一个善茬子，你去罚他，他就恨你，你罚得多恨你，你罚得少还是恨你，你不罚也恨你——谁叫你上他那里去了，去了就给他添麻烦了。他给你送礼了，你照顾他了，你就有了把柄在他手里，到他不高兴的时候就会咬你一口。这是你说的吧？"

老崔忙点头："是我说的。我也是这么做的呀，主任。"

"什么？你是这样做的吗？到现在了，你还这样说？"寇主任一拍桌子站了起来，桌子上的茶杯震洒了也不管，甘凤麟忙把文件收拾到一边，拿了抹布擦桌子。寇主任说："不用你现在献殷勤，你看看吧，这就是告你们的信。"

甘凤麟赶忙接过信，一目十行，头上的筋慢慢胀起来。崔月浦向信纸伸了伸脖子，不敢细看，寇主任还在指责他呢。

"怪不得别人说，执法人员现在是'脸要黑，心要狠，手要快，嘴要硬。'你到了我面前嘴还是这么硬？你要是没吃人家饭，没收人家礼，没给人家打白条，人家会告你？你们这不是敲诈是什么？人家说你们是土匪执法。连我这个主任也受连累。"

崔月浦不明就里。

甘凤麟小声说："是栗克良。"

"是。是纪委臧副书记的亲戚，臧副书记刚来电话，把我狠狠训了一顿，要求我从严从快处理。杀一儆百。"

"寇主任，您先别生气。"两个"犯人"在领导气愤训话的时间里已经匆匆看完栗克良的告状信。甘凤麟先说话了："我觉得他的这封信有好多不实之处。"

"什么实不实的？自己犯了错，不知道检讨自己，还在这里指责别人？你现在应该好好想想你自己！反思！"寇主任的气更大。

"他说的的确是出入太多了。跟事实一点儿也不相符。"崔月浦也说。

"到现在了还说这些？还是先去考虑考虑自己的所作所为吧？想想自己都错哪儿了。别在这里没理搅三分了，回去吧。"不容分辩，寇主任让他们回去写检查。

两个人不敢多说。

寇主任说："我会让纪检组调查这件事情，等结果出来，你们试试，看我怎么整治你们。"看到两个人出去了，他忽然又叫："甘凤麟，你给我回来！"

甘凤麟只得又回来。也不知主任还有什么训示。

寇主任抬了抬手，示意他坐下。甘凤麟才在沙发边上坐下来，欠着身子，看着主任。

"小甘啊。"寇主任老半天没有说话，甘凤麟看得出来，他还没有从刚才的情绪中回过神来。寇主任一般不会失态，今天他这是气坏了。"那些烟酒，你看过了吗？是假的吗？"

甘凤麟感觉到他的脸一下子红了："没有。是展飞看的，应该不会错。"

"这么说，我们至少还占着三分理。他说你们还骂了他，展飞还推了他几下子，野蛮执法。执法中言语冲突是难免的，但是打人的事儿我有点儿怀疑，你从不在我面前说谎，你说实话，这事儿有吗？"

甘凤麟老实地说："没有。过去在别的案子中可能有过，但是在他这个案子上绝对没有。他当时配合得很好，态度很谦恭，我们不用和他冲突。他说晚上去我家，给了我五千块钱的事儿，那也纯属虚构。"

寇主任不耐烦地说："那些细节，自然会有人调查的。你太不应该了，执法队伍中，鱼龙混杂，有的年纪大了，想搂一把就退休，有的贪财受贿，有的年轻没经验。这些年，我对你的执法水平还是很看重的。有方法，有思想，和经销商之间相处还算融洽，不贪不占。这次，你太让我失望了。诬陷的事儿，不用怕，我们会调查。只是臧副书记的为人，你是知道的，好自为之吧。"

寇主任喜欢甘凤麟，全单位的人都看得出来。

甘凤麟工作有能力，聪明，大度，幽默，懂礼，正直，人缘好，与机关里那些阳刚之气不足的男人相比，出类拔萃，像极了年轻时的寇主任。尤其是，他从不阿谀奉承。寇主任有意等崔月浦退休之后，提拔甘凤麟为正科长。

"这件事儿，可能有人在背后指使。"甘凤麟思考片刻。

"不要总是怀疑别人，要从自身找原因。"寇主任挥了挥手，示意甘凤麟走。

甘凤麟和崔月浦这下成了热锅上的蚂蚁。

甘凤麟知道，崔月浦是个成事不足，败事有余的人。没事儿的时候，他胆子比熊胆都大，给他座金山他也敢往家拿，出了事儿，他胆子比耗子都小，毫无担当。这事儿，只能自己想办法。

扬汤止沸，不如釜底抽薪。

这件事儿的关键是栗克良。"民不告，官不究"，如果栗克良不告了，这事儿也许就没事儿了。

"咱们要去栗克良家。"崔月浦提议，甘凤麟同意。

"这小子够可恨的。等过了这事儿，我饶不了他。"崔月浦说，他没见到栗克良的一万块钱，栗克良也没去他家串门，一切都是子虚乌有。

两个人刚商量出一点儿主意，纪委的人到了，拿着一张白条的复印件。

"你们收的钱呢？"

钱还在保险柜里。纪委的同志请崔月浦打开保险柜，崔月浦示意甘凤麟，甘凤麟拿着保险柜的钥匙。

"嗯，你们还不错，一般打白条就有小金库，看来，你们这里边只有这一笔钱。"纪委的同志态度很好，他们是来工作的，不想得罪什么人。

崔月浦见纪委的同志没有抓到证据，马上来了精神，保证自己从来没有小金库。甘凤麟暗自庆幸，多亏前几天刚把小金库里的钱处理掉。这事儿，不是他们两个人的事儿，主管主任是知道的。

昨天中午，栗克良请客之后，崔月浦让展飞和老齐去栗克良门市，把罚款收上来，要求展飞打白条。

甘凤麟不同意。崔月浦说，你就是胆小，这都是说好了的事儿了，有事儿我担着。甘凤麟明白，所谓说好了的事儿，就是栗克良送礼的时候，崔月浦已经和栗克良达成了协议。

展飞他们到了门市。栗克良知道，老齐不如展飞聪明，把老齐叫出去，请他和展飞商量一下，给他们两条红塔山，照顾自己一下，老齐不敢做主，说要跟展飞商量一下。门市内，栗克良的老婆把三百块钱塞到展飞的手里。展飞没有推辞，扫了一眼，知道是几张百元票，神态轻松地装进口袋，如同收回了欠债。

老齐把展飞叫到一边，展飞面露难色。

老齐说："你不用担心，这事儿，回去我跟崔月浦说。我这么大岁数了，什么也不怕。他老崔明摆着是收了礼了。他吃肉，咱喝汤，没什么大不了的。不行，我就和他吵嚷，再不行，就找寇主任说道说道。"

展飞犹豫半天，答应老齐。

两个人又给栗克良出主意。让栗克良找出一堆零钱，凑了两千块钱，打了张白条，收下，算是处罚。

崔月浦看到只有两千，很生气，说好了五千，怎么变成了两千？老齐拍了桌子，崔月浦马上说，我还得去寇主任屋一趟，回来再说这事儿，反正你们这样做不行。这事儿没完。

崔月浦出去，老齐看着展飞笑，这事儿，就算完了。

纪委的同志拿到证据，谢绝了崔月浦的挽留："等你们过了这一关，要是没事儿，不请客都不行。"

只隔了二十多个小时，昨天晚上还是栗克良给队长们送礼呢，今天就变成了他们给栗克良送礼。

敲了半小时的门，栗克良才把崔月浦和甘凤麟让进屋，轻描淡写地解释了一句，说是看电视了，没听到。两个人心里明白，却无可奈何。

其实，栗克良刚才在打电话。

栗克良眼睛看着电视，不愿意答理他们。

崔月浦脸皮厚，东拉西扯，栗家两口子也不怎么回话。甘凤麟后来说话了，他们两口子也知道甘凤麟是只老虎，别看他平时说话和颜悦色的，可是他是个真正的男子汉。再说，他的为人市场上还是有个公论的，的确是个好人。两口子不好不理甘凤麟，和他说起了家常。

甘凤麟会说话，道歉也非常诚恳，说着说着气氛就好了。

栗克良的媳妇说："甘队呀，别怪我说呀，你们这事儿做得也太过了。但是我们也不想和你们做对，只要你们放过我们，我们也不想为难你们，毕竟我们以后还要做生意，就算是不做生意了，也还要和你们见面吧？大家何必闹到不可开交呢？我们不想告状，可是我们不告不行啊。"

"你是说有人逼你告状？"甘凤麟小心地问。

"是赵玉琴？"崔月浦不管那么多，直截了当。

"我们可没这样说。"栗克良瞪了媳妇一眼。

"要是那头不闹了，我们这里好办。"栗克良媳妇说。她看见崔月浦把什么东西放在沙发上，她知道，那是两千块钱的购物卡，也看见甘凤麟把什么东西放在桌子隐蔽处，这些，都是昨晚栗克良送出去的。而地上的那堆东西，是崔月浦和甘凤麟承认了错误，是他们夫妇在执法人员面前的尊严。

7　送礼的接踵而至

"甘队，真是对不起，您别和我一般见识。我一个老百姓，老娘儿们，不懂事儿，爱冲动，您别生我的气了。我以后保证不再这样做事儿了。"曾敏芝后悔莫及，晚上，甘凤麟还没吃完饭，她就提着礼物上门了。

"这事儿做得，的确够傻。我是执法人员，你打了我，就是暴力抗法。也幸亏我是执法人员，否则，我还了手，你还不知道怎么样呢。"抬手不打笑脸人，甘凤麟耐心给曾敏芝讲道理。

　　"再也不敢了，甘队，当时哪儿想那么多了，一看自己家给查出假酒了，就急了。多亏您跟派出所说了好话，要不，这次我就难看了。"曾敏芝赔着小心。

　　"你知道什么？真是个老娘儿们，就知道撒泼！这些年，习惯了，在家里和我打，在市场上和这些经营户打，一点儿也不像个女人。"曾敏芝的丈夫数落起来，曾敏芝想发作，又忍住了。

　　"现在又和稽查队打，真是疯了。你认识假货，甘队告诉你了，你不说好好感谢，人家保护了你的信誉，你可倒好，居然和甘队动起手来。甘队那是不愿意理你。你知道甘队是干什么的？甘队是练武术的，要是打你，十个二十个你也早就打倒了。全亏了甘队这人厚道，不和你一般见识。我就说，我一天不在家，你就惹事儿。"

　　甘凤麟看出来，曾敏芝的丈夫也不是个省油的灯，他不说话，顾自吃饭，看他们表演。

　　"甘队，其实这事儿，我真不知道那酒是假的。没想到，那个浑蛋把假货给了我，过后，我一定找这小子算账。"曾敏芝恨恨地说。

　　"你还挺厉害，还能找他算账。"甘凤麟若无其事，盼着她能提供出送货的人来。

　　"找什么找？他送完了货，还能再回来呀？你又不认识他是谁，上哪里找去？"曾敏芝的丈夫明显比她狡猾。

　　"是啊，这些售假案件，倒霉的都是咱们市场里的这些经营户，送货的送完假货跑了，处罚的可是咱这些经营户啊。要是我们再在报纸上一宣传，你们还要背一个卖假货的黑锅，以后这信誉很难再树起来了。"甘凤麟又加了一个砝码。

　　"是啊，凭什么我们帮他们背着这黑锅，以后我们的生意还怎么做呀？"曾敏芝有点儿急，这话是冲着她丈夫说的。

"替谁背呀？谁叫你自己不长眼呢，人家蹬着个小三轮来推销，你就只图便宜进了货。我说过不让你进来路不明的货吧，你不听，这回傻眼了吧？后悔也来不及了吧？再说了，那些人，别说你不认识他，就算你在哪里认出了他，人家死不认账，你有什么证据？他们都是亡命徒，你找到他们，还没等你把他们怎么着，他先把你门市砸了，你还做不做生意了？"

曾敏芝的丈夫频频使眼色，看得出来，曾敏芝怕了。看来，这些送假货的，他们是认识的。

"只顾了说话，还忘了问，你怎么称呼？"按市场上的惯例，甘凤麟猜测，他在市场上大概被叫做"曾敏芝的老头子"。

"我姓袁，叫袁世林。您就叫我老袁就行。"

"哦，老袁，确实是挺圆滑的啊。"甘凤麟开了个玩笑，不深不浅。

"现在，是私人场合，咱说点儿实话行吧？我说话也没证据，你们也不用担心，出了这个门，这话烟消云散。"甘凤麟不愿意听那些没用的谎言。

"识假，你们商户的水平不比我们差。你不要急着分辩，听我说。现在是淡季，货源充足，咱们三令五申，要从正规渠道进货，你们为什么还要从可疑商贩手里进货？他们的供货价那么低，你不怀疑吗？你说不知道那些酒是假的，谁能相信呢？进这样的货，以你的精明，能不了解供货商的来龙去脉吗？"

"甘队，您别逼问我了。这些事儿，我说句实话，别说我们不知道，就算是知道了，我们也不敢说。市场这么大，卖假货的人也不少，我们也不算什么大户，只是偶尔卖了这几瓶……"

"是，我们就卖了这几瓶。甘队，我们本来就是小门市，卖不了多少。这不是看别人都卖，我们才……"曾敏芝怕丈夫说多了，结果自己也说多了，把大家都卖的事儿泄漏了出来。她丈夫瞪了她一眼，这才住了嘴。

"大家都在卖，您也别问我们都是谁在卖，我们也不敢说。反正，卖假的一瓶，比真的十瓶还赚钱，大家都知道这个理。不是有人说吗？

叫什么……原始积累。原始积累就是罪恶的,第一桶金有多少是干净的?我们这个市场不也一样吗?"

"你这是什么理论?违法还有理了?"甘凤麟把饭碗放下,是有些人打擦边球,不只是市场里这些商人,就连自己的父亲和哥哥,也有时会钻法律的空子。

"甘队,你们天天坐在机关,干的是正义的事儿,不了解我们这些人,我还不知道吗?聪明的,钻法律空子;胆子大的,直接违法。抓到了,算倒霉;抓不到就偷着乐。等赚够了钱,大多数就不再违法了,成了正经商人了,谁还能翻出老账来说他什么?大家都是这样做的,你们不知道,我知道。"袁世林对自己的经验很自信,他只顾了自己说,看不到甘凤麟的愤怒。

"你是说,那些大户也是靠着这种手段才起的家?"甘凤麟脸色有点儿不好看,控制着自己的情绪,故意低头吃饭。

"甘队,你别听他瞎说。人家那些人,哪儿像他说的那样。你别乱攀扯别人,自己的事儿就说自己的事儿,拉扯人家干什么?你有什么证据?"曾敏芝这回又比她丈夫明白了。

看这两口子一唱一和地表演,甘凤麟气笑了。

"甘队,说着说着就说些乱七八糟的。我们两口子,您也看出来了,就是这个素质,也没文化,就是靠在市场上小打小闹地卖点儿货,也赚不了大钱,也没那个本事。您就大人不计小人过,别和我们一般见识了。今天,我来认个错,求您原谅我。刚才,您也笑了,我知道,您也不会和我这样的人计较,全是我的错,我不该不懂事儿,您多原谅。我也不知道您喜欢吃什么,胡乱买了点儿营养品,您自己看着喜欢什么,自己去买点吧。"曾敏芝指了指买的一包奶粉之类的东西,看样子值不了多少钱,又把一叠钱从口袋里掏了出来:"甘队,我也不知道怎么表示自己的歉意,这是八千块钱,您千万别说别的,这不是行贿。案子,您该怎么处理就怎么处理,我觉得也不是什么大案子,不就是几瓶酒吗?没收了,再罚上点儿钱,也不会多吧?我也问过别人了,罚也罚不了千儿八百的,我就是觉得对不起您,这点儿钱,全当是医药费和精神损失费了。"

"这点儿钱，赔偿我的精神损失费？"甘凤麟故意沉着脸，"我一个稽查队长，在市场上这么多人看着，你们这么大吵大闹的，我以后还怎么执法？"

"甘队，您说个数，我们错了，听你的处理。"袁世林说。曾敏芝的脸上有点儿急的样子，甘凤麟看到他使眼色制止曾敏芝发作，但是，"您"字已经换成了"你"。

"这件事儿，要消除在市场上的影响。不然的话，以后我们在市场上还怎么执法？都知道我们吃硬不吃软，那还怎么工作？我个人的事儿没什么，我也用不着你们精神赔偿。咱们不是打架，要是个人打架，你们也知道，别说是一个，就是你们两个也不在话下，而且，要是你们真的伤害了我，我还真是会索要赔偿。可是现在不是，我为的是执法人员的形象，这点儿小伤不算什么。我从小练武，受的伤多了，过几天就好了，我个人不追究了。但是，如果这件事情处理不好，我保留追究的权利。"

"甘队，您这人真是太好了。让我说什么好啊。只要您个人不追究，您让我们干什么我们都听。"两口子立刻高兴地说，他们知道，个人追究，比法律追究来得更快，更彻底。

"我让你们干什么？我让你们提供售假的商贩。"知道可能性不大，甘凤麟还是不愿意放弃。

"甘队，您饶了我们吧，打死我们也不敢啊。我们还要开店呢，再说了，家里还有孩子。"也许是受了感动，两个虽然还是不愿意提供线索，但是真话总算说了出来。甘凤麟知道，市场上可能有一支很难对付的恶势力，他们不只是售假，可能还是黑社会性质的。

"那好吧。这件事情，我个人可以不追究。但是，处罚是不能从轻的。你们要接受处罚。还有，这件事儿，我们会在报纸上曝光，挽回影响……"

"甘队，能不能不曝光啊？我们认错，我们公开认错。我们请执法队的弟兄们好好地吃一顿，或者是给执法队赞助点儿什么，都行啊，就是千万别曝光啊。"两个人开始哀求。

"你们也知道声誉比钱值钱啊？早知道这个，你们早干什么了？难道执法队就不要声誉了？这样吧，只曝光这件事儿，不提你们的名字。"

"甘队，没想到您这么大度，谢谢您。听人说，你们家是武术世家，你是黑白两道，我还以为……谢谢您。"老袁赔着笑。

"以为什么？砸了你们的门市？八小时以外，打你们一顿？还是利用职权，天天去你门市骚扰？还是什么？我甘凤麟不会那样做的，你们就放心吧。"

甘凤麟下了逐客令，两个人一边不住地说着谢谢，一边道着歉，把那一包东西留下。甘凤麟知道，那些东西值不了几个钱，再不要就是不给面子了。

小宝在屋里写作业。甘凤麟担心，如此环境，对孩子影响不好。收拾完厨房，小宝就来让甘凤麟给他听写。

孩子每天的作业，都有给家长的一部分，不是听写就是出数学题。家长替老师做了大量的工作。隔三差五，还要给老师送礼。甘凤麟本来不想送，宋丽影说，别的孩子都送，不送的一定会吃亏。小宝说，就是送完那一个月，老师还算亲切，以后，照样不理不睬。

最近，又说孩子们的作文不好，星期天要到老师家里去上补习班，甘凤麟对这位老师的看法极大。

推己及人，甘凤麟觉得，其实，大家都是不正之风的受害者。今天你在这里不正当地得到，明天便会在那里不正当地付出。今天你卖给我劣质的生活用品，明天，我就卖给你有毒的水果蔬菜，坑来坑去，大家在转圈儿坑自己。

曾敏芝的话也引起他的思考。

当上队长之后，门庭热闹起来。甘凤麟并没有主动把地址告诉别人，经营户们却轻易就能找上门来。如果下大力度打假，那股恶势力也会找上门来。甘凤麟看着小宝，心情沉重。

"你先自己写吧。"又有敲门声，甘凤麟把小宝关在卧室里，出去开门。

是郑重。

"甘队。我可怎么办啊？"还没坐下，郑重就愁眉苦脸地问。

"郑重，你是老实人，我知道。这几年，你在市场里做生意，没有做到很大，但是自己一贯坚持诚信，声誉很好。这些年，市场里能像你这样守法的大概不是很多。我在市场上待了这么多年了，这些我们都清楚，你不用担心。"甘凤麟给郑重倒了杯水，郑重接过杯子，脸上有了笑容。"甘队，你们也了解我？"他欣喜地说。

"当然，市场的这两千多个经销商，我现在还不能都认识，更不可能都了解。但是，一些商誉极好和极差的，我们心里都有数。要不，我这几年的工作不是白做了？"甘凤麟笑着拍拍他肩，缓解一下他的紧张情绪。

"还真是。"郑重不会花言巧语，憨厚地笑。

"怎么进的这些货呀？"和郑重说话不能像是和曾敏芝两口子一样，甘凤麟主动问他。

"哎，甘队，说起这事儿来就让我上火。前些天，来了个推销员，拿着样品酒，还有质检报告，厂子的三证，什么也不缺。我喝了样品酒，觉得不错，又找了几个朋友，大家在一起喝了喝这酒，都说还不错，价位也合适，正好面向农村市场，包装也还可以，我就订了货。谁知道来的货和样品不一样啊。其实，我还挺留意这事儿的，到厂里去看过，以为不会出什么差错，谁想到还是出了差错。一车酒呢，十几万呀。您要是再罚我一下子，我这日子可怎么过呀？"郑重说着，眼里就含上了泪。

"别这样，你的情况我知道，一个人，从农村来的，从刚建市场时就在这里给别人打工。后来有了经验，老板帮着，你自己戳起这个摊子，踏踏实实干了这几年，刚把生意做得有声有色，也结了婚，又刚买了房子，小日子正是越过越好的时候。要是倒了这么一次霉，这一年就白干了。我说得对吧？"

"甘队，你怎么什么都知道啊？"郑重有些吃惊，了解他的情况本来不难，他家又不是保密单位，他吃惊的大概是甘凤麟对他的关注。

"我为什么不能知道啊？你怎么就知道我的家呀？"甘凤麟以玩笑的口气说。

"知道你的家很容易，市场上有人知道，我就能知道。我一打听，没有几个人会瞒着我。"

"你小子,就是有个傻人缘。既然你找我来了,直说吧,有什么想法? "

"甘队,我想求求你,少罚我点儿吧,我已经损失挺多了。"说着就低下了头。

"要是不罚你呢? "甘凤麟轻松地望着他。

"真的? "郑重的头一下子抬了起来,不相信地看着甘凤麟,从衣袋里掏出个纸包,一下子塞到甘凤麟手里。

"郑重,你也会这个了? 你送我多少钱,想买我的良心。"

"三……三千。"郑重的脸涨得通红。

"你也是生意人,看来这种良心买卖你做得还是不多,所以,你自己先觉得不好意思了。告诉你,我也不想卖良心。我说不罚你不是因为我想要你的钱,而是因为知道你是个规矩的商人,我想帮你。当然,是不是能帮得了,我也不知道。更不知道你是不是愿意让我帮你。"

"我愿意,我当然愿意。就是不知道甘队你怎么帮我。"

"我这回是想帮你个大忙,不只是不罚你,还要帮你追回损失。我建议你这样做——当然,你想不想这样做是你的事儿。——你过几天,给厂子打个电话,告诉他,货卖得挺好,让他再送一车来。到时候,咱们把车一扣,人一抓,不怕追不回你的损失,罚款也不用你出了,自然由他承担。这个主意,你愿意听就听,不愿意听就算。因为这是外地厂子,我们拿人家没办法,就算是和当地执法部门联系,难免会走漏风声。地方保护,很常见,我不能保证所有执法人员都秉公执法。这话明白吧? "

"我明白,我听你的,我原来还打算给厂里打电话如实说这件事儿呢,幸亏没打。可是,他人来了,咱们就能抓住吗? "

"这要提前和公安联系好。只是,联系了公安,恐怕吃亏的是我们单位,大概公安会把罚款拿走。我还要请示领导,这就不用你管了。这是我的事儿。"

"那太好了,甘队。谢谢你。"郑重做生意的头脑有,但是到了这时候,话就是跟不上。

"甘队，这个……你看？你就收下吧。算我谢谢你。"郑重又把纸包拿出来，红着脸小声说。

"不用这个那个了。栗克良的事儿，想必你也知道，不要害了我。只要把这个厂家引过来，就是回报我了，这也是我的工作成绩。"甘凤麟笑着把郑重推出了门。

8 赵玉琴被这种融洽的氛围感动了

走到雅间门口，甘凤麟请崔月浦先进。他从小习武，对长辈和领导非常尊重。对下属，他和蔼可亲，从不要求这些。

崔月浦喜欢摆架子，对别人的尊重很敏感。赵玉琴从来不把他放在眼里，他气愤，却又无奈。人家是县长的娘子，她在市场上名声很臭，只是投鼠忌器，连寇主任都不好意思动她，崔月浦也只有忍气吞声。

栗克良的案子，本来是为了报复赵玉琴。那天，赵玉琴请假，崔月浦带着甘凤麟、老齐和展飞检查市场，崔月浦提出要给栗克良来个突然袭击，大家一致赞同。

赵玉琴是栗克良的保护伞，人尽皆知。

自从稽查队开始打假，赵玉琴第一个意识到，权力来了。她抢先在市场上拉拢了大批的商户，这些人，在她的包庇下贩假售劣，很难抓获。栗克良更是有恃无恐，对稽查队的其他人傲慢无礼，稽查队的人们恨透了他。

想不到一脚踩在地雷上，稽查队做事不慎，全落到赵玉琴手心里。栗克良说出赵玉琴在背后指使他的事儿，崔甘二人虽然早有心理准备，还是很吃惊。

"下手太狠了。"崔月浦咬牙切齿。

"咱们知道她的事儿也不少，从来没想过去告她，只是敲山震虎，拿栗克良出出气。"甘凤麟觉察到赵玉琴的狠毒。

"等过了这事儿，看我不整死你，赵玉琴。"崔月浦恨恨地说。昨晚，他们才去给栗克良送过礼，今天，是他们宴请赵玉琴，求她放几位同事一马。

"凤麟，我一直奇怪，她有什么手段，把这些经营户都掌握到手里呢？"崔月浦没有坐在正位上，今天，要把最好的座位留给赵玉琴。"今天一定要让她高兴，我问过纪委的朋友，这事儿，有臧副书记盯着，说不定要给咱们处分。不过，与臧副书记相比，主要还是栗克良。栗克良昨晚不是说了吗，真正主要的，还是赵玉琴。"

"昨晚回来，我又给栗克良打了个电话，他说，他还有生意要做，不想和咱们结仇，主要是赵玉琴。"甘凤麟皱着眉，很自责。苍蝇不叮无缝的蛋，要怪，就怪自己不争气。

"所以说，关键是赵玉琴，只要她这里一松劲儿，这事儿也就不了了了。你平时和她关系好，这回全看你的了。我的话，她一点儿也听不进去，我看，这娘们儿还是对你有点儿意思的。"崔月浦挥挥手，把刚进门的服务员赶了出去。

赵玉琴和花如玉去洗手间了，还没有到，老齐和展飞在大厅点菜。现在时兴这种点菜方式，直接让客人在大厅点，这让崔月浦觉得有失客人的高贵，所以他从不点菜，只是让展飞和老齐去点。他们是知道他爱吃什么的，要是点的菜他不喜欢，他会不高兴的。现在，只有两个人在这里坐着，正好说话。

"说什么呢？谁对她有意思了？"甘凤麟随口说。

"不是说你对她有意思，是她对你。你还没看出来呀？"崔月浦不是个爱开玩笑的人，他喜欢认真。

"大家都是同事，在一起开开玩笑可以，哪儿能动真格的呀？你多想了。"甘凤麟很真诚，他对赵玉琴从无非分之想。

"信不信由你。"崔月浦满脸真诚，"我也快退休了，五十九岁现象，不瞒你说，我不想离开这个岗位。我这一生，抱负远大，却不得志。这几年，刚有了权力，你别笑话我，我想好好用用。寇主任并不想严惩咱们，所有的症结，都在赵玉琴这里。"

甘凤麟用眼睛示意了一下门外，崔月浦知道，怕赵玉琴听到，闭了嘴，又忍不住补充上一句："今天一定要哄她高兴啊。"

甘凤麟点点头："好汉不吃眼前亏"。

两人说着话，一回头，赵玉琴和花如玉走进来。实际宴请赵玉琴，表面上是全科聚餐。

甘凤麟一笑，说："咱们稽查队的两位半边天来了？俩半边天就是一整天了，你们一整天了，我们只能是晚上了，哈哈。"

赵玉琴见甘凤麟笑得很真诚，心里也觉得很舒畅。她也笑了说："瞧你那黑灯瞎火的劲儿吧，看你也是晚上。瞧那张黑脸。"

甘凤麟摸一把自己的脸："只是不如你们女人白，也算不得黑吧，男人嘛。知道你喜欢小白脸，可是咱脸黑心不黑，也挺可爱的吧？"

赵玉琴知道，今天的场合，她是女神，可以肆无忌惮："瞧你那德行吧，还可爱呢？也不怕别人笑掉了牙。"

"大姐您只管笑，牙掉了我给你接着，不用担心。要是真掉了呀，也说明您那牙该下岗了，咱换新的，让崔队给您报销。还不行吗？"甘凤麟说完就看赵玉琴的牙。

赵玉琴从小牙不好，就怕别人看她牙："看什么看？"

花如玉年轻，爱凑热闹，接着赵玉琴的话说："不认识呀？还看。"

甘凤麟咧咧嘴："嗯，是不认识，这么漂亮的大姐我哪儿认识呀。请问，神仙姐姐，您是哪里来的呀？天下掉下来的林妹妹吧？不对，林妹妹没这么老，看着像林妹妹她妈。"

花如玉早知道会有这一句，笑得眼都眯成一条缝儿，赵玉琴说："像你妈，去你的。"

甘凤麟说："你看，不对了吧？我和你开玩笑，你怎么能骂人呢？而且还要这样污辱老人，你不对啊。"

见甘凤麟真的不高兴了，赵玉琴知道这句话说得过分了，不好意思地笑了笑说："这不是顺口说出来了吗？不好意思啊。"

"大家就是要多开开玩笑，活跃一下气氛。平时大家出去执法，就像演员化了装登上舞台一样，演什么就要像什么。不执法了，就要好好地轻松轻松。虽然我不爱开玩笑，但是我支持同志们在一起快快乐乐的，愿意给大家营造一个宽松的工作环境。其实，你们是没有机会去看，到各执法单位走一走，你们就知道了，他们也都是这样。上了班，面对执法对象，大家都很严肃，这样时间长了就会很累，所以，没有外人的时候，就要放松一下。"崔月浦说，"咱们又好长时间没有一块儿吃饭了，今天咱们的奖金发下来了——就是去年咱们得那个先进单位的奖金，正好咱们可以在一起聚聚。赵队也要请客啊，你得了先进个人奖呢。"

赵玉琴说："行，不就是吃饭吗？你说吃什么吧？"

"一看赵队就是财大气粗呀。"花如玉说，"你们说吧，吃什么？发五百的奖金，怎么也要吃六百吧？"

"还真就是财大气粗。花儿，我家一个月的工资加奖金，我们两口子加上孩子，你知道有多少？差点儿不到一万。你说，像你这样的，不是我说你，还要在外面租房子住？你就住你赵队家里，我管你吃管你住，你没事儿了就是帮我做做家务就行了，省你多少花费呀。"赵玉琴有点儿忘乎所以。

花如玉的脸沉下来。

甘凤麟对赵玉琴充满了厌恶，怕花如玉脸皮薄，忙说："小花，你去看看，那两个点菜的怎么还不来？不会是点完了俩人在那儿吃上了吧？让咱们傻等。"

花如玉话到嘴边："我可不做你家保姆。"看了看甘凤麟，终于没有说，自顾自出去了。

点菜的俩人随着话音进了屋，花如玉没有回来。

服务员进来问："几位喝什么酒？"

崔月浦喝白酒，甘凤麟说："来瓶红酒，要张裕。"

赵玉琴明知是为她要的，只有她喝红酒，展飞和老齐喝啤酒，可是她还是不放过打击甘凤麟的机会。很久没有和甘凤麟开玩笑了，她也觉得累了。于是说："你就是好色呀。"

甘凤麟一笑说："还是赵姐了解我呀，可是我好色不饮（淫），我是给你要的。不过，要说好色呀，还是他们俩，小展和老齐，他们喜欢黄色的。我今天喝白酒。"

甘凤麟和赵玉琴又开始斗嘴，大家都高兴了，展飞和老齐也一个劲儿地凑趣。展飞说："甘队，你就是有学问，还知道好色不淫。我有个问题要请教你呢。"

甘凤麟说："问吧，你甘大哥就是有学问，难不住我的，不像你赵姐，傻乎乎的。拣难的问啊。"

展飞说："对了，女的就不问了。问就问难（男）的。请听题：四书五经，什么叫四书，什么叫五经？"

"真笨呀，让我说你什么好，四书都不知道？上学都干什么了？我对你们这些年轻人很失望呀。告诉你吧，记住了，四叔就是你三叔的弟弟。"

不等大家的笑声结束，甘凤麟又说："五经，赵队你知道吗？"

赵玉琴说："不就是诗经，书经，还有……一时还真想不起来了。"

甘凤麟又问崔月浦："崔队你知道吗？"

崔月浦没学问，不懂这些，他说："我不看那些没用的东西。"

甘凤麟转向老齐，老齐拿牙签往嘴里比划。

甘凤麟摇了摇头说："好，都不知道，这回就好办了，听着啊：五经，就是，诗经，书经，易经，还有，"他回头看了一下，见花如玉没有回来，放心了，又看大家期待的眼睛，知道是等他的笑料呢，就说，"月经……"

话还没落地，赵玉琴说："还有你个神经。"众人哈哈大笑，气氛一下子活跃起来。

花如玉推门走了进来，赵玉琴考她："小花儿，你说四书五经是什么呀？"

花如玉猜测，赵玉琴这样问她，一定有潜台词，不愿意让她小瞧了。赵玉琴一向散布读书无用论，贬低花如玉这样的大学生，就说："我不知道是诗书礼义和春秋，别问我，我也不想听。菜来了，快吃吧。"

赵玉琴一脸憨厚："你知道你甘队怎么说的吗？"

甘凤麟赶紧制止："哎，赵姐，儿童不宜啊。咱们开玩笑，我脸皮厚，小花可是个好孩子，你别把人家教坏了。"

花如玉聪明，知道他们在讲成人笑话，站起来说："我去找服务员要餐巾纸。"连忙走了出去。再回来时手里却什么也没拿，因为"危机"已经过去了。

"我就不明白了，你为什么那么护着花如玉？看人家年轻漂亮啊？"花如玉走了，赵玉琴还是不依不饶。

"和你这种比徐娘还老的大娘开玩笑，是逗你开心，和一个小姑娘胡说八道，就是不道德了。大家都从年轻时候过来的。"甘凤麟和赵玉琴喝酒，赵玉琴不恼，半杯红酒倾下去，脸上红起来。

十五年前，甘凤麟刚参加工作。如今，他三十八了，对那些曾经帮助过他的同志，他至今心存感激。

都从年轻时过来的。赵玉琴年轻的时候，和花如玉一样，美丽，聪明，单纯。也有老同事欺侮她，她和年轻的同事们在一起议论，等她们老了，绝不欺侮年轻人，把机关的风气扭转过来。

现在，她的观念变了。她并不讨厌花如玉，但是她嫉妒。上天生成了美，就是让人欣赏的，爱恋是一种赏慕，嫉妒未尝不是一种痛彻的喜欢。她所经受的风雨，花如玉同样经受了，她才觉得公平。

这顿饭吃得非常热烈，大家吃得很卖力气，也吃得很快乐，很融洽。赵玉琴被这种融洽的氛围感动了，她也愿意自己的生活能这么快乐地过下去呀。当然，她心里明白，大家为什么这样对她，过了这个难关，也许就不会再有人这样对她了。但她还是留恋这种日子。

崔月浦看出这次的效果很好，他敬赵玉琴一杯酒说："赵队，小妹，咱们可是多年的老同事了，你还要多照顾着大哥点儿呀。大哥这人，有时做事儿不大考虑的，有做得不好的地方你尽管说，千万别往心里去。"

赵玉琴喝了酒，拿餐巾纸擦掉沾在下巴上的残酒："看大哥说的，咱们这么多年的同事了，哪儿能在意那么多？我这人也有好多事儿不走大脑的，做得对不对的，大哥别计较呀。"

崔月浦冲着赵玉琴伸大拇指："我就是喜欢你的痛快，不像有的女人，婆婆妈妈的，我妹妹就是女中豪杰。我先干为敬。"说着把小半杯白酒一仰脖子就喝了下去。这是四两的大杯，一口喝下去足有一两半。

赵玉琴没有喝完她手里的酒，她只是抿了一口。崔月浦也没有再多说，要是平时他一定会让赵玉琴也干掉杯中酒的，现在他不敢。

见队长敬了赵玉琴，大家也都敬她。

都敬过了，崔月浦说："妹妹啊，你是女诸葛啊，有些事儿还要你多帮忙呢。"

赵玉琴说："什么事儿？你说吧。"

崔月浦说："你看，市场上的事儿，你比较熟，大家也尊重你，你能不能做做栗克良的工作？帮我们一个忙？让他别再告了。"

赵玉琴早就知道，崔月浦会提这件事儿，她也想就坡下驴了，只是她希望这个要求是甘凤麟提出来的。崔月浦提出来也是对的，因为他是队长啊。她想了想说："其实我和他们也不太熟悉，但是我是局外人，大概和他说话要比你们自己去说好一些，不容易激化矛盾。我试试吧。"

有了这句话大家都放心了，这就是说，这事儿要结束了。

甘凤麟倒了一大杯酒："崔队喝得不少了，我代表大家，敬赵姐。"

赵玉琴让他倒满，甘凤麟倒到酒漾出来，赵玉琴也把自己的酒杯倒满，两个人碰了，干掉。举座鼓掌叫好。

9　爱情和婚外情

"男人没有一个好东西。就像我爸甘凤麒，我小姑父李志遥。"甘春西刚从省城小姑姑家回来，冲着二婶大发感慨。

"你也该回家看看了，你妈会担心的。"甘凤麟劝侄女。

"看看，一句话没到，下逐客令了。"甘春西从来不和二叔计较，"只有甘凤麟同志是个好东西。"

"越说越没好话了。"甘凤麟不生气。小孩子,活泼点儿,没什么不好。

"你二叔可不是你说的那种男人。"宋丽影刚刚带团回来,昨晚,还在宾馆想着甘凤麟种种的好。

"宋导,你对婚外情怎么看?"昨天的晚餐,有个游客突然问宋丽影。

大家都在吃饭,乱哄哄的,听到他的话一下子静了下来。连孩子们也不知所以地停下来,摇着小脑袋东瞧西看,没看出门道就又开始吃起来,反正知道吃晚了就抢不上好的了,旅游团的饭一向是这样的。

宋丽影看看他,并不出乎意料。一路上,他已经盯着她看了很久,视线都快疲劳了,现在说出这话算是够能忍的了。她正想借这机会对他说说自己的观点,省得他胡思乱想。

"这个呀?"宋丽影笑了,大家都喜欢看她笑,羞涩而含蓄,很美。她用手抚摸了一下身边那个小女孩儿的头,这些孩子都崇拜她,只要她对谁有了点儿亲近的表示,那个孩子一定兴奋好一阵子。这个女孩儿马上甜甜地笑了,还向她旁边的孩子炫耀地晃了晃头,吐出舌头,旁边那个孩子也向她做了个鬼脸儿。

宋丽影再次轻轻地笑笑,反问:"现在婚外情很多吗?"不等得到回答,她知道,回答并不重要,"其实我也听说过这种事儿,觉得这是一种很自然的现象。"

大概有点儿语出惊人,大家都看着她。

"关于婚外情,人们可能出于多种心理,有的是寻求刺激,有的是寻找感情的慰藉。其实,不管是哪一种,首先不是违法的,所以我不斥责。任何人都有权利在不违法的前提下选择自己喜欢的生活,可以高尚一些,也可以庸俗一些,别人无权批判。但是有些人的做法是不明智的,会给自己带来想不到的麻烦,自尝苦果,所以我也不支持。有一些人,因为婚姻的不幸福,却又由于父母子女等等原因无法解脱,对于这些人,他们的做法又让我感到同情和理解。"

游客们没有了惊奇的表情，有的人开始吃饭。

　　"还有一种人，"宋丽影看了看提问的那个中年人，"是专门去勾引良家妇女的，呵呵，我这样说可能有点儿那个，但是我还是喜欢说实话，对这样的人我是不屑的和批判的。在我眼里，情是美的，而且，"她顿了顿，有点儿羞于启齿，但最后还是说了出来，"性也是美的。人不是动物，不能去寻求那种纯身体的刺激。"

　　那位游客脸憨皮厚，全然不顾宋丽影的批评与规劝："宋导，你会不会去赶这个时髦呢？"

　　"我？"宋丽影招呼服务员，快点儿上菜，然后，很自豪地说，"我没那个必要，我的家庭非常幸福，我爱人特别爱我。我没有理由去赶那个时髦，我也不是那样随便的人。理解别人不一定就要自己去做，我只是对别人有所宽容，这不代表我认为那样做是好的。我坚守我的观点。我相信爱情，也相信婚姻，我觉得一个人一生能拥有一份坚贞的爱情是多么的幸运，我同情没有得到的人，而我有幸得到了，我就会去珍惜，不能辜负了命运对我的这份垂青。我这一生只有一个情人，那就是我爱人。我也想反问您一下，所谓婚外情，难道就不怕染上点儿什么病吗？"

　　有人鼓起掌来，这里面那几对年轻的情侣更是对宋丽影尊重有加，在接下来的旅途中，他们对她的崇敬溢于言表。

　　提问的人端了一大杯啤酒，一仰脖子，自己干了："高，宋导，佩服。"朝宋丽影伸了伸大拇指。

　　晚上，一个人躺在床上，宋丽影想到了甘凤麟。

　　他说过："宋丽影，是我一生最爱的人，我唯一的爱人，我将会对她热爱一生。苍天、大地、白云、明溪、绿草、苔石，请你们为我作证，见证我一生不变的爱情。我的誓言请你们永记。"

　　他做到了。结婚十几年，他爱我，呵护我，社会上的性交易这么多，他都没有染指过，这个我知道。夫妻之间，我还是有这点儿敏感的，我也是个聪明人。我长期带团，每星期总要有几天不在家，也真是难为了他。

可是我们有爱，这就够了。

贾宝玉说过："女孩儿未出嫁，是颗无价之宝珠；出了嫁，不知怎么就变出许多不好的毛病来。虽是颗珠子，却没有光彩宝色，是颗死珠了；再老了，更变的不是珠子，竟是鱼眼睛了。"

甘凤麟，他就是把我变成鱼目的过程变得长了，让我多做几年珍珠。

甘凤麟的誓言是在河边发的，他对着苍天大声地呼喊，我至今记得那感动我一生的一幕。

那一天，天气真好。

十二年前了，那一天。

我们恋爱已经有半年了。他带我去东山野餐。那时候的东山，没有什么人去，不像现在，到处都开发了，没有一个清静的地方。

他带我去那个清秀无比的山里。

盛夏，市里的天气已经很热了，山里却依然凉爽。我们到了那块山间平地的时候，已经接近中午。我累了，坐在树下休息，看他把食物铺陈在一块塑料布上，拥着我吃着说着。等胃里充实起来，我倚着他，幸福地看。

天空恰到好处地点缀着几许白云，太阳亮得坦诚而美丽，照着每一株碧绿的小草。五颜六色的花儿在微风中翩然而舞。脚边是明澈的小溪，有游鱼在里面嬉戏。枝头是鸣叫的小鸟，和我们一同享受植物幽幽的香气。

我陶醉了，微微闭上眼眸。

"丽影，我，想结婚了。"他在我耳边说。

我明白他指的是什么。我也想，可是我不说。嘻嘻，我在心里悄悄地笑。

他知道我想什么，他知道。他不再说，只是吻我。吻到我心里的小兔子跳个不停。

他为我脱衣服，我说："不行，这里是外边。"他说："这四面的山就是天然的屏障，这里远近都不会有人。"

我看了看，的确是的。这山中的一块平地是如此难得，四面全是小山，这里的确是没有人的。

我看到自己的身体在阳光里泛着金色的光，我害羞了。

"人的身体是美的。"是他教会我，是的，这么多年来，我再也没有想到过这种事儿是龌龊的，有爱的两性是美的。人体是美的，只要你带着美丽的心灵去看待。我知道了什么是美，我也就主动去拒绝丑，就像拒绝今天的游客。

凤麟在阳光下搂住我。我说："这种事儿是不能让天看到的。"他笑了："天若有情天亦老。天不怕看到。"天就在我眼里旋转起来。

"有人来了。"我说。

"不怕，我就是要让别人看到，看到我拥有了这世上最大的幸福。"他一定是在享受巨大的幸福，这我知道。

其实我看到的不是人，是一只小鸟。它飞过来，落在枝头看我。我心里充满了羞涩，不敢再去瞧它。

这东山，这里的山，这里的水，这里的碧草，这里的闲花，这里的小鸟，这里的游鱼，他们都看到了我们的第一次，而这里的茸茸细草，见证了我少女的童贞。我不好意思看到它们被揉搓的叶片上我美丽的猩红少女之痕。

他笑了。我低下头，知道自己的脸一定红了。

他走到小溪边，用水洗净了自己。溪水好凉，他把我拉到水边，用手沾了水，一点儿一点儿帮我擦洗，水被他的手温暖过，我就不再感觉到凉了。

洗好了，他站起来，对着苍天大声呼喊："宋丽影，是我一生最爱的人，我唯一的爱人，我将会对她热爱一生。苍天，大地，白云，明溪，绿草，苔石，请你们为我作证，见证我一生不变的爱情。我的誓言请你们永记。"

我们穿好衣服，躺在细密柔软的草甸子上。

那一天我们回去得很晚，怕的是小草翠绿的汁液染在我们衣服上的印痕出卖我们一天的所为。

躺在蓝天下，我说，"小鸟刚才那么好奇地看着我们，它一定在想：原来男女，噢，不，在它心里应该想的是雌雄之间的事可以这么美，人

60

类就是伟大呀，因为他们知道用感情来提升幸福。"

凤麟笑了，"小傻瓜，也许小鸟是这样想的呢：人类是多么的可怜呀，他们的文明让他们把世上最原始最快乐的事情看得丑恶，关在屋子里进行，而只有这种在广阔天地里的真情流露才是如此美妙而轻松。"

我用手轻轻打他一下，他一脸坏笑，突然用力抱住了我。

也许我们的恋爱过于浪漫，有点儿疯狂。但是，这么多年来，我们始终不渝地生活在一起，没有让爱情降过温，没有对家庭倦怠过。我觉得我们都是认真的，负责的。

夫妻之间，浪漫，有情调，是义务的一部分。但是，一个人，尤其是一个女人，在外人面前就要庄重，这也许就是为什么别人总是说我看似浪漫实则保守的原因吧。这些年常常要带团出来，我力争让自己做一个浪漫而不轻浮的人。我一直认为，做人要正派，但不要呆板。

是啊，这么多年带团，也许正是这样才让我们经常能够品尝到"小别胜新婚"的那种感觉吧。只是苦了凤麟。我常常不在家，他要一个人带孩子，虽然小宝是个懂事的孩子，可是他们父子两个都受苦了。

我想，回去以后，我要和旅行社说一下，我年岁大了，最好是在公司做点儿内勤工作，那样可以照顾到家庭。

想起家，想起甘凤麟，想起小宝，我又睡不着了。

我不看电视。在家里，我每天都讨厌小宝看动画片，可是每次出来带团，我都会情不自禁地看动画片，而且是开着电视睡觉，只有这样才睡得踏实，就像孩子在我身边一样。

现在演的是《哪吒传奇》，越看那个哪吒越像我儿子。哪吒，这个我从小就喜欢的形象，就是我可爱聪明的儿子吧……

"二婶，想什么呢？"甘春西看到宋丽影脸上的笑意，故意问。

"这丫头，鬼精灵。"宋丽影把一只香蕉递给西西。

"收买我？"西西笑着，"我知道，一提我二叔，你就高兴。我二叔这么可爱吗？长得这么黑，一点儿也不像白马王子，倒是像黑马王子。"

"小姑姑家有什么事儿吗？"甘凤麟更关心的是妹妹小秀。

　　"没什么事儿。我就是不喜欢李志遥，整天游手好闲，什么也不干。下了班，往沙发上一躺，不是抽烟，就是看电视。我小姑忙里忙外，他却心安理得。还有他那个死妈，一天到晚唠叨个没完，地上掉颗饭粒，她马上拿布擦了，我走到哪儿，她跟到哪儿，生怕我弄脏了什么。才住一天，我小姑姑不在家的时候，她就问我，你出来这么久了，不想你妈？我说，老太太，你要不是我小姑的婆婆，我早踢飞你了。你们别笑，我说真的。就她这样的，三个也早踢飞了。"

　　"她欺负你小姑姑吗？"甘凤麟知道，小秀在婆家过得不舒心。

　　"反正我看不惯他们家人，小姑姑怎么嫁这么一个市侩人家。"西西没了兴致，她说话向来这样，不想说了，抬身就走，自己回屋玩儿手机游戏去了。

　　"上个月，我去省里开会，小秀好像和李志遥吵架了。我问她，她不说，小秀不像大秀，她有事儿都有是自己憋在心里，从来不回娘家说。"甘凤麟叹了口气，"我这个妹妹，在我们家四兄妹中，她是最出色的，她的遭遇，却是最苦的。"

　　吵架是因为李志遥吃醋，李志遥吃醋是因为小秀的二师兄来了。

　　二师兄自己开了个武校，想请小秀去帮忙。小秀在街道办事处，做一个普通干部，日子过得紧。

　　"只要一家人相亲相爱，就是幸福。"小秀不想和二师兄有过多的接触，过去的就要让它真正地过去，不能再去碰它。万一过去醒了，人将退身无路。

　　李志遥对二师兄很敏感。他本来就是个醋坛子，能娶到小秀，他总觉得不真实。

　　"二师兄恨我。"这是小秀对李志遥唯一的解释。

　　二师兄到单位找小秀："师妹，你去给我当个副校长吧？有你在，我心里踏实。你是真正的侠女呀。"

小秀笑，二师兄又提起往事。

那一年，他们去参加一个擂台赛。

带队的是小秀的姥爷。姥爷是他们真正的师傅，为了扯平徒弟和小秀的辈分，姥爷让他们都拜在大舅的门下。

最后关头，几个武艺一般的师兄师姐被对手打下台来，只剩小秀和二师兄。

面对对手的叫阵，二师兄眼睛瞪大了，拳头握紧了。

"杀鸡焉用宰牛刀，有事小妹服其劳"，小秀抢先蹿上台去。对方最后两个种子选手很快败下阵来。

从此，姥爷和他的徒弟徒孙们声名大振。用一个武功第二的选手就赢了对方最好的两名选手。

"你用的是孙膑赛马的智谋。其实，我从来没有赢过你。"二师兄至今佩服小秀有勇有谋。

"是你让我的。"小秀笑。

"你就知道傻笑，就跟《聊斋》里那个快乐的婴宁一样。你怎么就这么快乐呢？当年，要是你肯给我机会，我一定会笑到合不上嘴的。"

"那是因为你嘴太大。"这样的话题，小秀不顺着他的话说，要不他又要"疯"了。

小秀和二师兄青梅竹马，最终没有走到一起，是他们心里永远的痛。

小秀是计划生育超生的孩子，从小在姥姥家长大。在姥爷的一手栽培下，文武双全。从小就参加各种文武比赛，是通南县出了名的神童，最后，以本市状元的成绩考上北大。

还差几个月就要大学毕业的时候，姥爷走了。走得那么突然。他教徒弟们回来，往床上一躺，说是睡会儿，就再也没有醒过来。小秀回家奔丧，伤心的姥姥也追随姥爷而去。

痛失两个最疼爱自己的人，对小秀打击沉重。她一病不起，高烧不退，二师兄照顾了她一个多月。

父母接小秀回家，她不去。父母的家，从来不是她的家。她从一百天起，就是姥姥姥爷抚养大的。父母希望生个男孩儿，他们已经有了一个女儿，不愿意再生一个女儿，何况这个女儿是超生的。这些年，姥姥姥爷抚养小秀，没要过父母一分钱。小秀，是甘家遗弃的女儿。

每到过年，本地风俗，不能住在亲戚家，舅妈们没少给小秀白眼。

"小秀不是外人，她不姓甘，也不叫甘凤桐，她姓陈，叫陈桐。"姥爷的脾气大，再也没人敢说闲话。

多亏有二师兄，他大学刚毕业，还没有工作，为自己心爱的人付出，使他甜蜜非常。他说，他从那次擂台赛就爱上小秀了。

回到学校，小秀得了心肌炎。生她养她的通南县，成了伤心地。毕业后，她去了省城。

二师兄在通南工作，小秀和他断绝了来往。

"心肌炎其实是可以治愈的。"二师兄怨恨小秀的无知，只是时光迁延，再回头已梦里身，再说已无益。"我疯狂地找你，可你冰冷地拒绝。我以为，漂亮的师妹飞上了高枝。"

二师兄和追了他十年的大师姐结婚了，过年的时候，小秀回到父母的家，听到了这个消息。

再过年的时候，小秀就成了李志遥的媳妇。

甘凤麟到小秀家的时候，李志遥脸上有些慌乱。

"我来开会，过来看看你们。"甘凤麟是吃过了饭才来的。他知道，小秀的经济状况，招待客人会给她增添压力，何况，会上有免费的午餐。

小秀接到电话，很快就回到家，高兴地拉着甘凤麟的手，像个孩子一样："二哥，你来了。"

"桐桐，别生气了。"小秀给甘凤麟沏茶，李志遥追到厨房，"我错了。这两天你不在家，住在招待所里多难受。那个小破招待所，连厕所都那么脏。我知道你还是心疼咱家的钱，舍不得住好地方。这两天，我也知道错了，这算是对我的处罚。妈也知道错了，我们对不起你。"

李志遥一直紧紧地跟着小秀，婆婆也一直赔着小心，在客厅给甘凤麟斟茶倒水。

"现在别说这个，我不愿意听。"小秀低头续水。

李志遥抱住她，她的心又软了。

"桐桐，对不起。我以后再也不犯这样的错误了，你原谅我吧。你两天不在家，我实在是受不了了。你知道，我是爱你的，长这么大，我没有爱过别人。以后也不会。没有你，我活着也没意义。回来吧，哪怕你不理我，只要我天天看到你，我心里就踏实了。"

"你的爱太沉重了，我负担不起。"

"我吃醋是因为我爱你。结婚这么多年了，别的男人早都厌倦了自己的老婆，你看我，还对你爱得这么深，原谅我吧。"

"吃醋也不能瞎吃吧，本来没有的事儿。"小秀有点儿心虚，能说本来没有吗？

"我以后不吃醋了。"

"你还要钱。你们，要我回娘家要钱。你的爱情太贵了，也太不值钱了。"

"这事儿，不是的。有了你，我什么都不要，你不要误会我。"

"你不要铁嘴钢牙。你敢说，你不希望我去娘家要钱？"

李志遥不愿意承认，一个男人，还是要脸面的。

"你放心，我以后绝对不会贪图你娘家的钱。"他作了保证。

"行了，别黏了，二哥该起疑心了。"鸡毛蒜皮的小事儿，小秀不喜欢没完没了。

朴真坐在甘凤麟的腿上，正吃二舅带来的零食。

"二哥，你刚买了房子，还给孩子花这么多钱。"小秀舍不得二哥花钱。甘家的人，只有二哥疼她。从小，二哥没少为这个妹妹抱不平。每年过年，二哥都要把父母准备的糖果分成四份，然后，把自己的和小秀的都给小秀带去。

小秀把二哥买来的零食分成两份，一份给儿子朴真，一份让甘凤麟给小宝带回去。李志遥和他母亲也送到门口，把食品袋强按在甘凤麟手中。

"小秀，跟哥说实话，你们吵架了吗？"小秀送二哥到车站，甘凤麟抓住小秀的胳膊，关切地问。

"婚姻就像是炒菜，治小家也如烹小鲜，吵架就是花椒，是调味用的。不能太多，也不能没有。吵架增进夫妻感情。"小秀调皮地说，她不希望二哥担心，他应该因为她的快乐而快乐。"二哥，你明天中午过来吧，我给你包饺子。放心，花不了多少钱的。"

"行。"

"我就是愿意听你说话，愿意感受那种来自于兄长的关怀和宽容。"小秀露出孩子一样的顽皮，"我已经没有地方去撒娇了，我就是想在你身上体会到亲情的温暖。"

10　从来就没有甘凤桐

李志遥做梦也没想到，他能娶到陈桐这样的妻子。他李志遥其貌不扬，才华平平，家境温饱，工作在普通单位，所有门当户对的条件他都不具备。

天上掉下陈妹妹的时候，李志遥在街道办事处的表姨紧抓住不放，把陈桐介绍给在卫生局当出纳的李志遥。

陈桐当时拒绝了二师兄，万念俱灰。李志遥和他母亲拿出最大的热情，感动了陈桐。

"我希望生命就在自己的手里画上句号，不再传承，让我的苦就此终结。"陈桐坐在夜晚的公园里，对李志遥说出自己的想法。如果，他非要娶她，她不愿意生孩子。"我不想让自己的后代一天天在这物欲横流的地上行走，让他的心灵一刻不停地受着煎熬。"

"只要能和你在一起，怎么样都行。"李志遥不假思索。

"你家里呢？你家只有你一个儿子，会同意这种荒唐的提议吗？"陈桐觉得这样对李家不公平。

李志遥答应先和家里商量。第二天，李志遥很高兴地找到陈桐，说家里很开明，不干涉这些事儿。

陈桐带李志遥回家，把自己要结婚的事情告诉父母，父亲甘子泉只对李志遥说了一句话："志遥啊，小秀可是我最漂亮最才华出众的女儿，她文武双全，我们家所有最好的遗传基因都被她继承了，你可一定要好好待她呀。"

陈桐躲进卫生间流眼泪。父母早就催她快点儿结婚，希望她能嫁一个有权有势的人家，她竭力抗拒，就算找不到爱情，她也不能拿婚姻做交易。

父母多年来一直吵闹，就算陈桐在外祖家生活，也常常听说父母的不和。她对婚姻有着自己的排斥。李志遥是个平凡的人，但是他有一个温暖的家，他有对小秀热烈的爱，还有，他的承诺。

小秀，父亲从来都是叫她小秀。父亲不能叫她陈桐，一个父亲，无法承受自己的孩子背叛自己的姓氏。他也从来不叫小秀甘凤桐。甘凤麒，甘凤麟，甘凤阁，甘凤桐，多么好听的名字。可是，从来就没有甘凤桐。

陈桐又躲在卫生间哭。她只是渴望一个幸福温暖的家庭。

"您放心，我会对她好的。"李志遥的回答就是这么简单。

婚后的日子，的确很甜蜜，贫穷而幸福。陈桐很庆幸自己的选择，直到她发现自己怀孕了。

"我们说好不要孩子的。"一直避孕的，陈桐很奇怪，问李志遥。

"是说过，可是观念是可以变的。那时候要是不同意不要孩子，你会嫁给我吗？"这是典型的赖皮。

陈桐对李志遥的所有承诺都产生了怀疑。

陈桐是个善良的人，她生下了儿子，朴真从此成了她的命根子。也是从此，李志遥渐变成现在的样子。

李志遥开始吃醋，不放心陈桐的一切，翻看手机短信，打听单位情况，害怕陈桐在外面吃饭，细致入微。

"你难道不觉得自己很可笑？"陈桐为人侠义，不太习惯这些。

"我才不在乎你。"李志遥狡辩。

他们开始吵架。为鸡毛蒜皮。陈桐觉得，幸福的家庭，要学会吵架。人在社会上打拼，压力巨大，应该有个发泄的地方，这个地方应该是家。学会吵架，适当的爆发，恰到好处地结束，是幸福的保障。

慢慢地，陈桐觉得，自己错了。她的忍让，鼓励李志遥一步步进逼。

心肌炎治愈后，婚后那段幸福的日子，让陈桐的身体恢复得非常好。她是个勤快人，家务活算不得什么，她都包揽下来。陈桐淡泊名利，从来不要求李志遥去拼搏，李志遥却常常叹息。

"真想有辆车呀"，"要是有个大房了住着该多好呀"，李志遥总是嘀咕。

"幸福不是车和房子，我们现在的日子不是很好吗？"陈桐知道，凭李志遥的本事，车和房子都很遥远。

李志遥不高兴听，和陈桐争吵，吵到动手，陈桐没有还手。李志遥不知道陈桐会武术。

吵得多了，伤了感情。陈桐的婚姻全靠朴真维系。朴真刚上幼儿园，婆婆来了。自从有了朴真，婆婆就一直身体不好。现在，婆婆不愿意在农村住了，搬过来跟儿子住。

李志遥讨厌他妈住过来。需要照顾孩子的时候，装病，一旦没事儿了，马上住过来。陈桐劝李志遥，老人没有义务帮儿女带孩子，儿女却有义务孝敬老人。每天精心给婆婆做饭做菜，婆婆很挑剔，不是咸了就是淡了。陈桐不恼，老人，就要儿女们多担待。

婆婆开始骂陈桐，李志遥不在家的时候。陈桐忍了。她是习武之人，姥爷教会她长幼尊卑。终于发展到打，也是李志遥不在家的时候。

陈桐困惑了，难道这家人越敬越坏吗？

直到婆婆忍无可忍："你可真窝囊，看看你们住的房子，看看你们过的日子，再看看你娘家的日子，你不会去要呀？你爸妈的钱不也有你的一份儿呀？你两个哥哥能从你父母那里要钱，你姐姐也从你父母手里要钱，你怎么就不能？"

陈桐愣住了。

她从来没想过去和父母要钱。

父母从来不欠儿女的，他们有钱应该让他们自己支配。

做人，要自立。

陈桐时常给公婆零花钱，父母这边从来不要她的钱，已经很知足，她对婆婆的想法很震惊。

"你为什么不还手呢？你救我的那次，可是一个人面对四个持刀歹徒的。"作家来看望陈桐，看到她胳膊上的一条青紫。陈桐不想隐瞒他，和盘托出。

"因为我想让他有男人的尊严，因为我觉得她是长辈。我姥爷说过，教我武艺是除暴安良的，不能用来欺负人。"

作家说："你现在不是欺负人，你是在受气了。再忍下去，只会纵容他们。宽容不等于懦弱，你就是太宽容了，你都快成佛了。可是你不是佛，你是凡人，你要学会反抗。"

陈桐顿悟，作家是对的。他虽然手无缚鸡之力，但是他的内心是强大的。

陈桐决定不再忍。

李志遥像往常一样对她横眉立目的时候，她也瞪起了眼，她对自己说，只要他动手，他就会知道什么叫吃苦头。她对他，还有他们一家人已经失望，不再忍让。

他果然动手，她只轻轻一推，他就躺在地上。婆婆怒骂着过来，伸手抓陈桐的脸，陈桐也是一推，她只能也和她儿子一样。

收拾完丈夫和婆婆，陈桐离开了家。

离婚已经是一种解脱，她不做选择，她把这个权利给了李志遥。她今天还手，是给他们一个警告。如果他们知道悔改，她将尽弃前嫌，重建幸福的家。如果他们觉得是陈桐过分了，那就从此各奔东西。

只是，舍不得朴真。想到儿子，陈桐流下泪来。她心里还有些自责，婆婆毕竟是长辈，虽然她不止一次动手打过陈桐，陈桐还是悔恨自己推她那一下。

善良，不能成为纵容别人的理由。想起作家的话，陈桐擦了擦眼泪。

以斗争求团结，则团结存，以退让求团结，则团结亡。求不到团结，则缘分尽。

一个人想明白了，就不再烦恼。陈桐接到李志遥电话，心静如水。听到二哥来了，她才急急忙忙地赶回家。

今天，宋丽影没有去上班，她昨天晚上刚刚带团回来，早上甘凤麟起来没有叫她，他要让她好好休息。他买了早点，给她放在保温瓶里。这样，她什么时候醒了都可以吃到热的早点。然后他和儿子吃了饭，匆忙送孩子，然后再拐回来到单位上班。

为了让小宝上个好学校，他选择了和单位反方向的实验小学。虽然还要交择校费，他也愿意。为这个还托了人，请了一次客。为了孩子的将来，付出再多也心甘情愿。

甘凤麟总觉得亏欠了孩子。妻子经常在外，鞭长莫及。甘凤麟单位事儿多，有时需要在单位吃饭。宋丽影带团的时候，甘凤麟常常跑回家给孩子做好饭，然后骑车回去。有时候，就让小宝自己泡方便面。

要是能雇个保姆该有多好啊，可是他又没那个实力。也许妻子不上班了，在家照顾孩子，那样对孩子会好得多。但是，他有能力养活这个三口之家吗？他觉得他不能。有时候也想，是不是让宋丽影换个工作？但是换工作也不是容易的事儿，只能等机会了。所以日子就这么艰难地一天一天过着。

甘凤麟感慨良多，走在下班的路上。买了菜，又想起该给小宝买书了，又到书店买了几本书，匆忙赶回家。

宋丽影还没有起床。

听到甘凤麟回来，从被子里探出头来，问："几点了？"

甘凤麟说："还早，你睡吧，我做好了饭叫你。"

丽影说她休息得差不多了，穿衣起床。

睡衣穿了十一年了，还是他们刚结婚的时候买的。甘凤麟觉得不能让妻子——自己最爱的女人过上富裕的生活，的确是一个男人的悲哀，但是为了让她过上好日子而去做傻事儿就是更大的悲哀了。

他一直没有对丽影说过自己出了事儿，这些事儿，他应该自己承担。

"导游真不是人干的活。"宋丽影说，"吃不好，住不好，休息不好，天天在车上晃悠，还挣不了多少钱，真是活受罪。那些小丫头还以为是什么好工作呢。还有那些游客，对我那叫一个崇拜呀。哈，想想也真是，有意思。"

"看看，刚还说不是人干的活呢，一会儿又这么高兴了。你一定是有什么好事儿。"甘凤麟了解妻子。

"你呀，就是什么都瞒不了你。还真是有好事儿，这回我可出了气了。这次带团，我得了钱不说，还扬眉吐气了呢。"宋丽影兴奋地坐在甘凤麟身边，帮他择菜，"这次带团，我可是出足了风头。我给你从头说吧：前些天，我们不是招了几个兼职导游吗，让我这次带上两个，教他们。领导说我是我们旅行社最好的导游。高兴吧，看看，多会说，最好的导游——我。"

甘凤麟看看她，笑了："的确，我老婆是最好的导游，我老婆做什么都是最好的。"

宋丽影笑得更甜，把头靠在凤麟的胸前："你又夸我了。"

"没有没有，我的确觉得你很好，嘿嘿。"甘凤麟一向认为，在夸老婆的问题上永远不要吝啬。

"拿牌子，换水，带杯子，带帽子，带垃圾袋，一切准备工作做得细致不说，一上车，我开始说第一句话，就让小丫头们服了。我说：'尊敬的游客朋友们，大家好，欢迎您参加这次怡情旅行社为您组织的快乐之旅。'学员们说：'您真是暴强，别看就是两个字，别的老师教，就显得特死板，您加上了"快乐"两个字，一下子让人心情变得非常好。也拉近了大家和导游的距离。'我心里话，你们往下看吧，接下来，我的导游词也是让她们大吃一惊，她们问我，'宋姐，您是怎么背导游词的？'我说：'导游词不是背的。只要记住那些硬性的数字就行了，至于故事之类的，没必要去死记硬背，记个大意自己发挥就行了。要变成自己的话，别人才喜欢听。'学员们可崇拜我了。"

"吹吧你。"甘凤麟爱怜地看着自己的爱人。

"哼，"宋丽影顽皮地轻笑着，"才不是呢。"每当她在甘凤麟身边，就觉得自己变得像个孩子一样快乐。"到了景点，你知道，是要用一个地接导游的，今天这个又是个不厚道的。"

"她带游客去购物，却不给你们几个分成？"甘凤麟内行地说。

"嗯，就是。说真的，我也不想让游客去买那些质次价高的东西。不过我也不想违反本行业的潜规则。重要的是，咱也缺钱！我见她想一个人独吞，就趁她不在的时候和游客们说：'请大家一定要注意，地接导游往往和购物点儿的老板有关联，大家一定注意，不要上当，我要是不说让你们去，你们千万不要听她的话。'车上的游客都对我印象很好，全听我的，她再叫大家去买东西，没有一个人下车，她没办法了，只好偷着央求我，答应跟我分成。你说我是不是出了气了？还有那几个小学员，对我佩服得五体投地的。"

"哎，都是买房子闹的，你看，咱都让钱挤兑成什么样了。"甘凤麟用下巴蹭了蹭宋丽影的头，怜惜之情溢于言表。

"是啊，"宋丽影闭上眼，长睫毛铺在脸上，快速起伏着，"真想不到，咱们有一天会为了钱难受到这种程度。原来爱情也是不能当饭吃的，哈。"

已经快到放学的时间了，宋丽影站起来："今天我去接小宝吧，别人家的孩子都是家长接送的，只有我们家小宝都是自己坐公交车回来，这孩子真够可怜的。想起那句话，我心里就酸。等你们老了我天天叫你们吃方便面，听听。"

11　县太爷的麻将经

栗克良的案子牵扯到的太多，寇主任经过慎重考虑，召开了班子会。综合执法科全科整顿，有错者改之，无错者加勉。

赵玉琴出马，无往不胜。栗克良不再追问这事儿。

"我赵玉琴说话算话，这事儿，没什么大不了的。"她俨然功臣，越说越高兴，"不是我笑话你们，这点儿事儿就让人家给抓住了，是你们无能。"

这几年，赵玉琴在市场上，广结善缘，广结财源，许多商户都成了她的铁关系，她保护他们，也搜刮他们，有些经营户对她既敬如上宾，又恨之入骨。连寇主任都觉得，甘凤麟出事儿出乎意料，赵玉琴不出事儿出乎意料。

"出不出事儿不是看你拿了多少，是看你会不会拿。"赵玉琴教育崔月浦和甘凤麟，他们现在不敢恼怒。

"还要看你拿了干什么？对吧？"甘凤麟学生向老师提问一样的，谦虚。

"聪明。"赵玉琴挑了下大拇指，她欣赏甘凤麟的聪明与侠义，"拿了不能自己装口袋里，要拿出一部分来，留个后路。"

"就是说，要构筑个工事。一方面，给经营户当保护伞，对他们恩威并施，让他们不敢告发。另一方面，上面找个保护伞，只要保护伞在，万无一失。"甘凤麟解读赵玉琴的话。

"小子可教。"赵玉琴调侃，"对了，凤麟，甘凤麒是你什么人？"

赵玉琴很自得，对甘凤麟的称呼也变得亲切了，大姐似的。

"成也萧何，败也萧何"，人们心中的疙瘩会淡化，却未必会消失，崔月浦和展飞老齐都看着甘凤麟，看他怎样处理和赵玉琴变得敏感的关系。

"甘凤麒是我哥。"

"怪不得。昨天，到我家来串门，我听老柴叫他凤麒，就觉得跟你有点儿关系。"

"我哥到县太爷家串门了？呵呵，他是通南大酒店的总经理。"

"别想得太多啊，你哥可没送礼，就是带几个人来帮我家把卫生搞了搞，快过年了，我没时间。你哥挺能干的。他说，你们通南县那个最大的私人饭店麒麟阁也是你家的。"

"那是我父亲开的，店名用的就是我们哥儿几个的名字，甘凤阁是我妹妹。"

"在省城的那个妹妹吗？"大家在一个单位久了，谁家有什么人都知道个大概。

"不是，省城那个是二妹妹，叫甘凤桐。"甘凤麟脸上现出怜惜与骄傲的神情。

"玉琴，昨晚打麻将赢了吗？"崔月浦不喜欢当配角，打断他们的话。

"没打，现在哪儿有时间玩儿。"赵玉琴不愿意结束她的话题，一句话打发了崔月浦。

"春节要到了，市场上的假货挺多。咱们想个办法，好好查一下，也增加咱们的罚款收入。"崔月浦拿出了绝招，说工作。

春节前是假货最多的时候，尤其是假烟和假酒等节日用品。同事之间想消磨不愉快，最好的解决方法还是一起谈工作，尤其对他们这些工作狂。

很快制订出计划，崔月浦高兴地让大家回家休息。稽查队的工作，时间上比较自由，出去执法，具体去哪里，上级不管，他们可以自己掌握。

"最近不倒腾假的了吧？"赵玉琴晚上给栗克良打了个电话。

"没有，阿姨。"栗克良知道，赵玉琴打电话一定有事儿，他不愿意告诉赵玉琴实话。"最近哪儿还敢哪？怕他们报复我啊。"

"报复你是不会的。他们的事儿，还怕你再翻腾出来呢。不过，要注意啊。我知道，你星期天销量不小。"说完，不容对方多说，挂了电话。

栗克良愣住了，不知道赵玉琴这是通报星期天要突击检查的消息还是跟他谈条件。

星期六的下午，三点多钟，一天的经营接近尾声，批发商们都累了。稽查队突然出现。

"这个，还有吗？"快过年了，各门市外都堆着大量的货物，稽查队只朝畅销品牌下手。不出所料，大部分门市都有假货，稽查队行动迅速，只要在门口的货物堆里发现了假货，马上进门市检查。同时，派一个人做笔录。速战速决，查完一家，马上去下一家，案子等以后再处理。

展飞一边做笔录，眼睛盯着几瓶"酒版"，放不开。

所谓"酒版"，是指酒的样板。酒版又称酒办、酒伴、酒样、"迷你"酒，是一些酒厂按比例将各种名酒缩小制成，专为促销宣传、专家品鉴、收藏者收集而特意生产的微型瓶装酒，它与原装酒在外观、材质、酒液、酒标上完全一样，瓶内装有30到50毫升的原酒。

展飞最近迷上了这种小巧精致的东西，专门收藏。

"别看了，快写。"崔月浦最近不敢惹赵玉琴，对甘凤麟也不敢太过分，只有展飞是他表现领导气派的人了。

"喜欢就拿走吧。"被查户马上讨好，"这是非卖品。我这里还有呢。"

"弄些这个有什么用？不要。"崔月浦把脸沉下来，"你前些天不是集打火机吗？怎么又变成这个了？"看到展飞脸色也沉下来，崔月浦的话又软了。

展飞不再说话，鼓着嘴，做笔录。

一个小时，执法队收获颇丰，大大小小的案子查获了二十多个。有了这些案子，整个正月，都够忙的了，罚款任务肯定超额完成了。

"这两天，可累死我了。"星期一，赵玉琴第一个叫了苦。

"我也一样，星期六晚上，电话响到十点多，我一看，没办法，把电话线拔了。"崔月浦也说，"看来，以后不能这样查案子。说情的太多，没法休息了。"

"是啊。平时也没这些亲戚，这时候，都出来了。"展飞有些不平。

"只是亲戚倒是好办了。能给照顾多少就照顾多少，反正咱们这里也有自由裁量权。主要是领导们。市里的头儿，有出面的了，找了寇主任。寇主任给我打电话。你说，这不是为难吗？"崔月浦嚼着牙花。

"该照顾还得照顾，不能把关系都弄僵了，也要体谅主任的难处。"赵玉琴察言观色，见崔月浦不住点头，才说："我家也是，主要是找老柴的人多，都是领导，咱不能得罪啊。要是咱说做不了主，人家就说了，我找你们主任吧。咱不是白得罪人了？"

甘凤麟不动声色，只在观察着。不是没有人找他，他说案子要慢慢处理，按照原来定好的，是年后处理。他告诉来人，自己说了不算。

乱了好几天，案子大多轻描淡写地处理了。各方面的势力，压力太大，大家空欢喜了一场。剩下的案子，可以慢慢来了。

"今晚没事儿，我家老柴也回来了，到我家打麻将去。"赵玉琴邀请崔月浦。崔月浦知道，那几个赵玉琴说情的案子，她对处理结果很满意，几乎全是按照她的意愿结案的。

"叫上凤麟吧，他也没事儿，今天他老婆没出门。"甘凤麟没有为任何案子说情，崔月浦知道，他心里其实什么都明白。

"小展，给你这个。"赵玉琴拿出两瓶"酒版"给展飞，"我给你要来的。"

展飞眼里露出喜悦。这次的案子，找他说情的几乎都没有照顾，他心里不痛快，见赵玉琴对他这么关照，挺感激。

"孩子喜欢这个，拿着玩儿去吧，也不是什么大不了的事儿。"看到崔月浦不高兴，赵玉琴解释着，展飞在她嘴里成了孩子。

"又是小恩小惠。"老齐对甘凤麟说，声音大得所有人都听到了。赵玉琴经常给办领导们送东西，整个市场办的人都知道。

"是你。"一进赵玉琴家，崔月浦就看到江水娟坐在那里。

江水娟这次被查获的假货不少，赵玉琴给她说了话，希望给予象征性处罚。她今天也来打麻将了。

"如果评选国粹，如果没有限制，我想推荐麻将。"柴云鹏不愿意他们在家里说工作。江水娟的案子是他讲的情，老崔答应给面子，他觉得赵玉琴把关系弄得太僵了，有意缓和一下。

大家入座，赵玉琴不打。两口子一块儿上场，不合规矩。江水娟就坐在崔月浦和甘凤麟中间。

"麻将这东西，经过了多少代人多少年的改革与创新才形成如今的规模形式。我觉得，麻将代表了中国博大精深的关系学，表达了中国人对成功的东方式理解，体现了中国古老的文明精髓。"柴云鹏不愿意谈严肃话题，只好拿麻将开讲，他开会讲话习惯了，张口就是一篇文章。"不信，听本官——道来。"

"听听县太爷的麻将经。"甘凤麟最先码好牌。

"我推荐麻将的最主要原因，在于它简单易学，便于推广，略有智商就能学会，却又深奥精妙学无止境，很少有人能真正做个'赌神'，将麻将打得出神入化。"

"一边出牌，一边演讲，领导就是水平高。"甘凤麟不拍马屁，也不调侃，怎么理解，全看各人境界。"赵姐，给我们父母官上茶。"

柴云鹏脸上掠过一丝不快，他不愿意别人称他父母官。县长，只是个七品芝麻官，他的志向还远大得很。

"说到打麻将的形式，首先是四个人，讲究个东南西北，这个对应是什么我说不了那么精当，但是我知道，一定也有一些人文观念在里面。最讲究是'打风'。你有没有见过哪种娱乐方式有这么正规的？一般扑克牌什么的，都是坐在一个地方就不用动了，麻将却不然，它需要'四圈'一调风，风水轮流转，不能让一个人占了宝地。同理，庄也要轮流坐。我不知道外国的国情，反正我们中国人是讲究这个的，'皇帝轮流做，明年到我家'嘛。"

打了风，江水娟坐崔月浦对家，柴云鹏是她下家。

"打麻将的四个人，永远是各自为战，'顶下家'，碰对门，和谁都没交情，对谁都不相信。外国人说'一个中国人是最难对付的，两个中国人是最容易对付的'，说的就是中国人的这种多疑。今天不评价这种多疑的利与弊——当然不像有些人说的有弊无利，凡事都有利弊。今天只说麻将体现出来的特性。"

"那我就专门顶你这个下家，不给你吃牌。"江水娟打出二条，柴云鹏上一张打的也是二条。

"够毒。要不怎么说，最毒女人心呢。"柴云鹏的妈在一旁观战，忍不住插嘴。

"妈，去睡吧。"柴云鹏孝顺他妈，声音很和缓。

"走吧。瞧您儿子给您带回来的水果，回屋吃吧。"赵玉琴对婆婆也很客气。

"我不吃臭榴莲。"老太太白赵玉琴一眼。

"妈，您不是最爱吃榴莲吗？我特意带回来的。"柴云鹏明白，老太太就是看儿媳妇不顺眼，多少年的疙瘩了，解不开。

"您吃山竹吧，这个败火。"赵玉琴不急，有这么多人在，就算不会演戏，也要演好。

"我不吃这个。剥半天，没几瓣。"老太太一把夺过榴莲，"我儿子给我带的，我不吃，对不起儿子。"

"人老了，都这样，做儿女的，要多担待。玉琴在这方面就特别好，老人跟我们十几年了，她从来不嫌弃。接着说麻将，我这理论可是一篇论文呢。"柴云鹏来了演讲的兴致，"一百三十六张牌，当然又是有原因的。奇怪的是，一般都能分出输赢，只有很个别的时候会'荒庄'。就像人，虽然一生岁月不算长，但是大多数人都能完成自己的一些任务，达到自己的一些愿望，只有少数人'流局'了。"

大家知道柴云鹏和他们没正经话可说，都打着哈哈听着。

"和了。"崔月浦高兴地一推牌。他和得容易，柴云鹏喂给他三张牌。

"领导，你太笨了，都是你把他供和的。"江水娟斜了柴云鹏一眼。旁观的赵玉琴斜了她一眼。

"怎么是我供的呢，赶巧了。在麻将里，和牌并不容易，却又非常容易，有的人抓牌抓到最后才松了这口气，有的人却'天和'了。这就像人的命运，你拼搏得再苦，你算计得再精，也抵不住手气的顺遂。"

门开了，赵玉琴的女儿柴莉走进来，"叔叔阿姨"地都打过招呼，大家都夸这孩子懂事儿，漂亮。

"有对象了吗？"崔月浦没话找话。柴莉不答话，脸上的肌肉明显硬了，一扭身回了自己屋。

"快出牌。"江水娟岔开话题。

"接着说啊。"柴云鹏用他的麻将经化解僵局，"大多数时候，打麻

78

将还得有个技术，你打什么容易'和'，这都是需要动脑筋的。我就不会打麻将，所以，总是输牌。而输的主要原因，在于不知道'和'什么才能多赢钱。也许我手气不错，一连好几把不'下庄'。但是我'和'一把只有几块钱，可是人家会玩儿的呢，一把就能赢十几，人家赢一次等于我赢好几次了，这就是个很高的技术问题了。"

甘凤麟今天话很少，他一直在琢磨柴云鹏的话。柴云鹏有意对他说："打麻将就是做人啊。在人生中的大多数时候，我们只知道勤勤恳恳，我们很多人都没想到，'半年不开张，开张吃半年'的经营理念其实也适用于对人生的经营。有人学的是斤两算计，有人学的是屠龙术，也许学屠龙术的一生潦倒，只是一旦发迹，就胜过斤两计较的人一生的所得。子牙八十遇文王的故事，你们知道吧？在遇文王之前，子牙是最困顿的，做什么都做不成，连老婆都离他而去了。那时候，谁能想到他就是后来斩将封神的姜丞相，谁能知道'姜太公在此，诸神退位'？"

"姜太公在此。"江水娟推倒了麻将，"七对。"

柴云鹏把钱递过去，谈兴不减："最佩服的是麻将'和'牌的规矩。三连张能行，三横张也能行，'碰碰和'能行，'七对'也能行，你只要拉好了关系，怎么样都能行。正所谓成功的路不止一条，看你怎么去走，怎么去挑。如果你什么也没有，那么，好，你就干脆耍个'光棍儿'，'十三不靠'也能赢。如果你足够幸运也足够智慧，那么，你还有加分的机会。比如，你能把本来是一家一户的关系织成关系网，那你就成了'一条龙'，你就能和一副大牌。如果你能把本来没有关系的织成网，你还可以成就'花龙'、'混合龙'，这也是多赢钱的。再比如，你如果能把本来是独行侠的'东西南北中发白'组织起来，你也纠结成了势力，这些敢死队不只是能保你成功，还能得到出乎意料的收获。如果你做事遵循某些规矩，那么，你可以得到奖励，你'不带幺''全带幺''无字''缺一门''清一色''混一色'全能多得到酬劳。如果你厌倦了，什么规矩也不在乎，那你也能得到意想不到的快乐，'五门齐'，多得。如果你命运天生不济，来的牌全是小牌，不要怕，你会因祸得福，和一个'小于五'。当然，你也可以和一个'大于五'。早创业晚创业，都是创业，关键是你学会怎么利用自己的优势，因地制宜，因人制宜，种好自己的责任田。和了。"

柴云鹏又和了大牌，一条龙，自摸。正好甘凤麟的庄。

"凤麟，你这样打牌不行。"柴云鹏看了甘凤麟的牌，深有感触。很明显，凤麟不会打牌。

"麻将和的关键是什么呀，是你要学会'怎么来，怎么打'，打麻将不能'犟'，你计划怎么'和'不行，要根据具体情况，要因势利导，要与时俱进，只有这样，你才会成为常胜将军。"

"领导家来送礼的了吧？这么晚了，门庭若市啊。"传来敲门声，崔月浦正倒了杯茶要坐下。

"都把手放在桌子上。"进来两个人，自称警察。

"干什么的？"柴云鹏一拍桌子站了起来。"把你执法证拿出来。"

进来的两个人愣了一下，互相望一眼，其中的一个掏出了执法证。

柴云鹏看了看，没问题，对另一个伸出手，那一个没有动。

"玉琴，给法制办主任打电话，叫张云路过来。"柴云鹏有点儿急。

"别打了吧，这么晚了，老三早睡了吧？"赵玉琴故意说。

"我不管。你告诉他，这里有两个违规执法的。他大哥受了气了，叫他马上过来，一定要处理他们。"

"大哥，对不起啊。我们也是接到举报来的。来得急点儿，我这位兄弟没来得及带执法证。"有证的警察换上笑脸，小心地问，"我们也知道这一片儿都是领导家属区，接到举报也不敢不来呀。不知道这位是？"

"这是……"崔月浦很兴奋，他就是喜欢看别人在他面前栽面儿。

"你别管我是谁了，你自己先违法了。"柴云鹏不愿意说出自己的名字。

"你跑到县太爷家里来了。"甘凤麟态度平和，劝那两个人，"我们又不是赌博，你们快走吧。"

"哦。"两个警察脸上的怯懦不见了，不过是个县里的领导，神气什么？这里又不是县里。

"打电话。"柴云鹏大声指示着赵玉琴,"我就不信没人能管住你们,给他们局长打。"

"大哥,别往心里去。我们这也是为工作,大晚上的都不容易,不耽误你们了,你们继续玩儿吧。不过,小声点儿,桌子上铺层毯子,别吵到邻居,再见啊。都别动,谁也不许送啊,你们玩儿你们的。"两个警察好汉不吃眼前亏,迅速走了。

"看来是吵到邻居了,四楼那家孩子上高三了,嫌咱们闹得慌。"柴云鹏冲赵玉琴说:"他管得了咱们吗?"

"越这样越闹,真是小人。有话明着说,怎么能这样做呢。都在一块儿住着,想挨整呢。"赵玉琴恨恨地说。

"也不能全怪人家。"柴云鹏宽容起来,"咱们吵到人家了,打完这一圈,就散吧。"

最后一把了,又是甘凤麟的庄。

"受益匪浅,我想我学会打麻将了。"甘凤麟一晚上没和几回,这次终于自摸了。大家看了他的牌,都愣了——大三元。

12　执法考试

甘凤麟讨厌别人说他洗心革面,他说自己是脱胎换骨了。"其实还不是一个意思。"他也觉得自己可笑。当上队长,他改变了许多。

栗克良的事儿,是他一生的耻辱,也是最大的财富。

他把这丑事比成一个人骨折。要是一个老年人骨折,可能一辈子也无法恢复,年少的时候弄折了骨头,那个地方反而会长得更结实。

在市场上,碰到税务所的大李和工商所的小高。看着他们穿着高档的服装,出手大方,跟经销商不分彼此的样子,甘凤麟毫不羡慕,只有鄙视。

每一个政府工作人员,代表的都是政府的形象!老百姓会因为一个小小的执法人员的过错或是不检点，而把账记在政府的头上。

知耻而后勇。甘凤麟要做出点儿样子来让自己看看，我甘凤麟还是一个堂堂正正的男子汉。

老齐解聘了，全科人在一起吃了顿饭，欢送老齐。

赵玉琴最近心情很好，总是和甘凤麟开玩笑。

甘凤麟也不客气："你这娘们儿，你是不是喜欢上我了？"

赵玉琴笑得说话都不利索，嘴却硬："瞧你那德性，我还有眼睛呢。怎么会喜欢上你？"

"喜欢我怎么了？保证比你家那个县太爷强。看看，这小伙子怎么了？一米八的个头儿，大眼睛，高鼻梁儿，模样儿好，气质还好，这副德性怎么了？"

赵玉琴故意上下打量甘凤麟，说："的确不错，要是晚上干个兼职，肯定生意兴隆。"

甘凤麟不由笑了："这娘们儿，没她不敢说的话。说吧，你给多少钱？这个兼职我做了。"

老齐冲着甘凤麟怪笑，说不上是支持还是冒坏。

花如玉在旁边坐着，她一向非礼勿听，甘凤麟赶忙收住话头。

崔月浦不喜欢甘凤麟和赵玉琴开玩笑，他恨赵玉琴。

甘凤麟不恨赵玉琴。他不喜欢怨天尤人，他喜欢自省自责。自己做得完美了，还有谁能来刁难你呢？凡事还是多对自己提个问号吧。

大家有说有笑的，轻轻松松就把工作做了。甘凤麟喜欢这种宽松的工作环境。崔月浦不喜欢，他喜欢别人都敬着他。赵玉琴喜欢有利可图，在单位上班，工资只是计划内应得的那份儿，额外收入才是她最喜欢的。

朱读他们几个新队员沾了酒，一个个显出豪杰本色来。大杯喝酒，大声吵嚷，桌上的气氛热烈起来。

甘凤麟出来小解，站在饭店门口，清静一会儿。四月的天，海棠花开得正艳，花瓣飞得到处都是。这条街叫海棠街，十几里的街道，数千株海棠，美得娇艳而盛大。

如何重新规整被展飞带坏了的执法队员，是甘凤麟最伤脑筋的事儿。

工作，不只是干活，工作中最难的是人的工作。怪不得现在讲究领导艺术。

最近，甘凤麟参加了人事局组织的学习，领导艺术，很实际。崔月浦不用学习了，他这个年龄，不在学习范围内。赵玉琴也参加了学习，她也受益匪浅。

要想让别人听你的，先要想想对方怕什么，怕什么端什么。赵玉琴这样和甘凤麟交流她的学习心得。

要想让别人服从拥戴你，就要先想想人家需要什么，需要什么给他提供什么，这是甘凤麟的想法。

赵玉琴说甘凤麟是怀柔政策。甘凤麟不认为怀柔政策有什么不好："我相信，人，终究会被感动。"

仔细分析了四个新队员的情况，甘凤麟有了自己的办法。

现在的年轻人，你跟他讲思想觉悟，讲奉献，大多不愿意听。他工作就要有报酬，这个，天经地义，甘凤麟很理解。

甘凤麟找到寇主任，期盼领导能给临时工一个希望，将来把他们调进机关，哪怕是只有一个名额，也能让他们安心工作。

寇主任苦笑着摇了头，这样的事儿，难。

机关每年都到编委跑指标，饭没少请，卡也送过，人家不把话说死，让等机会。机会在哪里，谁也不知道。

"就算有指标也不是公务员，只能是事业编制。"寇主任说。公务员，逢进必考。

甘凤麟没有再多说，就算将来有了指标，机关里那么多的借调和招聘人员，花落哪家，难卜难料。

也想过做点儿实际的，向领导请求为他们加薪。

全市公务员从元旦涨了工资，涨幅很大，最多的已经翻番。临时工的薪水原地踏步，显得少了。

"鹰饱了不拿食。"于副主任给科长开会的时候，甘凤麟提出这个问题，赵玉琴首先反对，"有了工资保障，罚款积极性就没了，工作质量下降。"

"涨能涨多少？百儿八十的，杯水车薪，对他们不起作用。展飞带他们那一段儿，他们已经习惯了受点儿小恩小惠，一个月怎么也有几百的收入，涨几十块钱的工资已经让他们看不上眼了。"于副主任也不同意甘凤麟的观点。

"在他们的观念里，工资高低都是应得的，'动锯就要有锯末'，他们希望得到工资之外的收入，越多越好。如果没有这样的收获，他们的工作就没有积极性。涨工资，只会起短期作用，时间长了，跟没涨一个样。你总不能经常涨工资吧？我觉得这不是办法。"赵玉琴认准的理儿，从不轻易改变。

"说得有道理。"甘凤麟承认，"我们工资涨了，给队员们争取点儿待遇，我觉得，是我们分内的事儿。"

"凭什么给他们涨工资？他们嫌工资少，可以不干啊，这里又不是传染病隔离区，准入不准出。他们在这里，还抢了我们的权利了呢。"赵玉琴的嘴一向不饶人，但是这话说得过了，有失干部水准。

"有了临时工，正式工还不干活儿了呢。"甘凤麟揭露道。自从临时工多了，赵玉琴就变成了动嘴的，从不动手。

赵玉琴看看甘凤麟，突然改变了方向，对于副主任说："既然凤麟提出来了，申请申请吧，要不然，他的工作不好做。"

赵玉琴主动缓和关系，于副主任很高兴。同事之间，矛盾在所难免，怎样保持一个相对和谐的关系很重要。

经过不断要求，办里同意给每个临时工涨一百块钱工资。不出赵玉琴所料，五个人高兴了几天，很快，就跟没涨过一样了。

最近，甘凤麟发现一些小问题。

趁人不备，展飞经常带上一个队员溜出去。人员不固定，出去的时间也不太长，回来的时候，脸上有喜悦，也有慌张。

甘凤麟起了疑心。侧面打听了一下，原来，他们避开大队，私自检查。

查出了问题，就对被查户一番恐吓，捞到外快就私了。

甘凤麟没有声张。展飞最近心态不好，谁都恨，规劝展飞，要想个万全之策。

四个队员的情况，甘凤麟也做了了解。

张分年轻，家里条件不错，钱不钱的倒是不太在乎。在行政机关干，只是为了体面，说起来好听，也好找个对象。甘凤麟让丽影给他介绍漂亮的导游小姐，很快，他们处得火热，听说已经谈及婚嫁。他对工作特卖力气。

没事儿聊天的时候，甘凤麟告诉大家，我们是一个整体，如果家里有什么事儿，大家应该互相帮忙。桑匀有一次吞吞吐吐地说起他家的事儿。

桑匀家住在城中村，想盖平房。邻居韩家仗着兄弟三个，侵占到他家的宅基，非让桑匀把房子往内缩一尺。告状是没用的，官司打了两年，两边都送礼，案子总是不结。最后结了，桑匀家赢了，可是没用，执行不了，对方更嚣张了。

"这事儿好办。"在老家，甘凤麟和大哥没少处理这样的事儿，打抱不平是他们的家常便饭。现在，年龄大了，又当了公务员，凡事收敛多了。

星期天，好日子，艳阳高照，桑匀家的房子重新开工。建筑工人们干得热火朝天，朱读闫取张分高高兴兴地帮着做菜买酒。甘凤麟一个人坐在旁边，看热闹。

刚开工，锨把还没有握热，桑匀的邻居韩家三兄弟就到了。

"你们想干什么？"桑匀和他父亲紧张地迎上去。

"不干什么，就是不让你盖。"对方表情凶恶，看模样是韩氏弟兄的老三，眼看就要推倒桑匀。

"大家都在一起住，前邻后居的，别伤了和气。"甘凤麟笑着走过去，用手轻轻挡了老三一下。他脸上的肌肉马上抽动了一下，甘凤麟这一挡，疼痛异常。

"找人来了？想打架？"韩老三不服，挥拳来打甘凤麟。

"别闹，坐那儿歇会儿。"甘凤麟把他的来拳捉住，轻轻一拧，他的手就到了背后，然后一提一推，把他扔到了刚才自己坐过的椅子里。椅子离这边有三米多，他落下去，椅子没动也没散。

韩老大急了，嘴里说出脏话。

甘凤麟只当没听见。该忍的，要忍。

"哥。"韩老二用力抱住他大哥，转头对甘凤麟和桑匀赔着笑："桑匀，这位大哥，别往心里去啊。我大哥这人，粗鲁，说话没分寸，都看我了。"然后，严词呵斥他大哥，韩老三此时也跑过来拉住他大哥。

"大匀兄弟，咱们都在一块儿住着，有话好好说。这么多年了，咱们从小就在一块儿玩儿，保不齐谁有个对啦错啦的，闹个红脸。多年的老邻居了，别往心里去。"韩老二拿出烟来，往桑匀父亲手里塞。桑匀父亲没想到事情这样顺利，接过烟，人还在发愣。桑匀性子倔，不接烟。

"桑匀，不对了。大家在一起住着，要和气。"甘凤麟命令桑匀把烟接了，这样的邻里关系，不能闹得太僵了。

"这位大哥是？"韩老二把烟递过来。甘凤麟没有接，告诉他，自己不吸烟。

"大家在一起住着，要你敬我让，这样才和气。你说是不是？"甘凤麟冲着桑匀说。

韩老二在一边回答："是是是，大哥，你放心，我们邻居住着，大家都和气。这不，我们哥儿几个来帮忙来了。"

"那好啊。中午让桑匀请客，咱们好好喝喝，现在，咱们好好干活。还没打线呢，我爱干这活儿，今天，这活儿我来干。来，你们量好了，我给画线。"桑匀拿尺子量地，甘凤麟大声说，"哎，我说那位兄弟，看着点儿，别让他量过界了，这地基的事儿，不能马虎。"

量好了，桑匀冲甘凤麟点点头，甘凤麟拿了块儿砖头，用手碾成面儿，给他们画了一条笔直的线。

韩家三兄弟敢怒不敢言。他们一向欺软怕硬，并没有别的本事，就是三个人打一个，桑匀打不过他们。

"走，咱们喝酒去。干活有工人呢。"酒桌上，甘凤麟把矛盾化解了，不留后患。其实很简单，把道理讲透了，酒喝透了，扣就解开了。

桑匀很义气，解决了这件事儿，从此，他的工作热情比哪个都高涨。还跟甘凤麟学起了武术。

朱读工作能力比较强，他家里有门市，事儿多，在时间上，尽量照顾他。为了大家都能照顾上家庭，执法队一般上午九点半才集合，下午尽量早点儿散，让他照顾到门市。如果有特殊事儿，他请假，甘凤麟也不为难他。朱读很知足，工作起来不耍奸偷懒。

就剩下一个闫取，他原来是做生意的，到这里来，就为了轻省还多赚钱。没了额外收入，自然不高兴。但是看大家都认真工作，他也只能随大流了。

"甘队，真不错。"赵玉琴由衷地说了一句，甘凤麟能把这几个人摆弄顺了，不简单。

"执法检查，进了店，一定要先亮执法证。"做好了思想工作，甘凤麟开始教队员如何执法。

"法律。"桑匀打了这么久官司，已经领教过法律，哼了一声。

"很快就要执法考试了，每年一次，执法证年检考试。执法，要先懂法。今年的考试跟过去不一样了，今年是微机考试，AB卷，不准漏题，当场出结果，挺严的。"

执法考试一年比一年严格，从大家直接拿着试题答案抄，到开卷考试，到现在的闭卷，一年比一年严格。只是，执法人员素质的提高还显缓慢。

交了卷，考试成绩就出来了。

花如玉得了九十五分，是最高分。甘凤麟得了八十九分，是第二名。崔月浦不愿放弃执法证，带病参加考试，得了六十多分。赵玉琴倒是七十多分，原来，她还是提前拿到了答案。这种情况，大家司空见惯，见怪不怪。

从考场出来，崔月浦对甘凤麟唠叨："有答案却不告诉别人，一个人在那里抄。这个人，就是这么个素质，永远是这么个素质。"他词汇贫乏，不会说别的。只有在做报告的时候他的语汇才丰富，他最善于直接套搬政策，那些报纸上说的话，他全能囫囵吞枣地套下来，至于有什么含义，他就不懂了。

"你没要过来抄抄啊？"甘凤麟问他。

"我要？我才不要呢。我崔科长的为人你还不知道吗？我也是要脸面的人，我怎么能向她低头呢？再说了，大不了再过几个月就退休了，我还怕这个？就算是不及格，谁还能把我怎么着呢？不求她。"崔月浦理直气壮地说。"可是，这人呀，她就是贱呀，你越不理她了吧，她倒主动找上门来了。她自己答完了题，居然跑我这边帮我找答案来了。你知道，我俩一个桌，她是 A 卷，我是 B 卷，谁知道，她两个答案都有，这个娘们儿，是真有能量啊。谁叫人家是县长的媳妇呢。还真沾了她的光，要不然，我没法及格了。"

"那你可得好好谢谢她呀。"甘凤麟觉得自己笑得挺坏的。

"我谢她？我谢她什么？谢她把我整得病了一场？谢她让我天天抬不起头来？我谢个屁，这辈子我也忘不了她。"老崔使劲儿吐了口唾沫。

只有一个人不及格。甘凤麟给展飞拿来一大堆参考书，《行政处罚法》、《行政诉讼法》、《行政复议法》、《国家赔偿法》，希望他能好好学习，做个合格的执法人员。

看着大家的成绩，甘凤麟长出了一口气。上任之初，他曾经找过寇主任，要求解聘这些临时工，重新招聘。"他们已经让别人画得乱七八糟，我想要几张白纸自己画。"

"这些人，来得易，去得难啊。表面上是招聘来的，实际上，哪一个不是托了这样那样的关系啊？"寇主任不松口。"这些人，你必须用，还不能出事儿。"

"别人我不能保证。我自己是想明白了，当公务员，就不应该发财。发财了，就说明出问题了。要想赚钱，去做赚钱的事儿。同时，我要教育我老婆，把她教育成一个廉内助。"

"凤麟，不能小瞧你呀，这件事儿让你成长了成熟了。这样看来，这件事儿对于你倒是一件好事儿了。"寇主任很高兴。

学习过后就是实战。

在一家店里查到了假烟。三条红塔山。

店主叫于志彬，一见查出了假货，和大多数人一样，又是敬烟，又是倒水，像极了半年前的栗克良。

13　别小看花如玉

笔录做了，情节很简单：烟是别人过年收的礼，邻居老头儿拿来的，让给代卖。根据法律规定，像这种情况，既没有违法所得，情节又轻，只能没收假烟，再相应给一点儿处罚。

于志彬哭丧着脸，说了一车的好话，又说自己也是受害者，看着很可怜。这种小案子，适用简易程序，当场结案。

甘凤麟处理案子，不喜欢拖拉。

赵玉琴和崔月浦都喜欢把案子压一段时间，为的是从中捞好处。

有的大案子，要主任办公会研究决定。有时候会拖很久，有的还要跨年度，经销商到处托关系，弄得很复杂，双方都很被动。

又是无头绪，每个案子都只能抓住终端。甘凤麟把问题带到了科务会上，希望赵玉琴和花如玉帮着拿拿主意。

"最近有个新动向，不知你们发现了没有？"甘凤麟先问稽查队员。

"是的，所有假货，都是小批量。市场再也查不到大案子。而查到之后又会立刻断线。不是说过年收的礼，就是说有结婚的，用不了的烟酒，卖给经销商的。再找送货的人呢，就说是不认识，是蹬一辆三轮来的，交易完就走了。"桑匀抢先，他们几个都愿意在甘凤麟面前表现好一点儿。

"最近查的这几个小案子，都是这个结果，虽然说确实有这种情况存在，但是不排除有个别的不法分子是在以这个为借口，做幌子。应该深挖一下。"朱读说。

"我认为,应该说,真正从骑三轮的手里进货的是少数,大多数是明知故犯的。因为,这些人,——朱读,你别不高兴啊,咱们都是为工作,大家各抒己见,我只是说我的看法啊。——这些经销商,没有一个傻子。他们肯定明白,这样的来历,一定不是什么好东西。"赵玉琴总是喜欢在别人后边发言,这样会更周全一些。

花如玉却是想到了就说:"而且,经销商都是识假高手,真假应该瞒不过他们的眼睛。"

"这话说得对,我也正是这个意思,"赵玉琴的眼睛看了大家一圈儿,只是不看花如玉,"所以说,他们贪小便宜,以为是逮到了冤大头,低价回收的可能不是没有,但是一般都是明知故犯。"

甘凤麟同意赵玉琴的看法:"半月后全市要联查,希望不要在咱们批发市场查出什么事儿来。"

"联查,没什么大不了的,拣咱们最好的企业,让他们查去吧,绝对不会出事儿。"赵玉琴对这些事儿一向有她自己的主意。她目前是个闲差,甘凤麟能让她参与案子的讨论,很高兴。

"只好这样。但是,咱们自己不能放松,市场还要仔细查。严格一点儿好。"甘凤麟职责所系,不愿蒙混。

"是啊,要查呀,我也没说不查呀,联查是联查,平时咱们自己检查是自己检查呀。"赵玉琴说。

气氛有点儿紧张,不友好的态度若隐若现。

"现在我们要拿出一个可行的办法来,好好查查假货的来源。"甘凤麟只谈工作。

"假扮消费者!"

"引蛇出洞!"

略加思索,赵玉琴和甘凤麟同时说。大家认为他们的办法可行。于是又完善了一下细节。

"办里要求咱们好好查一下市场,这次行动,全体人员都要参加。"行动前,于副主任给大家开会,要求赵玉琴和花如玉参与行动。

稽查队有五天不去市场检查，只在单位处理过去的积案。

第六天，"托儿"出场了。

十点钟的时候，甘凤麟的手机响了，是他的同学老商。

给稽查队做"托儿"，有危险，报酬少，很难物色人选。老商是省会人，碰巧出差通宜市。他是甘凤麟大学同学，跟甘凤麟学过几天拳脚，真是天赐人选。

甘凤麟答应老商，只要他帮了这个忙，请他喝好酒，还要再教他一招绝招。老商为人正直热情，这事儿，当仁不让，反正过几天就回省会了，经销商难寻他的踪影。

"鱼上钩了。"老商来电话，商户从仓库给他拿来十五条烟，不是门市。

老商不认识真假，只记住甘凤麟叮嘱他的，如果商品是从门市拿的，就没问题。稽查队天天在市场检查，没人敢在门市放假货。

经常售假的商户，仓库不好查找，他们经常换地方，比狡兔还狡。

三十五号门市。稽查队刚好在老商装模作样验货的时候闯了进去。老板是丛惠书。

烟是假的。

把老板和老商一块儿请到办公室，甘凤麟假装不认识老商。老商戏演得好，不住地要稽查队给他做主，说是店主欺负外地人，卖给他假货。

笔录做了。

老商已经交了钱，假货就是售出了。售出和未售出，处罚起来，区别很大。

丛惠书是第一次被查到假货，有点儿怕，说，她是花钱进的货，一共进了三十条，卖了十五条了，就还剩下这些了。

上次在丛令书仓库查到假货，大家就怀疑是丛惠书的，一直没有抓到她。看来，她售假的水平也提高了，没想到，栽在外地人手里。

经常售假的，眼光毒，他们只要看一眼，说上几句，就能判断顾客购物用来做什么。外地人，送礼的，他们就大胆地给假货；如果是饭店超市来进货，他们不敢给假的，那样被查获的风险很大。

甘凤麟和赵玉琴商量了一下，决定在丛惠书身上深挖。

"朱读，你去和她谈谈。"赵玉琴觉得，甘凤麟如此尊重她，凡事和她商量，她可以发号施令了。

"赵姐，还是你去吧，辛苦一下。"甘凤麟求赵玉琴帮忙似的，"一个女的，让朱读单独和他谈，怕不好，让她咬一口就说不清了。"

赵玉琴见甘凤麟反驳她，有些不悦。听了后面的话，知道甘凤麟考虑的是工作，很有道理。

"我也别单独和她接触，咬一口同样说不清。小花儿，咱俩一块儿去。"赵玉琴知道，丛惠书是个厉害角色，男的和她谈，可以被污占她便宜，女的和她谈，也可能被污索贿。

赵玉琴的铁齿铜牙，没能说服丛惠书。

丛惠书只是掉眼泪，家里又是病了的老娘，又是上学的孩子，又是下岗还出了车祸的丈夫，日子还怎么过呀？千万可别再罚款了，本来想着卖假货还能赚点儿钱养活这一家人，现在这种情况，真不如死了算了。

花如玉先受不了了，跑了出来。拿了钱包回去说："这是我一个月的工资，你先拿着。我捐给你的。案子的事儿，该怎么处理还怎么处理。"

丛惠书愣了，眼里有感动和忏悔流露出来。过了一会儿才说："谢谢你，妹妹，你的好心我会永远记得的。不过我不要你的钱。我还能自己过日子。就冲你的为人，我也不能没有人心眼儿，这事儿，我说。"

丛惠书的话让花如玉愣住了，连赵玉琴也没想到。

丛惠书单独对花如玉说出了实情："这些烟，是一个外地人送来的，晚上开车送过来，市场上不只是我家要他的货，还有别人。但是再多了我就不能说了，你们也可怜可怜我吧，我一个女人家，怕事儿，我还要过日子呢。你可千万别说是我说的。"

稽查队不是公安，只能让丛惠书回去。能有这些收获已经很不错，总算有线索了。

于副主任很高兴，跟寇主任打个招呼，设宴招待了老商。甘凤麟也很高兴，教了老商两招。老商更高兴，喝得吐了。非要在甘凤麟家住，吐了一床单。

甘凤麟庆幸，多亏丽影又带团走了，要不，还不知道多烦呢。想起自己美丽的妻子天天在外辛苦，接触的人良莠不齐，甘凤麟心疼，怪自己没有本事，没让妻子生活得更好一些。

赵玉琴也当过一段时间的队长。

栗克良告状的事儿，寇主任跟纪委查案的同志做过几次酒桌上的沟通，崔月浦和甘凤麟又去那几位同志家沟通过，稽查队进行了整顿。纪委的同志说，只有两千块钱的白条，小金库里也没有别的，这个案子，先不追究了，但是，市场办要严肃处理。

市场办的处理意见报上去，纪委没有说什么，默许了。

全科继续整顿，上午全部学习。崔月浦和甘凤麟由于负主要责任，不再担任队长职务，在单位学习，负责内勤工作。副科长赵玉琴担任队长，下午检查市场，花如玉到稽查队，由于人员太少，只好让老齐和展飞继续留在稽查队。

赵玉琴要披挂上阵了，先召开誓师大会。她意气风发，讲了一个多小时，把如何执法讲得挺详细。重点是花如玉，因为她没有去市场执过法。老齐和展飞听得直打呵欠。

花如玉认真听讲，不时提问。赵玉琴颇为不满。正告花如玉，出去执法的时候，队长说话，要多听多想，不要随便插话。

展飞和老齐就偷偷地挤眼睛挑眉毛：这娘们儿，刚拿到权力，这就开始发号施令了，还这么牛气。

赵玉琴知道他们心里不服，心想，你们就看着吧，早晚让你们服喽。

开完了会，两个被"挂"起来的正副队长看到，四个人表情各异地从市场办的小会议室走出来。进了办公室，赵玉琴意犹未尽，一副志得意满的样子，花如玉表情严肃，对这次工作新安排很认真，那两位则是满脸的无可奈何，又是不服气。赵玉琴去厕所了，几个人就吵吵起来，把她刚才的表现绘声绘色地讲给崔月浦和甘凤麟听。

"真是小人得志！看把她能的，好像当了国家主席一样的，还教训上我了。我是你教训的？我参加工作的时候你还背着书包上学呢，跟我摆上架子了，真不要脸。"老齐先不高兴了。

"我看她是疯了，不知道自己姓什么了。"展飞也说。

"我觉得她说的工作方法很有用的。"花如玉反驳说。

"你知道什么呀？你平时又不去市场，这些事儿，我们都会，还用她说？"老齐和展飞一齐冲着花如玉说。

崔月浦不说话，只冲老齐和展飞点头。

"别说那么多了，出去执法，要注意团结。"甘凤麟很真诚，"我们刚出了事儿，主要原因还是因为不团结。只有团结，工作才能做好。大家团结起来，不是为了吃拿卡要。一定要对自己严格要求，不能再出这样的事儿了。"

"甘队说的是，到市场上，要多留心，凡事多跟我和甘队汇报着点儿。我们也不去市场了，你们要学会自我保护。"崔月浦一句话说得大家心里热乎乎的。

"都汇报完了吗？"赵玉琴回来了，她早料到大家会在背后议论一番的，有意给他们提供时间，"没事儿了吧？咱们走。"

"走吧你们，我们在家好好学习，天天向上。"甘凤麟说得很轻松，赵玉琴听来却重如千斤。

赵玉琴知道，甘凤麟嘴上贫气，心思很重。为了这点儿事儿，他的思想好像有了很大的转变，他是个有正义感的人，内心很敏感。要不是自己在幕后操纵着栗克良……想到这儿，她心里有什么刺了一下，忙扭身出了办公室。

赵玉琴走得急，甘凤麟看出了她的悔意。

过去，甘凤麟和赵玉琴的关系不错。那时候，大家都年轻，经常在一起开玩笑。两人都聪明，还有点儿惺惺相惜的感觉。只是，人和人的关系，总是在变化，变来变去，他们变成了对立面。

有了教训，甘凤麟思考了很多，赵玉琴也对自己的行为做了反思。

公务员就是为企业服务的，同事之间的关系要处理融洽。不良后果，主要来自于自己的不良行为，不用怨天尤人。甘凤麟不恨赵玉琴，他只恨自己，只觉得有愧于栗克良。他不断地自审，十几年的工作，当年那个正直善良豪气冲天的甘凤麟已经消磨殆尽，剩下一个庸俗无志为生存奔波犯错的可怜人。

还能不能找回以前，甘凤麟没有足够的自信。他也就越加珍惜科室里唯一的纯洁，仔细地关注着花如玉的成长。

"除了名字俗，哪儿都不俗。"甘凤麟取笑花如玉。

花如玉顽皮，甘凤麟总是和她开玩笑。他喜欢这个小女孩儿，看到她，就想到自己的妹妹小秀。

对甘凤麟这种大哥式的关心，花如玉很感动。参加了工作，她发现，人与人之间的关系复杂势利，行事如履薄冰。她是个心直口快的人，工作了一段时间，懂得三思而后行了，每句话到了嘴边都要再想上一想，生怕一旦说错引来麻烦。机关里，有些人专门记得这些鸡毛蒜皮的事儿，比如赵玉琴。你要是一句话不小心说错了，她就抓住了把柄，适合宣传的宣传，适合"存档"的"存档"，哪天有了合适的机会就会端出来，花如玉可是吃过亏的，也就学乖了。

到稽查队工作，花如玉没有思想准备。她做内勤，热情服务，一扫"门难进，脸难看，事难办"的不良风气。除了赵玉琴，科里人对她评价都很好。这次到了赵玉琴手下，前途未卜。

"别小看花如玉，这小丫头。"老齐对花如玉的作为很是赞赏。

甘凤麟虽然在科里整顿，市场上发生的一切，了如指掌，三位队员总是在向他请教。

赵玉琴做什么事儿都是三思而后行，从来不打无把握之仗。

打仗，最重要的是自己的队伍要过硬。要把队员们团结在自己周围，这方面，赵玉琴借鉴了甘凤麟的做法。甘凤麟有一种人格魅力，别人愿意追随他。

对经营户，必须让他们怕，让他们怕的关键是你本事比他大。过去，和甘凤麟一起执法，赵玉琴经常说甘凤麟是黑白两道，工作顺利得很。自己当队长了，赵玉琴的绝招是她认识的领导多。有意无意地提及经营户比较敏感的领导，经营户的气焰自退。

在行政机关工作，尤其是做执法工作，赵玉琴认为，靠的就是脑子好。

赵玉琴脑子很好，花如玉的脑子也很好，区别在于一个老练，一个稚嫩。

第一天执法，大家都要磨合。

上午是要学习的。大家学到十点多，赵玉琴说："好了，咱们该去查一查市场了，学习可以下午早点儿回来，咱们也要灵活一点儿，不能说半天就学一上午。"三个人只好跟她走。

恰逢有经营户来找花如玉办事儿，领一些表格。赵玉琴说："下午再来吧。"

人已经来了，花如玉不愿意让经营户多跑冤枉路，对赵玉琴说："你们先下楼吧，我一会儿去追你们。"

赵玉琴颇不高兴，说："那你快点儿吧，我们就在这里等你，外边这么冷，谁知道你要磨蹭多久啊。"扭头对展飞说："也不知道这是她什么关系？还是得了人家什么好处了。"

展飞不语。

表格不到两分钟就领完了，经营户满脸堆笑，感谢不尽："我去过很多部门办事儿，您这里是最痛快的。"

这样的事儿，花如玉已经习惯了，只说："应该的，别客气。以后各单位都会这样的。"

大家这是第一次看花如玉办公，平时大家都在忙自己的事儿，没有人注意到她是这样工作的。

甘凤麟不由在心里赞叹了一声：丫头真是个好孩子。他平时开玩笑，总叫花如玉丫头。

"傻子。"赵玉琴小声嘀咕了一句，没有人听清她说的什么。"以后，这些事儿交给两个科长就行了，他们现在是内勤。"

崔月浦瞪大了眼，不知道说什么。

大家往楼下走，展飞又去厕所。这是他的习惯，每次出去之前他都要上厕所，可是他还不提前下去，非要和大家一起路过厕所，才去。

赵玉琴说："懒驴上磨呀你，怎么这么多的事儿？"

展飞嘻嘻一笑："就是事儿多，不光事儿多，还得跟你要东西呢。"说着手就伸了出来。

赵玉琴打开手包，拿出块儿卫生纸给他。

嫌少，还要。

赵玉琴说："干什么？你来例假了？"

展飞红了脸："呸！牙碜！"

花如玉忙回身向外走，脸涨得通红。

老齐瞪赵玉琴一眼，很不满："你看你，跟小孩子说话也不注意点儿。"

赵玉琴刚想说就是要锻炼锻炼他们，忽然想到，现在花如玉是自己的兵了，要在各方面让她佩服自己，和老齐也要搞好关系，于是态度平和下来："看来以后说话要注意了。"

一连检查了十五家店。皮鞋，服装，烟酒，三个种类。

市场是分区的，每个区一个品种。赵玉琴说，先带花如玉学习一下技术。

花如玉的确服了赵玉琴的本领。她对工作的娴熟，让花如玉觉得很敬重。每一个种类，每一个畅销品牌，赵玉琴都对产品特点了如指掌，分辨起真假来毫不费力。

在第十六家店里，赵玉琴发现了假货。是一双皮鞋。

经销商很滑头，见查获的只有一双样品，就说是亲戚买的，穿着不合适，放在这里代卖。对假货的处理，首要的依据是经营数量。这家经销商似乎很清楚这些。

赵玉琴不急，她今天主要是先在几个队员面前树立威信。让花如玉做笔录。花如玉已经学习过了，但是实际操作起来还是不熟练，赵玉琴指导着她写。

"别小看这娘们儿。"展飞和老齐在一边小声说，"赵玉琴是多面手，和甘队一样，要是换了崔队，他就写不了。"

这种小案子，按照《行政处罚法》，适用简易程序，是可以当场处理的。赵玉琴说："展飞，给他算算，看要怎么处理。"

展飞连忙翻公文包里带的小册子，他要看了条文才能算罚款。

"好吧，拿给他看。"赵玉琴把展飞的小册子拿过来，翻到某页递给经销商："你看着，就是这一条，按照这个规定，要没收你的违法商品，还要对你进行处罚。"说着就把这一条背了出来。

展飞暗暗佩服。

虽然条文背得好，但是处罚却不是那么容易的。

"赵队，姐姐哎，您看，我也不是故意卖假货。你们大家都看到了，就这一双，咱就别罚了，照顾照顾吧。"经销商涎皮赖脸。

展飞是按最高额算的，经销商则要求不罚。

赵玉琴的唾沫费了两水桶，摆事实讲道理，法律讲透彻了，自己的人情也送足了，关系也拉到家了，这才在不高不低的数字上给予了处罚。

经销商客气地送出来，说："中午我请请老几位吧？"赵玉琴说不用，又向下一家走。

花如玉很失望，觉得执法就像是菜市场买菜一样，讨价还价。看看表，已经十二点了，赵玉琴说，再检查几家咱就回去。反正也是顺路。

市场不是高规格的市场，就是一排一排的平房，所以检查总要出一个门市再进一个门市。花如玉这才知道，其实在市场上检查是很辛苦的，门市里有暖气，大家穿着羽绒服，热一身汗，出来北风呼号，汗全变成冷的。这滋味儿，真不好受。

走在路上，老齐拿展飞的鼻子开玩笑，说他是酒糟鼻子，大家就都笑。其实大家的鼻子都冻得不好看了，只是展飞的更红一些。

大家笑着进了一个眼镜店。展飞正笑着，见老板正戴着一副眼镜在那里看柜台上的眼镜，大家相熟，就说："四眼儿，看镜子呢？"

老板一抬头，看到展飞，突然变了脸，说："你怎么说话呢？有你这么说话的吗？"

展飞一时愣住，他的情绪还没有调整过来。"怎么了你？急了？平时咱们不也常开开玩笑吗？"展飞颇为不解，语气也很不友好。

三言两语，两个人都急了。

老板的火气更大了，扑过来要打展飞。展飞也不示弱，冲上来讲理。老齐忙把老板往后推，花如玉把展飞推了出去。

赵玉琴说："行了行了，干什么呀？这么大火气。他不是和你开玩笑吗？现在他已经不说了，他说话是有点儿失口了，你总不能为一句话就没完吧？他不对，我批评他，你也别再说了。"

老板见队长发了话，又说了展飞的不是，只好不再多说。赵玉琴又扯了几句闲话，把老板的脾气压服住，才出来和他们一起又往前走。路上教育展飞说："平时，咱们自己不管怎么开玩笑，到了工作中，就要像演员上台一样，扮什么像什么。不该说的一定不要说，该说的一定要说到位，和经销商尽量少开玩笑。"

展飞不服气："我看人家甘队也是常开玩笑的。"

赵玉琴笑了，给他细分析："甘队开玩笑，我也常开玩笑，但是一定要把握好时机。甘队开玩笑，有过叫人家不高兴的时候吗？没有吧？他那玩笑都是在事态就要僵住了的时候，为了缓和气氛。没有必要的时候，千万不要开玩笑。你知道经销商心里正为什么不高兴呢？再说了，他们心里本来就是恨咱们的，你还要去招惹他？"

说着话，进了一家经营糖果的店，这家和赵玉琴的关系明显很好。见他们来了，又是倒茶又是递烟，格外殷勤，又说："还没吃饭吧？今天我请客。"

大家都推辞，赵玉琴说："去就去吧，你们也不用推了，这么晚了。他没有违法经营，不算是贿赂咱。不让他请客，我请你们，大家都去。"

队长这样说了，老齐就不再说别的，展飞踌躇着。花如玉说："我还要回去拿点儿东西，你们去吧，下午我回来找你们。"

赵玉琴知道花如玉的心思，说："小花儿，不用这样，你不要觉得甘凤麟他们吃顿饭出了事儿，就怕了。'不打勤的，不罚懒的，专打不长眼的'，那是他们倒霉。吃顿饭算个什么事儿啊？你放心吧，没事儿的，有队长带着你呢，你怕什么？吃完饭，咱们还要接着检查呢，你回去可不行，现在是工作，你要服从我的安排。"

花如玉被"将"在了这里。

老齐说："没事儿，去吧。"展飞也跟着往外走。

老板娘拉着花如玉："去吧，去吧，有什么呀，不就是在一起吃个饭吗？谁还不吃饭了？我就不相信那些大领导就不吃饭了？这不算什么事儿，给个面子，我又不求你们办事儿，就是愿意和大家在一起热闹热闹。再说，不是我请客，咱叫赵队请客。"

花如玉的脑子转了半天也没转出个好主意，恨不得哭一顿，只好跟上他们一起去吃饭。

不想吃请的逃不掉，想吃请的没机会。

每天在单位闲待着，甘凤麟体会到工作是人的第一需要。崔月浦很快懂得了《水浒》里那句名言："嘴里淡出个鸟来"。英雄难过美食关啊。没有权力，没人请客，胃最难过。

两个被"挂"起来的正副队长，一个坐在椅子上，一个坐在沙发上。

"整顿完了，是不是还要处理咱们？"崔月浦扬着脸，不知道是问甘凤麟还是屋顶。

"谁知道呢？这种事儿，说大就大，说小就小。说实话，我不太愿意在这个科室干了，如果能调整到别的科室更好一些。"甘凤麟很诚恳地说。

"不会为这事儿把咱们调整到别的科室的，那样处理也太重了。批评教育，整顿学习，再扣工资已经够重了。只不过吃了顿饭，打了张白条，钱也不算多，其余的查无实据。吃饭谁不吃，哪个领导干部没吃过？咱倒霉，碰上了，什么大不了的事儿呢？最主要的，他的烟是假的。"

崔月浦越说越激动。甘凤麟没有和他争论，这些事儿，和别人比是没有用的，自己违法了，就要承担责任。

"咱们这样的执法科室，的确是不好干。"见话不投机，崔月浦换了个话题，"你在这个科，因为你会武术。当初，还是我把你要到这个科来的呢，你可别恨我。"

14 婆媳关系，儿子是主角

"爸，妈，这次检查结果这么好，我们就放心了。"宋丽影一边往餐厅端菜，一边笑着跟公婆说话。恭敬地把一盘油焖虾放在了婆婆面前。

"妈，这是我刚跟一个游客学的。前天我带的那个团里，正好有个大姐特会做菜，她就教了大家一个油焖虾。她的这个做法我不知道是不是地道，但是很省事儿，就是把油烧热了，把花椒炸糊了，然后把虾放下去，待到快熟了，放上白糖，等汁挂匀了就出锅。我也是第一次做，不知道好吃不好吃，您尝尝吧，您对这个内行。"她夹了一只虾放在婆婆碗里，又忙着给公公也送上一只："爸，您给评价评价。"

"自己家人，吃这么好的菜干什么？"陈惠英看着儿媳妇，嘴里不高兴，脸上可全是笑，"儿子好，不如媳妇好，这话是真的。"

"儿子好，才有媳妇好。婆媳关系，儿子是主角。"宋丽影看着甘凤麟笑。甘凤麟疼爱媳妇，宋丽影自然孝敬他的父母。

"妈，您别担心我们，我们的日子过得去。"甘凤麟笑着给甘子泉倒上酒，"爸，现在您这腿也没事儿了，最近胃也挺好的，咱们少喝点儿，庆贺一下。"

"好，我也早就想喝酒了，只是你妈管得严啊。"甘子泉看一眼儿媳妇，见丽影脸上的表情很自然，知道丽影不笑话这话，又说，"丽影也喝点儿，陈大侠，你也喝点儿。"

甘子泉赞助了通宜市通俗歌曲大赛，颁奖的时候，他喝高了，从台上掉下来，摔折了腿。

"为了宣传企业，赞助是可以的。"陈惠英心疼地看着丈夫，埋怨他不该喝酒，"这么大岁数了，企业也不用再宣传了。"

"我已经好了，夫人，别再埋怨了。我要是知道自己会摔一下，别人给出赞助，我也不去。人活着，要的就是这个不知道，摸着黑走，拣着元宝是元宝，摸上牛粪是牛粪，这才是人生乐趣。我这个人啊，一辈子就是喜欢冒险，就是喜欢出风头。男人嘛，没点儿闯劲儿还行？"二儿媳面前，甘子泉喜欢说点儿有哲理的话。

"就你会说。"陈惠英看着甘子泉，嗔笑了一下，给小宝剥虾。这位奶奶平时喜欢舞刀弄棒，在亲情上很少表现得这么细腻。

甘凤麟心里流过一股温暖："妈，您可从来没有这样对待我们几个。看来，孙子和儿子就是不一样啊。要不怎么说'老儿子，大孙子，老太太的命根子'呢。"

"凤麟啊，你说这话可是冤枉你妈了，你就是你妈最心爱的儿子。丽影你不知道……"陈惠英赶紧向儿媳妇诉委屈，还不等说出一句话，甘凤麟就笑了："妈，急什么，这不是和您开玩笑吗？谁还不知道您最心疼我呀，为这个，大秀可没少了嚼舌头。"

"她嚼什么，她还不是你爸护着。到现在，一家三口住在我那儿，生活费全是我出，你爸还经常给她钱。你爸偏心，我都看不惯了。"

"妈，您吃这个，来，爸，我给您把酒斟上。"丽影看出来，气氛有点儿不太对了，甘子泉的脸上有了一丝不快，急忙把话岔开。

"还有那个凤麒，他现在是国营宾馆的总经理，自己还有天然居饭店，有权又有钱。你再把麒麟阁让他管了，这不是太亏待凤麟了？"

"妈，哥只是代管麒麟阁。我们是亲兄弟，这个，比钱重要，您放心吧。再说了，好儿不赚受祖业，我要是有本事，自己出去挣钱啊，怎么能和哥哥妹妹们争抢家里的财产呢？是吧？丽影。"甘凤麟打断了母亲的话。

"是啊，妈，您放心吧，咱家不会出那种叫人笑话的事儿的。我们自己过日子，只要您二老身体好，我们心里就轻松。现在，您二老还有这么好的经济条件，不用我们出钱赡养，我们已经很知足了。"

"我不管那些个，反正是要给孙子把家产看住喽，小宝是我唯一的孙子。"陈惠英搂住小宝。

"我不偏心。我的腿好了，回去就把饭店要回来。"甘子泉接过宋丽影盛的饭，低头吃饭。

"爸，前些天我去省城开会，顺便到小秀家里去了一趟。"甘凤麟小心地观察着父亲的脸色，见甘子泉表情很平和，试探地说，"您大概这几年也没去过她家吧？小秀家里实在是穷得不像个样子。我还有您帮着，买房子您也添了好几万。小秀……"

"不早了，赶紧吃饭吧，要不你们该迟到了。"甘子泉把饭碗一放，去了洗手间，把甘凤麟给晾在这里。

"小秀这孩子，我们的确是亏欠她太多。她一个人在省城无依无靠的，想起来，我也怪心疼的。"陈惠英说着，眼圈有点儿红，顿了顿，才说："可是我总是觉得跟她不如跟你们亲。其实，她是咱们家最好的孩子，可你爸就是不喜欢她。说她总是婆婆妈妈的，回到家里，问长问短，嘘寒问暖。你爸烦她这样，说一看就是没出息的样子，不像大秀，说起话来，全是权谋机变，看着那么有志向。你爸就是喜欢大秀。过一段时间，我去省城看看小秀，这些年，我总觉得，她会恨我。"

"妈，小秀不是那样的人。她心地善良，正直大度，别说您当时把她送到姥姥家是迫不得已，就算您是故意把她送给不相识的人，她也不会恨您的。"甘凤麟真诚地看着母亲。

"小宝，爷爷今天来，本来想给你买点儿东西的。可是，你知道，爷爷的腿不舒服，拿东西太累，所以，爷爷给我宝贝孙子一个小红包，让我大孙子自己去买学习用品，将来也考大学，像你爸一样，给爷爷争气。知道吗？你爸爸这兄妹仨，只有你爸爸一个考上了大学，这让爷爷很光彩的。"

甘子泉把一个红包塞到小宝手上。

"还有小姑姑呢，小姑姑考得是最好的大学。"小宝不知道爷爷不喜欢小姑姑。

宋丽影赶忙推让，陈惠英拦住她说："这是爷爷奶奶给孩子的，别推辞了。"

小宝不管那些，拿起来就数，数完高兴地跑进自己屋里去了："两千，我又多了两千，明天我就可以和对门的高亮比了，原来我比他少三百块，现在我比他多了。多一千七百呢。"

"小宝！我过去跟你说的什么？"甘凤麟叫了一声，想教育他不要随便接受别人的钱，见儿子跑了，笑起来，"这小子，知道爱钱了。行了丽影，别管他了。"

"再多说了，你爸就不高兴了。"陈惠英慈爱地看着儿子。

"爸就是不喜欢小秀，你真多嘴。"父母一走，宋丽影就埋怨甘凤麟。"过年的时候，我都看出来了。"

甘凤麟对过年没有了新鲜的感觉，却能感知它的负担，每年都要给该送礼的人送礼，大人孩子还要添新衣服，真是一笔集中的开支。好在现在有了第十三个月的工资，他觉得缓解了一下压力。

一年一年，日子累积着。昨天和今天一个样儿，今天又和明天差不多，只是不断地重复，月月盼望着领工资。盼到手了，又一点儿一点儿花掉，盼来盼去，剩下的不是金钱，只是岁数。

二〇〇九年的新春，甘凤麟心里带着栗克良告状的压力，还有金钱的压力，回通南县父母的家。

过了元旦，公务员工资涨了近一半，甘凤麟长出了一口气。未涨之前，他月工资一千多，新买的房子每平米三千多。如果没有额外收入，他这一生将为房子奔波。

回家过年，宋丽影提前两个月就开始买东西，大包小包，哪个人的礼物也不能没有。父母家里什么也不缺，但是不能不买，这是做晚辈的孝心。

甘凤麟到家的时候，甘子泉和大秀刚平息了一场不快。

早上起来，甘子泉就看到卫生间的马桶里有撕碎的钞票，看样子有几百块。知道又是大秀干的。

昨天，甘子泉拿了三百块钱，让大秀给她儿子胡钟买过年的衣服。大秀肯定嫌少了。

甘子泉有点儿气愤，又有些自责。把这孩子惯坏了。这事儿，能全怪孩子吗？为什么不给三千呢？三百块钱，太少了。

甘凤麟进门，大秀正和甘子泉有说有笑。大秀就是这样，对父亲忽冷忽热。最近，她计划买套大房子，钱，当然要父亲出，对付父亲最好的办法，就是软硬兼施。

甘子泉作了妥协，答应给女儿出一半房钱。父女两个都知道，剩下的一半，也是他的事儿。那还要等大秀施一套手段。甘子泉提出条件，这事儿，不能让别的孩子知道。尤其是小秀。

宋丽影给胡钟拿礼物，大秀过来客气："哥，你又给孩子花钱。"

甘凤麟用下巴指指宋丽影："这可不是我的事儿，全是你嫂子买的。她出门带团的时候，看到好看的衣服就给孩子们买了。"

大秀搂着宋丽影："真羡慕你，嫂子，有这么好的工作，玩儿着就挣了钱。"

宋丽影脸上抹过一丝愁云："哪儿像你想象得那么好呀，同样是去景点，游客和导游可不一样，导游很苦，收入又少。"

甘凤麟向宋丽影递个眼色，丽影知道，他这是不想让父母听到他们的日子不好过。买房子父母已经给了几万块钱了，让他们听到自己手里缺钱岂不是又要顾念。

虽然缺钱，宋丽影还是非常认同甘凤麟的做法。父母有钱，也来之不易，况且，他们也老了，手里存点儿钱，心里就踏实，用钱的时候也会轻松一些。

吃过了午饭，甘凤桐就到家了。风尘仆仆，衣着寒素。后边跟着她的丈夫李志遥。小朴真冲到妈妈的前面，跑进来喊"姥姥，姥爷"，姥姥姥爷过来接着，姥爷抱起朴真来，亲了一下。三年，小秀才回家过一次年，其它的两年要在婆婆家过，对这个女儿，父母是要客气一些的，因为和她的关系比较远。

小宝跑过来，让小姑姑吃巧克力。他喜欢小姑姑，小姑姑会逗他玩儿，一点儿不像别的大人，小姑姑像一个最知心的朋友。他从小姑姑这里得到好多知识，同时也能得到好多乐趣。小姑姑一来他就谁也不想找了，天天围着小姑姑转。他也喜欢朴真，和朴真弟弟一块儿玩儿，特别开心。他俩都不喜欢胡钟，那孩子总是欺负他们，他俩都躲着他。

胡钟也有怕的人，这个人快到吃晚饭的时候来了。

西西一个人来了。一进门就问："有什么好吃的呀？饿死我了。"

甘子泉说："西西，你爸你妈呢？"西西指了指自己鼻子："您问我？我说爷爷，他们都不知道您孙女我在哪里，我怎么会知道他们在哪里？未成年人是我，不是他们，他们有义务关心我，我没权利管他们。您还是自己找他们吧，老爷子。"说着"嘿嘿"地笑，自己去厨房找了一只大雁腿，拿在手里就吃。

甘凤阁过去打了她一下："瞧你这吃相，这么大姑娘了，都十七了吧？你妈也不管你。"

西西看了大姑姑一眼，说："我妈才没空管我呢，我妈得天天盯着我爸，别在外面有女人了。哪儿有心思管我。"边吃边寻到了胡钟："你小子，藏哪儿去了？怎么不知道叫姐姐呢？你妈也不知道管你。"

甘凤阁也拿这侄女没办法。

宋丽影忙打圆场："西西姐姐来了，你们看看，姐姐更漂亮了。"

二婶一招呼，西西温顺起来，和两个小弟弟一起玩儿。胡钟大声哭闹，甘子泉给他拿玩具，西西一把抢过来，"别太偏心。为什么只给他自己玩儿？这儿还有小宝和朴真呢。"

"又怎么了？哭什么？"甘凤麒带着妻子何丽娟走进来，一看胡钟哭，知道肯定是他女儿西西惹的祸。大秀一向护着胡钟，甘凤麒也护着西西。

西西见她爸妈来了，一扭身子进了甘凤麟的卧室。

大秀不敢惹大哥，笑脸相迎。大家都站起来。

座位不够了，甘子泉让小秀去屋里搬凳子，沙发要让给何丽娟。他一直对大儿媳另眼相看。

何丽娟的父亲曾经是县委书记，当年，甘家没少沾何家的光。现在，亲家不在位了，甘凤麒对何丽娟大不如从前，甘子泉对何丽娟却依然看重。

人多了，吃饭也不消停。饭桌上最能看出远近。

甘子泉总照顾何丽娟吃喝，大秀不高兴，说父亲偏心。她怕大哥，最近，知道大哥大嫂关系不好，才敢对大嫂不敬。

甘子泉不再说话。大秀不高兴，他心疼。

"我就奇怪了。爷爷，甘家四兄妹，甘凤麒，甘凤麟，甘凤阁，甘凤桐，两个美男子，一个大美女，只有甘凤阁女士，她怎么就和他们不一样？她也是很忠诚地遗传了父母的基因，人家都是遗传优点，只有她，父母的缺点她都学会了，而且，这些零件组合在她身上怎么就那么不好看。"西西见大姑姑欺负到母亲头上，说话毫不客气。

"可是你大姑姑聪明。"甘子泉觉得大秀最好。会哄他高兴，也会和他撒娇。想让他笑，就会乐得他眼泪出来，想让他生气，就气死他。淘气得与众不同，个性和他一模一样。

"小秀更聪明。"父亲偏疼大妹妹，甘凤麟看不过。

在场的所有人，小秀最出色。她文武双全，相貌出众，人品高尚。父亲总说她太忠厚，太无能。

"我就是佩服大哥。"大秀的丈夫胡彬怕甘凤麒不高兴，"大哥高高的个子，英俊的长相，又是商界精英。"

"过年了，敬咱爸咱妈。"甘凤麒举起酒杯。大哥发了话，刚才的不愉快就要结束。"妈，喝酒。"

陈惠英和小宝玩儿石头剪子布，她不喜欢儿女们这样争吵。过年，她觉得累，累心。

陈惠英喜欢二儿子，也喜欢二儿媳妇。二儿子从小就懂事儿，老大喜欢惹是生非，喜武不喜文，性格像他父亲，老二文武双全，也会体贴家长。女儿她不太喜欢，小女儿从小就送出去了，大女儿太娇气，天天和甘子泉吵。何丽娟病歪歪的，不爱说话，很少笑。宋丽影漂亮，活泼，大方。

"走了，玩儿去啦。"西西吃饱就带着孩子们放鞭炮去。

宋丽影把茶水给大家倒上，甘子泉开始说他的创业史。

大秀说："爸，你能不能说点儿别的？你都说八百六十遍了。"

甘子泉靠开饭店发家，起初在乡里，后来到县里。一方面，他经营有方，另一方面，陈惠英坐镇有力，谁敢到店里捣乱，陈惠英或者她徒弟出手，全都搞定。

甘子泉不会说别的，另一个话题就是他养育孩子们不容易。

"生孩子，就要养孩子。养育儿女，是一种乐趣。西西这孩子，虽然有点儿叛逆，可是，她善良，豪爽，给我带来许多乐趣。至于将来，我不需要她来养老。"甘凤麒最不喜欢听父亲在他面前摆功劳。相反，他觉得，过去家里穷，他和凤麟从小吃了很多苦。

有了火药味，大家分成了几个小组。

小秀和宋丽影谈《红楼梦》，何丽娟似懂非懂地听。

"书呆子。"甘凤麒不屑，小声对甘凤麟说，"《红楼梦》有什么？我不爱读红楼，不就是女人吗？还分什么黛玉宝钗湘云，那么多的性格细微差别，在我眼里，女人只有两种：漂亮的和不漂亮的，换句话说，也就是，想和她上床的和不想和她上床的。"

甘凤麟没想到他大哥又来这个，笑了。

甘凤麒叫弟弟进卧室，给甘凤麟讲了个故事。

这天甘凤麒没事儿做，开着车在街上转着玩儿，正不知要去哪里时，看到前面走着的一位小姐，身材妖媚性感。看穿着气质，他判定这个女人是只"鸡"。

开车到了她身边，停下来，按下玻璃问："小姐，请问，富都大酒店怎么走？"其实富都就在往前直行三百米那儿。他是有意问的，要是问别处还怕小姐不认识呢。而且，他有意称她小姐，因为本地的大姑娘小媳妇们都讨厌小姐这个词，要不是做妓女的，没有哪个肯接受这个称呼。

小姐一笑："就在前面，直行。"

他看到，这个女人挺漂亮。一张浓妆艳抹的脸，配上鼓胀的胸和圆润的屁股，看上去挺带劲儿。他说："小姐，你去哪儿？能不能顺便带我去一下，省得我找不到。"

小姐高兴地上了车。她反正去哪里也一样。

酒店眨眼即到，小姐很失望，因为这么近的路，她什么也没来得及施展就到了。她不想下车。甘凤麒可不管那个，说声到了，就下了车。小姐只好也下来，悻悻地要走。

等小姐走出了几步路，甘凤麒说："谢谢你，小姐。不介意的话，中午一起吃个饭怎么样？"

小姐喜出望外，却马上装作不情愿地说："不麻烦了，我还有事儿，改日吧。"

甘凤麒一笑："改？日？呵呵，客气什么？只是吃顿饭。"顺手揽上了小姐的腰。

饭吃得很快乐。该发生的都发生了，他们开了房间。

"警察。"两个警察正瞪着大眼望着他和他身下那个赤裸的女人。

甘凤麒这下可是"火儿"了。他很讨厌别人打断他，愤怒地回头，把眼一瞪，怒气冲冲地说："干什么？懂不懂事儿？这时候能吓唬人吗？吓坏了怎么办？一辈子的事儿呢！去，外面等着去！"

俩警察一定没见过这样的人这样的事儿，愣了一下，老实地到外面去等。

过了一会儿，甘凤麒出来了，小姐没出来。

甘凤麒理理头发说："我叫甘凤麒，通南宾馆的总经理。要多少钱，让你们'头儿'过来说吧。里面的小姐没事儿，放她走。"

两个警察互相看看，这么嚣张的气焰，他们也许是第一次见到。听说对方是甘凤麒，他们就不奇怪了。他俩在心里骂了几句，就没了能耐，其中一个还说："甘总，您慢走。"

甘凤麒这时候招手叫里面的女人出来："走吧，谢谢两位大哥啊，以后有事儿还要他们多照顾呢。仔细认着点儿，以后就是朋友了。"仿佛这里都是他的手下，他正把他的女人托付给他们一样。

小姐笑笑，慌得扣子都系错了，笑比哆嗦一下好不到哪里去，忙趿拉着鞋跑了。这里甘凤麒也若无其事地走了。

俩警察忽然相视而笑。他俩这回算是碰上财神，交了好运了。他俩蹦着高跑了。到外面一脚踹着了摩托车，飞一样地绝尘而去。

甘凤麟不知道怎样评价大哥，他和大哥从小不一样。看着大哥得意，他只得赔着笑。

"走了，不早了。"甘凤麒叫何丽娟。

女人们正在谈论衣服，小秀的衣服只有三十块钱，穿上去却很漂亮。

"我也买一件去。"何丽娟说。

甘凤麒没有理她，这个傻女人，你用不着穿廉价的衣服。

"其实我觉得，衣服对于女人来说，好看比名牌重要。什么叫好看？适合自己的就是好看的。什么叫适合自己的？能够弥补你形象的不足提升你的气质的，那就是适合你的。"宋丽影看出大哥的意思，怕敏感的小秀受刺激。

大哥大嫂走了。他们房子很宽绰，这边，父母住的是三室一厅，凤麟大秀两家都可以住卧室，小秀一家只好住客厅。大哥没有让小秀去他家住。

晚上，躺在床上，宋丽影为小秀不平："小秀大度，换了别人，早不来这个家了。"

"还有李志遥，没个男人的样子，还欺负小秀。小秀花钱还要找他要，小秀怎么这样没眼光啊？"

"是啊，一个男人，他可以不成功，但是他不可以不奋斗，他可以不会疼媳妇，但是他没有理由欺负媳妇啊。哎，小秀太善良太厚道了。不过，钱的事儿，你别冤枉了李志遥，小秀这人，不爱财，她的工资都交给李志遥，要是钱在她手里，她大手大脚，什么也剩不下。别说了，睡吧。让他们听到了不好。"甘凤麒指了指客厅。

15　赵玉琴从来不服输

赵玉琴常说，工作要讲究艺术。

"你是说，你本人就是一门艺术？"老齐讥笑她。

赵玉琴不生气，她不和老齐一般见识。当领导，要包容下属，这也是艺术之一。

包容和认输不同，赵玉琴从来不服输。

赵玉琴十岁上死了父亲，母亲把她和哥哥姐姐拉扯大，从小受气受罪，使她养成倔强性格。

她的成绩一直很好。家里穷，她不做大学梦，烧掉高中的录取通知书，她一个眼泪都没掉，她知道做人要现实。民以食为天，吃饭是最重要的，换句话说：钱是最重要的，因为吃的饭要用钱来买。

这些年，她疯狂地攒钱。她只开源，不节流。她对母亲很孝敬，给老人花钱不心疼。对周围的人，亲戚、邻里、同事，她信奉一个原则，钱能通神，花几个小钱，铺很多大路。

"赵队，你要那么多钱有什么用？"花如玉很不解赵玉琴何以对钱如此痴迷。

"你年轻，不懂。家里有钱，我心里才踏实。"赵玉琴明白，自己是穷怕了。"依你的想法，我老了有养老金，病了有医疗保险，房子有了几套，没有后顾之忧，存钱一点儿用也没有，是吧？"

"傻丫头。她不挣钱，在家没地位。"老齐这个胖乎乎的老头儿，拿花如玉当晚辈。

"又答对了。"赵玉琴要哄着老齐。他一个内退人员，什么也不怕。

赵玉琴从不隐讳她在家庭中的矛盾。她和柴云鹏都是外向性格，过得就是争吵打闹的日子。吵归吵，日子过得很好。

"他挣了钱全给我，两口子，只要钱放在一处，心就在一处。"赵玉琴挺自豪地说，"所以，我心甘情愿地帮他照顾着他的老娘。柴云鹏还有个弟弟，我从来没让他弟弟照顾过婆婆，咱在城里，条件好。"

其实，昨天晚上，赵玉琴刚和婆婆吵完架。

赵玉琴一直和婆婆磕磕碰碰，柴云鹏当了县长，他母亲脾气就大了。招呼起赵玉琴来，奴婢一样的。

昨晚，柴云鹏回家，婆婆又告赵玉琴的状，嫌赵玉琴当了队长不顾家，经常吃不上热饭。

赵玉琴正在给婆婆洗衣服。多年来，婆婆不会用洗衣机，不会用燃气灶。赵玉琴听到婆婆在客厅说话，已经很气愤。婆婆故意大声说话，意在告诉赵玉琴，老太太光明磊落，不是打你的小报告。

"当不当队长，有什么用，把家照顾好了最重要。咱家不指望你挣那几个钱。"柴云鹏和颜悦色地对赵玉琴说。当了领导，风度也好了，说话很讲究方式。

"你妈的为人你又不是不知道。"赵玉琴觉得委屈，她委屈了不流泪，而是抬杠。"不指望我挣钱，你又能拿回多少钱来？"

"我儿子拿多少钱回来？我吃我儿子，用我儿子的，你挣多少钱了？"婆婆指着赵玉琴鼻子说。

"你吃你儿子的，用你儿子的，现在是谁在给你洗衣服？天天谁给你做饭？"赵玉琴把手里的衣服往脸盆里一扔，不洗了。"谁爱伺候你谁伺候。"

"你不用威胁我，我可以给我妈雇个保姆，不用你帮忙了。"柴云鹏下不来台，在他妈面前没面子。

赵玉琴心里一惊，县长的妈可以让保姆照顾，县长也可以让别的女人照顾，她感觉到危险，口气软了："你妈跟了我十年了，现在你有本事了，用不着我了，说出这样的话来，你拍拍良心想一想，你对得起我吗？"

柴云鹏看出赵玉琴的怯意，没再说话，两口子，没必要不依不饶。

"你也拍拍良心，前几年，柴莉小，是谁帮你照顾孩子？是我！"

婆婆也没忘了自己的贡献，"我不是在你这里住了十年，是在我儿子家。"

"老太太，做人要厚道，这几年住的才是你儿子的房子，过去住的，都是我的房子。你儿子当官了，才分到这两套房子。"赵玉琴想起来婆婆住自己房子的时候温顺的样子，火气更大。

"妈，玉琴也不容易，上了一天班，还在给你洗衣服，说那些陈谷子烂芝麻干什么。"柴云鹏把老太太劝进屋，出去打麻将。

自从赵玉琴当上队长，花如玉对赵玉琴的看法发生了转变。赵玉琴娴熟的识假技术和对法律条文的精当掌握，让花如玉十分佩服。

过去，花如玉一直认为，赵玉琴小肚鸡肠、欺凌弱小，是个世故妇人。

花如玉参加工作的第二天才见到赵玉琴，赵玉琴家里事情多，经常请假。

上班第一天，花如玉给科里人留下了很好的第一印象，和大家相处得很融洽。

甘凤麟开玩笑说："小花呀，你以后就是我们这儿的警花了，有了你这么个小朋友，我的嘴上要挂把锁了，再也不能想说什么就说什么了。我这人嘴贫点儿，以后，要是在你面前说话不注意，你可提醒着点儿啊。"

第二天上班，花如玉第一个到单位，打扫卫生，然后照着镜子，理一下妆容。她从不当着同事的面照镜子，这些事儿，全部在别人上班之前做完。

这时候，赵玉琴来了。

赵玉琴消息灵通，早就知道，有个新招录的公务员要来，也知道叫花如玉。平时，她舍得请同事们吃饭，也喜欢小恩小惠，机关里有什么事儿，她大多能提前知道。

赵玉琴不理睬花如玉，拿了工具，打扫楼道。花如玉刚打扫过的楼道，很干净。赵玉琴不管，她上班没规律，有时早来，有时迟到，有时干脆不上。如果她早来了，就会在楼道里干活，让单位的人都看到。

做秀完毕，赵玉琴和对门同事有说有笑地回科室。

"您好，我叫花如玉。"介绍完了自己，花如玉把手伸出来，赵玉琴没有伸手，她脸上的笑纹瞬间消逝，比把盐扔水里的融化速度还快。

花如玉不知所以，尴尬而立。

赵玉琴挺了挺胸，她一米五二的个头儿，在一米六五的花如玉面前，还是没挺出威严来。她故意不看花如玉，过了半分钟后，才说："现在的学生不如过去了，都觉得自己多有学问似的，其实全是书呆子，一点儿社会知识也没有。"

花如玉有点儿吃惊，赵玉琴的话太突兀。

"你要好好地再学习，学校里学的那些在这里基本上没用。"

花如玉点点头，这道理，她知道。

崔月浦一进办公室，就表扬花如玉卫生搞得好。赵玉琴说："年轻就是好啊，干一点儿活就有人表扬了，我这儿干了多少年了，也没见科长表扬一回。"

甘凤麟不客气地说："算了吧，赵姐，你光擦楼道，您在外面热火朝天地表现，您屋里的桌子还是我们帮你擦的呢。"

让甘凤麟揭了短儿，赵玉琴也不脸红，立马改了词："甘凤麟，你小子昨天是不是打麻将了？赢了吗？请客啊。"

甘凤麟说："你又想吃我呀？"

赵玉琴转脸对着花如玉笑："你听听。"表情里带着坏。

花如玉不懂，傻愣着。

甘凤麟歉意地看看花如玉："行了，赵队，我认输。我习惯了，忘了今天这里有小花在场。"

第一印象的恶劣，直到花如玉给赵玉琴当队员才慢慢扭转。赵玉琴开始扶持花如玉，教她工作方法，生活上也照顾她。单纯的花如玉觉得，赵玉琴其实是一个大度的好大姐。

唯有一条，花如玉对赵玉琴的吃喝风看不惯。

自从赵玉琴当队长，天天中午有经营户请客。许多经营户查不到违法的货物，态度又极好，去了又是茶又是烟，赵玉琴和他们有说有笑，老齐展飞也高高兴兴。花如玉逃不脱，只得跟着去吃饭。

花如玉向甘凤麟请教。

"这种事儿，我也没办法。吃，心里别扭，还有可能吃出我这样的结果，被人家告；不吃，同事们讨厌你，你不吃，他们吃得不踏实，经营户也猜疑你，只要他被处罚，就以为是你搞的坏。"甘凤麟觉得两难。

"我就不明白，赵玉琴怎么这么馋？"花如玉叹息。

"她不是馋。馋的是老齐和展飞。赵玉琴这样做，是为了把大家的心拢到一起。坏人有坏人的招数，在一起做过案，能让人关系变得很铁。"甘凤麟猜测，凭赵玉琴的为人，她还会让经营户给队员们一些廉价的促销品。

"你看。"花如玉拿出来一个小包，打开，递给甘凤麟。

"这么多。"这是一些纸条，大小一样，全是用单位的信笺裁成的，上面的字体各异，签名全都熟悉。甘凤麟一张一张翻看着，皱起了眉。

"每次吃完了饭，我都单独去请客的人那里，把应该我负担的那一份儿给人家，再让对方给我打个收到饭费的条子。"花如玉笑了，顽皮，牙雪白。

"这么多，真不容易。"甘凤麟粗略算了算，这孩子的工资剩不了几个了。"我不得不佩服你了，丫头。可是你的生活怎么办呢？"

"我也为这个发愁呢。长此下去，不是个办法啊。"花如玉低下了头，"还有一些东西，都是赵队替我们收下的，经营户给的小礼品。幸好，没有值钱的。"

"值钱的她一般不会给你们的。尤其是你。是不是请客的人，都没有被查到过什么？"甘凤麟太了解赵玉琴。请客送礼的人是她的关系户，她会提前通知他们检查时间。给队员礼物只是为了堵他们的嘴，不会让他们占大便宜。

"小恩小惠的礼物，你只管收。虽然也是犯错，毕竟只是几块钱的事儿。收了，经营户高兴，不收，就是看不起他，以后的工作不好做。这事儿，赵队办得对。"甘凤麟知道，执法不能头脑简单。

赵玉琴再一次接受经营户的邀请时，花如玉坚决拒绝。

"看，我们这里最年轻的同志都知道，吃请是不对的。"赵玉琴不坚持。花如玉偷偷付饭费的事儿，她早就知道。她以为，早晚有一天，花如玉会屈服，没想到，花如玉如此正直。

老齐和展飞都对花如玉不满。赵玉琴表现得很大度，叫他们理解花如玉："她年轻，怕影响前途。"

"想不到这娘们儿还有这一套。"崔月浦对甘凤麟说，"把几个队员都抓在她手里了，连老齐都听她的了，这才半个月的时间。"

甘凤麟笑笑，这是意料之中的。

稽查队团结在赵玉琴周围，大家都愿意听她的调遣，每个案子也都以她为主处理。队员们工作轻松，处理完了案子，她都会或多或少给展飞和老齐一些好处。

可惜此景不常，不久，大家就发现赵玉琴变了。

权力，一旦集中在一个人或者是少数几个人手里的时候，是一件很可怕的事情。权力是危险的，这个人本身也是危险的。

手下的人都摆弄"顺"了，赵玉琴觉得，她的手也就好伸开了。开始是小心地，慢慢地，循序渐进。

几个队员都好对付：老齐是内退的人，眼睛只盯着钱，好在他智商低，胆子小；展飞年轻，社会经验少，又是临时工，不足为虑；花如玉虽然聪明，却正直，送到手里尚且拒绝，更不会争权夺利。

花如玉提出不吃请，正中赵玉琴下怀，反正照顾了经营户，总要有回报。主动送礼的最好，不送礼的，赵玉琴旁敲侧击，对方提出请客，赵玉琴就带上女儿去吃。

"你们发现问题了吗？"老齐偷偷地问展飞和花如玉。

"最近，案子都是她说了算，处理都偏轻。看得出来，她和经营户关系暧昧。"展飞断定，她有私弊。

三个人商定，拆赵玉琴的台。

"这个案子你去处理吧。"赵玉琴发现三个人和她对着干，让老齐去处理案子，老齐不去，展飞和花如玉也有心无力。

市场办稽查队这种行政执法单位，没有限制人身自由的权利，全凭三寸不烂之舌。赵玉琴能言善辩，察言观色，出类拔萃。她总能切中经销商的弱点，话专往经销商的痛处戳。

赵玉琴说话尽量不伤经营户的面子。

怕公安的，她说，处罚不是目的，相信你已经吸取教训，咱们不叫公安过来了，他们来了，对你们没好处。当然，我们也不愿意找他们帮忙，挺麻烦的。

怕媒体曝光的，也是这一套话，不过是将公安换成媒体。

害怕黑社会的，她会适时提到一些黑社会大哥的名字，有时候，她也不认识，却能起到一定的震慑作用。

也有人在官场上有人，这就更好办了。柴云鹏朋友很多，只要提了他的名字，十有八九会找上门来，不收礼，交朋友。

还有什么关系也没有，遇到事儿就到处托人的，赵玉琴干脆把后路堵住："你不用到处求人，托了谁的关系，最后还是我们几个处理，还显着咱们关系远了，把求人送礼花的钱交了罚款多好。"

在处理案子上落败，几个队员无计可施。赵玉琴白天领着队伍执法，晚上在家等礼上门。

星期天，赵玉琴常常一个人去市场"执法"。

按法律，一个人是不能执法的，她是来敲竹杠的。手中有权力，比做什么生意都好。

"对不起，请你在工作时间来。"赵玉琴也碰到这样的硬茬子。这样的人，赵玉琴会让他知道，工作时间来的赵队长执法有多严格。

有一次，查到了假货，经营户见她势单力孤，把她推出去。星期一，她迫不及待地带着稽查队去那家检查，经营户把她星期天来敲竹杠的事儿说了出来。队员们很吃惊，都散开，经营户推搡了她，花如玉看不过去，才把经营户拦住。

没有不透风的墙，赵玉琴的做法，大家都有所耳闻，连寇主任也风闻了这些情况。

星期天忙"工作"，正常工作时间，她就忙家务。上午，说好了去检查服装企业，十点也见不到她的影子。三个队员对着崔月浦和甘凤麟抱怨起来。

执法人员素质已经成为一个大问题，甘凤麟思考着。临时工，"五十九"，负担重，刚买房，这些人危险。

"我看，应该高薪养廉。"甘凤麟说，"执法人员工资低，压力大，像我这样意志薄弱的人，可能会犯错误。每天接触商人，贫富悬殊，咱们容易受刺激。我们比他们智商不低，付出也不少，凭什么生活差距这么大？我辛辛苦苦一年，吃穿用度，支付了孩子的各项费用，所剩无几，好日子总是冲我招手，总是抓不到，心理能平衡吗？要是我月月拿高薪，别人向我行贿，我不敢要，因为我要保住这份好工作。当然了，高薪就要有严律，对于以权谋私的人也要严惩。不过，我说的这些是以我为例的，对于见到钱就眼红的人，什么高薪也养不了他的廉。贪是那些人的本性。"

"比如赵玉琴！"展飞和老齐异口同声地说。

"找我干什么？"赵玉琴正好走进来。大家一时都没了话。

16　怎么才能捉住那条看不到的大鱼呢？

"甘队，喝茶，工作不是一天干的，在这坐会儿吧。"

"甘队，中午喝几杯。"

"甘队，你家在哪儿住？"

曾敏芝的案子从重处罚，曾敏芝千恩万谢，甘凤麟大人大量，只是给予了经济处罚。市场里的经营户都客气起来，再也见不到对稽查队横眉立目的人了，起到了杀一儆百的作用。

市场就是这样，每一次较量都影响深远。输过一次的经营户，只要战胜他的执法人员不调动，他就再也没有了那种戾气。

"谢谢，你们忙，不耽误你们做生意了。"甘凤麟跟每一个经营户客气着，检查依然严格。

"不是我不领你的好意，我刚出过事儿，你也知道。"也有强送强请的，甘凤麟只好提起栗克良的告状的事儿。

他知道，这是一块伤疤，长在脸上的伤疤。他知道丑，他不断地提起，就是为了让自己以后不再犯同样的错误。

假酒假烟的案子最近比较频繁，凭着职业的敏感，甘凤麟觉察，有一个大的造假团伙，提供给市场的假烟假酒数量巨大。如果以这两个方面为重点，深挖细纠，查获大案，对市场来一次大的净化，对不法分子是有力的震慑，也是一次立功雪耻的机会。

"这是什么？"桑匀虽然不认识真假烟，但是知道，把几条红塔山扔在一个破箱子里是不正常的。

"那是别人送我老丈人的，他没舍得抽，让我代卖。"商户赔着笑脸过来解释。甘凤麟知道，不用看，这烟肯定是假的，慎重起见，还是拿过来看了看，没错，是假烟。

"马大愣，这种烟你进了多少？"甘凤麟一般不愿意叫别人的外号，怕在关键时候引起矛盾，马大愣是乳名，大家都叫习惯了，不知道他大名叫什么。

"不是我进的货，真不是。"马大愣瞪着两只大眼睛，牛眼一样的。

不用甘凤麟费话，队员们早就开始搜了，但是很失望，门市找不出别的假货。

马大愣脸上现出得意的神情。

"把仓库打开。"甘凤麟严肃起来。

"没有仓库啊，我哪儿有什么仓库啊。"

"行了，别装了。我知道你仓库在哪儿，跟我走。"甘凤麟拉着马大愣上了稽查队的车。如果他自己开车，怕他耍花招。

仓库不远，稽查队早都打听过了，对于重点监视的这些烟酒经销商，甘凤麟秘密访查过，大部分的仓库位置都了解。

仓库里果然有假货，不只是假烟，还有假酒，搜出来几箱，不算多，马大愣挺不在乎的样子。

甘凤麟察觉马大愣的态度，认定还有大鱼在后面。不能打草惊蛇，一定要先稳住他，就泄气地说："好了，先做个笔录，听候处理吧。"

一连三天，稽查队一直没有去马大愣的门市，只是在别人的门市检查，也没有查到什么有价值的案子。

甘凤麟正在指挥队员检查一家服装经营户，郑重突然来了："甘队，我把他们骗来了，他们一会儿就到。"

"真的？这么容易就来了？他们没有怀疑？"甘凤麟有点儿不相信自己，还有这么好骗的骗子吗？

"真的，他们大概是想不到我会骗他们吧？"郑重张开大嘴笑了。这家伙，他一点儿也不傻，就是这副傻里傻气的样子，正是做生意的好材料，别人以为能骗到他，其实恰恰让他给骗到了。

"寇主任，我跟您说的那个外地劣质酒，厂家送货来了，大概中午就能到，您和公安联系的人能不能到啊？"甘凤麟立即给寇主任打电话。这事儿，只有他能从公安那里请求到支援了。

"我马上联系。"半个小时，寇主任要的援兵就到了。

是四位民警，便衣，领头的姓黎。甘凤麟客气地把他们安置在附近的一个小门市里，沏上好茶等着。

"甘队，是不是到市场买东西，找你就行啊？"还没等用上他们帮忙，他们倒是先开口了。

"没问题。只要是这个市场里有的，咱们去了，第一，能买到真货。第二，咱们不能多花了钱，至少也是批发价，说不定还能拿到进价。"甘凤麟只能这样说，他自己买东西也是这样，买东西，想不花钱，做不到。

"价钱倒是没什么，主要保真。现在，假货太多了。"黎警察一边喝着茶，把甘凤麟的手机要过去，摁了几个键，还给他："这是我电话，有时间常联系。"

甘凤麟知道，自己的号码已经打到他手机上了，只得把他的号存了下来。

"甘队，他们来了。"郑重的电话也在这时候到了。甘凤麟已经看到有辆车停在了郑重门市外面。

有了公安的配合，这案子办起来就痛快多了。开车，扣人，他们自有他们的手续，甘凤麟不明白，人家也不让他们明白。"其实，我只是个法盲。"甘凤麟在心里叹息，"大多数执法人员都是法盲。除了自己常用的那几个条文，其他的，一概不懂。"

稽查队的车跟随警察的车，押着酒车，开到了经侦支队。在这里，两家联合办案。

案情没有什么复杂的，酒是劣质酒，来送货的就是厂长本人，问什么都不隐瞒，只求快让他回家。

"为什么造劣质酒？"桑匀这话问得警察嘴角挂上了笑。

"大哥，酒精太贵了，高度酒赚得少啊。"厂长的回答一下子让大家全笑了。连酒精都舍不得放酒里，恨不能拿水当酒来卖了。

桑匀笑："原来是忘了掺酒了。"

"你这个案子已经触犯了法律，等我们算一下案值，大概要判刑。"黎警察脸色阴沉。

"大哥，千万别判刑啊，罚款吧，罚多少钱我都认了。你让我给家里打个电话吧。"厂长吓坏了，想破财免灾。

厂长也是法盲。黎警察几句不着边际的话，就给唬住了。甘凤麟暗叹，自己从来没有这样蒙过经营户。

"打吧。"老黎抬手一指里面的屋子，里面的屋里没人，窗户上有防护网，厂长跑不了。

甘凤麟不明白："为什么要让他一个人去那里打电话，不怕走漏消息吗？"

"他敢！"老黎只说这两个字。他不喜欢多说话。

打过电话之后，就是等待，老黎不说话，稽查队也不敢造次，大家都沉默着。

半个小时后，老黎忙起来，他不住地走出去接电话。

厂长家里开始活动，他们很快就找到了能和老黎说得上话的人。

看到老黎敌意的眼神，甘凤麟心里像让硫酸烧着一样的滋味。既然向人家求助，他早就有了心理准备。一切以公安为主。他站起来说："黎哥，人已经带到这里来了，我们回去吧。"

"你们回去怎么行呢，你们走了，出了事儿怎么行？你们得在这里一起看着呀。"老黎说得挺严肃。

甘凤麟心想，我在这里，你嫌碍事儿，走又不让走，虚伪。

"既然黎哥这样说，那好吧，今天晚上，我们留人在这里值班，我先回家把孩子安置一下，就孩子一个人在家呢，我们留几个人合适呢？"

"孩子一个人在家呀？那——你就回家吧。这里我安排人吧。"黎警察顺水推舟就坡下驴了。

"那就辛苦你们了。"甘凤麟不得不客气。

"咱给他逮条大鱼吃，还得感谢他。什么东西！"朱读刚走出门口就骂起来。

第二天，甘凤麟几人一早就来到老黎办公室。

老黎说，厂长的家里人已经来了，带来了罚款，商量罚款的数额，要和甘凤麟研究。

甘凤麟知道，老黎和厂长家人的背后交易已经达成，既然求助于人，自然要给人家回报。

"罚款，老兄你说了算。我只是要兑现给郑重的承诺。"

老黎说，郑重的损失厂家全部承担，马上让他们交清。

剩下的问题就好办了，稽查队正式把这个案子移交公安，怎么处理，稽查队不再过问，罚款也不必分成，全部归公安所有。

老黎一听这个，高兴地拍着甘凤麟的肩膀说："有时间咱们好好喝一场。"

郑重拿回自己的钱，不知怎么好，给甘凤麟一个拥抱，眼里含着泪。

"这孩子。"甘凤麟开玩笑不分场合，"回家抱你老婆去吧。"

送走郑重，告别老黎，天将晌午。

"去市场。"甘凤麟要给马大愣一个突然袭击，让他措手不及。

马大愣的假货不在门市，也不在仓库，应该是放在家里的，稽查队无权搜查居民住所。现在只是碰运气。稽查队查到大案，忙得不可开交，马大愣的门市又刚检查过没几天，这种时候，稽查队一般不会再来检查。甘凤麟就是要利用马大愣的麻痹心理。

"甘队，你看这个。"朱读从马大愣的柜台下面拉出来三箱假剑南春，一箱假五粮液，还有一箱走私五粮液。

剑南春包装粗劣，色泽晦暗，内盒的断裂带做工粗糙，连接点也断开，内盒横面和立面的颜色不一致，不用再看别的，假酒无疑。

五粮液一箱里四五个批号，明显是回收包装，名酒的真品，一箱中最多只能有两个批号。

走私酒是出口香港的，稽查没有权利管辖走私问题，只能先把这酒登记保存，可以增加这个案子的分量，有利于处理。

登记保存是专业的说法，在老百姓嘴里，就是查扣。

马大愣这回没了话，再说什么也没用了，不是有意识的贩假，怎么会这么快又弄来了假货？

"我也不跟你们绕弯子了，我承认我就是卖了假酒。我跟你们去市场办。"马大愣说话很痛快。

"以前，没卖过，这是第一次。"

"卖得不多，就卖了两瓶剑南春。这不，就让你们给抓住了。"

"卖多少钱忘了，看卖给谁了。有的杀价狠，有的杀价不狠，价钱也就不一样，反正是比真的便宜。你想啊，他杀价杀到比我真酒进价还低，想赚我的钱，不给他假的给什么呀？还有的人故意来买假的，不卖还等什么？"

看来是问不出什么有价值的东西了，根据这些情况处理吧。

"我这就回家拿钱去，一会儿就给你们送来。"案子结得快，罚款数额也不低，马大愣不在罚款数上拉锯。

又完成了一笔罚款任务，甘凤麟心里却高兴不起来。怎么才能捉住那条看不到的大鱼呢？

"现在，我们也知道，卖假货的都不怕罚了，反正罚完了，有上家替你们出罚款，能报销。"马大愣交完罚款，甘凤麟故意不阴不阳地说，用这种表情来激怒他。

"没有的事儿，哪儿有那好事儿啊。有那事儿，谁还怕抓住啊。"马大愣不信任地看着甘凤麟。

"哼，"甘凤麟轻轻用鼻子给了他一个字，连看也不看他。

"妈的，二龙这小子，他怎么不给我报销啊？看我不找他算账。"马大愣显然是被激怒了。

"二龙说了不算呀。"原来提供假货的叫二龙，不知道是不是还有别人，先诈他一下再说。

"谁是二龙？"马大愣知道自己说走了嘴，想把话收回去。

甘凤麟知道再多说已经没有用了，但是，可以从以前处理过的那些贩假的人那里再打探消息。

知道了二龙这个名字，这已经是一个不小的收获了。

"甘队，你最近是不是胖了？下巴都成双的了。"花如玉调侃甘凤麟。

"当队长了，有权了。"甘凤麟自嘲。

花如玉斜他一眼："权能害人。"

"是，我知道。"甘凤麟感激她的提醒，"你拿我当什么人了？狗？改不了吃屎？告诉你吧，我现在只吃饭，所以才会胖。"

花如玉点点头。最近工作有了大的进展，摸到了二龙这个信息，又查获了几个小案子，心情好了，胖一点儿，很正常，她担心甘凤麟吃请受贿。

"快到下班时间了，我得快点儿回家洗澡去了，要不，别人又说我太胖了，影响形象啊。"甘凤麟关窗户，大家都笑，"洗澡能洗掉几斤泥啊。"展飞什么也没说，起身走了。

家里，依旧是清锅冷灶，甘凤麟给自己和孩子买了几个包子，两个人匆匆吃完，让孩子自己去写作业，自己躺在沙发上出神。

新来的市委书记程雪娥很重视批发市场的情况，反复强调，一定要把市场做大做强。

前些天，纪委下了文，各执法部门，凡进入市场，必须先到纪委开信，否则，企业拒绝检查。文件一到，各部门都皱了眉头，纷纷给省里打电话、发传真、写材料。不让检查，市场出了事儿算谁的？还要这些执法部门干什么？更有甚者，有的局长对上级说，咱们这些弟兄们怎么办？我还有多少临时工没有政府下拨的工资呢，还叫我们活不活了？

这些事儿，后来让新来的程雪娥书记知道了，她说，如果这样下去，市场只能死。

一个没有人管理的市场，经销商的觉悟又没到自觉的程度，只能是假货横行，信誉缺失，到最后，成为一个没有顾客的市场。

执法人员当然应该约束，但是不能因噎废食。要加大对执法人员的监管力度，执法人员违法，从严惩处。

别人当队长，是工作时间想自己的事儿，甘凤麟是业余时间想工作的事儿。有了程书记的决心，市场很快会赢来一个有序的环境。只是不知道，这个程书记的热情能保持多久。

"甘队。"门铃响，甘凤麟隔门镜看了看，不高兴地打开门，他从不拒客人于门外。

来人是今天查获的两箱假剑南春的主人，吴跃升。

"你这个案子按法律规定要没收假酒，没收非法所得，还要处一万到三万的罚款。由于情节不是太严重，你配合工作也不错，不会从重处理的。这个你放心吧，我们会给你一个与情节相当的处理。"甘凤麟公事公办地说。

"甘队，可不要罚我那么多呀，罚几千块钱就行了，不是说以教育为主吗？我家里条件不好，为了供孩子上大学，我也不容易。"他把一个信封放到小茶几上。小茶几是廉价货，吴跃升看出甘凤麟的寒酸。

"你不用这样，我会秉公执法的，不会罚你太重，也不会以教育为主。你知道，我更知道，只靠教育是不起作用的。"甘凤麟了解吴跃升的情况。

"甘队，给我个面子吧。咱们认识这么多年了，照顾照顾。"吴跃升把信封塞到甘凤麟手里。从信封敞开的口里能看到，那是钞票，甘凤麟捏了捏，大概在五千以上，一万以下。

"你的心情我理解，我的心情也希望你能理解。别人可能是收礼办事儿，我这里，是送礼不办事儿。我刚被人告过，好容易解脱出来，你再送礼，不是害我吗？其实，你完全不用这样做，你自己算一算，我说了不会按最高额罚你，你再添上这些，就够交罚款了。你的案子我心里有数，你也不用托人求情了。"

"甘队，您不帮我？"

"我不应该帮你，我的工作就是为了让你警醒的，我帮你是不对的，我也不会以权谋私。但是，我更不会无限度无原则地处罚你。我现在刚回到执法队，我有我自己的思路，你看着吧，一定会让你们心服口服的，我会有个公平的处理。你要是听我的，你就回家等着，谁也别再找。"

"甘队，您给我个面子吧，我都这么大岁数的人了。"

"你不用想这么多。以后，不管是谁，我都会这样处理的。"

"甘队，我已经吓得吃不好睡不好了，您能不能让我心里踏实点儿。"他说得很实在，甘凤麟知道是心里话。

很多人都这样，拒收礼物，他心里就没底，收下礼物，即使没照顾他，他也以为收礼的人尽力了。

吴跃升换了多种角度，甘凤麟拒绝得都累了，恨不得抓起他来扔出去。

"你放心，这个案子不会从重。"甘凤麟奇怪，自己没受贿，怎么向吴跃升保证起来，心里还有一些羞愧和紧张。

"对了，是谁告诉你我家在这里住的？"甘凤麟推着吴跃升到门口，忽然想到这件重要的事儿。

"我自己找来的。"吴跃升听到这个问题，赶紧开门走了，甘凤麟一个人站在门后，啼笑皆非。

吴跃升这个案子，本来打算给他一万五的处罚，如果收下他的钱，处罚也不能低于一万，那样，吴跃升就吃亏了。很多执法人员会那样做，甘凤麟骂他们心太黑。

查到这个案子的时候，吴跃升拉着展飞到角落里，悄悄地说了些什么，甘凤麟听到展飞大声说："这事儿你别和我说，我现在不是队长，我说了不算。"然后就甩开他走了。

地址可能是展飞告诉吴跃升的，他以为这样做甘凤麟会高兴。经历了这么多事儿，展飞还没有悟出来，甘凤麟为他着急。

17　又要当婊子，又要立牌坊

吴跃升第一次请展飞喝酒，是赵玉琴当队长的时候。

"我操她姥姥的。"吴跃升瞪着血红的眼睛，是这样骂的。

"又要当婊子，又要立牌坊啊！"他把一杯酒倒进嘴里，"来，兄弟，咱们喝，我知道，你们是同事。可咱们是什么？你今天能和哥哥我坐在一张桌上吃饭，喝这个酒，是瞧得起我。咱们是好哥们儿。小二，是我盟兄弟，也是你同学，咱们就是兄弟。你能不帮你哥我吗？"

展飞很少有机会和这些人坐在一起喝酒，小二叫他来的时候，他还不知道会和吴跃升坐在一张桌边喝酒。

小二是他中学时的同学，多年来，他们来往很少，小二的父亲是局长，小二来往的都是有本事的人。

小二突然请展飞喝酒，展飞不明就里。

"哥哥，喝。"

"喝，兄弟。"

推杯换盏的，都是小二的盟兄弟，展飞都不熟悉，只知道这全是些有点儿事业的人。他不多说，他只是看，咬人的狗不叫，展飞是个韬晦之人，这个，吴跃升早就看出来了。

"兄弟，我要找几个人做了她。"吴跃升酒气上来，满脸通红。

"大哥大哥，千万不要那样做，用不着，她算个什么呀，咱有的是办法调理她。"小二不等展飞说话，先拦住了吴跃升。"再说了，你要是那样做了，不是也像她说的一样，不给兄弟面子了吗？你让咱侄子怎么和女朋友交代啊？你说呢大哥？"

他们在演戏给展飞看。展飞在稽查队，看厌了经营户的表演，心中明镜一样。

"哥，咱不说那些了，说那个不痛快。来，咱们喝酒，以后，咱们弟兄多亲多近。"话就说到这里，再说多了，会失了他的身份，展飞明白，这一场酒，就是吴跃升和他这个稽查队员拉关系的。

吴跃升进了一批假货，赵玉琴带着稽查队查获了。

当时，吴跃升态度很强硬，不允许稽查队带走这些假货，为了抢夺展飞手里那一箱货物，还差点儿把展飞推倒。

赵玉琴把脸一沉："阻碍执法，给记者打电话，叫他们马上过来。先把这事儿曝光再说。"然后掏出手机查记者的电话。

"昨天来的那个记者的电话吗？"展飞马上配合赵玉琴的表演。昨天倒是来了个记者，但不是采访的，是来拉广告的。

过去，的确有记者跟着稽查队采访过，曝光的时候，报事不报人。曝光经营户的名字，等于给他的小店判了死刑。

"哎呀，大姐，他不会说话，你别和他一般见识。"吴跃升的媳妇适时出来解围，"你快去一边待着去，又喝多了，一喝多了就没个正经的，说话也着三不着两的，快进里屋去吧。"一边说着一边就把吴跃升推进了里屋。

大家都知道，里屋一定还有假货。但是这时候，也不能再进去搜了。吴跃升店里有五个人，搜到了也拿不走，更是个大僵局。稽查队没有强制措施，只能智取。

软哄硬吓，吴跃升总算同意赵玉琴把查获的假货全部带走。

这批假货价低量大，搬运起来费事，赵玉琴、老齐、展飞、花如玉四个人，搬了好多趟，都累了。

剩下最后两箱的时候，赵玉琴示意展飞和老齐上车，把最后一箱留给花如玉。

老齐说："你这个妇人啊，太狠了。"

花如玉看到三个全坐在车上等她的时候，她的脸红红的。

赵玉琴说："看，小花儿累的，快歇会儿，来，坐这儿。"

吴跃升的媳妇抱着几条烟过来，硬是往车上塞，赵玉琴脸一沉，严词拒绝，命令展飞开车。

车开出去，只留下吴跃升媳妇站在原地大声说："慢点儿开啊。"然后，她大声，更大声地说："撞死你们！"

第二天，吴跃升来市场办，笑容可掬，提供的情况没有任何价值。货是一个外地人送来的，尚未出售。

既找不到货源又没有售出，赵玉琴无奈，打发他走，过几天再叫他来。

处理案子，拖时间比速战速决好，一方面给被处理人心理上制造压力；另外，也能避免一些不必要的麻烦，让各种关系在处理之前冒出来，免得后患。

"他肯定出售了！"花如玉说。

"这个谁都知道。"赵玉琴没好脸地说，为花如玉拒绝吃请的事儿，赵玉琴正窝火。

"只要他往超市放了货，我们去超市一查不就有了证据了？"

"你以为那么好查呀？超市就一定有他的货呀？再说了，咱们是市场办，管得了市场之外的超市吗？"展飞巴结赵玉琴，反驳花如玉。

"市场里面不是也有超市吗？咱们还可以找人假装是买东西的，去他那里骗货呀。"

"你以为自己是侦探呢？"展飞又跟上一句。

"这办法的确是不太可行。"老齐也说。

"办法还是有的。"赵玉琴怕队员们笑话她临事无策。

三个人都静待赵队的妙计。

"但是,你查出来有什么用呢?"赵玉琴看出来,队员们没听明白,"现在查获的这些,应该处罚多少?一到三万,能罚得到位吗?没有强制措施,就凭咱们的力度,这块硬骨头能不能啃下来,说不好。如果再追查下去,查出十万八万的来,移交出去,咱不是白忙活了?就算不移交,最后还是处罚万儿八千的,是不是很可笑?咱们执法不是成了儿戏了?再说,真能让咱罚他十万八万的,咱还过日子不过了?不是咱怕他报复,执法也要有个度,不能一棍子打死。"

"要放水养鱼?要割韭菜不能拔葱?留着慢慢吃?"展飞觉得自己理解了赵玉琴的意思,没想到赵玉琴斜了他一眼。

"这种人,咱不是怕他,可也没必要把他惹急了。我看,就处罚一到三万,和他拉锯吧。"赵玉琴冲大家说。

"也只好这样了。"老齐附和着。展飞也点了点头,心里有点儿不高兴。这个赵玉琴,狗一样的,谁都咬,向着她说话也挨咬。

"这不是像自由市场买东西一样的,要讲价钱?讨价还价?"花如玉觉得现实和理想相去甚远。

"这有什么,以后你就知道了,都是这样的。"老齐给花如玉讲课。花如玉好学,大家都好为人师。

十几天后,赵玉琴觉得火候差不多了,召集队员开会研究这个案子。

花如玉年轻,大家让她抛砖引玉,反正说了也不算。

花如玉据理分析,依照条款,应该处罚吴跃升一到三万。他的假货没有售出,危害不大,以前无不良记录,但是他态度不好,处罚适合在一万五到两万之间。

"你说呢,老齐?"

老齐不说话,处罚金额,不只要看条款,还要看谈判过程,他没有这个能力。

"你说呢,展飞?"

"我看，这样也行。再少点儿也行，再多点儿也应该可以。这样的案子啊，这要看具体分析了。"展飞自以为回答很聪明。

"要不这样，小花去和他谈，罚款多多益善，这个月的任务还没完成一半呢。"谁提的处理意见让谁去落实，赵玉琴的话出乎三个人的意料。

"两万？你这不是要我的命吗？这还让不让人活了？不行不行不行。"吴跃升几个不行把花如玉给将在那里。"要是罚个三头二百的还行，教育教育，我也认了，抄起来就是两万，我不开这个店了，给你们吧。"

"你干吗？说话就说话吧，你瞪什么眼？"花如玉不温不火，义正词严。吴跃升的脸色又缓和了，他大概没想到这个小丫头这么不好吓唬。

"我是来工作的，和你没有个人恩怨，处罚多少，全是为了公事，罚多不给我，罚少也不犯错。但是我们工作也有原则，做人也有良心，我们自然有自己的尺度，不会乱罚款。这里不是菜市场，漫天要价，落地还钱，希望你能理解。"

"理解归理解，原则归原则，你们也不能不让我们活了呀，这个我不能接受。"吴跃升说完了这句，就不再说话了，把头往桌子上一趴，任你说什么，就是不说话了。

这是花如玉第一次处理案子，又是一个人，她没了办法。展飞清楚地记得，到了第二次，赵玉琴故伎重演的时候，花如玉响亮地对她说："一个人不能执法，我不能一个人去和处罚对象谈这个事儿。"

花如玉失败而归，赵玉琴说："你们说，处罚多少合适呢？"

"三头二百，那也太少了吧？"老齐说。

"那当然，门儿也没有啊。"赵玉琴回答很坚决。

"看来，一万五也做不到啊。"展飞也说。

花如玉说："只能采取强制措施了。"

没有人同意，因为没有人去请求公安帮助。

"请公安，除非我们不想要罚款了，拱手送给他们。"老齐先说话了。

说来说去，定不出个具体数字。最后，在赵玉琴的启发下，大家认可五千，这回，赵玉琴让展飞去谈。

"老齐，咱俩一块儿去吧。"展飞说。

"你先去吧，我去趟厕所。"老齐今天不愿意去谈这个事儿。展飞心里挺高兴，一个人处理案子，意味着大权就在一个人手里。

"兄弟啊，今年哪儿赚到钱了？不像前几年了，钱不好赚了，我这手里全是债，再进了这批假货，有赔没赚，哪里还有钱交罚款啊？"吴跃升拉住展飞哭穷，"你没看到，我那个老婆，都要和我离婚了。兄弟，等哥赚了钱，咱们喝酒。"吴跃升只认可罚一千，多了不同意。自始至终，没有给展飞一支烟抽。

展飞回来，大家又商量，只好把罚款额降到了两千。

这回是赵玉琴亲自出马了，赵玉琴不单独较量，她让大家都看她的执法艺术。

"刚才，两位队员也和你谈了，你大概对这个案子的性质也有了一个比较全面的了解，我们也了解了你的情况，一呢，不是故意贩假，也是上当受骗，我们也很同情。但是同情归同情，毕竟你违法了，处罚还是要的。这个你同意吧？"对赵玉琴的这个开场白，全体队员都很佩服。

"既然同意这个说法，我就接着往下说。我感觉呢，你也是通情达理的。第二呢，你也没有赚到钱，也就是说没有对社会造成太大的危害，要是售出了呢，就是另一种性质了，现在你的这种情况，情节还是较轻的。但是，这不是说，就应该从轻处罚你，只是大家觉得，咱们都是老熟人，低头不见抬头见的，平时关系都不错，不愿意太伤了你，这是大家的意见，你也别谢我，不是我的意见。"

"谢谢几位体谅。"吴跃升忙赔上笑脸。

"你这个人呀，平时为人还是不错的，这一次的不慎，大家都能理解。所以，大家都主张从轻处理，从轻处理也要五千。所以，刚才大家跟你谈，都是那样谈的，鉴于你现在生意也不好做，体谅到各种现实情况，这个事儿，我也不推托了，就由我当队长的担待一下吧，谁让我是队长呢，还就我有这个权力。不信你问他们，等我们回去汇报，就说是我家的亲戚，我给个人情，就罚两千了，可是这样，咱丑话先说下，不许再讨价还价了，再讨价还价我就恼了。"

话说到这里，在场的人全服了这张嘴。吴跃升也装困难，又回家一趟才凑上两千元。

这些事儿，展飞当然全记得。

今天小二的这个酒场儿，只是吴跃升为了结交展飞，在稽查队安插个内线。

展飞今天才知道，原来，这个案子里有那么多的故事。怪不得老齐说，赵玉琴带着女儿去吃别人的请了呢，原来不是空穴来风。

吴跃升侄子的对象，和赵玉琴的女儿柴莉是同学，吴跃升拉上这个关系，请赵玉琴和柴莉吃饭。赵玉琴没有推辞，跟着女儿来了。明知道是吴跃升请客，却一个劲儿地谢谢他侄子的对象，弄得吴跃升心里别扭死了。

饭桌上，赵玉琴告诉吴跃升，按照条文，要处罚三万以下，以他的表现和稽查队掌握的情况，恐怕不能从轻，而且要曝光。

吴跃升社会经验丰富，知道这是送礼之前的数字。开车把赵主琴送到家，给她一包礼物，赵玉琴无论如何不要，说是以后柴莉和同学没法见面。

第二天，赵玉琴打电话，叫他到局里了解案情，一副公事公办的表情。吴跃升知道，赵玉琴不是不收礼，是嫌自己的礼物不合心意。

这天晚上，吃过了饭，他一个人打车到赵玉琴家玩儿来了。

"大姐，今天没事儿吧？我也没事儿，闲得难受，你那里有打麻将的吗？"到了楼下，他才用手机打电话。

"我们不和你玩儿。我们玩儿不了那么大，你们大老板们输赢都是成千上万的，我们不打那个。"听得出来，赵玉琴很高兴，调侃着。

"入乡随俗，我随你们的。"吴跃升说着，已经开始敲门了。

吴跃升是硬着头皮来的，没想到，输得很顺利，很快就输了五千块。

"兄弟，我是真不痛快呀。"吴跃升拍着展飞的肩说，"送礼谁不懂啊？送礼办事儿，哥哥我也不是不通情理的人，可是这，打着麻将输钱，太折磨人了，我一个大老爷们，让她和她女儿、她邻居数落着，折磨我一大晚上啊,既然是要钱,为什么不干脆要了钱就算了,非要拿腔作调呢?你不知道,我在牌场上向来是高手,输牌还不如杀了我呢。"

"哥哥,咱们喝酒,不说她了,过去的事儿了。"展飞不接这话茬儿,他知道,这酒里有着数不清的成分,他要慢慢品。这是跟他套近乎,也是一种威胁,同时还有提防,有试探,他不想表态太早,有些事儿,他要好好想想。

这一次,展飞一下子绕到了赵玉琴的背后,他看到了这个案子的全部过程。

展飞理了理他的思路,赵玉琴在查获这批假货后,当晚吃了吴跃升的请,但是没有收到她满意的礼品。第二天,她把吴跃升叫到局里是施加压力,但是不处理,是给他留出了余地。等到她在麻将桌上赢了钱之后,她才处理这个案子,而且,她不声张,让大家说,大家说的罚款数额太大了,她就把难题推给大家,再让吴跃升不接受,这就是她的本事了。她知道,队员们的能力还没有强到不依靠她就可以把案子处理掉,所以,她稳坐钓鱼台,直到最后,逼大家请她出山,而她最后的那一段演讲更是出色。

"吴跃升,把你那化妆品给他们每人拿一瓶。我就算了,我家老柴他们单位发的很多,用不了,还送人呢。"结案之后,赵玉琴不忘了让吴跃升把他经营的化妆品给大家作为礼物。

"我那可都是假的呀。"吴跃升半开玩笑地说,"不过,假的比真的还好,你们不懂,现在的洗发产品,真的最伤头发,假的还好一点儿呢。"

"小花儿,别傻了,不要白不要。"老齐自己拿了就装在一只旧人造革包里,单位发的公文包,他给儿子用了。

展飞也装在了包里。他家里条件不好,父亲在工厂退休,收入不高,母亲没有工作,妻子下了岗,本来家里用的洗发水也是便宜货,说不定还不如这假货好呢。

花如玉没有拿那瓶洗发水。她逃也似的走了出去。

"我替她拿着吧。"老齐说着把这瓶也装进了口袋。

"兄弟，我讨厌那种虚伪的人。其实，哥哥我有钱，我也不心疼钱，今天咱们算是真正结识了。有小二这层关系，兄弟，以后咱们多接触，咱有钱，喝酒，在一块玩儿，听了吗？你要是需要什么，跟哥哥说，哥哥要是说个不字，吴字不要嘴。"吴跃升眼里的血丝像网一样，展飞看得有点儿怕，不由点了点头。

"这才是好兄弟呢，不许嫌弃你哥啊。"说着，吴跃升笑了，笑得挺天真，像个孩子。

展飞说："他喝多了。"

"展飞，咱们是老同学，大哥喝多了，这是咱俩的私话。那个赵队真不是个东西。你说实话，这事儿，要是不托关系，处罚多少？"小二不管吴跃升，吴跃升喝没喝多小二心里清楚。

展飞心里飞快地一转，说："那也罚不了多少，就几千块钱吧。"

展飞心里暗笑，如果真的说实话，那就是没准儿。

罚款这事儿，随意性很大。大案呢，正规一些，要上报办领导拿处理意见，这种小案子，哪儿有什么多少，也有罚到最高额的，也有不罚的，全看他们几个掌握了。

是否大案，也全在稽查队掌握。办领导不亲临现场，对于案值和处罚情况一概不了解。

这次如果没有赵玉琴帮忙，应该会罚一万多元。这些，展飞不想告诉小二。

"你看，现在送了礼，受了气，还多花了钱。连吃带花，再加上罚，也有小一万了。大哥想告她，可是听说这个娘们儿后台挺硬，怕是搬不动。她当时有意无意地总是说起几个大领导的名字，说实话，大哥是怕了她了。也想过用黑社会的人，我给劝住了。以后，你在队里，多帮大哥点儿忙。咱自己弟兄，挣了钱大家花，你说呢？"

展飞一笑："我只是帮帮忙，哪里谈得到钱，大家都是兄弟，互相帮忙吧。"

"那怎么会呢？"小二说，"挣钱就是花的，不在这儿花也是在那儿花，咱为什么不把自己辛苦挣的钱花在自己人身上呢，那多高兴啊，是吧？"

常在河边走，哪儿能捡不到鱼呢？展飞想想，心里忍不住乐了。

18 这根本就不是人

有了吴跃升和小二的帮助，展飞渐渐建立起自己的小圈子。他没有处理案子的权利，通风报信还是力所能及，初尝权力的甜头。

"好家伙，寇主任真能喝呀。"赵玉琴今天心情挺好，坐在办公室里大说大笑，"昨天，老柴和他坐一个桌上了，这俩人，连喝两大杯，那可是三两的杯子。"

"你们老柴请寇主任了？"老齐就是爱说关键话。

"哪儿呀，是老柴那个县要和市场办谈一个投资项目，所以坐一块儿了，公事儿。"赵玉琴轻描淡写地说。说到这里，不想再多给他们透露信息，起身去厕所。

"什么项目，谁给谁投资，县里会到市场投资还是市场会到县里投资？也亏她说得出来，全是屁话。"老齐一辈子没当上官，最讨厌在他面前显能的人。

"人家这是告诉咱们，上面有人了。"甘凤麟天天和崔月浦在家被整顿，蔫了许多，"真正的腐败高手，必先找个靠山。"

甘凤麟话里有话，大家议论起来，话题离不开赵玉琴，又怕她听到。不想，赵玉琴过了半小时还没回来。

"小花儿，还不去看看，你们赵队不会在厕所光荣了吧？"甘凤麟岔开了话头。

花如玉皱皱鼻子，歪了一下嘴角，表示她对这话的不满。

"又去外面打食吃了。"崔月浦认定赵玉琴是去和经营户接触。

厕所果然没有人。花如玉想起来自己的洗衣粉用完了，该去买一袋回来，走到单位大门口，恰逢赵玉琴进来，她说马上就要去市场，叫花如玉不要到处跑了，花如玉听了不高兴，声音冷冷的：“我就去门口超市买袋洗衣粉。”

“洗衣粉还用买呀？”赵玉琴不屑地说。

“不买怎么办呢？我怎么能和你比呢？”花如玉觉得语气太冲了点儿，就又接着说：“你家有人发劳保啊，咱们单位又没有。”

“哼，还算你有自知之明。和我比？”看着花如玉走远了，赵玉琴对着她的背影说，她喜欢背后议论人，也喜欢冲别人的后背遥遥地自言自语。“老娘当个省长的夫人也有富余。你看老娘出去,眼馋了？馋死你。”

花如玉到底也没有去买洗衣粉。

她刚出单位的大门，就碰到一个人。这个人叫江水娟，在市场里开了个门市，专门卖酒。前段时间，执法队查获她卖的一批假酒，十多箱五粮液，还有几箱剑南春、全兴什么的，全都藏在门市里间屋的床底下，明显是有意卖假酒的。

看到一大堆假货摆在执法人员面前，江水娟吓哭了，给大家跪下。花如玉心软，有些不忍，一转念，存有这么大量的假货，江水娟不会是个胆子很小的人。

“这个案子先不往上报了。”赵玉琴这样吩咐大家。向办主任上报案子是队长的事儿，大家无权过问。赵玉琴想得细，她叮嘱大家不要走了消息，这个案子先在队里掌握。

花如玉说：“她这是在演戏，她很老练。”

“听赵队的。”老齐当时正佩服赵玉琴，当然一切听赵玉琴的。

过了一些天，赵玉琴说：“江水娟那个案子报上去吧。”

赵玉琴向大家解释，她本来是想给大家弄点儿福利，结果，生了一肚子气。

江水娟的姐姐和她家住对门，姐夫和柴云鹏是好朋友。不久前，她姐夫出车祸死了。

“我记得老崔带队的时候，她卖假货，你还给她讲过情，还照顾她了。”

展飞记忆犹新。

"赵队，你别这样想啊，为大家，你受委屈了。这个娘们儿也真是的，这么不懂事儿，狠罚她，给赵队出气。"老齐听说赵玉琴打算给大家弄点儿实惠，很高兴，怕她以后不再做这样的事儿，赶紧哄她开心。

展飞也说："和这种人生气不值得。"

"我原来不知道，这个江水娟啊，看着挺老实的，其实最不是东西。她老头子没什么本事，她看不上，把他赶出去住，她天天和那个隔壁卖烟的彭什么在一起鬼混，这样的人怎么能帮她呢？太不是东西了。"赵玉琴脸朝花如玉，花如玉为人正派，听了这些，马上做出了反应，厌恶之情溢于言表。

到现在，这个案子已经报到局里一段时间了。

"花妹妹。"江水娟一直这样称呼花如玉。

花如玉冲她点点头："怎么到这边来了？"

"没有见过这样的女人，不要说是女人，这根本就不是人啊。"江水娟眼里含着泪，她总是这样一副楚楚可怜的样子，怪不得做那些事儿。花如玉想着赵玉琴的话，挺厌恶面前这个人的。

"你们主任是不是姓寇？"江水娟羞愤的样子让花如玉有些吃惊，这回看来不像是演戏。

"是啊。"

"她老婆有病？"

花如玉不太了解领导的家事，回答不了。

"花妹妹，我江水娟虽然是个生意人，可我不是什么都卖。我也有自己的人格。我虽然卖了假货，可我还是个人。"说完，头也不回地走了。看得出来，肩膀气得一抖一抖的。

花如玉听得一头雾水，不由想到刚才遇到赵玉琴，很快想到了其中的原委。

"等一等。"花如玉叫住了江水娟，"你这是怎么了？"

江水娟自悔失言，顾左右而言他。她本来跟赵玉琴说定，给稽查队一人买一套衣服，案子从轻处理，没想到，赵玉琴给报了上去，说队里已经无权处理此事。

江水娟说得显然与赵玉琴不符，花如玉觉得江水娟可怜又可恶。

江水娟还想说什么，突然转身走了，赵玉琴带着老齐展飞走过来。

向大家提起在门口碰到江水娟，花如玉是漫不经心的，赵玉琴却反应很快。

"江水娟啊，那天去我家，说想给大家买点儿小礼物，让咱们不了了之。我拒绝了，案子报上去了，咱们可没权力照顾她。"

"哼，要是说给她自己买点儿礼物这事儿就不会是这样了。"展飞偷空对花如玉说。花如玉不信赵玉琴会这么贪，展飞给她讲了吴跃升的事儿，只是隐去了自己和吴跃升的关系。

"她既然来找我了，我家又和她姐姐家对门，我想，要不咱们给她个机会，让她把供货方提供出来，咱们就从轻处理她。这事儿，我去和主任请示。"赵玉琴想，办个大案子，对她的前途有好处。

江水娟答应得很痛快，还一个劲儿地感谢大家，只要能减轻对她的处罚，不管用什么方法，她都感激不尽。她说，她也恨死了那个卖给她假货的人，害得她又要被处罚又要担惊受怕，最重要的是"砸"了她门市的牌子。为此，她非常感谢稽查队，要不是稽查队查出了假酒，她还不知道要上多少当，吃多少亏呢。就为这些原因，哪怕稽查队不能给她减轻处罚，她也会想办法抓住那个假酒贩子，让他尝尝苦头的。

不是说不知道对方的情况吗？花如玉的疑问不用提出来，人家江水娟早就想到了。

"我不知道他是哪里人，也不知道什么时候来，但是，他会来的。他已经来过好几次了，我每次都进一点儿货，觉得挺便宜的，哪儿知道是假的呀？你们也知道，我们这些人，不太懂得真假，多赚钱就行。真酒赚不到多少钱的。"说到这里，知道说漏了嘴，忙又说："假酒倒是赚钱，可是咱不知道啊，愣是拿着当真酒进的货，要是知道是假酒，真赚到了钱，也值了，就算是让你们罚了，我也不心疼，反正钱来得容易。怕什么呀。

139

可是咱不是没赚到钱吗。哎，想起这些来我就生气。恨不能把那个王八蛋给宰了才痛快呢。"

"别说这个，还说不好谁宰谁呢。"江水娟骂王八蛋，说不好是骂谁的，赵玉琴可不能吃这个暗亏，她马上接上了话。"还是说说怎么办吧。"

"大姐，你对我做的，我心里会记着的，我谢谢你，还有几位哥哥弟弟妹妹，谢谢你们为我所做的一切。这个案子我一定好好配合，不让你们失望。我觉得，过些天，他还会来的。只要他一露头，我马上给大姐打电话。你们马上过来。他一般是开车来的，全是好车，到时候，把车一扣，人一抓，不怕他不承认这事儿。"江水娟说着一咬牙，露出狠毒的样子。

展飞心里不觉一颤，他还从来没有见过女人这么狠毒，不自觉地看了一眼赵玉琴，又看看花如玉，她们也许永远不会出现这种表情。

赵玉琴是负责的，也是真诚的，她几乎每天都要给江水娟打电话。江水娟说她也很着急，但是那个送货的家伙还是没有露面，自己又没办法联系他，真是急死了。

"大姐，那家伙今天来了，就在市场外面露了露面，我正好走到那里，碰到他了。他问我还要货吗，我说正好想找他呢，他说回头给我打电话。刚才来电话了，说是今晚要来。"江水娟的电话终于来了。

"今天晚上不能休息了。"赵玉琴说，"咱们要去市场附近埋伏，我马上联系公安。办里是不会出马联系这事儿的，只好运用我自己的关系了。"

赵玉琴给自己在公安的朋友打电话，说是她的朋友，其实是柴云鹏的朋友，是区公安局的一个副局长。

"老柴和公安局那几个活宝关系都不错，但是这事儿不用找市局局长，找个区里的副局长就足够了。"赵玉琴打完了电话，在队员面前显摆。

电话很快打完了，这是大案子，公安局派了四个人过来。说好了，要是有了罚款，两边五五分成，费用这边全包。

"原来我和他们探讨过，要是咱们有事儿，他们可以派两个人来帮忙，那样的话呢，就不用分成了，只要给点儿补助就行了。今天这个案子大，人家要公事公办，所以过来四个人。"赵玉琴给大家解释。

赵玉琴这里派兵点将。公安来了，车里没油了，赵玉琴让展飞带着去加油，展飞不高兴。展飞当司机，办公室总说他的车耗油多，暗示他"吃油"。

"不用担心，我去和局长解释这事儿。"赵玉琴又拿出了自己的县长夫人派头。

江水娟那边其实也没闲着。在赵玉琴带着两辆车摸黑停在市场附近的时候，送货人其实已经和江水娟见了面了。

"我这里出事儿了。"虽然在屋里坐着，江水娟还是小声说。"我怕他们有电话监控，所以一直不敢给你们打电话。最近看他们没什么动静，才让我弟弟给你们打的电话。"

江水娟与两个贩假人很熟悉，对他们很关切。但是她家里屋却坐着她一个弟弟一个妹夫，保护她的安全，还有一个弟弟和她一块儿坐在客厅里，就是他给假酒贩子打的电话。

"我骗他们说，等你们来了，给他们打电话，帮着他们把你们抓住了，这样会减轻对我的处罚。当然，我只是稳住他们，我怎么能让他们抓你们呢？抓了你们我还怎么赚钱啊？"她说得很真诚，也很婉转，他们俩一定听得懂。

"江姐，您放心，我们不会让您有损失的。损失多少，我们补。"来人很大方。

"现在还没有损失。听说要罚三万多。我这还是送了礼才打听到这么个话。"江水娟吞吞吐吐的。

"送礼花了多少钱？我们给。"说着，掏出五万块钱，"以后拿处理结果给我，我给报销。"

事情处理完了，两个人也就该走了，避免夜长梦多。江水娟的第二出戏也就开始演了。

"大姐，可吓死我了。我现在盖着被呢，吓得直哆嗦。那人刚才来电话了，我在电话里骗他们，让他们过来。他们说是今天有点儿事儿，过不来了。是不是他们知道了呀？那可麻烦了，大姐，不会有谁走漏了风声吧？可吓死我了，要是他们知道我出卖了他们，还不得要了我的命啊。

大姐，你可要保护我呀。"

赵玉琴气得差点儿把手机摔了。"谁走漏风声了？回去一定要仔细查查这件事儿。只要让我知道了，这事儿一定从重处理。"她冲大家大声嚷嚷着。知道再藏在车里已经没有意义了，自己"噌"地从车上跳下来，自言自语地说："这只狐狸，我早晚逮到你。"

她忽然觉得，有一种想要和谁分个高低上下的冲动。

没等赵玉琴施展手脚，主管领导于副主任找她谈话。

箱包城的职工上访厉害，办里要派工作队，于副主任担任队长，上访职工大多是女职工，工作队需要一个女同志。

"玉琴，咱们过去是邻居，你和我老伴儿关系一直好。咱办里这些女同志，拿眼睛数数，哪个也不如你工作能力强。我请示了寇主任，把你要过来，帮帮我，当副队长。用不了多久，很快就会回来的。"

"稽查队呢,谁当队长? "赵玉琴咬牙切齿,她已经不是稽查队长了,只想知道是谁暗算了她。

"办里还没有研究。"于副主任本来不想说，看到赵玉琴怒火燃烧的眼睛，怕她恨自己，"我听寇主任的意思，大概想让展飞当。"

这个消息出乎赵玉琴的意料，展飞只是个临时工，怎么可以当队长呢？看来，他是做了手脚。

"寇主任说，以后，不再让科长们担任队长，队长只是个虚名，不下文任命，一句话的事儿，出了事儿却要担责任。"于副主任解释了一下。

"这就是行政执法？混乱，太混乱了。不只是市场办，社会上的行政执法单位，从执法人员到执法行为，除了少数几个部门，大部分都不正规。"赵玉琴咽不下这口恶气。

"玉琴，不要怪寇主任，他也是不得以啊。有些事儿，我以后会和你说的。"于副主任安慰了赵玉琴几句。

有些话，于副主任不便说。

寇主任单独把于副主任叫到办公室，推心置腹谈了稽查队的人事。

赵玉琴在市场收受贿赂，影响非常不好，寇主任早有耳闻，只是碍于柴云鹏的面子，正在烦恼。

前几天，柴云鹏请客，拜托寇主任，不要再让赵玉琴当队长了，家里有老娘，有女儿，她总是在外面忙，照顾不了家，"一个家庭，只能有一个工作狂。"柴云鹏半开玩笑。

寇主任以为柴云鹏请客是为赵玉琴疏通关系，没想到是为了这个。

"女人家，见识短，从市场上拿回家些针头线脑的，影响不好啊。"柴云鹏见寇主任犹豫，干脆说出了心里话。

寇主任很佩服柴云鹏，能主动反老婆的腐败。答应他，不告诉赵玉琴是柴云鹏不让她当队长的。

赵玉琴不明就里，把账记在展飞头上。看到展飞小人得志的脸，她狠狠地咬了咬牙。

19　给你个惊喜

甘凤麟做梦也没有想到，电视里那个紧跟在市委书记身边的人就是他的妹妹甘凤桐。

甘凤麟很少看电视，本地新闻看得更少，本地电视台办得不怎么样，没几个人会看这个台的节目。偏偏就是这天晚上，他就坐在了电视机前。

白天，市里召开了电视会议，单位组织大家看电视，新来的市委书记程雪娥提出，这一年，作为干部作风整顿年。镜头一晃，甘凤麟看到一个熟悉的面孔。他不能确定那个人是谁。

妻子宋丽影又带团走了，儿子小宝在屋里写作业。甘凤麟换到本市电视台，新闻还没到。

妻子在家的时候，电视是归她所有的，她喜欢看什么，甘凤麟就跟着看什么。星期天的时候，电视是儿子的，每次看电视，甘凤麟都是从属者，只要是电视还在演着节目，就是儿子要看的节目。

甘凤麟觉得，电视从来不是他的用品，他是电视的热心观众罢了，演什么看什么。今天，没有人和他争电视了，他却一时不知道看什么。

选台。从一选到一，转了一圈儿，还是不知道看什么好，那就等新闻。

"我市市委书记程雪娥同志……"

"小宝，快来看，这个人是谁呀？"小宝随着甘凤麟的喊声跑了过来，刚才的镜头已经切换，他没有看到父亲要他看的人。几个并不清晰的镜头过后，这段新闻就结束了。

程书记旁边，有个漂亮女郎，高挑的身材，秀丽的脸庞，和善的微笑，敏捷的动作，酷似小秀。

也许是自己看花了眼。甘凤麟笑自己，小秀在省城，前些天自己刚去看过她。大概是太牵挂妹妹了。

第二天，一到单位，甘凤麟就翻最近的报纸，市委书记的新闻一大堆，却没有妹妹的消息。想了想，也是，一个普通工作人员，怎么会报道呢？有心给妹妹打个电话求证一下，又觉得自己是不是异想天开，让妹妹听了又要笑。

晚上，吃过了饭，甘凤麟又坐到电视机前。这一天，他心里长了草一样的，好容易盼到天黑了，又可以仔细看看，电视里出现的那个人是不是妹妹了。

新闻刚刚开始，敲门声就响了起来。

"谁这么讨厌啊，专门挑重要的时候来串门。就不能等我看完了本市要闻啊？"嘟囔着，去开门。

"小秀，你怎么来了？"虽然心里正在想着小秀，当看到小秀就站在自己家门口的时候，甘凤麟心里还是惊喜非常。他一把拉住妹妹，把她拽进了屋里，又按在沙发上。小宝也跑出来，高兴地扑到姑姑怀里。甘凤麟关切地看了看妹妹，妹妹精神焕发，气色很好，不像是受了气跑出来的，他先放了心。看小秀高兴的样子，知道大概是有喜事儿，妹妹也许真的调到通宜来了，而且是和市委书记形影不离。

"二哥，我来通宜工作了。"小秀证实了甘凤麟的猜测。

凤麟高兴，忘了正在给小秀接水，杯满水溢，烫到手，一边笑一边"哎"了一声："怪不得我昨天看电视，见一个人很像你，正在纳闷，你不是在省会办事处吗？"

小秀笑了，齿如编贝，笑得灿烂天真。

这得让小秀从头讲起。

去年冬天，小秀去一个贫困户家里做帮扶工作，回来的时候，天晚了些。她一个人，骑着自行车，琢磨晚上做什么饭，突然听到打斗声。小秀是练武出身，对这种声音极其敏感，她仔细一听，这声音来自一处小巷。

天已经快黑了，小巷幽幽的，一侧是一家工厂的外墙，另一侧是一片平房。居民宅里已经亮起了灯，饭菜的香味随着电视的声音飘出来，打斗声和斥责声夹杂其中，却没有人出来干涉。

小秀毫不畏惧，很快冲了过去，只是，有些奇怪，没有呼救声。

黑暗，已经笼罩了大地。

看不清人的脸，只看到四个黑影在围攻一个人，那个人背靠着墙，其实没有还手之力，四个黑影手里都拿着刀，好在他们没有捅过去，好像在教训那个倚在墙上的人，只是偶尔用手或脚给他一下子。

"你们干什么？"小秀把自行车往墙上一靠，大步走了过去。

"没你的事儿，快走吧，我们不想打女人。"一个持刀的说。

"姑娘，快走吧，没你的事儿。"被刀逼住的人也说。

"嘀，你还挺仗义。"持刀的笑了，"我叫你仗义。"一拳打在他胸口上。

"不许打了。"小秀一把推开打人的那个。

"还真有不怕死的。"一个持刀的转过来，面向小秀，那三个笑着往倚在墙上的人身上挥着拳头，"不让打，偏打。他是你什么人啊，啊？相好的吧？"

"姑娘，别管这事儿了，你管不了，快跑啊。"被挟持的人大声叫着，焦急地看着小秀。

"当！"一把刀飞出去，撞在不远处的墙上。没有人看清小秀是怎么把那把刀踢出去的，面对小秀的那个歹徒已经躺在地上。这下，几个歹徒恼了。

躺在地上的最先蹿起来朝小秀打来，其余三个也跟着把刀子扎向小秀。小秀不慌不忙，轻轻一侧身，对面来的那个用力过猛，一下子扎到墙上，小秀又一抬腿，把左边的刀子踢飞，一伸手，把右边的手给拧到了背后，刀子已经到了她的手中，再一推，正好把刚才挨摔的那个给撞倒。还没等他们明白是怎么回事儿，四个人就已经赤手空拳了。

四个人相互看了一眼，不约而同，撒腿就跑。小秀不追，把刀子往地上一扔，骑上自行车就走。

"姑娘，你留步。"被挟持的人追上来。

小秀停了下来，人还坐在自行车上，只是用脚在地上支着："什么事儿？"她不想知道他们为什么打架。

"姑娘，我叫王洪亮，是个作家，我写了一篇文章，揭露了本地的企业家，他非要我再写一篇后续报道，给他挽回声誉，我说可以，但是要他自己先把那些缺德的事儿改了，他就找了人来威胁我。这已经是第三次了。第一次这些人来，是到我家里来的，想吓唬吓唬我，刚进门，电视台的记者正好来做一期我的节目，约好了的，他们一看来了人，没有说完就走了。第二次来，说，如果我在一个星期内不把美化他们的稿子写完交给报社，他们就卸我一条大腿。他们说得出做得到，我信。可我也是个宁折不弯的脾气，别说是一条腿，就是杀了我，我也不会低这个头。今天，他们把我堵在这里，我不怕，我一个文人，不图别的，就是图个心安理得，要是做了那昧良心的事儿，我活着也压抑。刚才，他们还说呢，他们也佩服我是条汉子，今天这是第三次，就是来卸我大腿的，如果我能从这里全身而退，他们就再也不找我的麻烦，他们回去整改自己的企业，这是他们老板说的。姑娘，多亏你救了我呀。"

"没什么，应该的。"小秀从自行车上下来，她觉得自己不能不下来了，这个人是那么可敬，虽然是个文弱书生，心中却有着那么强烈的正义感。"我叫陈桐。"她伸出手去，和王洪亮握了握，"以后有什么事儿你只管找我，我会帮你的。"

小秀说，这个时候，她对王洪亮的话并没有当真，在江湖上混了这么多年，说谎的人她见得多了。所以，她没有把自己的单位告诉他。王洪亮很识趣，没有再多问，只是很礼貌地再次道谢。

没有再多耽误，小秀出了小巷，在不远处买了菜，赶忙往家里骑去。她感觉得到，王洪亮跟着她来到了卖菜的地方，向另一个方向走了，要不，就成盯梢的了。

三天后，王洪亮找到了小秀："陈桐，谢谢你的救命之恩啊。"

那家企业已经整改了。

老板昨天请王洪亮吃饭，说王洪亮是他的克星，他几次派人都没能办了王洪亮，这是天意。

酒喝多了，老板说起心里话。当年，他也是热血青年，"谁不想做好人？后来对钱着了魔，就管不了那么多了。我佩服你的为人，宁死不屈。"

老板请王洪亮到他的企业兼职，帮他搞策划，王洪亮没推辞，他在本市广告行业小有名气，帮助许多企业成功树立形象。

要想把企业做好，不能靠偷工减料来取巧，就算是取巧也要会取。把钱赞助给穷困的学生，特困人员，自然就对自己做了很好的宣传。王洪亮当下给老板出主意。

"我们和解了，至少表面上。"王洪亮深知，社会险恶。

"那你是怎么找到我的？"小秀关心的是这个问题。她厌倦这些是非，不想知道太多，只愿意自己过清静的日子。

"哈哈，你的自我保护意识这么强？卖菜的认识你，说你就是办事处的，她们常见到你，还知道你叫陈桐呢。"

王洪亮给陈桐写了一篇报道，陈桐婉拒，这样的事儿，她不知道做过多少，不值一提。

王洪亮坚持要发表，陈桐再拒绝。王洪亮拿出他的倔强劲儿，不达目的不罢休，直到陈桐没了耐心，答应发表。

见报之后，陈桐的事迹得到百姓的关注，引起报社的重视。他们派人对陈桐进行了跟踪报道，居然宣传起陈桐来。

三次宣传之后，市委副书记程雪娥来看望陈桐了。陈桐不仅得到了表彰，程副书记还非要让她去做自己的秘书。

"二哥，你知道我的，我不愿意去。程书记来了三趟，我没办法，去就去吧。"小秀说。

区里听说了这件事儿，很快就把小秀提成了办事处副主任。

"工作这些年，付出很多。不送礼，没关系，提拔的事儿，从来与我无缘。一听说市委副书记要让我当秘书了，马上就提拔了。"小秀有淡淡的不满，"提拔之前谈话，领导说，早就想提拔了。我没说什么，不管什么原因，总要领这份情。"

"提拔了几天就去市委上班了？"甘凤麟问。

"提拔了一星期，我就成了副书记的秘书。这回，程书记调到通宜来当市委书记了，我就成了贴身秘书，跟着来了。"

"来了也不知道给我打电话。"甘凤麟嗔怪。

"就为给你个惊喜。"小秀调皮地笑。

"你就长不大。"

"长不大，我和小宝是好朋友。"小秀摸着小宝的头说。

小宝正打开姑姑带的零食，吃得嘴角上全是，听姑姑说他，用手抹了一下嘴，顺势往裤子上抹了一把，说："就是，我喜欢小姑姑。"

"又往裤子上抹！"甘凤麟瞪了一眼儿子。

"嘿嘿。"小宝不怕他，照样吃自己的。

20 作风整顿

"这次作风整顿，听说查得很严，我们家老柴说，可能会处理一批人。咱们以后也不能在单位炒股了，抓住了要处理的。"赵玉琴在科里大声说

148

话，没人理她，转向展飞。

"赵姐，最近，股市不看好啊。"展飞愁眉苦脸的，他最近被套得厉害。

展飞心里恨赵玉琴，要不是她，自己还稳稳坐在队长的位置上。展飞也恨其他人，甘凤麟取代了他，自从不当队长了，临时工们对他的态度变了，经营户们对他的态度也变了。现在，他不知道该恨哪个。

人总是要活着。展飞对谁都没好印象，却不能谁也不理。

"谁说的？越是这种熊市，越是机会。现在，你把钱投进去，涨了就做短线，不涨就做长线，稳赚不赔。"赵玉琴一向喜欢逆向思维。"我最近赚了点儿钱，不多，这个月，也就万儿八千的。本钱也少，只投了十多万。"

"十多万，还这么轻描淡写的，牛。"朱读听到赵玉琴说，也凑过去。

甘凤麟安排大家学习，此时，全把脸扭向了赵玉琴。她总是有办法让自己成为中心。

"这算什么呀？花不着的钱，一部分存银行，一部分买保险，再买一些股票，钱生钱，钱才多啊。这年头，只怕算计不到，算计到了，钱算什么呀，低头就捡。"赵玉琴越说越高兴。

"什么低头就捡啊，除非你家那县长。"花如玉抢白道。

"我们家县长可不爱财。他那几个钱，够干什么的。我家的钱是我和闺女挣的。闺女开了个网店，很赚钱的，还不用纳税。"赵玉琴有点儿急，但是很快镇定下来，脸上现出自豪。

"赵姐，炒股有什么秘诀吗？"朱读还是很想知道。

"既然是秘诀，怎么会告诉你呢？"展飞不满，看了朱读一眼。

"没有什么不可告人的。"赵玉琴最怕激将法。"股市大跌，炒股，一定要记住，买绩优股，多选几支股票，不要把鸡蛋放在一个篮子里。但是也不要太多，太多了，照应不过来。"

"这个谁不知道啊。"张分不屑地说。

"别看人人都知道，不一定人人会用。我炒股，有十大法宝。"赵玉琴容不得别人不尊重她。

"什么？"所有人都盯着赵玉琴，连花如玉也认真地听着。

大家等了半天，赵玉琴不说话，只顾用抹布擦桌子。大家都不再理她，各自做自己的事儿。

"人，要做大事，不要被眼前的窘境所羁绊。人们往往不愿意花巨大的精力去做成一件大事，却用了十倍的精力去做成百件小事，结果，事倍功半。所以，我的第二个法宝就是，不在意小的波动，只要把钱投进去了，放长线，大鱼会上钩的。"赵玉琴好像自言自语，大家的注意力又集中到她身上。

"可是，现在这种状况，谁敢把钱放在股市啊？会套牢的。"朱读也炒股。

"那怕什么？总有一天会解套的，别忘了我的第一条，你要买绩优股啊。所以，我还有第三条，你要有信心。对自己有信心，对国家有信心。因为，最重要的，第四条，国家是最大的庄家。"赵玉琴很得意，大家都在听，连甘凤麟这不懂股票的也在听。

"那也不行啊。钱占用时间长了，耽误事儿啊。"桑匀也凑上去听。

"所以说，第五条，要用闲置的钱。千万不要借钱炒股，更不要贷款。那样风险太大。"

"嗯，有道理。我姑妈家的大表哥，在外地，借我表哥表姐们的钱炒股，原来是七十万，现在，还剩了不到二十万，今年，连年都没回来过，说是没脸见大家。天天愁得吃不下饭。"桑匀感慨万端。

"你们看，我说得对吧。"赵玉琴来了精神。

"那，怎么才能在最低点买入，在最高点抛出呢？"朱读给赵玉琴倒了杯水。

"你这就太贪了。只有更高，没有最高——不要追求最大利润。"赵玉琴这人，就是这样，你敬她，她未必给你好脸。

"这是第六条。"闫取说。

"心态要平和，只当娱乐，这条最重要。"

"第七条。"闫取计数挺专业。花如玉说他小学数学不错，大家都笑了。

"你这都说的什么呀，每条之间也不挨着。"闫取捣乱，大家都让他闭嘴。人人都缺钱，赚钱乏术。

"不说了。"赵玉琴卖关子。

"不说就算，股市有风险，我们还不炒呢。"花如玉打开抽屉，整理她的台账。

"错了，股市无风险，风险在自身。现在咱们的股市，赔钱的全是心理素质差的。买了股票，只要你等得住，早晚赚钱。赔钱的几率比中彩票要小得多。就算你买到了破产的，它还会重组啊，还有借壳上市啊，只要你不在低点抛售，面包会有的。"赵玉琴喜欢抬杠，尤其是和花如玉抬杠，"这是第八条。"

"第九条，第九条。"展飞的眼里有了光彩，催着赵玉琴说。

"这条是我压箱底儿的，先不告诉你们。"赵玉琴得意起来，喝茶，把吸到嘴里的茶梗用力吐到地上。

"还有呢？还有呢？第十条。"几个小伙子声音兴奋起来。

"最后，自己的思路很重要，要懂得借鉴，但是不要轻易改变自己的战略方向。"

"是啊，坚持很重要。我就是卖完之后，股票大涨，连着好几次都是这样。"展飞顿悟。

"但是，也要学会改变自己，有时候，自己的观点的确错了，就要及时改正。"赵玉琴说得神乎其神，仿佛满含玄机，大家一头雾水。

"股票这东西，终究只是投机，能够赚钱的人毕竟是少数。赚了钱就收手是明智的。如果太贪婪，结局可能还是赔钱。"花如玉不认同赵玉琴的观点。"其实，钱是很重要的东西，但不是最重要的。当金钱成为一个社会评判是非与人际亲疏的唯一标准，我们已经为之付出太多，也在错误的路上走出太远了。要想幸福，需要把眼睛从钱眼儿里拔出来。"

"不怪是大学生啊，说话文绉绉的。"赵玉琴讽刺道。

展飞冲几个队员挤眼睛，几个人捂着嘴，偷偷笑。

"好人坏人都可圈可点，讨厌小人。"花如玉依次指着甘凤麟、赵玉琴和展飞。

"展飞，她说你是小人。"赵玉琴不高兴了，挑拨展飞。

"我就是小人。"展飞不上当，"我要是听了你的话，和她打起来，我就成了傻子。"

"这小子。"赵玉琴没办法，又不甘心让花如玉说成坏人。"这小丫头片子和你什么关系，你这么让着她。"

"相好啊，不行吗？你管得着吗？"展飞故意说。

"你？"花如玉虽然嘴厉害，却最听不得别人说这样的话，"狗食。"赵玉琴站起来。

"赵姐，你女儿开的网店卖什么啊？咱也不会网上购物，哪天咱去她店里看看吧。"甘凤麟分散赵玉琴的注意力。

"凤麟，又帮小丫头解围了？"赵玉琴不依不饶。

花如玉站起来，想说什么，甘凤麟看她一眼，示意她不要说话。

"要尊长爱幼。领导和比自己岁数大的人都算长，比自己小的都算幼，包括几岁的孩子，也要尊重他们的人格。"甘凤麟一本正经，背书一样的，为的是让大家一笑而过。

"别说得这么假。"赵玉琴眼里全是嘲讽。

"我说假话了吗？"甘凤麟平时的确如此。

"没看出你对我老人家怎么敬来。"赵玉琴笑，还是讥笑。

"我对您老人家哪儿能敬啊，我对您老人家那是爱。"甘凤麟恭维着，"您这样的美女，怎么可以敬而远之呢。没听说吗，赵娘半老，风骚犹存啊。"

"小色鬼。"赵玉琴笑骂。

"英雄本色吗。我虽然不是英雄，何妨色一下？"说完冲赵玉琴挤眼，夸张而难看。

赵玉琴笑得满脸都是皱褶。

"我就说嘛，不管多老多丑的女人，也愿意听别人说爱她。"甘凤麟正颜总结。

没有人再计较，笑得花如玉一口茶喷到地上。

赵玉琴举着拳头冲过来，甘凤麟说："君子动口不动手啊。"

赵玉琴说："我不是君子，我是女子。"

"哦，那就是和小人一样难养的。"甘凤麟挥臂遮挡赵玉琴的来招。话说得急，说完自己先愣了，赵玉琴的手也停在了半空。大家心里的隔膜还在，小人这个词，还是用得过分了。

赵玉琴有自己的优点，工作上，她有独到之处，甘凤麟向她学习。

安排完队员们学习，甘凤麟独自来到市场。

他不检查，悠闲自在地踱到丛胖子家。

"哟，甘队来了。来来来，快坐。"丛胖子热情地招呼。

甘凤麟很少和经销商拉个人关系，这本来是为了廉洁，到了关键时候才知道，关系多么疏远。

"最近生意怎么样啊？"甘凤麟拉起了家常。

"不好做啊。"在执法人员面前，商户的生意永远不好做，被搜刮怕了。

"想多了吧？你不是地主老财，我也不打土豪分田地，你赚钱合理合法，怕我干什么？"甘凤麟和丛胖子开着玩笑，态度和蔼。

"现在什么好卖呀？"甘凤麟喝着茶，有一句没一句地问，不只是生意，也问家里的事儿，孩子多大了，上什么学啊，成绩好不好啊。丛胖子看出他今天只是来闲坐的，心里踏实了，说笑起来。

坐了半个多小时，甘凤麟站起来，准备离开。

"甘队，你这人真风趣，想不到，想不到啊，平时看你挺威严的，我们见了你都害怕，其实听你这么一说话，真是挺愿意和你说话的。有时间常来坐坐吧，我们交个朋友。"丛胖子高兴地送甘凤麟出来，到了大门外还紧紧抓住他的手不放。

甘凤麟感觉得出来，不考虑工作因素，丛胖子喜欢和自己攀谈。

又走了两家，也是说些闲话，相谈融洽。

"甘队，进来。"郑重老远看到甘凤麟，跑过来，拉着甘凤麟的手，非要到他门市去。

"郑重，有什么事儿就在这儿说吧。"甘凤麟给郑重帮过忙，怕别人误会，影响不好。

"你放心吧，我不贿赂你，我就是叫你到我这里说说话，知道你爱喝好茶，请你喝杯茶。"郑重大声地说。

"好，就喝喝你的好茶，你不知道吧，我可是很讲究的。平时，什么茶都能凑合，就连茶叶末子也行，可要真是讲起品茶来，我可就不凑合了，不光是讲究茶本身，还讲究喝茶的器皿，还讲究……"甘凤麟故意逗郑重。

"算了算了算了，我没那些东西，我就一只茶壶几个茶杯，至多给你刷干净了，要好的没有。我一个小门市，讲究那些干什么，弄个几千块钱的紫砂壶，再给摔喽，还不得疼死我呀。"说着话，郑重的茶叶已经沏上了，是很好的铁观音。

茶是甘凤麟最喜欢的茶，郑重傻傻地抓一把，往茶壶里一放，然后就是一大壶开水倒下去，甘凤麟叹息："真是可惜了好茶。"

"你就不洗茶呀？"甘凤麟心疼地看着那茶叶。

"什么？"郑重显然没听懂。

甘凤麟不对他解释，只说："少放点儿，挺贵的。"

"没事儿，我邻居是卖茶叶的，他给我的，说是他那里最好的茶叶了。我拿酒换的。我也不会喝，一会儿你全拿走。算我给你送礼吧，我也不知道怎么谢你。"郑重把杯子递过来，杯子边上，有一块儿颜色颇深，是平时喝水的印迹。

甘凤麟皱下眉，把杯子放下："郑重，你不用谢我。我跟你打听点儿事儿吧，你不要瞒我，我保证不说是你说的。"

"行，你问吧。"郑重屋里没有别人，他是个讲义气的人，答得挺痛快。

"二龙是谁？"

"甘队，你？"郑重往外面看了看，低头想了想，说："甘队，你既然问我了，我就不能瞒你，我郑重不是个忘恩负义的人。可是这事儿，我也挺怕的。"

"你放心，我不会说出去的。"甘凤麟凑近郑重。

"他们这些人啊，是一个小团伙，在这个市场上，开始是收收保护费，后来，不知道怎么就卖上假货了，专门给门市提供假货。最近好像有些假酒假烟的案子跟他们有关。但是，被查获的经营户，谁也不敢把他们说出来，听说，他们说了，谁要把他们给说出来，谁家就甭想过好日子。"

"他们有多少人？"

"具体多少人不知道，需要打架的时候，他们还有人马在外面，随叫随到，常在市场里混的好像就那么五六个人，二龙，小牛，三胖，张子，还有瘸腿儿，有时候还有个女的，但是不常来。甘队，你是我大哥，我劝你不要惹这些人。他们在这里也不是一天两天了，有关部门大概也有知道的，派出所那个副所长经常和他们在一块儿喝酒，但是没有人动他们，我们这些人也不惹他们，他们都是些小无赖，没成家，打人伤人是常有的事儿。平时不管跟哪个经营户要点儿钱，大家都给，不惹他们，您是有正式工作的，更不要和他们拼了，他们算什么？他们本来就没拿自己的命当回事儿，反正活着也是稀里糊涂，死了倒也痛快，没钱活着，不如不活着，谁和他们比呀？甘队，还是不要再问他们的事儿了吧。好像，他们后面是有人的，但是不知道具体是什么人。"

"好的，你放心，我心里有数。"甘凤麟感激地看了看郑重。心里盘算，要怎么样来做好这件事儿。是抓获他们呢，还是赶走他们？

21　又收到了匿名信

展飞当队长只有两个月，寇主任又收到了匿名信。

"赵玉琴，你就不能搞点儿新鲜的？有点儿创意行不行？"寇连喜看着桌上的信，不怒反笑。

信封上用一号字打着寇连喜的名字。

寇主任知道这是一号字，前些天，他向打字员请教过几次电脑知识。后来，听到了闲言碎语，寇主任让办公室主任摸了一下，造谣的是赵玉琴。寇主任没有发作，注意自己的言行是最好的辟谣方式。

"寇主任。"于副主任拿着一封相同的信，只是信封上的名字是他的。"听说好多人都收到了。"

两个人交换了信件。

"一样。连打印机都是同一台，你看，这边儿上有一块儿黑的，这是打印机有点儿毛病，所以，每一页上都会有这一小黑块儿。很明显，这是一起打出来的，措辞、页数全一样。"寇主任已经见怪不怪了。

办公室主任甄立把十几封匿名信都收上来，寇主任赞许地点点头。

匿名信是针对展飞的。

主要说展飞收受贿赂，索要财物。再就是展飞平时对领导和同事的一些议论，有些话比较恶毒。

"这几个情况应该好好落实一下。"寇主任沉吟一会儿，"展飞的确存在一些问题，咱们也知道。"

"寇主任，我也侧面听说了一些。这个事儿，责任全在我，我没有很好地了解这个人，就向您推荐他当队长，现在让我们很被动。"于副主任真是会做事，他勇于把这个责任承担了。

"现在不是谁的责任的问题，这个人是我用的。"寇主任不推卸责任。

寇主任在思考，于副主任不说话，观察着。

寇主任抖动着信，在桌上摔打。"可恨，"只有两个字，皱着眉。

"窝里斗，最烦人。"于副主任试探寇主任的口气。他和赵玉琴关系不错，但是，寇主任更重要。

"是啊，总是做幕后英雄。"寇主任没有多说，机关里的人际关系，寇主任掌握得很细。

"有情况，可以直接找领导反映，这个赵玉琴，不计后果。"于副主任看出寇主任的不信任，主动划清和赵玉琴的界限。

"千万不能再出事儿了。调查一下，不能冤枉了展飞，也不能让他做出违法的事儿来。对下属教育不好，是咱们失职。"寇主任心情很沉重。

"我看，应该重视，不知道她还给哪里写了信，崔月浦甘凤麟那事儿，才过去不到半年，故伎重演啊。"于副主任知道，栗克良的事儿，对寇主任刺激挺大，寇主任对赵玉琴很反感。

寇主任认真看信，大概理出几条告状的由头。

展飞查到了小案子，不上报，别人往手里塞几个钱，就不了了之了。经营户的名字罗列在下，比较容易查证。

处理案子，不征求队员意见，都是他一个人说了算，为他收礼提供了便利条件。

展飞把他媳妇安排到吴跃升那里当会计，挣一份高工资。

"展飞媳妇给市场上一个经销商打工，我知道。"于副主任证实信上的话，"我问过展飞，他说，就是正常的打工。我想，总不能因为他在市场办工作，就不让他媳妇打工了吧？所以，也就没有再深追。"

寇主任点头："这里还说，他经常向经销商借钱，有几百的，也有上千的，收了钱，检查就成了走过场，成了收保护费的了。"

"在市场上六亲不认，不管是哪个，只同钱说话，不同人说话，再近的关系，不拿钱也不办事儿，拿了钱，没关系也成了好关系。"

寇主任念起信来。

"展飞家里条件不好。他对我说过，他家那些亲戚，什么叫关系啊，没有人肯照顾他们，自己过自己的日子，再亲的人，也知道把钱往自己口袋里装，没有几个亲戚愿意周济他们。"于副主任工作做得细，常和下属闲聊，比较了解情况。

"我听别人说，他跟经营户说：'我不想和你们成为什么朋友，也不可能。我现在有权，你们该怎么做就怎么做，将来我没权了，你们爱理我不理我，我不强求。'"寇主任后悔，自己早有耳闻，为什么等到别人告上门来。

"这观点倒是和赵玉琴不一样了，听说赵玉琴总是希望又执了法又交了朋友呢。"

"交朋友？她那是做梦，她交友的目的太单纯。"寇主任笑，赵玉琴，收获的只有唾骂。

"展飞。"寇主任念叨着。起用展飞是个错误，不管有没有这封信，展飞是有问题的，寇主任曾经旁敲侧击过，收效甚微。

"撤掉展飞就遂了她的意，等于助长了这种做法。"于副主任知道寇主任的心思。

"是啊，没有谁的工作是十全十美的。总是有这么个人在背后盯着，固然不会犯错误，但是，她再加上那些谣言中伤，别人还怎么干工作？"

"其实也没别的，就是想让大家都别当队长，让她自己当。"于副主任说。

"她不知道，不让她当队长不是咱们的意思。"寇主任苦笑，"柴云鹏，娶这么个媳妇，也够瞧的。先这样吧，调查一下。"

于副主任明白寇主任意思，告辞。

于副主任前脚走，就有人来敲门。

寇主任平静了一下，说："请进。"

寇主任不像别的领导，有的领导在单位不喜欢说请进。他认为尊重别人，包括尊重部下，是一个人的修养。

"寇主任。"出乎意料，来人是赵玉琴。

寇主任不动声色，等她表演。

"玉琴啊，坐吧。"寇主任客气地说，指了指沙发。

"寇主任，"寇主任看着她，表示洗耳恭听。

赵玉琴掠了一下头发，眼睛直视着寇主任，给人一种平等的感觉。

"我觉得，展飞不适合再当队长了。本来，这事儿不应该是我来说，有主任，有主管主任，什么事儿也轮不到我一个副科长来说。但是我还是觉得，我应该对主任负责，也是对他，对展飞负责。我看到的事儿，我觉得就应该直截了当说出来。我这人说话直，不喜欢藏心眼儿，主任不会计较吧？"赵玉琴不慌不忙。

"你说。咱们不用那些虚的，我知道你是为工作，为市场办好。"寇主任喜欢赵玉琴的直爽，只是不知道，直爽背后是什么。一种倾向会掩盖另一种倾向。

"今天，各科室都收到一封信，相信主任你也看到了吧？刚才我也看了。说句实话，就算不收到这封信，我也有事儿要来和你说说了。这个展飞，对市场的管理简直太不像话了。我说这话，你别误会，不是说我赵玉琴当队长就能管得多么好，也许有些地方我还不如他呢，但是，我至少知道哪些事儿是不能马虎的。

"现在这个市场上，假货横行，他不打不管。他说，管理的最终目的就是罚款，把钱拿到手了，管理就到位了。这成什么了？土匪？还是什么？以罚代管？"

"他是税务局吗？税务局是为国家收钱的，收的也是该收的钱。咱们是吗？咱们是管理市场秩序的，要是咱们成了专门收钱的，要税务局干什么？"

"再有，就是信上说的那些事儿，我也早有耳闻，一个队长这样执法，那还叫执法吗？"

"我不否认，现在执法是有很多吃拿卡要的人，我也知道那样做不对，但是，不管怎么说，他们还都要顾及自己的职责，该管的还是要管的。像他这样，无视自己的责任，手下再带上这么几个临时工。我听说，那几个，更是无法无天，说什么在哪里打工不是一样，这里收入好，还能有机会喝酒，又不用干活，到了哪里都有人敬着，如果再能收点儿小礼儿，这日子过得，就是神仙的日子啊。您听听，这都是什么呀？这还是执法人员吗？"

寇主任不说话，看着赵玉琴，有些敬重。

"我觉得，让展飞从这个位置上离开，是对他的保护，也是对办机关负责，也是对你寇主任负责。这本不该是我说的话，可是我这人就是正直，看到的事儿不说就觉得不痛快。

"也许你们觉得，刚把他放到那个位置上，又把他拿下去，你的脸面上下不来。说实话，人都有这样的想法，我觉得这很正常。但是，是主任的面子重要呢，还是工作重要？或者说，是办机关的声誉重要，甚至于，是展飞的命运重要？他要是继续这样下去的话，早晚会出事儿，我可以这么说，以他的这种做法，不出事儿是偶然，出事儿是必然。这就是我的看法。我不隐瞒观点，说得对不对，好不好的，寇主任别挑剔。"

赵玉琴说完，胸脯剧烈地起伏，看了看寇主任，没等寇主任说话，告辞走了。

寇主任愣住。赵玉琴说话有点儿黏，但是黏中有刚。

寇主任的确觉得，免了展飞的队长，自己面上无光。

"谢谢你，赵玉琴。"寇主任在心里说。

"甘凤麟，你过来。"寇主任拿起电话。

甘凤麟已经在机关学习了五个多月了。栗克良告状，纪委要求整顿，赵玉琴当了三个月的队长，然后是展飞当了两个月。这几个月，甘凤麟从愤怒到平静到自责自省，他的心理，产生了巨大的变化。

和甘凤麟说话，不用长篇大论，寇主任教育他几句，让他吸取自己和展飞的教训。走马上任，代理队长。等时机成熟再正式当队长。

甘凤麟建议，还是由崔月浦来当队长，崔月浦可以在家坐镇，市场稽查由自己来做。寇主任赞许之情溢于言表，同意了。

整治了展飞，赵玉琴出了一口恶气。

展飞当队长的两个多月里，赵玉琴没有一天痛快过。

两个多月，展飞春风得意。

赵玉琴以为，她去了工作队，稽查队将无法运转。崔月浦和甘凤麟在整顿期间，花如玉是刚招录的公务员，老齐是内退返聘人员，展飞是临时工，队长无人胜任。想不到，市场办从人才市场招聘来四个临时工，朱读，桑匀，闫取，张分，派展飞当队长。

于副主任把展飞叫到办公室谈话，喜从天降，展飞的脸乐得特夸张，就像开了花的陈馒头。

于副主任告诫他，一定要吸取前面的教训。只说了前面，没有指名道姓。展飞姑且想成是吸取崔月浦的教训,仿佛栗克良与他没有任何关系。

于副主任最后说的话,让展飞很不高兴:"小展啊,本来不想让你带这个队的,你太年轻了,怕害了你呀。"

展飞非常不满。他在稽查队有几年了,天天笑眯眯的,其实,每个队长的工作方法,他都仔细揣摩,经验已经很丰富。

"我什么案子处理不好啊? 只是没有机会罢了。"展飞在心里和于副主任抬杠。

展飞展飞,展翅高飞。当上队长,展飞高兴地和父亲喝酒。

展飞家里的日子过得穷,妻子淑萍很贤惠,从不嫌日子艰难。自从下岗后,她很少花钱,没有钱,就忍着。孩子已经两岁多了,淑萍还是没有合适的工作。

前几年,家里的日子还好过些,现在,展飞的父亲退了休,退休金比在职的时候又少了一些,母亲本来就没有工作,又体弱多病,今年更不顺,摔折了腿,总也不见好。

据说,在省城有一个很有名的大夫,去他那里住着,他就可以包好,不留任何后遗症,医药费要好几万。

展飞听到这个消息之后,没有跟任何人说。一个人在单位坐到很晚,打了自己几个耳光。看着老妈一天天躺在床上,总是不能下地走动,脸上的肉都松松地耷拉着,他恨自己无能。

"老天爷饿不死瞎家雀。"展飞和父亲喝酒,兴奋地说。

"是佛爷保佑。"展飞的妈躺在床上,感谢神佛。

展飞妈一辈子信神信佛,但是她没有得到什么好的护佑,不是生病就是受苦,有了她的这些教训,展飞什么都不信。

交接是个难事儿。

赵玉琴交出来的全是没用的东西。经营户的联系方式没有交,展飞知道,这些资料,都是甘凤麟积累的,他没有和赵玉琴较劲儿,找甘凤麟复印了一份。大宗进货的台账,赵玉琴也不交,展飞有自己的办法,他根本不需要台账。

"赵姐。"赵玉琴已经离开稽查队，展飞不再称呼她赵队。以后，只有展队，展队带着四名新队员，威风凛凛。

"那些没处理完的案子，案卷都在你那里了吧？处理完了的已经归档了，这我知道。"展飞明知故问。

"这些案子你有处理意见吗？"赵玉琴很生气，显然失了章法。平时她从来不这样说话做事。

"这你放心，我和弟兄们会斟酌着拿出处理意见的。"展飞不说是他自己拿意见，说和弟兄们一起拿意见。这是跟赵玉琴学的。

四个新队员什么也不懂，案件只能由展飞处理。展飞庆幸，他是最幸福的队长。不搞一言堂都不行。

美中不足的是，于副主任在宣布展飞当队长的时候，说赵队只是临时去工作队，等那边事儿完了，还是这里的队长。

"你还是我们的队长，等你回来，我再交给你。"赵玉琴迟迟不交案卷，展飞只得退一步。赵玉琴的阴损，展飞早已领教。

赵玉琴没办法，磨蹭了两天，也只好把案卷全交了。期间，把该处理的都处理了。

崔月浦鼓动展飞，不要让赵玉琴再在任何一个案子上捞到油水。展飞有自己的主意，"穷寇莫追"，他不想太得罪赵玉琴。

展飞还想要赵玉琴的打假资料，那是她多年积累的，知道赵玉琴不会给他面子，想请于副主任帮忙，于副主任说："她能积累，你不会自己积累啊？"

赵玉琴心理正不平衡，于副主任不敢火上浇油。

没有就没有。展飞发誓，要做最好的稽查队长。

带着队伍，大摇大摆走在市场人来人往的路上。展飞志得意满。他不打假，打假是最辛苦最有风险的事儿。

我们稽查队的目标是什么？展飞自问。

甘凤麟错了，他以为是让这个市场有一个有序的环境，他太傻了，那不是他一个人，也不是短时期内能做到的。

赵玉琴也错了，她以为这个市场就是她们家仓库，她就是个负责往家搬东西的运输工人，显然，这是行不通的。别看这地方叫通宜市，其实好多事情是不通的。可惜她不懂这个理儿，她以为只要她想要，就能做到，她把自己当谁了？王母娘娘？真可笑。

崔月浦的观点当然更不对，这个地方可不是混退休的，不是让你来五十九岁现象的。

执法队是干什么的呀？是来管理的。

"怎么管理呀？管理的第一条就是管，然后才是理。先管住了，才有可能去理，管都管不住，理什么？一团让风吹得乱舞的麻线，你怎么理？必须先让他停止舞动才能理。"

展飞教导他的队员们。他们还不懂得怎么执法，他们就是那一张张白纸，任凭他作画。

展飞带队员们吃饭。这家酒楼是最平常的酒楼，但是他们吃得挺满足，看来，平时生活条件都不怎么好，吃喝的机会更是很少。向赵玉琴学习，先让新队员尝尝甜头。

"跟着我，酒量一定要好，不然的话，以后总带你们出去吃饭，没人替我喝酒怎么行呢？"听到这话，队员们的眼睛一下子变得亮晶晶的。

展飞看了一眼吴跃升，今天请大家吃这一顿饭，花不了他多少钱，他在稽查队员的心目中却有了地位。

吃饭没有老齐的事儿，展飞总是叫老齐在家歇着。收到礼物了，给他送家去。老齐乐得清闲。也没有花如玉，稽查队人员够用了，她自然回去做内勤。

"管理的关键是什么呢？现在是商品经济，这里是市场，这里最重要的是什么？钱呀。对，小朱子说得对，就是钱。咱们执法队每年都有任务，这个任务要是完成得不好，是要挨批的，完成得好的时候还没听说过。钱怎么来呀？不是靠天天累得臭死去各门市搜索假货，要靠智慧，要既能拿到钱，又不太累，又不亏待自己。知道吗？"

队员们个个懵懂，却点头说知道。展飞心中暗笑，要的就是他们不懂，等他们都懂了，就没他什么事儿了。

上任之后，展飞很快就宴请了赵玉琴。

自从知道了展飞接替自己任队长，赵玉琴天天对甘凤麟说展飞的坏话。短短几个月，甘凤麟由敌人变成了朋友。她这个人，随时会根据利害关系调整统一战线。有用就是朋友。

"一定要注意处理各种关系。"甘凤麟劝展飞，"要吸取上次的教训。"

展飞嘴上拒绝，事实上，还是接受了甘凤麟的建议。他对队员说，自己出钱请赵队，稽查队全体成员作陪。队员们信以为真，提出大家共同出钱，展飞推辞了几句，收下大家凑的钱。吃饭的费用还是吴跃升给报销。

"这些职工真是不知好歹，忘了过去挣高工资的时候，企业刚有一点儿不好，收入刚低了一点儿，就不能忍受了，告状，告什么呀告？怎么就一点儿也不替政府想想，一点儿也不替企业想想呢？"赵玉琴发着牢骚，让她去工作队，她就恨上访的职工。

展飞和队员们一个劲儿地奉承她，希望她能忘记不快。

"你是站着说话不腰疼。"展飞实在是忍无可忍。他最知道下岗工人的艰难。"要是也让你下岗，你比哪个都闹得凶。"

"哎，话不能这么说。咱不能只是站在自己的位置上说话，人呀，不论到了什么时候，说话都要立在一个公正的立场上，要让别人听着挑大拇指，要让人家佩服。"赵玉琴又拿出了要辩论的样子。展飞一看，老毛病又犯了，赶紧去洗手间。请她的目的，不是让她恼，也不是听她教训。

饭店门口有个电话亭子，展飞把电话听筒拿起来，使劲儿砸了一下屏幕，也不知砸坏了没有。想想屋里那个大吃大嚼的家伙，那个富得流油的娘们儿，她还在那里看似正义地批判着这些吃不好喝不好的人呢。她的良心到哪里去了呢？还有这些垄断行业的职工们，他们只靠工资就能吃香的喝辣的，他们一个人的收入比普通人全家都要高。展飞砸电话出气。

"都是人，凭什么有的人一个月挣别人一年挣的钱？他们多做了什么？一点儿也没多做，就是比我们数钱的时间用得多点儿。还有那些特殊职位的人，他们收入高是受贿。"展飞大声嚷嚷着，有个过路的女人吓得绕开他跑了。

他忽然大笑起来。因为他想起来了，他以后也是有特殊职位的人了。

展飞当队长，任务只有一个，就是抓钱。他自己忠诚于这个任务，也向队员灌输这个思想。

新队员对展飞毕恭毕敬，唯命是从。他们见这里有工资，还能吃喝，他们又没有太强烈的是非观念，有队长领着，他们什么事儿都能去做。绝对是一切行动听指挥。

展飞庆幸他没让花如玉在稽查队，于副主任征求他意见，他说稽查队不需要这么多人。他了解花如玉，她有理想，想腐蚀她，太难。

"你们来了，工资到哪里去领？当然是从罚款里来了。我们的车损油耗，从哪里来？当然也是从这里来了。还有我们大家的提成。我们不是为提成干工作的，但是罚款多了，提成就是高啊，这也是为了鼓励我们大家的工作积极性啊。"

展飞没有提及他的队长补助也在罚款里出，还有司机补助。他已经当了队长，本应不再做司机，可是他舍不得放车。开着车，自己用车方便，还能拿司机补助，做司机还能"喝油"。

"咱们怎么抓钱呢？不能靠打假，我刚才已经说过了。你们明白吗？就是说，咱们要把市场上的情况仔细摸一下，然后，根据品牌大小，对各个品牌进行收费，这个品牌费是固定的收入啊，既不用咱们辛苦工作，来得又稳当，当然了，咱们不能直接叫品牌费，每次开罚款单的时候咱都有一个合理的理由不就行了。以罚代管？的确。但是不能这么说，这样说是违法的。这样做没错，不信你们看看，别的执法单位，也是这样。"

做通了内部的思想工作，展飞工作得心应手，一星期只要做一天的工作就够了。

以罚代管，有些经营户很欢迎，反正怎么也是罚款，不如这样痛快。

稽查队少到门市去，省得闹得鸡犬不宁，生意也做不安生。

每天完成了任务，稽查队就坐在吴跃升家的里屋玩儿牌，吴跃升不用交罚款，乐得招待他们。

来了顾客，吴跃升就拿稽查队当幌子："我这里没假货，看到了吧，里面穿制服的那几位哥哥，那就是咱们市场办稽查队的，那个最英俊的就是展队长。"

"老吴，"展飞大声喊他进来，揪着他耳朵说，"你别瞎嚷嚷了，你卖货就卖吧，别净扯上我，你又不给我分成。你那些东西，我不知道，你自己还不知道啊？"

吴跃升"嘿嘿"笑，第二天就孝敬了展飞一个红包。展飞去倒水喝的时候，吴跃升若无其事地往他口袋里一塞，展飞也装没事儿一样。

钱来得易，也要有个保证，不能让它断了来路。

赵玉琴对展飞的态度没有变，吃饭解决不了根本问题。

吴跃升告诉展飞，赵玉琴偷偷在背后调查展飞处理的案子。

"没事儿，我不怕。"展飞做事很细密。他从来都不和队员们一起收受贿赂，哪怕一个小纪念品。他收的时候都是一个人，即使出了事儿也无凭无据。

说不怕是假的。展飞上面没有任何关系，这是他最担心的事儿。

把吴跃升的那个红包换成了礼物，晚上没有人的时候，展飞摸到了寇主任的家里。

"小展哪，我对你是抱着希望的，千万不要出事儿啊。"寇主任说的这些，展飞全当成了耳旁风，他只是对寇主任最后一句话敏感，"以后上我家来不用带东西，只要你不出事儿，执法队不出事儿，就是对我最好的感谢。有时间多过来玩儿，多沟通情况，欢迎你来啊。"

拿着被寇主任退回来的东西，展飞知道，这个靠山不行。

22　青出于蓝

告别小姐,夜风有点儿凉,吹着刚刚出过汗的身体,展飞捋了下头发。畅快。

队长和队员,天壤之别。

当上队长后,天天有人宴请,过去不拿展飞当回事儿的商户,多年不联系的同学,很快都成了好朋友,他的肚子不知不觉就鼓了起来。珍馐美味,玉液琼浆,胃舒服。想听什么,有人说给你听,精神舒服。想做什么,有人替你去做,身体舒服。

彭泽军把展飞敬到酒桌的上首,展队的脸色还是不好看。对这种人,不能太给面子,要沉着。

"大姨父,您坐这儿。"展飞把大姨父让到上首,他到市场办做临时工就是大姨父帮的忙。那时候,大姨父是市场办的副主任。

"姨父,我敬您。"

展飞家穷,亲戚都少来往,大姨父帮展飞在市场办的下属企业安排了工作,又借调到稽查队。展飞不忘旧恩,经常去看望大姨父。现在,大姨父退了,他去得稍微少了一点儿。

"您家里要是有什么事儿,用个车啦什么的,您尽管说话。现在,这车我说了算。"展飞有点儿自得。

"没事儿。小飞啊,你们现在的于副主任,是大姨父一手提拔起来的。你要是有什么事儿,我跟他说,我的面子,他还是要给的。"大姨父端着酒杯,不急着喝,"你表妹的公公,是市委冯秘书长。他打个招呼,你们寇主任也要看看老交情。"

展飞不解:"我表妹不是在省城工作吗?"

"是我兄弟的闺女,不也是你表妹?"大姨父轻描淡写地说着,虹鳟

167

鱼做得不错，他吃起来也是轻描淡写。退了休的人，怕人家说他没机会吃了。

"有机会我要认识一下这位长辈。"展飞只和姨父说得热闹，不看彭泽军，让他在一边干晾着。

"这好办，都是实在亲戚。星期天，我安排，你们都到我家来，吃个便饭。"为了让姨父帮忙找工作，展飞在姨家住过一年，做的是保姆的活儿，姨父和他不见外。

"小彭，给我们倒酒啊。"姨父把服务员支了出去，让彭泽军服务。

彭泽军给展飞斟酒，展飞高高在上，一动不动。

上任以来，展飞通过吴跃升的嘴宣传出去，稽查队不打假，只收品牌费，让商户踏实做生意，稽查队也能轻松完成罚款任务。

一个月，展飞说到做到，商户们也很配合工作。

渐渐地，市场上的假货多起来。展飞不动声色，把情况摸透。然后，迅速收网，一举查获了彭泽军价值两万多元的假货，而且，当场查获发票存根，已经售出的假货大约三千元。那些发票，都是为了迷惑消费者，显得更像真货才开具的，没想到此时成了违法的证据。

彭泽军当时想来横的，展飞身后那两个便衣没让他得到便宜。

便衣是展飞让同学小二帮忙找来的，小二的哥哥是公安局长。展飞请他们帮忙，不用给公安分成，这是私人交情，走的时候，给两个便衣六百块钱。

这六百块钱，展飞自掏腰包。然后，他向崔月浦汇报，也向队员们讲述，当然也要让甘凤麟和花如玉知道。最后，他还向于副主任汇报。

于副主任很歉疚，这钱是不能报销的。

展飞不为报销，他就是让单位欠着他的。这样，他的威信才高。

崔月浦和甘凤麟在单位整顿学习，展飞有案子还要向他们汇报。展飞很窝火，他没事儿就往于副主任屋里跑。多次沟通，于副主任同意，案子，展飞直接向他汇报。

于副主任很喜欢展飞，喜欢展飞请他喝酒。于副主任能喝，展飞也能喝，和展飞喝酒，于副主任说，痛快。"喝酒喝厚了，玩儿钱玩儿薄了"，他俩成了酒友。于副主任不拒绝展飞给他送的东西，只是嘱咐展飞，千万别出事儿。

"展队，我敬你。"彭泽军站起来，把酒杯举到展飞面前。

"姨父，我再敬您一杯，这些年，多亏您照顾我。就连我的手机还是您替下来的旧手机，要不然，我哪儿有钱买这玩意儿啊？"展飞看都不看彭泽军。

"我刚好有个朋友是卖手机的。展队，这事儿，我办了。"彭泽军笑着，展飞还是不看他。展飞要钱，更要自尊。

"小彭，说什么呢，小飞是我外甥，你不许带坏了他。今天，我让你们两个坐到一起，就是让你们成为朋友，你别把事情弄得这么俗，以后，你们俩的关系要自己走。咱们都是亲戚，小飞啊，小彭是我同学的孩子。"姨父端起杯，"来，咱爷仨干一杯。以后，你俩的关系要处好，记住，人在社会上混，离不开朋友。"

姨父发了话，展飞不再装模作样，看了看彭泽军。彭泽军也毕恭毕敬，展飞知道，他服了。只要他服了就好办了。

酒喝得很亲热。两瓶白酒，一瓶红酒，一大堆啤酒瓶子。最后，姨父高兴地打车走了。

"人不风流枉少年啊，兄弟。"彭泽军已经和展飞称兄道弟。

展飞很高兴，治人要治服，不能心软，也不能没限度。

彭泽军把六千块钱放到展飞手里，让他买个喜欢的手机。然后，拉着展飞的手，让展飞跟他走。

"够朋友。"展飞有点儿上头，酒上头，钱也上头，他把钱装起来，"你这六千块钱，绝对以一当二。"他已经决定，对彭泽军的罚款往下降一万五。

"兄弟，别说哥把你带坏了啊，哥哥今天带你尝尝什么叫成功男人的滋味儿。"彭泽军有点儿喝高了。

"老彭，你没事儿吧？"展飞在彭泽军身上摸了一遍，怕他录音。

彭泽军身上，只有手机。展飞拿过他的手机，往家打了个电话，告诉家里，和大姨父在一起呢，免得家里惦记。同时，也知道彭泽军没有用手机录音。

"我没事儿。吃了喝了，要放松。要不然，天天吃这么好，热啊。"彭泽军拍拍展飞的肚子。

话说到展飞的心里，他也总是觉得无处消耗这些热量。

"女人，老婆以外的女人，爽。"和彭泽军比起来，展飞觉得，自己这辈子白活了。

第二天，展飞很后悔，从那以后，他再也没有让商户带着去过那种地方。

受贿，是一件很隐秘的事儿，找小姐也是，这两件事儿绝对不能一起做。

受贿，也不能和别人一起做。每次收别人的礼物，展飞都背着队员们。后来，他发现，和队员们一起吃请也是一件有风险的事儿。他开始削减队员在外面吃饭的次数，队员们偶尔会表现出不高兴。

有几次，展飞发现，赵玉琴和队员们小声地嘀咕着什么，展飞察觉，队伍有了不稳定因素。

安抚队员，展飞还是有办法的。

"朱读、闫取、桑匀、张分。"他招呼四个人，"今天这个案子，有人说情了，是我表哥。表哥的面子，我不能不给，但是也不能亏待了弟兄们，表哥给了我三百块钱，让我请大家吃顿饭，我又跟他要了一百，也不请大家吃饭了，这钱，大家拿着吧。我知道，家里都不富裕，有钱，买点儿什么也比吃了强。再说，吃饭影响太大，以后，咱们尽量不吃商户的饭。只要有机会，我就多想办法给大家弄点儿实惠。"

展飞察言观色，几个人脸上都有喜色。

"不过，这样的事儿，不是总有机会，咱们也不能为了自己得点儿好处就闹出事儿来，没机会的时候，谁也不许不高兴。今天这事儿，谁也不许传出去。我也是为大家好，这里面，我可是一分钱也没沾。一会儿，朱读，让表哥把钱给你，记住，是表哥给你的，跟违法户没有关系。"展飞已经把表哥给的三千块钱藏在办公桌里，在队员们面前，却是个清廉的队长。

展飞觉得，自己逃避法律的方法最聪明。

大的经营户都收了品牌费，平时检查，主要是小户。大户要抽冷子，不然，他们会不高兴的，显得稽查队不讲信誉。

"朱读，桑匀，去和他们谈谈这个案子。"展飞现在很少亲自和经营户谈案子，案子查获了，私下接触了，他不需要再出面。

赵玉琴的招数，展飞青出于蓝。

"展队，他说他真的不知道是怎么回事儿，哭天抹泪的。要不，咱照顾照顾他？"朱读把展飞叫到一边，汇报他的战况，"他说，每人给一个化妆品。"

"我知道这个化妆品牌子，那天陪老婆逛街看到的。"展飞没有再往下说。那时候，他还没当队长，他老婆在那里看了很久，服务员又是笑脸又是甜言，还给她试用了。后来，听了价格，一百多块钱，他老婆看看他，说，走吧。

昨天晚上，展飞已经和这个卖化妆品的商户吃过饭了，小二帮商户说的话。

"这个人可信吗？"展飞问小二。

"放心吧，在这个市场上，谁敢不老实，我做了他。"说这话，小二轻描淡写。

展飞知道小二的能量。

"不过，这也太简单了吧。我怎么跟弟兄们交代呢？"只吃一顿饭，这案子就不了了之，小二也太黑了。展飞已经这样给过小二面子，不能每次都这样。

"我卖法，就要卖得值得。"展飞心中愤怒。出卖良心也要公平交易，出价太低，不如不卖。

"那当然。"小二脸上掠过一丝不悦，掂量一下，觉得发作起来不好，以后，他还有很多事儿要用到展飞，"飞哥，咱俩是谁跟谁啊？我的就是你的，我能让你吃亏吗？他这个案子本来就不大，当然，不管案值多大，你们说的是他的违法性质。再说了，处罚多少还不是你说了算，罚他五千，还是罚他五百，都行。这事儿，你就听兄弟我的安排。放心，我一定让你在弟兄们面前有话说。"

"老强，"小二回到雅间，大大咧咧在违法户身边坐下，"这事儿，毕竟不是飞哥自己的事儿，这是公事儿。咱们哥儿几个好归好，也要让飞哥在弟兄们面前有个交代，你那化妆品，给哥儿几个拿去用呗，拿真的啊。"

老强问展飞，要什么牌子的，展飞不理他。

喝了几杯酒，展飞问老强，"化妆品这东西，有作用吗？我老婆天天用，还说是名牌，也没看到皱纹减少。"

老强问了牌子，说："这是名牌啊，作用肯定有。不过，要想不老，哪儿能呢，衰老是自然规律，谁也没办法。甭听广告，那全是忽悠人的。你像那个头皮屑，那本来就是新陈代谢的产物，怎么去？"

老强这人实在，今天就给大家一人一款化妆品。本来打算罚他一千块钱的事儿，现在，吃了一顿饭，罚了五百块钱，还送了五百的化妆品。看来，要宰就宰这样的人。

"化妆品，有什么用？"展飞装得清白，问朱读，"你愿意要吗？"

"我，我听队长的。"朱读很聪明，"不过，这个牌子不便宜，他说批发也八十多块呢。"

"你要是愿意，给你媳妇拿上吧。"展飞试探着，"还有他们几个，大家出来都不容易，老婆在家也挺辛苦的，哄她们高兴高兴。"

"谢谢队长。"朱读冲后边的桑匀挤挤眼，几个人立刻都高兴起来。

"我就算了。"展飞说他老婆有化妆品，这东西，放不住，过保质期就不行了，以后，什么时候用再来拿吧。

拿着罚款，展飞让朱读和桑匀去交银行，虽然按规定是被罚户自己交银行，稽查队惯例，自己收了罚款去银行代他们交。这样做，并不违规，为的是罚款能够及时收缴上来。

展飞去市场买盐，闫取张分两个人跟着他。一路上，所有商户都笑脸相迎，问需不需要带些什么去用，还有的拉着去喝茶。展飞让他们两个喝茶等他，自己买了盐。

拿着盐，走过马二山家门口，马二山低着头，没理展飞。展飞不高兴，径直进了他的门市。

"这是什么？"一箱假皮鞋，卖得只剩下一半了。

"朱读，完事儿了吗？赶紧到马二山家来。"展飞坐在椅子上，守着证据。给四个队员打了电话。

"展队，您看，我没看见您来，您别怪我啊，我眼神儿不好。"马二山掏出烟，手有点儿抖。

"我不抽你的烟。你看没看见我没事儿。一会儿大家都来了，说说这鞋的事儿。"展飞不愿意和他多说，现在就自己一个人，马二山要是来硬的，展飞什么办法也没有。

闫取和张分很快就到了，又在里屋翻出三箱假皮鞋，有幸还找到了进货票。进了二十箱，售出了这么多，这可是个比较大的案子了。没别的说的，做笔录。

"展队，他是我家亲戚。"桑匀来的时候，笔录已经做完，字签了，手印也按了。

"那怎么办？他卖这么多假货，坑害消费者。"展飞口风一点儿也不松，谁叫你是队员呢，你要想办事儿，就得让大家得实惠。

桑匀出去和马二山商量了几次，有了主意。把展飞叫进里屋，塞给他两千块钱。展飞瞪了眼，桑匀苦苦哀求，叫给他个面子。

"给面子也不能这样做啊。"展飞脸还虎着。

两千块钱，不算多，但要看谁给的。如果让队员知道自己每个案子都吃那么多，以后就不好做工作了。

"我怎么能要钱呢？而且这么多。"展飞骂桑匀昏了头。

"只要您给我面子，照顾他，这算什么呀？这不是他给的，这是我给的。您放心，这件事儿，到什么时候也没您的事儿，你从来没有收到过这个。"

展飞放心了。这件事儿，到什么时候他也不承认。桑匀收了马二山的，私吞了。

拿定了主意，又假装为难，称自己从没收过别人的钱，不敢收受。

桑匀把好话说尽，眼泪都快挤下来了，展飞才勉为其难，收了他的钱。

"弟兄们那里怎么交代呢？大家也不容易啊。"展飞启发桑匀。

"您放心，亏待不了弟兄们，请大家好好吃一顿。"

"吃就免了吧，影响不好。最近，办里有人反映，咱们执法队经常在外面吃喝。"

"那给大家拿点儿东西？还是直接拿钱？"

"一人拿双好皮鞋吧。这事儿，可不能出事儿啊。因为是你的亲戚，咱们才能这样做，换任何一个外人也不能这样做，会出事儿的。"展飞做出害怕的样子，叮嘱张分。

"可是这笔录怎么办呢？"张分为难起来，这么大的案子，处罚几百块钱，根本不合法。

"重写一份。"展飞胸有成竹，"按处罚额写案情。"

张分愣了，执法文书，也能儿戏？

新的笔录很快做好了，"我们做假比商户内行。"桑匀办成了事儿，脸上有光，说话没了分寸。

市场办管理混乱，规定大案要上报，既没有规定什么样的算大案，也没有上报的时限。经过展飞的处理和调整，基本没什么大案，大案只能是他无力处理的。

"别签字了，展队。"马二山突然明白过来，"咱不要这笔录了，咱们都是朋友，要这个干什么。"

展飞不说话，不说话是最好的武器。

马二山把笔录拿过来，放在了口袋里："我一会儿再签。展队，我知道您收集小玩意儿，您看我这个怎么样，您内行，您给看看。"

马二山拿出一把紫砂壶，展飞端详了一下，他对紫砂略有研究，这把壶，市场价大概在一千左右。

"不错，不错。喝茶挺好。"展飞有意不说价钱，"多少钱买的？"

"没花钱，朋友送的。我也不喝茶，放着可惜了。"

"你留着这个没用，给展队吧。"桑匀赶紧说，"对了，展队，我想买个空调，那边正降价呢，您帮我说说，让他们便宜点儿行吗？"

"这不是处理案子吗？"展飞脸色和缓。

"先让他们几个处理吧。哥儿几个，多辛苦。"

"你们几个？能处理的了？那好吧，我们先去，一会回来。"展飞随着桑匀出来。匀说，鞋和茶壶都会在今天晚上到展飞家。然后，他们分道扬镳，桑匀通知那几个人回家。

展飞慢慢踱到老强门口，老强看到他，热情得快把展飞融化了，让到屋里，拿了两瓶化妆品硬往展飞包里塞。

"这么多，用不了，会过期的。"看老强不开窍，只好明说了。

"看我这脑子。"老强自责着，把两瓶换成了一套，什么洗面奶、爽肤水、乳液、日霜、晚霜、琳琅满目。

拿着这些东西，老婆的脸在展飞的眼前晃着，展飞无声地对晃着的老婆说："我的老婆凭什么不如别的女人享受得好，我是男人，我要让老婆抬得起头。"

展飞热爱他的工作，也不怕失去这份工作。

在稽查队，展飞一年的工资收入是一万多，十年是十几万。如果一年挣到十几万，出了事儿，丢了这份临时工作，他还赚到九年自由时间。如果侥幸不出事儿，这份工作，比他做生意要好上十倍。

市场办每年都跑编委，给临时工争取编制。展飞知道，自己一没文凭，二没关系，就算是有了指标，也争不过那些司机和新来的大学生。成为正式工，希望渺茫。他现在能做的，就是用好手中的权力。

不当队长不知道，原来这么实惠。

说情的人实在太多，展飞学会了看人下菜碟。

办里的领导来说情，面子要给足，原则也要讲。在领导面前没了原则，受累也不讨好。

其它科室的来讲情，有用的人，一定要让他满意，没什么用的人，不管是科长还是科员，一律明说："叫被罚户直接来找我吧，你放心，你的面子，我肯定给。"

什么叫肯定给？反正处罚从来都是狮子大开口，漫天要价，落地还钱，只要话说圆满了，说是给谁的面子就是谁的面子。

展飞话里的意思很明显：补罚户直接跟我联系就行了，不需要中间人，中间人吃了好处，我就有损失。我的权力，谁也别想争。

23　赵玉琴早就怀疑柴云鹏

赵玉琴一直以为，展飞夺了她的队长，愤愤不平。"我赵玉琴当不成队长，谁也别想当成。"用力地擦地，跟地板有仇似的。

柴云鹏躺在沙发上看电视，冲着赵玉琴的背影说："你太拿自己当回事儿了。"

"只有你不拿我当回事儿。"赵玉琴低头擦地，心中委屈。

柴云鹏没有说话。

"你是不屑于理我了是吗？"

"说话不行，不说话也不行。你是不是更年期了？"柴云鹏换了衣服，出去打麻将。

赵玉琴感觉到，柴云鹏越来越不愿意她和说话了。她知道这里面一定有什么原因，但是她现在不知道真实的原因。

作为一个聪明的妻子，赵玉琴不愿意乱猜疑，但是，作为一个厉害的女人，她不会任人宰割的。她不和他争执，只是仔细地做着一些事。

赵玉琴喜欢去市场上玩儿，人人都知道她喜欢去市场玩儿。

东家转转，西家看看。她什么也不关心，却又什么都关心。她和每个人都友好亲切地谈谈，今年的生意好不好做了，最近的货源紧不紧张了，价格又有了什么波动了，包括家里人的情况，没有她不关心的，然而，这一切又全是出于无心。

"我只是你们的朋友。我不在执法队工作了，暂时的。"赵玉琴对谁都这样说，"但是，我们还是朋友啊，有了什么难处，我还是会帮忙的。"

赵玉琴的主要目的是让经营户帮她的忙。

常常，像过去一样，赵玉琴带些家里没地方放的东西让经营户代卖。

现在这个社会，人心不古，人没走，茶就凉了，好多人已经不愿意为她代卖东西。

那天，赵玉琴拿了几条烟去卖。那个经营户居然说现在查得紧，没有发票的东西不敢卖了，怕展飞追查货源。

"展飞算个什么呢？不过是我手底下调教出来的小毛孩子，他还敢管我吗？"赵玉琴没想到，经营户会拿展飞来压她。

经营户不买账："不管怎么说，他现在是队长了，我们就得听他的呀。他说再让他发现了来源不明的，就要处罚。"

赵玉琴脸皮薄，觉得受了奇耻大辱。有心退缩，自尊心受不了。

"你只管卖吧，出了事儿找我。"她老了脸皮说。

"你要不先和展队说说吧，省得将来以后出事儿。"经营户一点儿面子也不给。你当一天队长，我怕你一天，你不当队长了，恨你还有余，等你哪天再当上队长，再巴结你也来得及，你不就是要钱吗。

经营户的鄙视写在脸上，赵玉琴笑笑，说行。她不着急，骑驴看唱本，走着瞧。常赶集，没有碰不到亲家的。

赵玉琴不去找展飞，她不能向展飞低头。

也许，本来就是他们放出的风声呢。要不怎么大家都知道我不在执法队了呢？赵玉琴暗忖。

这一次，她猜对了。展飞一上任就散布消息，崔甘二位在机关整顿学习，赵玉琴去企业工作队、稽查队，就是他说了算，他有事儿直接找办主任汇报。为的是树立他在市场的威信，也为了排除前几任队长的干扰。

赵玉琴又找了别人家。她不愿意找固定的人代卖东西，那是有风险的。收礼，也不能让他们都知道了。再说了，也不好让他们赔得太多了，总要多找几个人吧？

见赵玉琴来了，有的经营户不好推辞，面露难色，让她把货先放在那里，等卖了再给钱。

赵玉琴有心说几句难听的话，心里翻了个个儿，自己现在不是队长了，自然没有了可供交换的权力。人在矮檐下，还是低头的好。这有什么，又不是没在矮檐下待过。

能找的人都找了，只剩下栗克良。

赵玉琴给栗克良拿过来一箱酒，她知道这箱酒是假的。通南那地方，遍地假酒，也不知道柴云鹏这个县长是怎么当的，居然带回来几箱这个。赵玉琴明确告诉他，以后最好不要往回带酒，再有送酒的不要收。

柴莉听到赵玉琴的话，开玩笑说："爸，下回再有送礼的，你告诉他们，不许送酒，拿回去换别的。"

柴云鹏听他女儿的话，也笑了，柴莉是他的掌上明珠。

"拿你爸当什么了？贪官？这是朋友给的，不要，伤了和气。"柴云鹏不喜欢收这些东西。当着县长，身不由己，各种关系硬塞到手里的，有时候不敢拒绝。

"阿姨，现在，这种酒进价已经很低了。要我说，您还是拿着送人的好。您看这五粮液，这个进价也就是几十块钱，和正品没得比，卖不出好价钱。不如给个不懂行的喝去吧，反正也尝不出来。"栗克良的媳妇正好在店里，她做事不瞻前顾后。

"是吗？我还没打开看呢，这酒有问题吗？"赵玉琴假装不知道，又看了看，脸不红心不跳。拿起酒，又是一个没想到。

咱们来日方长吧，赵玉琴自言自语。她知道，栗克良就在里屋猫着呢，她不说破，她是个自尊心很强的人，不能让他们小瞧了。

赵玉琴更加认定，是展飞他们使的坏。满以为展飞上任就请客，是想缓和关系。想不到，在权力的争夺上，没有商量的余地。

以牙还牙，以眼还眼。赵玉琴做事，睚眦必报。

她开始了解展飞执法的情况了。

这个世界上，没有不透风的墙。行贿的人，嘴更快。

赵玉琴原来不了解，现在，不觉间出了一身冷汗。自己受贿的事儿，可能也会传得满城风雨，她原来还以为天衣无缝呢。

展飞收了吴跃升的礼，就免于处罚他。这事儿，赵玉琴不是听吴跃升亲口说的，这是听江水娟说的，江水娟是从彭泽军那里听来的，而彭泽军又是从卖烟的那个丛胖子那里听来的。

经营户们，像机关里的同事一样，生意上要竞争，关系上要搞好，复杂得很。

他们天天在一起，不是喝酒就是扯闲篇，就像执法人员天天要在一起分析哪个经营户要怎么管理一样，他们也在天天分析哪个执法部门、哪个执法人员要怎么对付。所以，谁怎么把哪个执法人员摆平的，谁怎么处理的哪件事儿，大家天天在探讨。

行贿的事儿在这里是公开的秘密。

知道了这些，赵玉琴很后怕。这就是说，她过去，甚至于现在，所做的这些事儿，其实等于是当着许多人的面在偷东西。大家都知道了，只是还没有人出来指证罢了。

她吓得一夜不曾睡好，梳理了她所接触过的所有商户。

也许，不像想象得那么可怕，赵玉琴安慰自己。展飞年轻，做事钻头不顾腚，赵玉琴可是和经营户交朋友，不会有人出卖她的。

关键是证据。赵玉琴觉得，从来没让别人抓住把柄。

有几件事儿存在着小的瑕疵，赵玉琴苦思冥想，要做到完美无缺。为了以防万一，她半夜把女儿柴莉叫起来，订立了攻守同盟，一旦有事儿，叫女儿证明她的清白，没有人来家里送礼。

"我们不怕。"赵玉琴怕柴莉有压力，安慰她，"这种事儿，要提前做好思想准备，不能让别人打咱措手不及。有你爸呢，咱有保护伞，没人能对咱怎么样。"

柴莉满不在乎，回屋睡觉，对母亲的过度敏感不屑一顾。

只是，柴云鹏千万不要出事儿。他要是出了事儿，可就全完了。想到这里，赵玉琴不觉心里一阵发冷。

柴云鹏要是出事儿，就是大事儿。那不是钱的事儿，搞不好，命就没有了。

想到这些，赵玉琴半夜爬起床，给丈夫打电话。

柴云鹏的手机关机，办公室电话也没有人接。

这小子，干什么去了？一个人在外面住着，赵玉琴早就怀疑柴云鹏，只是没有证据。

赵玉琴想知道柴云鹏干什么去了，又一直不愿意知道。

如果抓住柴云鹏和女人在一起，会是个什么结果？离婚吗？还是吵闹？杀人？可能吗？但是，她会忍气吞声吗？绝对不会。

赵玉琴不想做怨妇。有些事情，还是不知道更好。

赵玉琴有办法找到柴云鹏，找到司机就找到柴云鹏，她不愿意那样做，觉得太可笑了。

她躺下来，一个人静静地睁着眼睛，她想，她的这种表情一定很美丽。

年轻的时候，柴云鹏就是喜欢看着她这样躺着的脸，那时候她很美丽。他的眼里全是欣赏的笑。

他现在不看了，她也很少再看到他那样笑，他的笑比商场里售货员职业的笑还要没有温度。要想看到他热情的笑，只能是在旁边看他对女儿的笑，对上司的笑，对他妈的笑，还有对前来办事儿的朋友的笑。笑得和蔼可亲，笑得真情弥漫，笑得不遗余力。

他很乖，他会对钱笑，他会对权笑，他会对亲情笑，那么，他也一定会对爱情笑。只是，他的爱情过去在赵玉琴这里，现在已经不在了。

赵玉琴不知道柴云鹏那值得一笑的爱情在哪里，想到这些她很茫然，突然就感到愤怒。

"如果我现在就能找到他，如果我现在能抓住他，我会一刀一刀把他们两个，不，也许是几个。他现在是县长了，不要脸的女人有的是！只要让我抓住了他们，我就一个一个地剁碎了他们。包成饺子，嚼了他们。"赵玉琴发现，她在暗夜里发挥出的仇恨，无与伦比。

赵玉琴忽然觉得自己可笑。说过了，要做个大女人，她和柴云鹏是一家人，这就足够了。他们是革命同志，目的是把日子过好，对那些鸡毛蒜皮的小事儿，不要斤斤计较。

想得太多了。柴云鹏不会有事儿的，他不收礼，收礼的事儿，大多是假手赵玉琴。求县长办事的人，素质比经营户高，取证很难。

也许是杞人忧天呢。赵玉琴想，官大官小还是有区别的。官越大，越安全。出事儿是政治问题，不会是经济问题。

一想到问题这个词，赵玉琴又敏感起来，她现在，最重要的是感情问题。柴云鹏不出问题，不代表他们的感情不出问题。

四十多岁，赵玉琴感觉自己容颜枯萎，女儿站到她面前，她就能照出岁月留在她身上的痕迹。

女儿多好啊。聪明漂亮，随父母的优点。平常他们夫妇有了什么矛盾，全是靠她来调解。要是没有女儿，这个家，早让婆婆搅散了。

婆婆成了赵玉琴最大的负担。劳心劳力，增添烦恼，赵玉琴对婆婆说，不怕给她花钱，也不怕受累，就怕她多事多嘴。

其实，赵玉琴也觉得累。年龄不饶人，家务活这么多，柴云鹏横草不拿，竖棍不动，柴莉更是连自己的衣服都不洗，她有点儿吃不消了。

赵玉琴想请个保姆，又舍不得花钱。她想让花如玉到家里来住："我管你吃住，你只要帮我做做家务就行了，也不是太累，不过是打扫一下卫生，做做饭，来了客人帮着照顾一下，晚上洗洗衣服，我忙不过来的时候再买点儿菜，也就这些事儿吧，累不着你。"

花如玉马上涨红了脸，大怒。

"我还能亏待了她吗？柴莉不喜欢的衣服，我自然会给她的。柴莉好多衣服可是一次都没穿过的。"赵玉琴和甘凤麟说，希望甘凤麟能帮她，至少会向着她说话。

"过分了你。"甘凤麟没有和赵玉琴开玩笑，"花如玉自尊心很强。"话只能说到这里。

是过分了吗？赵玉琴自问。甘凤麟的话，她是信的。她佩服甘凤麟，他们虽然明争暗斗，她还是不得不承认，她喜欢甘凤麟的为人。

在执法科，如果让赵玉琴选队长，第一人选是甘凤麟。他聪明正直，年富力强,除了嘴贫点儿,没有其它的毛病。第二人选是花如玉,她有学历,没经验,但是她人品好,只要好好培养,将会出类拔萃。第三个才是赵玉琴,她自惭,论能力,赵玉琴谁也不服,但是站在正义的角度,自己太过贪婪。第四个是展飞,展飞本来是个好孩子,赵玉琴自责,是她言传身教,把他带坏了。至于崔月浦,他昏聩贪婪,根本不值一提。

每一个人,当她让心灵静下来,都能找到内心深处珍藏的善,也能释放出平时不敢暴露的怨恨。

赵玉琴痛恨展飞。是她,一步一步把他培养成自己的敌人。她搜集他的罪证,誓要惩之而后快。

快过年的时候,展飞带着稽查队全体人员,给赵玉琴拜年了,毕恭毕敬,谦虚有礼。

赵玉琴心软了。别人已经服软,杀人不过头点地,不如放他一马。

"展飞。"赵玉琴私下和展飞商量,家里过年的礼物多了点儿,能不能帮着在市场上处理一下。

"赵姐,对不起,这个忙,我帮不了你。"展飞很客气,解释了很多。

解释是没有用的,赵玉琴只需要听到是或者否。也就是说,展飞只是表面的客气,较起真来,毫不让步。

"拿我当什么?给块儿糖就能哄乐的孩子吗?"赵玉琴恼羞成怒。展飞的情况很快变成铅字,摆上了寇主任的桌面。

"展飞,小子,对不起了,接招吧。"赵玉琴从寇主任屋里出来,觉得无比爽快。

24　线索总是这样断掉

甘凤麟开始寻找二龙。

一个门市一个门市地问,闹得市场上好多人都知道甘凤麟在找二龙。

确切地说是稽查队在调查二龙。

"谁是二龙？二龙是干什么的？"这就是稽查队的问题。

有时候，经营户透露一言半句，得到的大多数回答是不认识或者没听说过。

甘凤麟不急，只是有事儿没事儿就问上一问。

"谁找我？我听说有人找我呢。"甘凤麟正在一家门市坐着，队员们在检查商品，五个黄毛小子闯了进来，其中还有个瘸子。甘凤麟知道，是二龙来了，说话的这个瘦小的大概就是二龙，不过看这样子，倒像是个听话的孩子，一点儿也没有暴戾之气。

甘凤麟从小习武，哥哥甘凤麒又是黑白两道，他了解这些人。在混混儿中，越是这样的人，越是不能小瞧，是有心计的。

"哟，二龙来了，快请坐。"经营户对二龙的态度显然比对甘凤麟恭敬得多，"谁找你？哦，我找你，我找你。这不是吗，好长时间没在一起喝酒了，想弟兄们了，哪天你有时间，咱们在一块儿好好喝喝。"烟马上递上去。

这个经营户怕二龙找甘凤麟的麻烦，主动帮忙。

二龙把烟叼在嘴上，经营户的火马上又到了。

"甘队，都查过了，没有问题。"朱读怕出事儿，示意甘凤麟快走。

甘凤麟不动声色。心里话，不用怕，就凭他们几个，要真打起来，绝对不是咱们几个的对手，只不过咱们不和他们一样，咱们是来执法的，不是来打架的。

"哎哟，这不是飞哥吗？好些天不见了，怎么样，挺好的吧？"二龙与展飞看来挺熟。

队员们都用奇怪的眼光看着展飞，几天来，他跟随稽查队，一起打听二龙，可他就是不说他认识二龙。

"我挺好。小二，你也挺好吧？"展飞和二龙搭话，不在乎同事们的看法。

二龙就是小二。

"挺好，挺好，做女人'挺'好。"二龙大声说。

甘凤麟看得出来，二龙的嚣张是给稽查队看的。他不动声色，稳稳坐在那里，看戏一样，目光里没有任何态度。

"大哥挺好吧？"展飞挺周到。

"好嘛，人家那叫一个美，天天在分局一坐，下边有干警们忙活着，当局长有什么事儿啊？不就是吃饭喝酒吗？我那天说了，我也不想再这么混了，给我弄个干警当当，大哥还没同意呢。这不，这几天我正和我们老爷子闹呢，这事儿，就得老爷子说话了。"二龙的哥是公安分局长。

甘凤麟听着他们唠，没想到，二龙有些背景，原来只以为是个混混儿。不过，混混儿大多有点儿根基，这也不足为怪。

"你这里有客人，先接待客人吧，我们检查完了。不错，没有任何假冒伪劣的商品。但是我还是要给你提个醒儿，一定要注意，最近市场上假货挺多，进货的时候注意点儿，不要让我们查到假货。我们查不到的，算是侥幸，要是让我查到了，可别怪我不客气，现在，市里对这事儿抓得严。行，我们走了，你多注意吧。"甘凤麟不想和二龙正面冲突，叮嘱了经营户几句，算是敲山震虎。

甘凤麟不怕公安分局局长，安分守己过日子，和公安犯不上。他是不愿意招惹混混儿。行政执法，没有任何保护措施，执法人员要在执法的同时学会自我保护，更不能让老婆孩子担着风险。

这样想，甘凤麟不觉得有什么丢人，他不想逞英雄，但是，也不能失去正义。

寻找二龙，是希望二龙有所收敛。对经营户说的话，是给二龙打个预防针，希望他能悬崖勒马，不要让稽查队抓到。如果抓到了他，甘凤麟当然不会因为自己的安危而放过他，刚才的话已经再明白不过。

甘凤麟第一个走出去，眼角的余光中，看到二龙的脸色很难看。

"我先走了，小二，有工作。"展飞大声说，说这句话之前，他还和二龙小声说了几句什么。

"好的，飞哥，改天我请你。"二龙也大声说。

"好好好。"展飞赶上队伍。

"展队，"朱读已经好久不这样叫展飞了，"你们原来就认识啊？那你怎么不说呢？让咱们找了这么多天。"

"我哪儿知道你们找的是他啊，他是我同学，我一直叫他小二的。咱们有些案子处理不了，我还请他哥帮忙来着。"展飞故作轻松地说。

"朱读，去看看那辆车上装的什么？"甘凤麟支开朱读，再问下去，没有丝毫意义。

"是一车酱油。"朱读回来，脸朝向展飞，想继续质问展飞。

展飞自知无趣，转身去厕所了。

"甘队，你为什么不让我问问他？他也太过分了。"

"不用问了，知道了就行了。"甘凤麟没法向他们解释。

这些新队员还不了解执法中的好多潜规则，人事关系他们还不是太懂，甘凤麟也不便去说，但愿他们永远保持着做人的本真。转念一想，甘凤麟又担心，太单纯的人怎么能执法呢？行政执法工作，好汉子不干，赖汉子干不了。

下午，办公室通知，主管人事的副主任的父亲去世了，办里组织同志们去吊唁。甘凤麟是一定要去的，队员们都不是正式人员，工资又低，甘凤麟征求他们的意见。

大家问随多少钱的礼，甘凤麟估计，按惯例，不是一百就是二百，科长多一些，科员少一些，临时工应该更少。

"我们还是算了吧？"朱读犹豫着，几个新队员都同意他的意见。

展飞一直不参与这些事儿，甘凤麟让他临时带队，把下午的工作做好。

"我跟你一起去吧。"展飞最后才说。管人事的副主任，展飞很愿意拉上关系，也许以后会有机会调过来呢。

没办法，甘凤麟让朱读暂时带队，给他个锻炼的机会。

"要是有什么事儿，马上给我打电话。不管那边有什么事儿，我都会很快过去的。"甘凤麟不太放心。

"甘队，你放心吧，不会给你惹祸的。"朱读急着抢过了这份任务。

吊唁很快。鞠躬，说几句节哀顺变的话，把礼钱交上，就可以回单位，只等后天开追悼会了。

"甘队，我们和二龙他们碰上了。"桑匀的电话，甘凤麟还在回单位的路上。

碰上就碰上吧，每天在市场上检查，碰上谁都是有可能的，不惹事儿就得了。为什么要打电话？只能说明二龙要寻衅。

"甘队，你来了，没事儿了，他们已经走了。"甘凤麟急忙赶到市场，朱读迎过来说。

"刚才，我们在市场上检查，二龙他们几个来了，那个瘸子手里还拿了把刀子，也不说什么，就是看着我们。我怕出事儿，就打了电话。"桑匀还有些激动，话说得挺快。

"我们也没理他们，我们是执法，他们不经营商品，不属于我们的管理范畴。我们也不用怕他们，但是没必要惹他们，我就带着大家离开了，他们也没再来纠缠。"朱读向甘凤麟汇报。

"你们做得对。看来，这是向我们示威来了。大家要多走走脑子，看看怎么对付他们。他们这是对咱们的虚张声势有了反应，但愿他们从此有所收敛，至于他们对咱们的威胁，也是虚的。在咱们没有动他们之前，他们也不会动真格的，不用怕。"

甘凤麟没有说如果稽查队真的采取行动，可能他们就会找甘凤麟个人的麻烦。这事儿，自己心里明白就行了，不能动摇大家的军心士气。

就在这天晚上，马大愣家的门市被人泼上了大粪。这事儿很快在市场传开，稽查队当然也知道了，不用问，这是二龙干的。他一定是以为马大愣告发了他，所以稽查队才到处找他。

"甘队，我举报，二龙他们卖假货。"马大愣这回是真生气了，在市场追了稽查队一里多地，才找到甘凤麟。

"好，回单位说吧。"

"他们卖假货，我家的假烟假酒全是从他那儿进的货，不只是我们家，这个市场上的假货有三分之一是他们送的。他还威胁我！一块儿长大的兄弟！甘队，你知道，我对他可是够仁义的。你那么问，我都没告诉你。他居然不相信我，给我家门市泼大粪。这小子，我这回不能放过他。"马大愣边说，朱读边做着笔录，甘凤麟不让大家打断他。可是说到这里他就不说了。

"市场上有三分之一的假货是他的，你怎么知道？"桑匀问得正在点子上。

"我怎么知道？我在市场上是干什么的呀？谁家卖假货我还不知道？"

"你知道什么呀，人家怎么能让你知道？"朱读也学会了用这种方法套别人的话。

"你别套我话，我不说。我要是把这市场上的人都得罪了，我就不只是做不了生意了，我也别想活着了，不知道哪个就把我给做了。"马大愣看上去傻乎乎的，其实心里挺有数的。

"那——你说你的假货是从二龙那里进的，有什么证据吗？"这个重要问题当然要先问清楚了。

"甘队，你不会是不敢惹他吧？这种事儿哪儿有证据。你们要是不敢惹他就算了，我到别处去举报。"马大愣将甘凤麟的军。

"这个我没办法，没有证据不要说是我，任何执法单位也没办法。"

"我看还是算了吧。我没证据，我也不举报了。"马大愣那股子愣劲儿过去了，起身就走。

"大愣，这样吧，就算是你帮我们，你注意搜集一下证据。只要有了证据，不一定是你的，别人进货的证据也行，我们一定依法处理。如果处理了，也不会少了你的举报提成，这是有明文规定的。"甘凤麟观察着，马大愣这会儿已经不像刚才那么生气了，大概恢复了理智，再说什么也不起作用，但是，作为执法人员，宣传法律总是有必要的。

"行，只要我有了线索，马上来通知你们。甘队，你们忙吧，我走了。"

又断线了。线索总是这样断掉，真是挺让人着急的。

"我看马大愣还会来的，他不是说了要帮咱找线索吗？"闫取说。

"我看不会来了。"朱读分析起来，"你看，他刚来的时候，那是什么表情啊？气得脸都青了。后来，慢慢地，脸色恢复了，又听说咱们要证据，那证据要是拿出来，说不定他自己也跑不了，谁知道他卖过多少假货呀？再说了，二龙也不傻，能让他拿到证据吗？他看到咱们真的严肃起来，就怕了，刚才的冲动劲儿没了，自己把话收回去了。我看，以后再也不会从他嘴里得到消息了。"

几个队员争论起来，甘凤麟不管他们，这正是他们提高工作能力的好机会，让他们争论吧。他躲到一边，给郑重打了个电话，让他悄悄注意一下二龙和马大愣的动向。

到了下午，郑重给甘凤麟来了电话，说是中午马大愣和二龙他们几个在一起吃饭了，是二龙请的客。二龙这家伙，太精明了，先给马大愣来个小提醒，然后再请他吃饭，软硬兼施，马大愣就又成了他的人了。

看来，要想得到二龙的证据，很难。

25　执法人员都成什么了？

一直以来，通宜是个比较有名的地方，因为通宜综合批发市场。市场最初的红火和后来的假货泛滥，使通宜美名与臭名兼具。

一个网络上发出的帖子，很快又让通宜处在风头浪尖，惊动了通宜市委市政府。

喝酒喝出了人命。

昨晚，死者家宴，喝完酒，家人找不到他，后来，发现他死在了洗手间。

一起吃饭的十来个人，其他人都安然无恙。大家回忆了一下，菜和饭大家都吃了，只有死者一个人喝白酒，家属认定是酒有问题。

这家人也能折腾，很快就在网上发了帖，同时找了报社、电视台，本地的报纸电视不敢报，省里一家报社的驻通宜记者站给捅了出去。

程雪娥书记听到这个情况，非常重视，给市长打电话。市长把所有跟这事儿挨边的单位全叫来了，大发雷霆，问是谁负责的，大家全说不是自己负责的。

有人说："不是有市场办吗？这不是在市场买的酒吗？这事儿应该找他们。"

市长终于找到负责人，痛批寇连喜。

寇连喜心理不平衡。平时有了什么案子，谁都来查办，因为可以罚钱，有部门利益，现在有了责任，全推了。

寇主任扫一眼把他推到解剖台上的同僚们，颇为不满，小声嘀咕："平时不是大家都管吗？要这样，以后你们谁也别管市场了。"

"说什么呢？都这时候了，还互相推诿。你，回去先把这事儿查清了。处理要从重从快，任何人不许说情。"市长发了怒，寇连喜再也不敢多说，唯唯而出。

寇连喜主任回到单位，冲综合执法科大发雷霆了："你们怎么管市场的？管了几年了，管出了人命。要你们有什么用？马上都去市场，一个也不许留下，去给我查办这件事儿，同时，要严格管理市场，不许再出现假酒。市长要求，再出现假酒先摘我的帽子，我没别的办法，撤我之前，先撤了你们。听明白了吗？"

执法科再也不分内勤和稽查队，八个人在一起研究怎么进行这项工作。

赵玉琴笑寇主任和甘凤麟胆子小：出事儿是好事儿，出了事儿，上边就对你这个部门重视了，要不，没了老鼠显不出猫的重要来啊。

花如玉看她一眼："都出人命了，还考虑你自己，有没有同情心？"

"去哪里呢？"朱读问甘凤麟。

"去事主家吧，总要一点儿一点儿地查。"甘凤麟征求赵玉琴意见，尊重同事没有坏处。

"当然是先去事主家了。"赵玉琴说。

事主家里正闹得不可开交。死者岁数不算大，只有五十三岁，的确是让人痛惜，甘凤麟同情着。

"真可怜。"看到死者的女儿哭得哀伤，年龄比自己还小，花如玉眼里含着泪。

　　"我们不是来吊唁的，是来调查的。"赵玉琴责备花如玉。

　　听到有人来调查，死者家属够上来，要挠稽查队员，被亲友拦住。

　　"这些人是干什么吃的？假货横行！要不是你们这些吃人饭不干人事儿的，我们家的人也不会就这样死了。"家属哭骂连声。

　　"你们躲开。"赵玉琴推开甘凤麟他们。

　　"又抢功，出风头。"展飞不屑。

　　"别误解她。这种时候，男的不好上前，怕被那个家属诬赖占她便宜，或者是说打了她。"甘凤麟理解赵玉琴的做法。

　　赵玉琴挤到前面，眼圈红着，拉住死者家属的手："大姐，别生气了。你看，出了这事儿，大家都难过，真是让人痛惜呀。我们和你一样，也恨那个卖假货的。也怪我们工作做得不到位，才发生了这样的事儿。事情已经这样了，人死不能复生，但是咱们一定不能放过那个犯罪分子。我们是来帮你的，咱们要先拿到证据，有了证据就跑不了他。该判刑判刑，该让他赔偿损失赔偿损失。大姐，配合好我们的工作，咱们的目的是一样的。"

　　家属见赵玉琴又谦恭又难过的样子，说话又是这么说到她的心里去了，就说："这妹妹说话我爱听，是啊，我也是气糊涂了，可不是，你们是来帮我们的。我说，妹妹呀，你看，这不，就是这个酒瓶子。报社的同志们就是拍的这个。这个挨千刀的呀，他怎么就卖给我们假酒呀？"说着大哭起来。

　　"大姐，别着急。我先问问，这酒是从哪里买的，你知道吗？"赵玉琴不慌不忙。工作，她有一套。

　　问明了酒是在就近的小卖部买的，八个人又马不停蹄直奔小卖部。

　　小卖部不敢隐瞒，说是从市场白世谊家进的货，朱读做了笔录，一行人直奔市场。

　　白世谊正在门市，愁眉苦脸，见稽查队来了，说："我知道你们早晚会来，那个小卖部已经给我打电话了，说是让我顶着呢。我也没话说，出了这么大的事儿，我也不知道怎么办好了，反正一句话，我不知道这些酒是假的。你们要问什么，我全说。"

白世谊的脸都白了，稽查队都恨他，花如玉说："现在知道害怕了，早干什么了？为了赚点儿钱，去做那种伤天害理的事儿，这可是人命关天呢。"

"花同志，你别这样说我，我现在，死的心都有。我告诉你们，我真不知道这酒是假的。"白世谊看着花如玉，仿佛花如玉害的他。

从哪儿进的货，进了多少，卖了多少，多少钱进的，多少钱卖的。一一问明白了，白世谊很主动地把进货票和账本全拿出来。朱读仔细地做了笔录。

然后，去仓库查看。

"好在公安还没有来。我不明白，这事儿公安怎么还不来？这事儿虽然和我们有关，但是这可是人命啊。"甘凤麟和赵玉琴议论。赵玉琴虽然心肠狠，看问题却比别人有深度

"也许是没有报案吧？"赵玉琴也纳闷。

看了仓库，封存了库存的货物。因为没有权利把这些酒扣压，也没地方去放这一千多箱酒，甘凤麟让闫取抽取了样品，告诉白世谊好好保存这些酒，不要出了什么差错。

白世谊说："放心吧，出了这么大的事儿，我还敢不保存好了吗？我还盼着这些酒是真的，好洗刷我的冤枉呢。"

甘凤麟说："行，你放心吧，我们这就拿去化验，三天后出结果，自然会给你个公道。"

质检站的人也早听说了。看到样品送来，他们也不敢怠慢，当即派人去化验样品酒。

交割明白了这事儿，稽查队没敢休息，又回到了市场，一家一家地查。市场上的经营户早听到消息，有的已经关了门，稽查队掘地三尺也没发现假酒，倒是零星地查到一些假烟假瓜子。一一做了笔录，改天再处理。

一天下来忙得腿都直了，嘴都干了，也没敢休息。

"不能休息，这个责任不能丢，而且，我们已经失职了，出了这么大的事儿，说实话，心里有愧啊。我们拿着国家的俸禄，就这么不负责任吗？"甘凤麟的良知提醒他，不能偷懒。

这一天，白世谊可是倒了霉了，事主找来打架不说，公安也来传他。把他都吓傻了。回来，就知道在门口坐着，大冬天的，也不觉得冷。

"这样的人，就是要严惩，杀一儆百。"花如玉疾恶如仇。

甘凤麟只是盼着化验结果快点儿出来："执法是要讲证据的，证据一天没有下来，一天不能给问题定性。"

花如玉点了点头，但是好像还有什么弯没有转过来一样。

质检站的效率很高，比平时快了许多，他们把电话打给甘凤麟："酒没问题，各项指标都合格。"

一听这话，甘凤麟舒了口气。

"仿佛白世谊和他有什么关系一样。"赵玉琴取笑甘凤麟。

"我可怜他了。"甘凤麟承认自己看不得白世谊那种绝望的眼神，"不过，要是我现在听到说酒是假的，我一定会义愤填膺。小花，赶紧给白世谊打电话，告诉他酒没事儿，叫他过来一下。"

甘凤麟和赵玉琴拿了化验结果，从质检站回来，白世谊早就等在办公室了。一看到质检报告，他的手就抖起来，人一下子蹲在地上，勉强看完了，突然抱住头大哭起来。这个人两天间仿佛就老了十多岁。

甘凤麟不觉叹了口气，赵玉琴也叹了口气。花如玉看不下去，给他倒了杯水。

白世谊喝了口水，平静了好半天，说："我一定要去告报社，没有他们这样做事儿的！"说完就走了。

其实不用他去告，报社的人早到他家去恭候他了，又是赔礼又是道歉，又是主动要求赔偿精神损失。最后，他只好接受了。他说，我不缺钱，但是必须在报纸上给我公开道歉。报社没办法，只好同意，谁叫自己瞎报道呢。死者家里见了这样，也没了话说，还说什么呀？人，经过验尸，的确是喝酒死的，但不是喝的假酒，是酒精中毒，喝得太多了。

花如玉说："看到了吧？这就是喝酒的下场，你们以后也少喝吧。"

甘凤麟点头："有道理，非常有道理。"

假酒事件虽然是闹剧，市委市政府的重视没有变，很快召开了一个大会。

会议有两个主题。

第一是全市干部作风整顿。市委书记程雪娥以铁腕反腐出名，此次干部作风整顿，继承了她以往的反腐决心，同时，对机关作风整顿下狠手。纪委派出几个明查暗访小组，发现吃拿卡要、上班脱岗、工作时间炒股、玩儿游戏、打牌等现象，一律从重处理。

"要抓几个典型。现在这种状况，只有用重典了。"程雪娥个子不高，说话很有力度，"抓住哪个，不要找我说情，希望大家都好自为之，我程雪娥不怕得罪人。"

第二个主题是打假。程雪娥的讲话，严厉依旧。市场已经走向灭亡，再不用猛药，将无可救药。查到假货，一律从严处理，查获制假者，就罚他个倾家荡产。

这种会议，按说，甘凤麟是没有资格参加的，只因为打假牵涉到他们的工作，综合执法科全体参加了这个会。

甘凤麟看到陈桐出现在会场，远远地，他用目光温暖了妹妹，没有过去打招呼。

赵玉琴和纪委臧副书记说话。甘凤麟低头坐在自己的位置上，脸上发烧，心里痛苦。

这是甘凤麟第二次看到臧副书记。

第一次见臧副书记是和崔月浦一起，去臧副书记家，送礼。

赵玉琴一封匿名信，把展飞赶下了队长的座位，寇主任无人可用，把自己刚说过的不再让科长兼任队长的话收回去，重新任命崔月浦和甘凤麟为正副队长。

过了几天，寇主任在一次会议上碰到了臧副书记。会议休息时，臧副书记突然问起崔月浦和甘凤麟的事儿。

寇主任很讶异，他以为这件事情已经结束了。赵玉琴已经找过栗克良，栗克良答应不再追问，赵玉琴说，臧副书记那里，由栗克良负责去说。公事方面，纪委对市场办报上去的处理结果没有提出异议，经过寇主任不断沟通，已经不再追究，臧副书记为什么突然想起这件事儿？

　　"那几个人，名字我还记着。一个崔月浦，一个甘凤麟，一个展飞，还有一个姓齐的。这么久了，我一直在等，等你把处理结果报给我，你始终没有跟我提一个字。看来，我臧某人在你寇连喜眼里，狗屁也不是啊。"臧副书记看到寇主任一脸不解的表情，恼怒起来。

　　寇主任急忙解释，又把处理的结果跟臧副书记说了一遍。

　　臧副书记脸色依旧铁青："我管不了你了。咱们找个能管得了你的人说说。当年，我在组织部，提拔了你，现在，你翅膀硬了，我就不应该以私人关系提醒你这个案子，我们应该直接立案，查处。你寇连喜也要负领导责任，小金库，没你一把手的认可，他们敢吗？哪个单位也不要蒙混，纪委都明白。"

　　寇主任被戳到了痛处。这件事儿，他的确知道，单位经常有一些无法处理的账目，过年过节，也要给同志们发些福利，小金库是他同意的。出了事儿，科长们担起来，替他扛了。

　　寇主任低了头，知道臧副主任心狠手辣，一旦追究起来，后果不堪设想。

　　"我听说，他们还在执法？像这样的人，要清理出执法队伍。他们都成什么了？执法人员都成什么了？成土匪了。各单位都这样还了得？老百姓还怎么过日子，怎么做生意？长此下去，对我们的政府，我们的党，会产生多么坏的影响？同志，不能掉以轻心啊。真到出了大事儿就晚了。作为老领导，我不能不提醒你。"臧副书记先是雷霆万钧，越说越语重心长，寇主任感谢领导的及时提醒。

　　回到市场办，寇主任把崔月浦和甘凤麟叫到自己办公室，大加训斥。限令他们把这件事儿处理好，如果处理不好，就处理他们。

　　寇主任很后悔，违法的事儿，是有甜头可尝，不出事儿，谁都抱着侥幸心理，出了事儿，才知道得不偿失。他已经把各科的小金库都撤了。但是，这不代表他没有私设过小金库。

寇主任也开始反思执法队伍的建设问题，人员复杂，良莠不齐，很容易出事儿。他也有意清理执法队伍。

像崔月浦、老齐这样的，不思进取，唯利是图，应该停止执法。像赵玉琴、展飞这样的，只能教育一下试试，如果不思悔改，也应该调离工作岗位。

甘凤麟这样的，偶尔犯迷糊，知耻知改的，经过了教训，倒是可以放心使用。最放心的是花如玉这样的人，假以时日，定是合格的执法人员。如果能招聘到一批花如玉这样的大学生，执法队伍的素质一定会提高很多。只是，千万别让老执法人员带坏了。

崔月浦和甘凤麟分析臧副书记的心理，这件事，他们还要请教赵玉琴。

"这个臧副书记。什么大不了的事儿，逮着蛤蟆捏出尿来。他'脏'副书记不也是天天吃别人？社会上这样的事儿也多了，哪个执法部门不吃请？不受贿？抓住咱们不放，欺人太甚！我也搜集证据告他去。"崔月浦很激动。

"算了吧，他的事儿，不是咱能管得了的。现在，是咱自己错了，不能不思悔改。"甘凤麟的话，让崔月浦生气："小甘，甘队，你是不是让人家吓破胆子了？"

赵玉琴说："别说那些没用的。你要明白，臧副书记为什么要这样做。栗克良都不追了，他为什么突然想起这事儿来了？依我看，第一，他对寇主任说了这事儿，没有得到回音，他下不来台，当领导的，要面子。第二，可能寇主任过年送礼忘了给他了。当然，也可能有别的原因。"

赵玉琴的确是料事如神，崔月浦和甘凤麟送礼之后，臧副书记那里风平浪静，再也不提这件事儿了。

"以后，再不能受贿了。"崔月浦对赵玉琴说，"没收到什么，花得可太多了。"

"赵姐。"甘凤麟问赵玉琴，她当时给栗克良做工作时，栗克良不是答应得挺好的吗?

赵玉琴指天画地，发誓自己把工作做得很细。忽然觉得，自己有什么必要急于表白，转了口气，说："傻冒，这不是你赵姐做事不力，这些事儿，瞬息万变，你呀，学着点儿吧。"

有些事儿，赵玉琴不愿意说出来。

"良子。"赵玉琴受崔甘二人之托，假装没事儿，走进栗克良的门市。

亲切的称呼，让栗克良受宠若惊。

栗克良夫妇手忙脚乱，给赵玉琴拿最贵的饮料，赵玉琴很随意地坐下，说："不用拿了，我不爱喝，还是留着卖钱吧，给我倒杯白开水。"她的这种不见外，总是能感动对方。

"自己过来的呀? 姨。"栗克良的媳妇，嘴总是这么甜。

"是。现在，你姨当队长了，再没人敢欺负你了吧?"赵玉琴继续套着近乎。

他们是利益共同体，她没有理由说话不好听。

"谁敢呀。有我姨在这里，谁敢惹我试试看。"栗克良把胸脯一挺，很高兴，很"牛气"地歪着脖子，笑了。

"良子，没有人欺负咱就行了，咱可也不能欺负别人啊，听没?"赵玉琴很大气地说。

"是是是，我就是这么一说。我扬眉吐气了，可是也不能飞扬跋扈不是? 我舅舅也老是这样说我呢，叫我不准欺负别人。我说我哪儿能啊? 不信您看，阿姨，现在吧，就说咱们市场办吧，崔队，甘队，别看过去他们待咱们那样，咱现在也不能得理不让人，他们到咱这儿来了，我也是客客气气。我今天去办里盖章，您不在，我觉得这么一点儿小事儿也不值得麻烦您，去了，正好是甘队在那里了，看了看，符合规定，一点儿也没刁难，我也挺客气。不就是这么点儿事儿吗，不能没完啊，您说是吧? 得饶人处且饶人。"

"做得对，良子，这点儿事儿，有什么大不了的，别没完没了。我看最近他们也挺自责的。你也没有什么损失。以后不是还要在这里做买卖吗？把关系弄得太僵了，对咱也没什么好处，何况，你那些货物，确实是假的。当然，咱也不怕他们。这个事儿也没必要弄得太大了，毁了一个人的一生，也是件缺德的事儿。你说呢？"赵玉琴说话，向来软硬兼施。

"阿姨你说得是，我们也这么想的呢。要不，咱就这样了？"

"差不多就行吧。"点到为止。她是来平息事端的，但是不能明说，事儿是她挑起来的，她再平息，不好意思说出来。

栗克良明白赵玉琴意思，他也不想和稽查队结深仇，何况，甘凤麟还是个练家子。

"舅舅，舅舅那里怎么办呢？我们怎么去和舅舅说呢？"栗克良的媳妇真是个没眼色的女人。

赵玉琴心里暗恨，难道你舅舅那里还要我去说呀？笨死。

"你们舅舅外甥之间，有什么不好说的话，你们之间的事儿就不是公事儿了，你们自己掌握吧。"赵玉琴转了话题，"有个朋友，结婚，剩了一批烟酒，舍不得自己用，你们看看能不能帮他卖了呀？"

"那怎么不能啊？咱自己的，您哪天有空给我拿过来吧。让他自己拿过来也行。"栗克良马上点头答应。

"不会是假的吧？"栗克良媳妇就是这么傻。大约栗克良也猜到这些东西的来历。

"你真是的，阿姨能给咱假的呀？"栗克良呵斥他老婆。

赵玉琴不说话，她知道里面的确有假货，他们又不是没卖过假的。心里话：比你们给我送礼又怎么样？好歹我不查你们也就是了。

"小莉，把咱家地下室那个大箱子给我送市场上来，我在你栗哥哥这里。"赵玉琴马上给女儿打电话。

前一天，赵玉琴刚把另一个大箱子给江水娟送过去。江水娟会做人，当时按最高零售价结了账。

栗克良的媳妇收下烟酒，说等卖完了马上给赵玉琴打电话,把钱给她。

赵玉琴扭头看柜台里的东西，没听到一样。

就在这一沉吟间，栗克良明白过来，瞪了他老婆一眼，大声说："没见过你这样的，还得让阿姨跑一趟啊？快把钱给阿姨带着，真有你的。"

"给多少啊？"

赵玉琴听了这话，也瞪她一眼，真有这样的傻女人。"就按你们的进价吧。不能让你们吃亏啊。"赵玉琴一向这样说话。

"阿姨，您说这话就不把我当人了。我栗克良虽然爱财，也不能不要脸了，我只是给您的朋友帮个忙，咱卖多少钱就给人家多少钱，这个一定按零售价给，快点儿。"栗克良又大声叫他媳妇。

拿上这些钱，赵玉琴心里热乎乎的，只要有钱，她心里就觉得暖和。带着女儿柴莉，她们去买最漂亮的衣服。

柴莉长得漂亮，赵玉琴看着自己的女儿，心满意足。

当晚，柴云鹏一位北京的朋友带着妻子和儿子来家做客，赵玉琴亲自下厨，做了一桌丰盛的酒席。

为了能让女儿看上去更美丽，也许会让来客一家眼前一亮，尤其是客人家英俊的儿子眼前一亮，赵玉琴拿出了所有的项链，柴莉挑了一条钻石的。赵玉琴又为她配上了一个钻戒，还要再戴别的，柴莉说："戴太多了就俗气了。"

赵玉琴不懂这些，穿衣打扮方面，她不爱琢磨。

26　在甘凤麟眼里，亲情重于金钱

"妹妹，我到通宜来了，晚上我去你那里吃饭。你没别的事儿吧？"陈桐正在开会，接到大哥甘凤麒的电话，她知道，这个电话该来了。

最近，陈桐听人提起过大哥。

"陈科长，你有姓甘的亲戚吗？"工商局长在一次会议休息的时候，故意走到她的旁边，说闲话似的问。

陈桐吃了一惊，自己的身世，这么快就被人了解。她没有马上回答，只是看着工商局长。这让那位局长很不自在，他想不到陈桐这样一个年轻的女子居然能这样沉稳，对于这种问题也无动于衷。

"是这样的，有位姓甘的，他说和你是亲戚。"工商局长没有了刚才的兴奋，他看得出来，陈桐有戒心。

"哦，是的。"陈桐觉察到自己的反应有点儿过分，局长应该没有恶意，微笑地说，"大概是我二哥吧。"

"他叫甘凤麒。"局长在官场这么多年，见的大大小小的领导不计其数，女人见的更多，但是今天在陈桐面前，他自己都不知道是怎么了，竟然会觉得慌乱起来。

"哦，那是我大哥。你们是怎么认识的呀？"陈桐奇怪，大哥在通南，怎么来这里和工商局长拉上关系？大哥神通广大，交几个朋友很正常。况且，江湖上的事儿，她见得多了，话还是少说为佳。

"昨天，我们在一起吃过饭。他那个酒店办得怎么样了？"

"我这几天忙，没顾得上问，谢谢您对我哥的照顾。"陈桐知道，哥哥是做企业的，既然和工商局长在一起吃饭，应该是有求于人，局长把话说到这份儿上，说明已经照顾过大哥，不管详情如何，一个谢字，总是要说的。

"没什么没什么，咱们都是朋友，今后，还请妹子你多照顾我。"局长的称呼很快从陈科长变成了妹子。

陈桐虚与委蛇，送走了局长。官场中人，用各种方式拉关系，陈桐内心不喜欢，表面上很入戏。程书记告诉她，要学会入乡随俗。

大哥来通宜开饭店了，看来企业做大了。陈桐知道，大哥在通南县一家国营大酒店当总经理，那是通南县的政府招待所。对大哥的情况，陈桐不熟悉，她抽空给二哥甘凤麒打了个电话。

甘凤麒正在检查市场，他也没听说这事儿。大哥做事，一向胆大心细，不知这次又要干出什么惊天动地的大事儿来呢。他没跟陈桐细说，只嘱咐她，官场险恶，遇事儿要多长个心眼儿。

"大哥，我今天晚上和程书记在一起，有工作餐，可能没时间和你一起吃饭，明天行吗？"陈桐正忙得不可开交，没时间陪大哥吃饭，有些歉意。

"不要紧，你们在哪个饭店？我也在那里订桌就行。反正咱自己一家人，也没什么事儿，就是我过来了，和你在一起吃顿饭。我叫上你二哥一家。"甘凤麒充分理解妹妹的忙。

一听说二哥到场，陈桐就高兴起来。来到通宜有半个多月了，还没有时间和二哥一家一起吃顿饭，她早就急得什么似的了。二嫂也早就不高兴了，说二哥不懂事儿，自己妹妹来了这么多天了，还没有叫到家里来吃一顿饭，一点儿也不像个当哥的。还有小宝，陈桐看到小宝就像看到朴真一样，喜欢不够，抱起来就不想放下。

"那好，大哥，你安排吧。我的时间要服从程书记安排，这个你知道的。"

听筒里大哥的声音那么可亲："这还用说，你工作重要。咱们只是家宴，就为在一起坐会儿，不着急，千万不能误了工作。"

"二哥，大哥这人我不了解，这些年也没有太多接触，他来通宜这几天，好像打着我的旗号没少办事儿，什么工商税务的，他都去了，好像是一路绿灯，这样不好吧？"陈桐看甘凤麒出去点菜了，对二哥说。

"小秀，他是咱大哥，能帮的尽量帮一下，不算过分。但是，大哥这人什么都敢干，你也一定要小心，不该帮的千万不要帮。不要到最后害了他，也害了自己。"甘凤麟心疼妹妹，从来没有什么隐瞒过这个好妹妹。

"我知道了。"

"这饭店，真是的，让你自己去大堂点菜，真没品位。我的饭店，从来不要这一套。客人到你这里来了，就要享受到最好的服务，如果需要客人看着原料点菜的话，那也要给客人推到雅间，绝对不能让客人跑来跑去的。我的客人要享受尊贵待遇。"甘凤麒点完菜，进来了。"凤麟，你爱吃什么我知道，咱妹妹我可就不太知道了。我瞎点的，你们要是不喜欢，再点几个。"

"小秀，你爱吃什么，自己点吧，反正大哥不在乎这几个钱。"甘凤麟实在地说。

"对，小秀，你和小宝，你们再去点几个菜。"甘凤麒一直不知道应该怎么称呼自己这个妹妹。过去，他很少想到要怎么称呼陈桐，也许他本来就很少和这个妹妹说话，就连陈桐的手机号，也是他给陈桐家里打电话问的李志遥。现在，听到甘凤麟亲切地称呼陈秘书叫"小秀"，他才知道，自己原来应该叫妹妹"小秀"。看来，幸亏刚才脑子转得快，把弟弟也叫了来，要不然，还真不好说话，自己对这个妹妹知之甚少。

"大哥，你和这里的工商局长熟？"陈桐不想让这个疑问困扰自己。她看出来，如果不问，大哥不会提及此人此事。

"不熟，我这不是还没来得及和你们说吗。这几天，光忙这个酒店的事儿了，快把你哥哥我累死了。"甘凤麒打开消毒面巾，擦手。

"倒是都挺顺利的。工商，卫生，税务，酒，烟，盐，这些部门，少一个也不行，好在我都办得差不多了。"甘凤麒说话，态度亲切，让他的眼神包容着别人，听他说话，不觉间，就站在了他的角度。

"工商最不好说话。那个管办证的老娘们儿，去一次说一个条件，去一次说一个条件，反正就是不办，还必须法定代表人去。去了两趟，我就想出办法了，给门卫老头儿一盒烟，问出来局长在哪个屋。"

甘凤麒吐出一口烟雾，陈桐咳了一下，甘凤麒过去不知道妹妹怕烟味，赶紧歉意地笑笑，把烟扔进了垃圾桶。

"我上了楼，直接就去局长办公室了。一进门，我也不客气，自报家门。局长也没敢小瞧我，让我坐，我也不客气，坐就坐吧，有什么了不起。我妹妹天天和市委书记在一块儿，也没摆过架子，你有什么了不起的？坐下，把事情来龙去脉一说，有意无意的，又把咱兄妹的关系一提。他说不对呀，人家姓陈，你姓甘，怎么会是一家人呢？我说局长，这你就不懂了吧？毛主席姓毛，他女儿怎么姓李呢？把局长给问乐了。我说，我是来这里办企业来了，又跑不了丢不了，我还能骗你吗？待会儿，咱们一块儿喝喝，你就知道我是什么人了。别说，这位局长还挺痛快，真就和我喝去了。还非要叫你来呢，我心里话，我妹妹天天陪书记工作，哪儿有时间陪你呀？我说下回吧，今天陈桐有重要工作。他还说呢，下回一定叫你妹妹参加啊，要不然我就不来了。怎么样，你哥有一套吧？妹妹，小秀，别生哥气啊，哥绝对不给你出难题。这些小事儿，不用你出面。你要是出面了，反而不好说了。哥哥我就是这么一说，他们知道这个关系。如果以后有什么事儿呢，还找不到你头上去，你放心好了。"

陈桐说："大哥，我只是个秘书。"不愿意大哥这样张扬，怕他会惹出事儿来。

"大哥考虑得挺周到，不用你出面，又把关系亮出来，就算有什么不妥当的人，也影响不到你，你根本就不知道这事儿。"宋丽影看陈桐脸上没有笑容，忙打圆场。

"来，咱们几个又是这么久没见了，现在都到了通宜，以后见面就容易了，咱们喝酒。小宝，敬你伯伯和姑姑。"甘凤麟说着，看了看小秀，小秀见二哥这样，也不好太不给大哥面子，露出笑容。大家说了会儿闲话，气氛活跃起来，甘家人本来都幽默，不一会儿，大家就笑起来。

"大哥，你酒店叫什么名字？"

"麒麟阁。"甘凤麒说完忽然想到了什么，看了看陈桐，见她没有什么表情，才放下心来，"不过，还没定下来。你们要是有什么好名字，帮我想一个。小秀，你有才，帮哥取个名字。"

"这个名字挺好的，是连锁经营吧？县里的那个不是也叫这个名字吗？你来了，那个谁经营呢？"陈桐没有反驳，她早就习惯了，甘家什么时候想到过还有她这么一个女儿呢？甘凤麒，甘凤麟，甘凤阁，哪里还有甘凤桐？而她，也不愿意承认自己就是甘凤桐。她是陈桐，陈桐！对于甘家，她只想尽义务，不想享受任何权力。

"家里那个自然还给爸爸。那本来就是他的饭店，我只是在他受伤期间帮他照看照看。他好了，自然还是他的。"甘凤麒说着，看了看甘凤麟。

甘凤麟什么也没有说。在他眼里，手足兄弟，亲情重于金钱。

时间不早，陈桐歉意地站起来，要去程书记那一桌："小宝，多吃点儿，看伯伯给你点了这么多好菜。"

"小秀，我跟你一块儿过去吧，给程书记敬个酒。上次你们去通南视察工作，在我酒店吃饭，我已经见过她。今天都在这里，不过去，有点儿说不过去。"甘凤麒跟着陈桐站起来。

大哥的心机真深。陈桐暗叹。

"那好吧。"陈桐只得同意了，同时，看了看甘凤麟，见二哥没有说什么，她也不再多说，兄妹两个一起出去了。

"凤麟，你怎么不一起去？"宋丽影不解地问。平时，甘凤麟并不是个不懂得人情世故的人。

"算了吧，你没看到小秀有些为难吗？大哥这一来了，天天打着她的旗号，不是办这，就是办那，也够难为小秀的。这次，大哥又想攀上程书记，小秀不知道多难过呢，我就别再添乱了。"甘凤麟叹口气，他太了解他这个大哥了，只怕，将来，有些事儿，小秀也是驾驭不了的。

"程书记，我妹妹年轻，没有什么社会经验，虽然她很聪明，毕竟还单纯，工作上，生活上，有不成熟的地方，您一定多指点她，有您这么一位好领导，她很快就会成熟起来的。我觉得，最近她进步就挺快的。"甘凤麒给程书记敬酒，尽显大哥风范。

"小甘，别客气，陈桐这孩子，的确是块材料。不是我当着你做大哥的面儿夸她，我确实喜欢她，又聪明，又正直，说句不该当她面说的话，我到现在还没发现她有什么缺点。"程书记一点儿也不隐瞒自己对这位属下的关爱。"你到通宜来开饭店，只要合法经营，没有人敢为难你。我来到这里，就是要创造一个良好的投资环境，你要是发现有哪个吃拿卡要，为难企业，只管和我说，我绝不轻饶他。还有，你那个饭店，要是档次合适的话，我说的是合适啊，不是高，太高了我们吃不起，如果价格合理，又能适当给我们点儿优惠的话，我们可以考虑把它作为市委的定点饭店。"

"程书记，市委已经有好几家定点饭店了。"陈桐忙说。

"陈桐,这你就不懂了吧?定点饭店是要经过考核的,定哪个不是定?我是照顾你哥哥了,但是,这个照顾是不违法的。所以,这个事儿,我还就照顾定了。你少来那套,人啊,不能太正直过了头,那就成死心眼儿了。"程书记说完,大家都随声附和,只有甘凤麒说:"程书记,谢谢您。咱自己的饭店,不用定点,哪天愿意来吃咱就吃,不是优惠,是免单。"

"哈哈,好,定点是定点。陈桐去你那里吃,免单。要公私分明。"程书记笑了,甘凤麒适时退了出来,这种火候他是会掌握的。他看了看陈桐,陈桐没有说什么,冲他笑了笑。

刚才,在楼道里,甘凤麒悄悄地把一个精美的女包从自己的包里拿出来,塞给陈桐,说:"刚到通宜,许多事儿需要办,大哥知道你手里紧,这三万块钱你先拿着,如果办事儿要花钱,只管跟我要。哥哥有钱。"

当时,甘凤麒看到,陈桐的脸涨得通红,使劲儿把包塞回到他手里。

"我是你哥,你跟我客气什么呀。快别叫外人看到。傻妹妹,你要把自己的事业打理好,没有钱怎么行?咱们家出了你这样一个人物,全家都觉得光彩,连咱爸咱妈也乐得天天夸你,你可一定要往上走啊。只要你好,我们就觉得高兴。"

陈桐的眼泪"哗"地流下来。

"妹妹,别让别人看到,快别哭了,进去吧。"甘凤麒帮陈桐擦干了眼泪,和她一起走进程书记的雅间。

此刻,甘凤麒看到陈桐的表情,知道,妹妹已经接受了他的馈赠。

陈桐明白大哥这一眼的复杂心情。她自己心里又何尝不是复杂的呢?羞、愤、怨、怒、悲、苦、惊,一时齐涌上陈桐的心头。步入官场,也许还没有步入官场,就收到这么大的一笔贿赂,是的,这就等于贿赂。如果自己没有来到通宜,没有跟在程书记的身边,如果自己还是在省城那个穷家里,每天骑着破自行车上下班,大哥会施舍给自己这些钱吗?

这些年来,大哥出入省城多少次,他只去过妹妹家一次。给陈桐钱,这是有生以来第二次,上一次是陈桐结婚的时候,大哥二哥和姐姐都随过一份礼。

大哥，你太小瞧陈桐了，你也太不了解陈桐了。陈桐的确是没有钱，但是，陈桐缺的是钱吗？以我的文采武术，赚钱的路子很多，可是我哪一条也不愿意去走。而且，我不知道赚钱多了干什么。我唯一知道的就是赚钱多了，丈夫和婆婆高兴。

尤其在自己的亲人面前，陈桐想要的是钱吗？跟亲情比起来，钱算什么？一文不值！可是，除了二哥，又有哪一个给过陈桐多少温暖呢？只有二哥那一声"小秀"，才让陈桐每次都暖到心底。过去，陈桐多么希望像大秀一样，偎在父母的怀里，哭着闹着的要钱。陈桐一次一次地羡慕着姐姐大秀，不为那些钱，只为大秀总是能享受到那种在父母面前撒娇的幸福。

陈桐回到住处，一个人，心潮澎湃。"二哥，大哥今天给我三万块钱。我不想要，但是不想伤了他的自尊。你说，我应该怎么办？"她给甘凤麟打电话。

"小秀，你拿着吧。这些年，甘家亏欠你的太多，父亲有钱，你拿十万也不算多。大哥也没少从父亲那里拿，你就当是拿了你应得的一部分吧。甘家的钱轻易也到不了你手里，你知道二哥我没钱，我要是能从父母那里拿到，我也会给你的。这不是你受贿的钱，甘家的钱，就是你的钱。你放心，大哥会从父亲那里拿走你该拿的那一份儿的。"

二哥的话，陈桐觉得有些不讲理。但是，她知道，二哥从来不是个不讲理的人，他之所以这样说，大概是因为他太了解家里人了。

"那好吧，我先把这钱存上，以后再处理吧，反正我是不想要这个钱。"陈桐又和小宝说了几句就挂了电话。一个人躺在床上，默默地流着泪。盼了多少年的亲情，终于宣告，就是那一叠轻飘飘的纸。

"陈桐，我手上扎了个刺，帮忙挑一下。"程书记举着手指头，从隔壁过来了。

"程书记，对秘书过于宠信可是要出事儿的。"挑完了刺，陈桐笑着说。

"还要挑我的刺？"程书记笑了，"你放心吧，我程雪娥不傻，我知道你是什么人，我也不会娇纵你到犯错误的程度。你这个傻丫头啊，不

205

领书记的情，还敢批评书记？要不是碰上我这样的好领导，早就恼了。"

陈桐不好意思，程雪娥的确是个好领导，能这样包容自己。

"不说话了。我知道你心里想什么，是在想：要是换了别人，我还不愿意伺候他呢！是吧？你别拧了，我把你请出山，可不是为了你伺候我，我是觉得，你这样的人才，不能浪费了，一定要让你发挥出自己的光和热，所以，你要适应环境，为的是有机会把自己的能量释放出来，明白了吗？"

"程书记，我明白了。谢谢你。"陈桐送程书记回去。她觉得，有一股热浪在她的心里剧烈地翻滚。鸡毛蒜皮的小事儿，她一般都不在意。她忧国忧民，又不愿意当官，鄙视腐败的官员，是程书记的人格一点儿一点儿感染着她，"小我"在一点儿一点儿地消逝，她一点儿一点儿站得高起来，"大我"逐渐树立起来，自己的那些痛苦转眼变得不值一提，她忽然就为自己刚才在饭店的那一次哭泣感到那么可笑。

27　不要只检察别人，忘了自身

每一次见到大哥，都会对甘凤麟的心理产生影响。大哥的挥金如土，大哥的所向披靡，都映衬出甘凤麟的平庸与贫穷。

本是同根生的兄弟，哥哥穿名牌，开名车，出手阔绰，弟弟节衣缩食。同样是美女，何丽娟披金戴银，宋丽影衣着寒素。同样是孩子，甘春西花费随便，甘小宝只能在家吃方便面。所有这些，都让甘凤麟这个做男人的汗颜。

人，最怕是对比。

平时的日子，宋丽影觉得自己挺幸福，甘凤麟英俊、聪明、大度、风趣，她所希望的男子汉品质，他都具备。宋丽影最怕和有钱人比。

甘凤麟夫妇是工薪阶层，虽然富裕无望，却也温饱有余，负债运转的原因是他们买了这套房子。住进新房，宋丽影的情绪就不好起来。唠叨甘凤麟，成了她缓解压力的最好方法。

结婚的时候，甘子泉为甘凤麟买了一套四十平米的房子。这几年，周围的人都搬进了大房子，丽影觉得，再住这样的房子很没面子。正好单位集资建房，两个人商量了一下，要了一套一百平米的，一百四十平的太贵，他们有自知之明。

卖掉老房子，凑上所有积蓄，缺口还是挺大。

父母给甘凤麟凑上四万，凤麟说："爸，妈，你们别给我了，别让大哥不高兴。"

甘凤麒这人很奇怪，只要是弟弟妹妹从父亲手里拿钱，他都不高兴。他很富有，他可以给弟弟妹妹钱，这是人情。弟弟妹妹从父亲手里拿钱，拿的是父母的，有他的一部分，却没有他的人情。

"敢，看他能的，我是他爹。"父亲就是这样，心里怵，却还是嘴硬。

甘凤麟知道，在通南，父亲是非常受人敬重的，因为他有大哥这样的儿子。"前二十年看父敬子，后二十年看子敬父。"一点儿不假。

自己消费自己买单，天经地义。甘凤麟申请了贷款。

岳母给添了三万。甘凤麟说："这钱我们会还的。包括我父亲给的钱我也是计划还的。只是时间就不好说了。"

岳母说："行，你有钱就还，没有钱我总不能让自己的女儿女婿饿肚子吧？"要不怎么说"丈母娘疼女婿——真心实意"呢。

搬家的时候，甘凤麟手里有五千块钱现金和五万块钱的贷款。搬过来，家徒四壁。

都说"搬家三年穷"，过去不理解，现在全明白了。

老房子里的东西，不搬家大部分能用，一旦搬家，才知道都不好意思搬过来了。

结婚时买的廉价家具，凑合着还能用，搬新家，怎么好意思把那样一套少皮掉漆的家具搬过来？跟收破烂的商量，问能给多少钱，收破烂的说："你给我十块钱，我帮你扔了去。"

甘凤麟气得笑了，说："算了吧，我还是自己挣那十块钱吧。我这还没地方挣那十块去呢。省下十块还买俩鸡腿吃呢。"

收破烂的说："买俩鸡腿，老婆一只，孩子一只，没你什么事儿。"

甘凤麟说："你行啊，这嘴皮子，还收什么破烂啊，联合国当秘书长去吧你。"

收破烂的挺起腰："不去，到外国水土不服，还是咱自己家好，这空气，怎么喘怎么匀。再说了，秘书长多累呀！咱这日子过得多滋润，骑个小三轮，吆喝一天，到晚上回家，老婆把饭做好了，棒子面粥一喝，咸菜一吃，要是有炒菜，再来两口酒，这日子就是活神仙呀。"

看不出来，一个收破烂的还有这境界。甘凤麟没再说什么，笑了。

到了新家，连笤帚也要买新的，零零碎碎买了点儿东西，一千块钱就没了。看看屋里，电视还是旧的，二十一寸，摆在客厅里显得很滑稽。没有沙发，天天就坐在小凳子上吃饭看电视。

孩子大了，要分房睡，不得不买张床。便宜的又不环保，贵的又舍不得，两口子转了好几天，一咬牙，买了，连床带床垫一共四千。

手里没了存款，从此，成了等薪一族。月月只有等工资到手了才敢去消费；攒上几个月，才能添置一件家具。到现在，家里还是缺好多东西。

贫贱夫妻百事哀。他们学会了吵架。也是为这些，甘凤麟收了栗克良的购物卡。这段时间，为了平息栗克良的事儿，花出去的钱反而更多。甘凤麟没敢让宋丽影知道，用的是妈的私房钱。妈自己有些钱，放在别人那里怕不安全，只信任甘凤麟。

"丽影。"大哥请客，一定又让宋丽影想到了许多，甘凤麟决定，这一次要给她做做思想工作。

"我是国家公务员，养老有退休金，治病有医疗保险，工资已经涨了，听说以后还会涨，咱们的日子，应该是挺乐观的。"小宝睡了，甘凤麟和宋丽影说闲话。

温饱是没问题，宋丽影觉得，想富裕，很难。

公务员就是这样，只能温饱，如果想富裕，就要出问题了。甘凤麟把自己被栗克良告过的事儿讲了出来，这事儿已经平息了。说出来，警示一下宋丽影。

宋丽影很吃惊。她没想到，丈夫为了能过上富裕的日子，居然铤而走险。沉思良久，她说，凤麟，幸亏没出大事儿，要是你被处理了，咱们后悔莫及。

"新来的程书记真厉害，"于副主任给综合执法科开会，警告大家，严格自律。"指明纪委和反贪局要注意，不要只检察别人，忘了自身。"

"听说是铁腕反腐。"赵玉琴接上于副主任的话。

于副主任开会，大家可以随便发言，他不在意这些小事儿。

"来了个好人。"花如玉整理着信件，听到铁腕反腐，很振奋。她手里是各大厂家寄来的打假资料。在执法科工作，不懂识假知识，她觉得很不应该，向很多厂家索要了打假资料。

"据说，她连省里大领导的亲戚都敢办。而且，这位领导一向挺关照她。她到咱们这里当书记，那位领导不同意，说她是个有争议的人物，怕她捅出娄子来。"赵玉琴显得比别人知道得多。

"又是听你家柴大官人说的吧？"甘凤麟打断赵玉琴的话。他不多说，程书记的事儿，他也知道一些。

程雪娥来通宜当书记是省委书记拍的板："这位同志我了解，她在管理方面有一套，搞经济也是把好手，反腐力度大，成效显著，就是处理一些关系的时候有欠妥当。这样就有了争议了？有时候就是这样，锐意改革就会有争议，打黑反腐力度大了就会有争议。我们用人，没有哪个是十全十美的，要大胆用其长处，把短处明确地提出来，谈话的时候，让她多注意。我们的工作还是需要有能力的人才的。"

甘凤麟是听陈桐说的这些事儿。他不愿参与关于市委书记的讨论，也从不提起妹妹给程书记当秘书的事儿。

甘凤麟不喜欢吹嘘自己的关系。

陈桐说，市委书记的秘书，根本算不得什么人物。干什么工作，不重要，重要的是问心无愧。

陈桐敬佩程书记。

陈桐给程书记写材料，程书记很满意。程书记的讲话经常得到掌声，当然，她也经常会脱开讲话稿，临场发挥。

"做事要踏踏实实，做人要光明磊落，工作要实绩。恭维的话，好听，不解决实际问题，我不喜欢。"程书记在会上倡导务实的作风。

"跟着我干工作，没有什么外快可捞。工作干得好，不用请客送礼，我会向组织推荐提拔。大家出来工作，愿意为国家为党为人民做点儿事儿，我敬佩。想把自己的人生之路走得辉煌一些，把自己的小家收拾得富裕一些，只要不违法，也无可厚非。所以，我在这里说，只要你一心为公，做出贡献，想当官，想拿奖，我帮你办。"有掌声响起来，程书记顿了顿。"谁要是管不住自己，吃了拿了，我决不手软，不管是谁。"

来到通宜，程书记做了全面了解，细致分析，制定了一套切实可行的方案。

三年，她要让通宜经济有所发展，让吏治有所改观，让人民生活水平有所提高。她不说大幅度提高，什么都是说"有所"，这让陈桐对她很佩服。

三年以外，她不规划。三年以后换届，她当不了下任的家，她不说空话。

程书记的规划是这样的，通宜矿藏稀少，物产不丰，唯一的优势是交通发达，地处两省交界，境内有几条铁路通过，又有几条国道，原来的领导眼界高，建成了这样一个辐射较广的通宜批发市场。

现在通宜要发展，还是要依靠这个市场。

要发展市场，首先要重建信誉，其次是广泛宣传，还有，就是要招商引资，改善投资环境。市场发展起来了，第三产业也就带动起来了。下一步再探讨农村致富的问题。

早起，陈桐陪程书记散步，程书记和陈桐谈着她的思路，自从到了通宜，她无时无刻不在想工作。

到处都有痰迹，陈桐皱了皱眉，程书记也沉吟不语。

人们的素质亟待提高。陈桐联想到各种不文明的事儿，心有所感。

"要尽快解决集中供暖问题。冬天，小锅炉污染太重，人们的气管都不好，这遍地的痰迹就是对一个书记的嘲笑。你发现没有，现在的痰迹已经少多了，咱们刚来的时候，还没停暖气，遍地都是痰迹。"程书记放缓了脚步。"听说，别的市也在搞这项工程，只是，有利有弊，有些领导或者是失查，或者是有意，这里面存在经济问题，咱们什么也不图，就是要为老百姓做好这件事儿。"

陈桐愣住。程书记的话让她对领导的认识发生了改变。过去，她一直不喜欢说为人民服务之类的话，觉得太虚了。在程书记身边，她渐渐明白，一个人，当她追求人生的更高目标，小我已经没有了价值，为人民服务，是很真实的感情。

工作总是很多，但是工作不是一天干的，程书记也是个母亲，她也要回家，来通宜几个星期了，没有回家，她想女儿了。

程书记拿钱让陈桐帮她给家里买本地的小吃，陈桐不接她的钱，程书记坚持，她从来不让陈桐帮她出一分钱。

陈桐也想朴真了，跟着程书记下基层，只要看到小孩子，她就想过去抱抱，也不管那孩子是丑是脏，总想亲上一口。晚上一个人的时候，她还偷偷流过泪，听说要回家，她的心早就飞到儿子身边了。

帮程书记买了东西，陈桐给朴真买了玩具，坐车回市委。刚到门口，看到有一些人在门口坐着，用绳子拉了一道白底红字的横幅，陈桐看了看，写的是：我们要吃饭，我们要生存。

她下车问了问情况。

原来，这是宜家商场的几十位下岗职工，他们的企业经营亏损。前两年，实行了内部承包，他们都租用了柜台，收入不错。今年，企业把柜台低价承包给了一个个体老板，他们一打听，这个个体老板是有来头的。他们找了企业经理，经理软硬兼施，就是不给他们承包的机会，他们没了办法，到市委上访来了。

"没有人接待你们吗？"陈桐问。

"有啊，我们的代表已经进去了。"上访的人不愿意多和一个年轻女人费话。

陈桐不在意上访者的态度，她把事情向程书记反映了。

"打电话，看看是谁接待的，叫他们秉公处理，别让老百姓受了委屈，也别太纵了他们。现在，上访告状的挺多，要鼓励他们走法律途径，别总有事儿没事儿就上访。不过，这也不怪他们，法律途径要是那么容易走，他们为什么不去呀？总是有让他们为难的地方。"程书记吩咐陈桐。

接访的同志接到陈桐的电话，噘起了牙花。程书记听了汇报，说叫他过来说吧。

"程书记，您是包青天。我们就是因为听说您是现代的包青天才来上访的，要是别人，我们连来也不来了。这事儿，也只有您能替我们找回个公道了。"接访的同志刚进了门，还没来得及说，上访的人居然跟踪他，也进了程书记的门。

"别着急，坐吧。"不等程书记说，陈桐已经去拿杯子给来人倒水了。

"这事儿，也只有您能管。我们这些人，要不是听说您是包公再世，我们也不来。主要是，那个老板是张副书记的表弟，亲姑姑家的表弟。人都说官官相护，谁肯为我们这老百姓出头啊。"

"你不用奉承我，我不是什么包公再世。你这个事儿，我们会调查的，有了结果，我们会秉公处理。这个你放心，不会有任何人恃强凌弱的。"程书记看了看陈桐，说，"这事儿关注一下。"又看了看上访的人，"有事儿你就找她，她是个好人，有她给你盯着这事儿，不会有差错的。"

"程书记，你真的不怕得罪了张副书记？"等别人都走了，陈桐问道。

"陈桐啊，我程雪娥一不怕丢官，二不怕丢命，我怕的是丢了自己的好名声，怕的是老百姓在背后骂我。我们做官，先要做人。张副书记那里，我们尽量处理好关系；但是，老百姓的活路不能堵，人间的正气不能毁，我们做人的良心不能丢。陈桐啊，你不也是这样的人吗？你问这话，是小瞧我了，你能有的觉悟，难道我没有吗？"

28　答案只在陈桐心里

"咱回省城，路过通南县，陈桐，回家看看吧，我也去看望一下你的父母。"程书记来通宜后第一次回家，替陈桐着想。

陈桐愣了一下，没有马上回答。

"你的家是在县城吧？我去过一些干部的家，有的在农村，条件很差，我们的干部不像过去的官员，收入高，一个人当官，可以养活一家人，还可以买丫头雇长工。现在的干部，工资不高，家里其他人也要自己工作，赚自己的口粮。也许，正是收入少压力大，才让那一小部分有权的干部见利忘义吧？不过，话也不能这么说，古代那些官员，贪污的也不少，还有人说经济越发达贪污越严重呢，我看也未必吧。"

陈桐不想让程书记去娘家，不是因为家里穷，她觉得，坐着市委书记的一号车回家，太张扬。

"傻丫头，对于父母，这种张扬是必须的，他们需要你这样张扬。父母都喜欢说：'老人不图儿女为家做多大贡献'，其实，哪一个不是盼着儿女有出息呢？有了出息了他们脸上就光彩了。"程书记笑了。

车到路上，陈桐想起，忘了给家里人买礼物。

"有了一号车停在门口，比什么礼物都让父母高兴。而且，市委书记还亲自来看望你父母，他们还要什么礼物？"司机基本上是不参与书记的话，今天觉得这个话题属于生活话题，也凑个趣儿。

陈桐不好再多说，只好指引方向。过去总是坐公共汽车，这次坐这样的车，方向也认不好了，几次走错了路，程书记也笑了："要是把你卖到深山里，看你怎么出来？"

"卖我？谁家要是买了我可就倒了霉了，不用我自己跑，我让他老老实实地把我送回来。"陈桐笑了笑，眉毛一扬，显出江湖本色。

"是啊，要是咱们的姐妹们都有你这身手，咱们就不用'打拐'了。"程书记赞赏地看着陈桐。"先打个电话吧，省得咱们去了家里没有人啊。"程书记说着，陈桐的手正往包里伸，她也是想到了这个问题，总得让父母把家里收拾一下吧，平时谁还把家收拾得一尘不染呢？

"您好，您好。"程书记未到甘家门口，甘子泉已经带领全家人恭候了，陈惠英，甘凤麒，何丽娟，甘春西，甘凤阁，胡彬，胡钟，全都在楼下站着，等候着市委书记的检阅，还有几个甘凤麒的手下也来了。众星捧月，把程书记接上了楼。

"我这个女儿啊，文武双全，是我最出色的孩子。"甘子泉不住口地夸奖着陈桐。

陈惠英偷看一眼甘凤阁，她这次没有和妹妹争高低。

"好，现在想起这个女儿好来了。"甘春西小声对小姑姑说，她一直拉着小姑姑的手坐着，"姑姑，你来看，我得了一个好东西，早就给你留着了，就盼你回来呢。"她小心地从手包里拿出一个小塑料袋，打开，原来里面是一个刺绣的精美小钱包。"这是我一个小姐妹的奶奶做的，就做了两个，给了我一个，我自己舍不得用，就等你回来给你呢。要不是听说姑姑回来了，我才懒得理我爸爸呢。我已经好多天不理他了。看看，你要不是当了市长秘书，他们谁会对你这样啊？一群势利眼。"

"西西，别对你爸这样。他也不容易。一个人管理这么一大摊子事儿，又要照顾爷爷奶奶。多辛苦啊。"陈桐摸着西西的头说。

"甘凤桐这孩子啊，就是孝顺。"甘子泉那边开始夸陈桐孝敬老人了。

"甘凤桐？"程书记不解地问。其实她已经从陈桐的话中知道她家姓甘了，也能把事情猜个八九不离十，却故意问道。

"我妹妹姓的是我外婆家的姓，她从小就在外婆家长大的。"大秀怕没有说话的机会，见没人回答这个问题，当仁不让。

甘子泉不满地瞪了大女儿一眼。大秀心里不高兴，在市委书记面前不好发作，忍了。

"前段时间，我摔折了腿。这孩子，从省城跑过来，歇年休假，照顾了我一星期，不嫌脏不嫌累。"甘子泉为女儿评功摆好。

"是啊，小女儿就是孝敬，可是平时怎么不这么说呀？还不是天天说大女儿好。大女儿就知道沾你的光，白吃白喝白拿还不给你好脸色。到你摔着的时候，你大女儿呢？说是流产了，自己回家住去了，谁知道真的假的？你儿子呢？你二儿子还知道回来照顾你几天，你大儿干什么去了？先说是媳妇病了，在家照顾媳妇，然后就是工作忙，干脆住到单位，连看都不看你。倒是把你的饭店接过去了，那是帮你忙呢？那是帮你管钱呢。这种事儿谁不愿意，把你的钱数成自己的。"西西在陈桐边上说。

"这姑娘这么漂亮，多大了？"程书记见甘春西总是和小秀小声嘀咕，也听不清说的是什么，就看着她问。

"九岁。"甘春西调皮地说。

"九岁？个子够高的呀。"司机听了这话诧异地说。

甘凤麒瞪了西西一眼："好好说话，又瞎说什么。"

"我怎么就是瞎说了？一公斤等于二斤，一公里等于二里，我说的是公岁。"一句话把大家全说笑了。

"这孩子挺机灵。"程书记笑笑说，"不早了，我们告辞了，二老多保重身体。家里有什么事儿只管找我。有时间去通宜，我请你们吃饭。"

"小秀，你过来一下。"程书记已经去车上了，甘子泉把女儿叫到一边，塞给她一万块钱，"跟着市委书记，别太寒酸了，自己买几件像样的衣服。"

陈桐百般推辞，又怕让别人看到不雅，急得直出汗。

"小姑姑，这种好事儿，什么时候轮到过你？你就拿着吧，别人也没少拿。"还是西西来解了围，把钱往陈桐包里一塞，拉链拉好，推着陈桐上车走了。

"怎么就成了陈桐呢？明明是我甘家的孩子吗。"送走了市委书记，甘子泉耿耿于怀。

"人家叫了三十年的陈桐了，现在你才发现啊。"西西玩世不恭的表情又出现在脸上。这孩子，只有看到小姑姑的时候，脸上才会现出那种少有的温情，小绵羊一样地依偎一会儿。

"是啊，她这些年一直就叫陈桐的。"陈惠英也说。

甘子泉没有再说别的，低头回了家，孩子们没有跟他回来，他们都有自己的事儿，各干各的去了。

"能不能让她再改回去呢？"甘子泉嘀咕着，陈惠英半天没有理他，最后说，"我父母辛辛苦苦把这孩子拉扯大了，姓陈就姓陈吧，你还好意思让她改姓甘，你觉得对得起我死去的爹娘呢，还是对得起这孩子？"

甘子泉想了想，说："你说，这孩子她会不会恨咱们呢？"

陈惠英没有回答丈夫的话，因为她不知道怎么回答。这个答案只在陈桐心里。

陈桐此刻坐在程书记的一号车里，心里很平静。她知道，要是在十年前，这样的一幕会激起她多少澎湃的心潮啊；可是今天，她已经没有了起伏的感情，对这些，她既没有终于被人重视的喜悦，也没有对人情冷暖的抨击。只是很平静，平静而理智地看着这些，怜惜地看着她的这些骨肉至亲。

哪个父母不盼着自己的孩子有本领呢？父母不是势利眼，他们不是看到哪个好就巴结哪个，儿女的前途是压在他们心上的一块大石头，你做得好了，他们心里就轻松了，他们就高兴，他们就对你好，他们就鼓励你。你做得不好了，他们就着急，他们就恨你，就怒其不争，这就和年轻的父母打孩子是一个道理。只是出于关心罢了。

陈桐知道，自己的想法，也许有自欺的成分在里面。但是能悟到这些，她觉得，自己的修养又进了一步。

"早点儿回家休息吧，孩子不知怎么盼呢，星期天下午咱们回去，你们两点半到我家就行了。"程书记吩咐过了，自己打开了小楼的门。陈桐和司机忙帮她把随身携带的东西送到了屋里。小保姆接出来，叫了声"姐姐"，算是和陈桐打过了招呼。

"心快飞到家了吧？"在去陈桐家的路上，司机笑着问陈桐。

陈桐也笑了："真想孩子呀。"

"是不是也想孩子他爹呀？"

"说什么呢？"陈桐不喜欢说这样的话，但是又不愿意为一句玩笑得罪人，大家都知道她这个清纯的性情。

"我们都知道你，一般和你开玩笑都是那种'素的'。你说你，三十岁的人了，孩子都这么大了，怎么像个大姑娘呢？还真别说，不认识你的人，见你这性格又是这模样，还以为你没结婚呢。"司机比陈桐小，说话就放肆一些。通宜风俗，男人可以和比自己大的女人开玩笑，就算是过分些也不算错。

陈桐笑了："其实我也觉得自己太古板了，有时候也想改变一下，和大家说说笑笑不是很好吗？可是一涉及到这种话题，我就本能地反感，没办法。"

"行了，到家了，这回不用反感了，有人在家等着你呢。"

"来家坐会儿吧。"陈桐礼貌地邀请。

"不去了，俺家里也有人等着呢。"司机一路坏笑着绝尘而去。

家里的确是有人在等着她的。

李志遥为了和久别的妻子早些见面，下午干脆就没有上班，婆婆更是疼爱有加，早早就弄了许多好菜，只等陈桐一进门，酒就倒在了杯里。

"朴真，想妈妈了吗？"陈桐抱着儿子，用手在他脸上头上温柔地抚摸，又回头对婆婆说，"妈，一会儿我去做吧。"

"不用了，我都已经做好了，知道你今天回来，吃了午饭我就开始忙活了。你先休息一会儿，咱们马上开饭。我买了两瓶红酒，待会儿你也喝点儿酒，我知道你能喝。"婆婆笑吟吟地说着，手脚不停地忙碌。

"都怪我，没有照顾好孩子。这是前天，我去厕所了，朴真自己在外面玩儿，不知怎么就仰面摔倒了，把头给磕破了，都怪我。"看到陈桐在摸朴真的头，婆婆急忙解释，满脸歉意。

"臭小子，是不是又调皮了？男孩子，哪儿有不磕不碰的呢？妈妈小时候淘，也总是磕着碰着，小朴真是男子汉，不怕，是吧？这次摔倒了，下次就要注意，不要再摔倒了就好了，是吧？"陈桐用这话宽慰着婆婆。婆婆已经很辛苦了，天天在家照顾孩子，怎么能埋怨呢？孩子磕破了头，哪个当妈的不心疼啊。陈桐这样想着，本来不想让婆婆看到自己发现了儿子的伤，可是婆婆的眼睛一直在她身上，一言一行也不放过，当然会发现这个细节，何况婆婆早就心里发虚了呢。

"妈，您歇会儿吧，累了这些天了，一个人带孩子，还要做饭，太累了，我去做饭。"陈桐把孩子放下，让他自己玩儿刚从通宜买回来的玩具，赶紧去厨房。

"我不累，孩子上幼儿园，不就是接接送送，晚上给做一顿饭吗？家里也没什么活儿。你这么远坐车回来，这些天，换了新工作，还要天天伺候领导，能不累吗？你先坐那儿，好好跟孩子说说话，孩子这些天也想你了。"

婆婆把陈桐按在沙发上，李志遥也说："你就坐那儿歇会吧，妈已经都做好了。"

"是想妈妈了吗？"陈桐只好坐下，抱着儿子，脸对脸地坐着，笑眯眯地看着朴真的眼睛。

"想了，晚上想得睡不着觉，爸爸不让我说想你。我想给你打个电话，奶奶说妈妈工作忙，不让我打搅妈妈。让我晚上打，可是晚上我困了，他们让我十点以后打，我等不到那时候，就睡着了，妈妈。"朴真站起来，搂着陈桐的脖子，小脸贴到她的脸上，小手在她背上轻轻地拍着。

陈桐的眼泪再也控制不住，一下子闯了出来。

"妈妈，不哭，朴真懂事儿了。朴真想妈妈，朴真不打搅妈妈工作。"

陈桐紧紧搂住孩子，她真想说："妈妈不工作了，妈妈在家照顾朴真。"此时，她看到朴真的大眼睛里也盛满了眼泪，他突然"哇"地哭了起来。

"朴真，你怎么了？怎么这么不懂事儿？妈妈才回来，你为什么要招妈妈哭呀？"李志遥大声斥责朴真。"你别听他瞎说，这些天，他在家吃得好，玩儿得好，孩子哪儿有不想妈的？想也就是一会儿的事儿，过去了，照样吃照样玩儿。来给妈妈唱个歌儿，把你在幼儿园新学的歌给妈妈唱唱。"

"秋天到来了呀，秋天到来了，小树叶离开了妈妈，飘呀飘呀，飘向哪里，心里很害怕。"陈桐再也听不下去，这首儿歌怎么就写得这么对景，她站起来，转过身，眼泪已经"哗哗"地落下来，急忙走进卧室。

晚饭后，邻居们来串门了。过去，也有人来串门，只是没有今天多。大家都来看望陈桐。

邻居闲话，颇多溢美之词。夸奖陈桐聪明、漂亮、仁义、和气，羡慕婆婆有个好媳妇。盼她早点儿荣归，好为大家帮忙办事儿。

不觉已是九点多，婆婆知道，陈桐累了，也不管别人高兴不高兴，就请大家回家休息。

人终于都走了，婆婆也带朴真去睡了，李志遥高兴地把陈桐拉到了卧室。看着这个和自己同床共枕了好几年的人，陈桐的心里突然静得出奇，"小别胜新婚"，陈桐只得拿出热情来应对他，心里却没有了那种感觉。这一刻，她不知道自己做女人的感觉到哪里去了。

几个月前，这里，还常常会弥漫着硝烟。丈夫过去的温存还在，丈夫过去的伤害也在，陈桐曾经包容的这一切，现在依然包容。只是，一旦变换了身份，那些翻天覆地的变化，给她带来的是惊喜还是骇异呢？

李志遥满足地睡着了。陈桐一个人，闭着眼，想。

当了市委书记秘书后，陈桐吃惊地发现，很多问题原来是这么简单，随着她身份地位的改变，一切是那么容易迎刃而解，而与此同时，她的烦恼也是一样的"应运而生"。

李志遥变了。

过去他在她面前的跋扈一去不返，代之以无尽的自卑，谨小慎微，就连夫妻之间的事儿也变得无比小心。陈桐不喜欢这样的生活，她想尽一切办法想要改变。

两个人在房间里的时候，陈桐想出一个自己都觉得过分的法子。她让李志遥一遍一遍地对她说："我是你的主人。"她想，也许这样能增强他做人的自信心。

李志遥觉得这很可笑，在她的催迫下勉强说了，依然毫无自信，陈桐再催，他居然说："你是我的主人。"

陈桐啼笑皆非，只好放弃了她的自我奉献。

人们的种种变化让陈桐觉得痛苦，甚至可怕。亲情，爱情，在金钱和地位面前，原来这样不堪一击。

父亲的那一万块钱，更是让她心里冰冷。父母不疼爱她，她宁愿相信是因为自己不好；现在，父亲等于亲自告诉她，他疼爱她的社会地位，虽然她的地位实际上并不高，但是，她至少可以天天和市委书记在一起工作。

曾经，她多么希望能在父母面前撒着娇要东西啊，那不只是一种获得的兴奋，其实更是一种亲情的享受。自从姥姥姥爷去世后，她再也没有享受过那种幸福。

今天，她什么也没有要，却出乎意料地得到了。过去，她无论怎么孝敬也得不到父母的赞扬；今天，只是因为市委书记的到来，只是因为市委书记的一号车往门口一停，她就成了父母最好的女儿。

她高兴吗？是的，她高兴。但是这高兴只能让她想哭泣。

陈桐没有哭，她又想到了儿子。朴真，是她的影子，这孩子至少现在还是一个单纯善良的孩子，但愿，她和儿子的关系，永远不要沾染上那些世俗的污秽。

29 赵玉琴突然有点儿害怕

"气死我了！气死我了！"赵玉琴聪明一世，从未如此丢人出丑，顿觉无脸见人，"天杀的柴云鹏！"她在心里大骂。

有些事情，还是不能宣扬。赵玉琴努力克制，希望自己保持平静，脸色憋得铁青。

那天，胡县长来电话，赵玉琴说柴云鹏在县里，还没回家。

"怎么回事儿，嫂子，他可是昨天晚上就回去了，昨晚没到家吗？怪了，嫂子，你可要小心了，是不是在外面又找一个呀？"

柴云鹏和胡县长一向不睦,胡县长因为上面有人,总是不听老柴招呼,这些年两个人没少争斗,赵玉琴斗争经验丰富,再好奇也不能向胡县长打听老柴的事儿。

　　赵玉琴和胡县长装糊涂:"又和你老嫂子我开玩笑。那怎么可能,我们家老柴,你还不知道,那可是个老实人,昨天有朋友找他喝酒,现在还没回来。他这个人呀,常这样,有时候在外头喝得大醉,回来我都不知道是和谁喝的。不过,我也不怪他,男人嘛,要想做点儿事儿,哪儿能天天在家守着老婆,武大郎天天守着老婆,有什么出息?你说是不是,兄弟?相信你们家也这样,我弟妹那么贤惠,一定也不管你,任凭你爱怎么在外面闹都行,是吧?"

　　"嫂子,这你可说错了,我们家你那个弟妹呀,整个儿一个醋坛子,恨不能天天把我拴到她裤腰带上。也是,谁叫人家是美女呢,娇妻自古便含酸呀。不过,倒是省得我犯作风问题了。哈哈,不唠了,嫂子,你忙吧,要是能联系上书记大人,请他给我回个话,我这里有几个朋友,大家都想他呢。也没别人,就是市委院里那几个好哥们儿,过去我在市委工作的时候,我们就好,大家都和柴书记是好兄弟,想他了。等回来叫他来我家吧,今天热闹。你也一块儿来啊,嫂子。"

　　放下电话,愣了好长时间,赵玉琴知道,胡县长这是没安好心,他一定是知道了什么消息才故意使坏。虽然胡县长巧舌如簧,赵玉琴看明白,他是想让自己家打内战,他好利用这个机会,不知道他又想做什么。

　　赵玉琴强迫自己镇定,不要上胡县长的当。

　　话虽如此,赵玉琴心里还是七上八下的。她已经是四十多岁的人了,阅历不可谓不丰。男人,有成就的男人,在外面有些花边新闻,不算什么,她看开了。

　　柴云鹏一个人在通南,回家只有一个小时的路程。他借口工作忙,经常住在办公室。他身体强健,又天天吃得那么补,他上哪里去发泄?每次回家,他对赵玉琴已经没了热情,赵玉琴又不是傻子,心中早已明了。

　　对柴云鹏的情感问题,她向来睁一只眼,闭一只眼,只要不捅破窗户纸，就当没有。她受不了的是别人对她的看法，赵玉琴一辈子要强，喜欢嘲笑别人，她不能成为别人讥笑的傻娘们儿。

胡县长找上门来取笑，赵玉琴知道，无风不起浪。这一次，她坐不住了。如果不澄清，她将会成为众邻居的笑柄，不，也许是已经成为大家的笑柄。在市委家属院住着，人与人之间，关系复杂，消息传播神速，胡县长打电话之前，可能早就满城风雨。

证实一下，一定要证实一下。

赵玉琴给柴云鹏打电话，照样是单位没有人，手机没有开。柴云鹏一直住单位办公室，这是他自己说的，做官，要知道什么时候可以享受，什么事儿上必须吃苦，住办公室虽然苦一点儿，却最能树立良好形象。

这些天，只要赵玉琴晚上打电话，一次也没有打通过，问柴云鹏，他就是一个理由：找得人太多，他累了，烦了，就把手机关了，把座机线拔了，有事儿发短信就行了，这样，只要他一开机就马上看到了，要是有急事儿，就给司机打电话。

对于赵玉琴的追问，柴云鹏曾表示过不满："你有什么急事儿吗？没急事儿非得晚上找我呀？晚上没男人睡不着啊？怎么这么不知道体谅人呢，不让我好好休息呀？我这样在外面拼命是为了谁呀？还不是为了你，为了孩子，为了咱们这个家。为了能不受穷，为了能不受气，你知道我在外面有多难，你以为当官那么容易呢？你当当试试，你光看到吃香的喝辣的了，你知道一宿一宿不睡觉的滋味吗？你知道一件事情办不好心里的担忧吗？你知道领导一个眼神不对，心里的忐忑不安吗？你知道为了往家里拿那点儿钱财费的心机吗？又要想办法把钱拿到手，又要不出事儿，我心里是什么感受，你知道吗？你只知道看到钱高兴了，可那是什么呀？都是我利用职权受贿来的，都是我贪来的，都是我拼着被抓被杀拿回来的。你知道吗？你不关心我，还要这样对我，你想想，你应该这样吗？"

柴云鹏说这些的时候，汗流满面。赵玉琴看到他的疲惫，他的恐惧，他的无助。这些年，他一直维护着清官的形象。他告诫赵玉琴，不要贪图小便宜，有他，家里不会缺钱。

赵玉琴哑口无言。老柴是不是清官,只有她最清楚。老柴不贪小钱,但是有句话,咬人的狗不叫,他只做大事儿。

为了自己的家,为了女儿,赵玉琴一直维护着柴云鹏的声誉,她知道,他要是出事儿,就是大事儿。

脸面的事儿,对赵玉琴最重要。这一次,她一定要找到他。看来,在别人眼里,她早就是一个年老色衰无能无力任凭别人欺负的窝囊废了。

这口气不能受。敌人都到家门口了,还犹豫什么?赵玉琴坐立不安。

打电话。办公室没有人,手机关机,老习惯了。打司机的电话绝对不行,司机一定会想办法帮他隐瞒。

对,给门卫打。

"柴云鹏在单位吗?"赵玉琴平时用方言,这次改说普通话,话也说得挺大气,要不然,问不出实话。门卫那帮家伙都是势利眼,不镇住他们不行。

"柴书记不在这里,请问你是哪位?"门卫回答完了才想起来问赵玉琴是谁,赵玉琴没工夫回答他,挂了电话。

既然不在单位,能去哪里了呢?只能给司机打电话。

"小飞,你柴书记和你在一起吗?"

"是啊,嫂子。我们在单位呢,今天有重要的事儿,柴书记忙了一天,现在累了,睡了。您要是有事儿,我就叫醒他。"

这个小狐狸,他也学会骗我了,真是帮狗吃屎啊,赵玉琴心里骂道。司机家里条件不好,他妈和赵玉琴关系不错,这个位置是赵玉琴帮他要下来的。平时,赵玉琴也没少了小恩小惠的周济他。关键时候,人的势利毕现。赵玉琴在电话旁边咬牙,把这事儿先弄清了,再摆布这小子。

"那好,你帮我把他叫醒,让他把办公室的电话线插上,我有事儿。"

"嫂子,我这就去叫他,您等会儿啊。"

十分钟后,柴云鹏来了电话,用的是手机。

赵玉琴知道,柴云鹏没在办公室。不然,为了证明他的清白,早用固定电话打过来了。

柴云鹏说他在厕所，只能用手机了。说他累死了，今天睡得早，现在让尿给憋醒了。

"你就不能也配两部手机？人家现在都配两部手机，专门有一部给自己家人用的。"其实赵玉琴现在已经明白，他肯定还有一部手机，因为司机能找到他。

赵玉琴不喜欢翻丈夫的口袋，她看不起那样的女人。想不到，大意失荆州。

"我配那么多手机干什么？这可都是公款的呢。再说了，这就是个牵狗的链子，你想累死我呀，不管什么时候你想牵就把我牵过来呀？我说，你还让不让我休息？你是不是对我不放心啊？女人啊，一过了四十，就不自信了，总是怕自己老头子跑了。"冷嘲热讽，柴云鹏显然不耐烦。

"你少扯这些没用的。姓柴的，我告诉你，我赵玉琴到什么时候也没不自信过，尤其是在你面前。你别以为自己当个破县委书记就怎么着了，你还是你，没长角也没长毛。告诉你，夹着尾巴做人，别不知道自己姓什么。四十多怎么了？没你，照样活得有滋有味。"赵玉琴生起气来，嘴像刀子。

自从柴云鹏当县长，赵玉琴已经忍让多年。他今天居然说出这样的话，她不能再容忍，不然的话，他就更把尾巴翘天上去了。

"我知道我姓柴。"一向这样，赵玉琴要是真生气了，柴云鹏就开始哄她，"先别说这些没用的，到底什么事儿这么急着找我？"话题转移了。

"刚才胡县长来电话，说是有几个市委大院的朋友在一起呢，我怕你吃亏，所以通知你，别让别人觉得你眼里没人，他们叫你都不到。要不是这事儿，谁爱管你。想不到让狗咬了这么半天。"赵玉琴要给自己台阶，吵得太过了也不好。

"哦，这事儿啊，你想得很对。我一会儿就回去，本来我也是想休息一会儿就回去的，我已经睡醒了，一会儿就回去，你给他打个电话，说我一会儿就到。哦，算了，还是我自己打吧。"

喝完酒回来后，柴云鹏就醉了，真的假的不知道，反正他是不用再回答赵玉琴的任何问题了，他从不酒后失言，什么也问不出来。

第二天，柴云鹏回通南之后，赵玉琴就开始寻找一个让她放心的人，最后，找到一位私家侦探，谈好付两万块钱。一个星期后，柴云鹏的证据就到了赵玉琴手里。

临河，他有一个"金屋"，藏了一个小美女，年龄和柴莉相仿。"这个不要脸的柴云鹏，真是个畜生。"

通南，也有个女人，陪他过了一夜，侦探说，来得挺晚，走得挺早。其实不是一夜，只是几个小时的事儿。

侦探看了看赵玉琴，她脸红得吓人。装糊涂可以心平气和，一旦知道了真相，她的羞辱，她的愤怒，她的怨恨，全都无法遏制。

"请你把所有的材料都给我吧。"赵玉琴突然有点儿害怕，虽然怨恨柴云鹏，也不能失去理智，授人以柄。

她突然想到，侦探会不会留下证据，复制一份也不是什么难事儿，也许这就是后患，她不禁埋怨起自己来。

看着照片，赵玉琴忍无可忍，和柴云鹏争吵起来。

柴云鹏开始不承认，直到赵玉琴把照片摔到他面前。他恼羞成怒，说卑鄙，想不到赵玉琴是这样的女人："疯了，真是疯了！"

"我卑鄙，是我卑鄙吗？我不知道是哪个卑鄙，我的男人在外面找了婊子，包了二奶，我倒卑鄙了，这是人说的话吗？是人讲的理吗？"两个人的声音都高了起来。一到吵架的时候，赵玉琴语言就特别丰富，没有她接不上的话。

"妈，爸，你们别吵了。"柴莉过来劝架了。她从小就怕父母吵架，后来，她一听到他们吵架就躲起来，有一次赵玉琴对她说："爸爸妈妈吵架，你应该过来劝劝，也许就不吵了，知道吗？"从那时起，她才知道她应该劝架。

"干什么？男人三妻四妾，有什么了不起，就你姓赵的闺女厉害呀？你怎么一点儿也不贤惠呢？"婆婆是这样来劝架的。

"妈，这是我们的事儿，您别管。"柴云鹏知道，只要是他妈一掺和，这事儿准坏。

"这样的媳妇，你不管她，还让她疯了呀？这样的媳妇就是要打呀。不打管不住呀。想当年……"

"奶奶，您就别添乱了，回屋歇会儿吧。"柴莉往外推她奶奶，老太太不走，冲进赵玉琴的卧室，用手抓赵玉琴。

赵玉琴闪开了。这些年，她还没让哪个打过，她是有名的厉害，怎么能让别人打了呢？其实，她心里也有些怕，要是柴云鹏动手，她当然不是他的对手。那样，岂不是又受疼又丢人，以后还怎么在这个家里立足呢？

老太太毕竟年纪大了，赵玉琴一闪，她就一下扑到了家具上，大概撞了一下头吧。大声哭起来："你这个不孝顺的娘们儿啊，你就是搅家星啊，我们家娶了你算是倒了霉了……"

"行了行了，行了。别闹了，怕别人听不到还是怎么的？小莉，扶你奶奶回屋。"柴云鹏怕事情闹大了，传出去。

"算你识相。"赵玉琴也不敢太过分。

事情没有结束。

"柴云鹏，你妈跟了我这么多年，虽然没得到她一个'好'字，但是我觉得很辛苦，这个你也知道，拍着良心说句话，我对她怎么样？"心平气和的时候，赵玉琴问柴云鹏。

柴云鹏没得说，只回答你辛苦了。

"你也不是兄弟一个，老娘也不能只让你一个人养着。现在，你也看到了，我岁数大了，你天天不在家，我们也很难再相处下去了，让你弟弟接过去养她几年吧。"赵玉琴说得很舒缓，只讲理，不胡搅蛮缠。

柴云鹏当然不同意。

不同意也不行。"放在家里，谁来照顾她，你自己天天回来吗？我赵玉琴不再照顾她了，既然她对我这样，你也全看到了，我还能再继续照顾她吗？我不是你家的丫环。弟弟家里条件不好，那没办法，那也是她儿子，她不能只让一个儿子养着。"

赵玉琴知道，她这样做，很冒险，柴云鹏回来的次数可能更少了，甚至，他们的婚姻，也有危险。但是这次，只有冒险了。婆婆只能增加他们的

226

夫妻矛盾，而且，照顾婆婆很辛苦。再者，即使婆婆在家，柴云鹏的心，也已经在别人身上了。

赵玉琴相信，柴云鹏不敢离婚。离婚，对他的影响不好，更重要的是，离婚，赵玉琴将会成为他的敌人，他的官位不一定保得住，或许，比这还要严重。

"以后，工资不许交给她，交给我，老娘还要你出钱养老呢。"婆婆临走的时候，恶狠狠地说。

赵玉琴并不在意柴云鹏的工资，但是她不想输给婆婆："凭什么？工资交给你？柴云鹏的确要养你的老，但是你有两个儿子，我们已经养了你这么多年，你二儿子一点儿也没管，轮到二儿子养你了。柴云鹏的工资，他自己还要穿衣吃饭，难道不花钱？他还有女儿，难道不养？老太太，咱得讲理，知道吗？"

"你就缺德吧，赵玉琴，我告诉你，你把老娘赶走了，你以后就没有好日子过了。你以为，你这些年的好日子是你自己的福分吗？是养着老娘我，你才有那些好日子过，现在，以后，你就等着受罪吧。鹏儿，以后，这个缺德媳妇，该打就打，不要惯着她。"

"老太太，谢谢你的关心。你走了，我们就不打了，打也是高兴，打是亲，骂是爱。"赵玉琴又气她一句，又转过来对弟媳妇说，"弟妹，以后，可就有你受的了。咱这个妈，可是与众不同呢。"

兄弟媳妇这些年多得赵玉琴的资助，她无奈地说："嫂子，我有点儿怕。"

"怕什么？还能吃了你不成？"赵玉琴心想，最好你和她打几架，让大家都知道我赵玉琴遇到一个多么不讲理的婆婆。

婆婆走了之后，赵玉琴果然是没有好日子过了，柴云鹏很少再回家，不接电话也是理直气壮。每次回来，也是吵架，家里很少再有安宁的日子。

赵玉琴反思，自己是不是过分了？

她性情倔强，不是个认错的人。错也是他先错，他已经在外面有了人了，难道我还要忍气吞声吗？拿我赵玉琴当什么人了？封建社会的小媳妇吗？她给自己找着理由。

不回来就不回来吧，赵玉琴接受了这个后果。她对柴云鹏已经没了幻想，一切希望都放在女儿身上。

柴云鹏并没有拿走工资卡，他也不在乎那点儿钱。婚姻，对于他，很重要。双方都做出了让步。

赵玉琴表面上平静，心里放不下。尤其是晚上，一个人的时候，她会猜测他在做什么，想到这些，她心里就有一团火在燃烧，烧得睡不着，躺不住，总是要杀人一样的冲动。她拿了一大堆的零食，用力地嚼着，却嚼不掉心中的愤怒。倒是衣服一件一件都穿不下去了。

爱情，赵玉琴不喜欢说这个词，它是早就没有了，就算是作为家人的感情也没有了。自从当了县长夫人，继而是县委书记夫人，钱不缺，社会地位也有，不只是她自己，娘家人也沾了柴云鹏的光，找工作的，做生意的，有个当县委书记的亲戚，什么事儿都好办。赵玉琴高兴。可是，痛苦只有自己知道，她已经没有了享受家庭乐趣的机会，只是书记夫人，不是一个普通男人的妻子，那些属于妻子的快乐没有了。

甘凤麟曾经开玩笑说她："悔叫夫婿觅封侯"。想起这句话，赵玉琴感慨万端。

想起甘凤麟，赵玉琴思潮起伏。

这个男人，在她眼中，没有柴云鹏的权势，但是当她知道柴云鹏在外面寻欢作乐的时候，当她对柴云鹏失望的时候，一次一次想到甘凤麟。想到他，心里就不再烦恼，一次一次，她靠想起他和她之间的那些事儿来安眠，她知道，她喜欢他。

喜欢甘凤麟，已经是很久以前的事情，她一直没有这么勇敢地承认。现在，柴云鹏的背叛，激活了赵玉琴所有的情感："我又为哪个在固守自己的清白呢？柴云鹏，我已经尊严尽失，我为什么不寻找和你的平等？"

想到这些的时候，赵玉琴觉得豁然开朗，她觉得，自己过去是那么傻，为什么不去寻找自己的快乐？

"你是猪啊？"鞋城开业五周年庆典，邀请市场办所有的人都来捧场，甘凤麟把钥匙忘到单位了，赵玉琴骂他。

"有这样说话的吗？你们大家听听，有这样说话的吗？"甘队板起了脸，冲着大家问。

赵玉琴的脸有点儿红。

"赵姐。"花如玉拉着赵玉琴看祝贺单位的名单，怕他们争吵起来。

"小花儿，你评评理，我这个小名很久没人叫了，她当着这么多人叫我小名，真可恨。"甘凤麟叫住花如玉，用眼睛横了赵玉琴一下。

"哈哈哈哈"，大家都笑。

甘凤麟在任何时候都能让人快乐起来，赵玉琴心里舒服。相比起来，这个男人，更宽容，更有男人味。

这天的酒，喝得痛快。

"听说，有人提出来，推迟退休年龄。"花如玉的话题。大家七嘴八舌地议论。

"中国已经进入老龄化社会，推迟退休有一定的道理，要不然，这么多的老人，干工作的年轻人少了，负担太重了。站在自己的角度，我当然希望早退休，如果换个角度，我觉得还是晚退休的好。"甘凤麟的话，赵玉琴也觉得有道理。

"就你高尚。"她愿意和他唱对台戏。

"不是我高尚，位卑未敢忘忧国啊。"甘凤麟半带调侃。

"你忧国，谁忧你啊？"赵玉琴抢白他，只是因为愿意抢白他。心里越空虚，她越愿意和他唇枪舌剑。

赵玉琴觉得酒有点儿上头，以她的酒量，并未超出范围，可能是酒入愁肠吧，她意识有点儿乱。

喝完了酒，甘凤麟开车送大家回家。这是老习惯，他酒量大，别人喝完都傻了，只有他能开车送大家。

按照路途远近，最后一个送赵玉琴，到了楼下，甘凤麟说："要不要我陪陪你呀？"

赵玉琴大大咧咧地说："来吧，我家老柴不在家，女儿也去省城培训了，正好有机会。"

"那我可不敢了。我这人就这两下子，没那胆子。"甘凤麟到了真事儿上就完了。

"瞧瞧，完了吧？以后少吹牛，我就知道你不敢送我上楼。"赵玉琴顺势要往地上坐。

甘凤麟忙扶了一把："还是我怜香惜玉吧？"

"你一向很绅士。"赵玉琴倒在甘凤麟怀里。

"赵姐，你自己上楼没问题吧？"甘凤麟慌了，推开赵玉琴，"我不送你了，我家里还有事儿，先走了。"

看着甘凤麟开车走远，赵玉琴觉得自己不如死了的好。这一次的羞愤当然比知道柴云鹏在外面有人还要厉害得多。

第二天，赵玉琴发现，家里让她吐得一塌糊涂。

30 妹妹也是可以利用的

甘凤麒的麒麟阁饭店开业了。请程雪娥书记去剪彩，也邀甘凤麟一家去吃饭。

甘凤麟不自觉地拿大哥和自己对比。

甘凤麟从小学习好，甘凤麒武术好。甘凤麟考上大学，甘凤麒没考上。

但是，甘凤麒到哪里都是名人，不管好名还是坏名。上学的时候，他就谈过好多女朋友，学校里最时尚的女孩子都喜欢他。部队转业，娶到县委书记的女儿。现在，事业有成。

甘凤麟大学毕业，工作十九年，只是个副科级干部，默默无闻。

甘凤麟有时候怀疑，读书真的无用吗？

当他看到陈桐出现在面前的时候，又推翻了读书无用论。陈桐从小就优秀，她聪明美丽正直善良，甘凤麟不知道还有什么优秀的品质是她所不具备的。

陈桐不太满意大哥的做法："我只是个小秘书，大哥太过张扬了。"她对甘凤麟说："二哥，大哥总是有事儿找我，你怎么就没事儿呢？"

"你当官了？主动给别人办事儿？"甘凤麟调侃。

陈桐拿出给小宝买的衣服，说是买了好几天了，没有时间拿过来。

"别给孩子买东西，你手里也不宽裕。"甘凤麟突然想到什么，"你现在不会是有钱了吧？手莫伸，伸手必被捉啊。"他最担心妹妹受到腐蚀，突然得志，有时会把持不住自己。

"哥，你放心吧。"陈桐告诉甘凤麟，她没有贪，也没有占，但是，收入的确比过去多了。提了职，涨了薪。工作餐很多，吃饭一般不用花自己的钱，参加了歌咏比赛，运动会，衣服奖品得了很多。委直属机关发福利，常常也有她的一份。她请示了程书记，程书记说，该收下的就要收下，在政界，不能太死心眼儿，人际关系还是很重要的。

"是不是还不适应？"甘凤麟知道陈桐的脾气，担心她看不惯这些。

"没事儿了，二哥。我已经习惯了，从程书记身上，我学到了很多。机关这地方，是势利场，正所谓'天下熙熙，皆为利来，天下攘攘，皆为利往。'这里也是是非场，我天生不善于这些，但是，我现在既不以此为耻，也不以此自豪，我只是在不断地寻找着更适合自己的存在方式，虽然这么久了还是没有找到，但至少我比过去适应了许多。二哥，也许你会认为，这对于我是一种悲剧，但是现在，我不这样想了。一个人，实在是太渺小太卑微了，如果我们能把自己的生命用来做一些有意义的事儿，就会觉得，年复一年，日复一日地为自己的得失悲喜斤斤计较是多么无聊乏味。算了算了，不说这些了，弄得自己像个哲学家似的。其实，还是个普通百姓。"

甘凤麟又问到她家里的情况，小秀说很好，自从她到通宜来工作后，家里人对她的态度好得不能再好，生怕她会飞了似的。

"只要他们能对我好，对孩子好了，我还能有什么想法？婚姻，本来就是有矛盾的，哪儿有没有矛盾的婚姻啊？能有现在的温暖，我也不求别的了，做人，还是要有容人之量，我会好好和他们过日子的。"

"见过二师兄吗？"甘凤麟觉得这个问题有点儿敏感，问得犹豫。

"见过，二师兄让我业余时间去他那里做教练。我怕大师姐不高兴，没有答应。"

"这是我的总经理，唐超。妹妹，以后在市委工作，多交朋友，咱自己的饭店，你来吃饭，就找他。"甘凤麒带着酒店的管理人员各桌敬酒，特意嘱咐陈桐，又冲甘凤麟点点头，"你也一样啊，这是咱自己家的。"

大哥忙得不可开交，没多耽误，陈桐和宋丽影说笑几句，也匆匆走了。

"我一直觉得妹妹是用来疼的，只有大哥才知道，妹妹也是可以利用的。"甘凤麟对宋丽影慨叹。

开业来了许多朋友，甘凤麒热情洋溢。终于把事业扩展到通宜，有了市委书记的支持，麒麟阁一定会红红火火。酒店已经被定为定点饭店。通宜市有规定，各党政机关，凡有公务招待，必须到定点饭店。甘凤麒和总经理唐超拜访了全市大部分的党政机关，以他们的能力，以后，酒店的客源应该很丰盈。

"超，今天我还要回去。"吃过晚饭，甘凤麒把唐超叫到跟前，吩咐他照顾好酒店。

唐超嘱咐司机，路上一定小心，请甘凤麒好好休息。

"行。超，成熟了。有你在，我就放心了。"甘凤麒拍拍唐超的肩。看一眼在唐超背后的新雨。新雨冲他微笑了一下，笑得很浅。甘凤麒知道，新雨记得他的话，他对唐超永远不会放心。

"我改了，我再也不这样做了，我对不起你。丽娟，你饶了我吧，再给我一次机会。爹妈年岁大了，别让他们为咱们操心了。大哥好容易回国一趟，别让他担心你。"甘凤麒给何丽娟打电话，"过一会儿我就去接你。啊，听话啊。"

"你不要以为我逃不出你的魔掌。"何丽娟躺在床上，拉过被子蒙住头。她住到父母家来，因为哥哥从美国回来了。

父母老了，何丽娟和甘凤麒的事儿，他们管不了。哥哥很快还要回美国去，更是鞭长莫及，何丽娟一个人悄悄地流泪。

"别耍小孩子脾气了，我马上到家。"甘凤麒没用司机，他喜欢酒后驾车。

"你是狗，改不了吃屎。"何丽娟泣不成声。

甘凤麒喜欢美女，花心是他的本性。他说他管不住自己，他就是一个"情种"，到哪儿都能发芽。美女也喜欢他，何丽娟也对他非常痴迷，他英俊潇洒，幽默富有，对女人耐心而有情调。何丽娟曾经以为，嫁给他，是世界上最幸福的人。

二十年来，他们为多少女人争吵，何丽娟已经不记得了。起初，甘凤麒惧怕何丽娟的父亲，表现很正派，随着父亲的退休和甘凤麒的成功，他对女人的兴趣越来越明目张胆起来。

如果不是把钱包忘在家里，何丽娟不会看到甘凤麒把酒店的服务员领到自己的床上。

何丽娟回到娘家，她想过离婚，却不敢对父母提起。父亲极爱面子，视离婚为丢人现眼，又疼爱女儿，她不想让老人为难。

"肯定是又生气了。"母亲问过何丽娟，她只说是回来陪哥几天。当妈的，知道女儿的性格，有事儿总是存在心里，回屋对老伴叹气。

"我看，丽娟这孩子，太软弱了。"父亲早就看出来，女儿是和女婿闹矛盾了，"十有八九，又是甘凤麒这小子出了花花事儿。可是咱不能多事儿，我现在老了，凡事也看开了，离婚并不是什么丢人的事儿，两口子，不和气，天天又打又闹，不如早分开早好。我对丽娟说过这样的话，她不说话。"

知女莫如母。"主要原因，还是她舍不得甘凤麒。别管怎么打，怎么闹，人家一来，两句好话，她就乖乖地跟着回去了。"

西西跟舅舅一家出去吃西餐，领着混血儿的表弟进来，两位老人笑着和孩子说话。西西叫何丽娟回家。

何丽娟假装睡着了。

西西这孩子太聪明，她什么都知道，她告诉父母，瞧不起他们。

西西学习很差，什么都不会，不想上学了。她跟她爸要两万块钱，甘凤麒无论如何也不给，说："你能做什么？还是好好在家玩儿吧，不上学就不上学，我看你也不是上学的料，但是不能做生意。过几年，我给你找个单位，上班，再嫁个好婆家，平平安安过日子。"

不让做生意，西西就到处玩儿，钱也没少花，甘凤麒的想法，何丽娟也不理解。

甘凤麒到岳父家，客厅里正热闹，西西和表弟正在屋里唱歌，看到父亲来了，西西领着表弟去姥姥卧室，甩出来一句："甘凤麒，你老婆在她卧室，我等着和你们一起回家。"

甘凤麒不理会女儿的不恭，和大家客气几句，去找何丽娟。他把门关上，她起来，打他。他不生气，反正她打得也不疼。

他抱住她，说："好了，还生气吗？我向你保证，我再也不犯了。你放心，我说到做到，回去就把她开除了。"

"我再也不相信你了，没了这个还有那个。"何丽娟说。这样的认错和保证，已经好多次了，每次都跟没说一样。

几句肉麻的话，几个温存的动作，何丽娟又投降了。

"妈，你又上当了。"西西坐在车里，她不怕她爸，"你太天真了。"

"西西，你就是我家的混世魔王，不怕老爹我揍你。"甘凤麒只是说说。他这个女儿，性格和他一样，他舍不得打，也不敢打。

"爸，我真服了你了，我妈太爱你了。"西西还是不愿意父母闹别扭的，她心中总是充满了矛盾，"不过，你这人，的确有男子气概，是个值得爱的男人，除了把钱看得太重。"

甘凤麒喜欢钱，他在金钱方面的做法却又叫人费解。

在金钱方面，他只信何丽娟一个人，这让何丽娟很满足。

他挣单位的钱，他自己办企业赚钱，他要父母的钱，大舅哥出国了，他把岳父的钱也当成自己的。

他父母有四个儿女，他对弟弟妹妹们严加防范。

父亲的麒麟阁饭店，他接手管理，父亲腿伤好了之后，想从他这里接回去，他迟迟不交。大秀想买房子，父亲要从饭店的户头提几十万出来，他阻拦了，他觉得，大秀没有资格让父亲出钱买房子。

弟弟甘凤麟买房子，他怕老人偷着给弟弟钱，多方打探，还不让别人察觉出来，但是，他又主动给弟弟一万块钱，甘凤麟没有要。

甘凤麒又是个不爱钱的人。

他喜欢花钱买快乐。他可以和一大群狐朋狗友在一起吃喝玩乐，也可以给他喜欢的女人们大把花钱，他可以给他喜欢的事儿捐款，他也可以给贫困学生捐款。他做过很多好事，帮助了许多贫困人员，很多人说他是最富爱心的企业家。

他在享受上不在乎花钱，喜欢什么就去做什么，有时候洗脚或者按摩的时候，听到服务生说家里贫困，他也许就会给上几千块钱，这种事儿他自己都说不上有过多少次了。

这样一个出手阔绰的大老板，平时给女儿的零花钱也不在少数，却不支持女儿做个小生意，就算是"交学费"，也没什么大不了的。何丽娟和西西都觉得，这个人，看不懂。

"新雨，酒店都正常吧？"安顿好何丽娟，甘凤麒给新雨打电话，新开的麒麟阁通宜分店，他不放心。

"放心吧，甘总。"新雨是甘凤麒的老相好，是全酒店最漂亮的女人，"唐超就在旁边，让他向您汇报？"

"不用了。"甘凤麒知道，新雨已经成功，她现在和唐超住到了一起。

31　只有我一个人是最可信赖的

"猫咪。"打开防盗门，柴云鹏马上露出开心的笑脸，冲着里屋喊。

"老公，你回来了。"一个美丽的女孩子从卧室飞了出来，只有不到二十岁的样子，穿着睡衣，头发披散着，看得出是听到他的叫声从床上奔出来的，没有任何整理，连鞋也没有来得及穿，一下子扑到柴云鹏怀里，差点儿把他扑倒了。"也不提前打个电话来，人家都睡了。"

　　"哎哟哟，看看，差点儿把我扑倒，老了，经不住你这一扑了。我看看，是不是又胖了，可不许再胖了啊，再胖了我就不理你了。"他捏了她一下，"嗯，还行，不算太胖。今天啊，原来以为来不了呢，开会了，怕太晚了，你不高兴，我都想一个人住办公室了。结果，开完会才刚六点，就回来了。我偏不给你打电话，给你个惊喜。顺便看看，你小丫头，是不是背着我在做什么坏事儿。"他抱住她，亲吻着。这个比他女儿还小的女孩子，实在是太让他喜欢了。

　　"哼，不理你了。"她背过身去。第一次和他在一起，他就知道她不是个女孩儿了，她早就是个女人了。

　　"怎么？生气了？好了，小猫咪，逗你玩儿嘛。你老公我什么时候不放心了？我的女人我都放心。"

　　"你家里那只老虎你也放心吗？她胖吗？她漂亮吗？她和我哪个长得好？要是她知道我了，怎么办？我有点儿怕，你怕吗？你会保护我吗？"一连气地，她提出好多问题。

　　"好了，小丫头，哪儿来这么多稀奇古怪的问题啊？哎，你怎么睡到这时候啊？是不是我不回来一个人没意思啊？"柔和的，从来不曾对赵玉琴有过的声音。说着就拥着她坐在了沙发上。

　　"我就是要问嘛。"这一声嗲到了极限，柴云鹏骨头都酥了，用力抱住了她，呼呼地喘息起来，缠绵。

　　"谁的电话，真是讨厌。"柴云鹏扫兴地说。猫咪，她的本名叫张慕云，伸手拉住柴云鹏说："就不让你接嘛。我要继续。"说着就缠到他身上来。

　　"别闹，小宝贝儿，怕是有事儿，我这县委书记可是有责任的，不能误事儿。"柴云鹏忙去拿过放在桌上的手机，"原来是他呀。"说着翻开

236

手机，"凤麒呀，我在临河呢。有什么事儿啊？明天再说吧，今天这不是有重要的事儿吗。哈哈，你小子。要不你过来吧，我们还没吃饭呢。你带了来呀？行，我正想带她去吃西餐，听说这里新开了家西餐店，挺好的，下次你请啊？也行，下次咱们一起去吧。好，我等你。"

"怎么了？甘大哥要过来吗？"猫咪大眼睛色眯眯地盯上柴云鹏的脸。

"瞧瞧，这么色，我都忍不住了。走，他从通南过来，还要半个小时才能到，我们先吃我们的'饭'去，等他来了，咱们再吃他的饭。"说完就抱起她，她在他怀里不安分地乱动，他哈哈大笑着，用脚关上了卧室的门。

半个小时之后，甘凤麒提着一堆吃食按响了门铃："不好意思，不好意思，打扰你们了。怎么样，嫂子，欢迎吧？要不，你们继续？"他坏笑着。

"甘大哥。"猫咪一边接东西，一边用手捶了甘凤麒一下，撒娇之态更胜过在柴云鹏面前。"哈哈，这丫头，长大了，还知道不好意思了。好好伺候柴大哥啊，这可是你哥哥我的领导，咱们的财神爷。"

"再这么哥哥妹妹的，我要吃醋了。"柴云鹏在一旁笑说。其实他何尝不知道，猫咪过去一定和甘凤麒关系很好的。只是，没有实据罢了。

但是他又何曾吃过什么醋呢？人家那都是过去的事儿了，就算有，也与他无关。他很感激甘凤麒，能送自己这样一个美丽可心的女孩子，又不声不响地在这外省的临河县给他购置了这样一套房子，让他觉得自己有了一个真正的家似的。这种好事儿，除了甘凤麒，还有哪个会做得出来呢？而最重要的是，这个小猫咪实在是太让他喜欢了，有了她，他一点儿也不想再见到赵玉琴了。

"看到了吗？县太爷要生气了，那我可惹不起呀。"甘凤麒拍拍猫咪的肩膀。大家都在沙发上坐下。

"他才不生气呢。他说了，不管我过去怎么样，只要我现在对他一片真心就行了，而且，我们是清清白白的兄妹，他凭什么吃醋？没有你，我怎么会认识他呢？他应该感谢你呢，我也感谢你。"猫咪说着给甘凤麒倒了一杯饮料，坐到柴云鹏腿上，胳膊圈着柴云鹏的脖子，脸冲着甘凤麒：

"哥，我这里的饮料快喝完了。"

"明天我叫人给你送过来，喜欢喝什么？"甘凤麒像个慈爱的大哥一样，让柴云鹏觉得，真没有怀疑他们的必要。

"别再让甘哥给你送了，明天我去给你拿些来。"柴云鹏觉得事无巨细都是甘凤麒给办，有点儿不好意思，面子上一定要有这句客气话。

"跟哥客气什么？还有，哥哥，我最近喜欢喝茅台了，可是家里就剩两瓶了，你给弄点儿吧。"猫咪说着就把家里的酒拿出来，一人一杯倒上。甘凤麒一边回答没问题，有什么事儿就和哥哥说，别拿哥当外人，一边就把菜一样一样拿出来。原来，他拿的是个食盒，里面的菜还热着，端出来放在桌上就可以开席了。

酒倒上，柴云鹏先不忙喝酒，先吃菜，甘凤麒当然知道是怎么回事儿。他特意给柴云鹏准备了菜，说道："柴哥，这是咱们自己饭店的菜，你吃金枪鱼，还有这虾，还有这腰花，还有这个，山药，还有这个，这可都是兄弟我特意点的菜啊。"

柴云鹏笑了："你小子啊，不怕你妹妹受不了啊？"说完又看猫咪，猫咪斜着眼看着他笑，笑得他忍不住哈哈大笑，说，"一定要多吃，今天晚上还要用呢。我现在，壮着呢，用不着靠这些，是不是，猫咪？"

"大哥，我有急事儿找你。"看到柴云鹏吃了不少的东西，甘凤麒才说。

甘凤麒的表弟，做生意，这几年和税务所的工作人员有点儿矛盾。据表弟说，这个税务所索贿太多，在税款上又没有照顾他。

这次，税务所的又查到了表弟偷税漏税，要他补交，还要处罚，表弟觉得送了礼还要补税，吃了亏。

双方口角起来，越说越生气，最后动了手。表弟把税务所的人打了，税务所那几个人，在村里的民愤很大，村里人看到打架，许多都来帮忙。税务所的人受了伤，报了警，表弟被公安抓去了。就是今天的事儿，刚才的事儿。

"大哥，这事儿你无论如何得管，这是咱自己亲戚，可不是外人啊。是我姑家表弟，咱不能受这个气啊。要是这事儿咱办不了，以后，我还怎么在通南混啊？大哥你脸上也不好看呀。你兄弟的表弟出了事儿，你都管不了……"

"老公。"猫咪一歪身子坐到柴云鹏的怀里，双手环上了他的脖子。

甘凤麒说的这个表弟，猫咪也认识。他其实是甘凤麒手下的一个打手，有些事儿，甘凤麒不值得出面的，他去摆平。

"这事儿，这叫什么事儿啊，净给我捅娄子，以后不许再做这样的事儿。这让我怎么说啊？暴力抗法，还让我这个当书记的护着，真有你的。我说，也就是你吧，甘凤麒，换个人试试，别说给办事儿了，我不先处罚他就不错了。"柴云鹏没鼻子没脸地说着，知道事情绝不像甘凤麒说得那么简单。

"老公……"猫咪刚要再恳求几句，看到甘凤麒向她递眼色，知道，这事儿已经成了。她不再说话，将鲍鱼叼在嘴里喂给柴云鹏，柴云鹏脸色缓和下来，咬了她一下，咽下食物，喝了口酒，茅台的味道醇厚酱香，他脸挂上红色，"你说，叫我怎么说吧？"说完就拿起手机给公安局长打电话。

"……叫他交钱，交了钱把他放了吧。"

甘凤麒要听的就是书记大人这句话，有了这一句，他心里就踏实了。"谢谢大哥。来，我敬大哥一杯。"甘凤麒说着，自己先把一只二两的杯子干了。柴云鹏也不再生气，也干了这杯酒。

"改天我叫他来，让大哥好好教训他一顿，我回去也狠狠地训他，这是办的什么事儿啊。就算是他不敢说跟大哥您认识吧，也可以说是我甘凤麒的表弟呀，谁还敢把他怎么样了？这几次我就让他提我，他偏说自己能行，说实话，我这个表弟呀，有点儿一根筋，我也生气着呢。嘿嘿，咱不说他了，哪天，好好教训教训他。但是，咱不能看着他在里面受罪呀，是吧，大哥？"

柴云鹏刚想说话，还没等张开嘴，甘凤麒的手机就响了，他起身去厕所接电话。

"肯定不是好事儿，要不怎么跑那臭地方接去呢？"柴云鹏边说边大口吃着，又夹菜喂猫咪，猫咪"吧唧吧唧"地吃着，柴云鹏看着她，越看越爱，"他不是好事儿，正好给咱们时间办好事儿。"

听了这话，猫咪越发腻在柴云鹏身上，他反倒不好意思了，向厕所努了努嘴，手却在她身上乱摸。

有些事很奇怪。过去，柴云鹏是最讨厌别人吃饭"吧唧"嘴，尤其是女人，他觉得无法忍受。这些毛病，赵玉琴是没有的，柴云鹏也喜欢赵玉琴的这种有教养。可是，现在听着猫咪的这种动静，他说不出的喜欢："猫咪，什么到了你身上也成了好的，我怎么就这么爱你呢？在你身上，缺点也是那么可爱。有了你，我真希望自己能变得年轻点儿啊。"

"大哥，我得走了，家里有点儿事儿。你们慢慢吃吧，明天，我再过来，咱们一起去吃西餐，我带上小柳儿。好吧？慕云。"甘凤麒匆忙告辞走了，小柳是他的情妇之一。

"我也有急事儿，先不吃了。"柴云鹏也站了起来。

"你到哪里去？我不让你走。"猫咪一下子搂住了柴云鹏的腰，不让他动地儿。

"听话，好孩子，放开我啊。"

"我就不放，就不放。"

"不放就对了。我的急事儿就是，哈哈……"柴云鹏一回身抱起猫咪向卧室走去。

过了很久，柴云鹏又回到了餐桌旁，猫咪也跟他一起来，吃了点儿东西。两个人相拥着躺在了沙发上。

"她长得好吗？"猫咪终究还是好奇的。

"年轻的时候长得还是挺漂亮的。只是最近胖了，最近这两年以来，她明显胖了，胖得很难看。你可别那么胖啊，稍微胖点儿可以，有骨头有肉的，我喜欢。太胖了，走了形，我就不喜欢了。"柴云鹏不愿意让猫咪知道他和赵玉琴关系紧张。他觉得，男人可以疏远老婆，但是不可以被老婆疏远。

"你总也不回去，她就不怀疑吗？"

"这个还真不好说，她是个聪明人，应该能想到这些。每次我到你这里来，我都把办公室里的电话线拔下来，她打过几次电话，也问过我。怎么，听到这个又不高兴了？好妹妹，哥哥疼你，这你还不知道吗？至于她，你要理解我，她只是帮我看家的一个仓库保管员罢了。再说了，我们不是有女儿吗？我主要是为了孩子。"一边说，手一边不停地在她身上划拉着。

"那我也给你生个孩子，还要生个儿子，怎么样？你还要她吗？"

"你不生孩子，我也要你呀，你怕什么？我不会丢下你的，你放心吧。就算你让我走，我也舍不得走啊，我恨不能天天待在你这里呢。"

"哼，我才不信呢，你又哄我。你的钱全在她那里，她才是你的保管员。"

"我不哄你，钱没有全在她那里，她也不知道我有多少钱。"

"那你还要她干什么？"

"你不懂的。男人，娶女人，干什么？解决三个问题，生理问题，生存问题，情趣问题。作为一个有能力的男人，生存问题不需要她的帮助，但是，孩子要她抚养，这就是她目前唯一的用途。再者，离婚，对我的仕途不利。其他的，她已经不达标了，我全在你这里解决了。"柴云鹏笑着，捏猫咪的鼻子。

"哼，你们男人，娶丑的老的不甘心，娶俊的年轻的，又不放心。"

"你们女人不也一样，嫁老实的生气，嫁不老实的受气。哪里去找我这样的，又疼爱你，又不老实。"

"而且，还这么英俊。"猫咪把嘴凑上去，在柴云鹏脸上吻了一下，胡子扎了她，她用手拔了一下胡子，柴云鹏咧了咧嘴，笑了，在她屁股上用力拧一下。

"对了，你那个甘大哥，你父母还是他照顾着吗？是啊，就冲这个，我也不能亏待他。不过，猫咪，我的猫咪，你可要当心啊。不要什么都对他说。我知道他对你好，关心你们一家，你不能忘了他的恩情。但是你想想，我对你呢？我什么事儿都不瞒你，我信任你，我拿你当自己最亲的人，但是这些事儿你不能都告诉他，和他说话的时候要有

241

选择的，知道吗？"

"为什么？"猫咪不解地睁大了眼睛。

"你还太小，有些事儿不懂。你只要记住，只有我一个人是最可信赖的，别的人，尤其是我们的事儿，不要和他们去说为好，包括父母，要不然对你对我都不好，说不定还会害了你的父母。"

"老公，你别吓唬我，我害怕。"

"甘凤麒在做一些违法的事儿，这个我也知道，他在临河也有房子，这你知道吗？看看，摇头了吧，小傻瓜，人家在这里也有房子。你看，你什么都对人家说，人家还是不告诉你吧，这就叫人生。他还在这里做一些事儿，这些事儿，他不说，你也别打听，就当我也不知道，但是，以后，他可能在这些事儿上要用到我，看在你的面子上，我不会不帮忙。只是，怕他惹了大祸，我也帮不了啊。说闲话的时候，劝劝他，差不多够花就行了，赚多少是多啊？不要太贪得无厌才好。"

"老公，你说得我怪怕的，他不会出事儿吧？出了事儿不会牵连到你吧？你们可是我最舍不得的人了，我不能让你们出事儿。"

"别怕，不会出事儿的。我什么时候出过事儿啊？相信你老公。来，说点儿别的，说，我是你最爱的人吗？"

"老公，你就是我最爱的人，不只是这辈子，连上辈子，下辈子都是。老公，我爱……"她的话淹没在柴云鹏的嘴唇之中了。

32　言旋言归，复我邦族

甘凤麒去厕所接的电话，是新雨打来的。新雨很听话，她已经和唐超领了结婚证，甘凤麒对她很器重，也很放心。

麒麟阁通宜分店被小混混骚扰，唐超做总经理时间短，新雨怕他摆不平。甘凤麒本来可以给市公安局或者是区公安局长打个电话解决，他和局长们是盟兄弟。但是，他不想那样做，他要亲自摆平混混们，把他们变成朋友，他甘凤麒一向是黑白两道。

"已经没事儿了。"甘凤麒赶到酒店，唐超刚把混混们送走。

"你叫警察了？"甘凤麒很失望，他要结交混混有他的目的，这个，不能告诉唐超。

"没有，我们和他对峙了。"唐超告诉甘凤麒，混混来了二十几个人，唐超让保安部的人全部出动，中层以上领导也全部出动，五十多个人，一下子把混混围了起来。

在人数上压倒了对方，唐超很从容地要求和小混混的头儿谈谈。他不和对方来硬的，只是晓之以理。

"酒店的人，对酒店安全看得很重，我们每一个员工都对酒店忠心耿耿，但是，我们是做生意的，不想伤了和气。以后，还请弟兄们多扶持，如果不是为了交朋友，我一个电话，公安马上就到，你也知道，我们董事长和市公安局长的关系,市委书记的秘书是董事长的妹妹，亲妹妹，说白了,那是市委书记的保镖。还有，我们董事长的师弟，是武校的校长。"

唐超说到这些，小混混已经害怕，看火候差不多了，该给点儿甜头。唐超说："当然，咱们兄弟在一起，说那些没用，咱们讲的是义气，是交情，弟兄们想吃饭，只管来，哥哥是开饭店的，有酒有肉，但有一样，不许闹事儿。"

甘凤麒表扬了唐超几句，回自己办公室，酒店带宾馆，他自己占了一个高间。

新雨跟进来。

"他现在已经很成熟了，是块好材料。"甘凤麒陷进沙发里，新雨已经和唐超领了结婚证，他担心她对婚姻会比对情人忠诚，夸奖唐超试探新雨。

"他对您挺感激，也一心一意和我过日子。"新雨汇报，她心里只有甘凤麒，别的男人在她眼里，都不算真正的男人。

"你跟他提过司马的事儿吗？"提到司马两个字，甘凤麒眼里闪过一丝亮光。

"提过几次，我试探他。他好像已经麻木了，有了总经理的位置，我们又快结婚了，他说，那都是过去的事儿了。"

"是啊，有了你，他大概满足了。"甘凤麒思考着，"不过，不要什么事儿都让他知道。"

唐超，是甘凤麒走的一着险棋。

唐超大学毕业，来到通南宾馆，很快就得到甘凤麒的注意，但是甘凤麒没有重用他，他只是门口的保安。有能力的人很多，不一定都能得到重用。

和唐超一起来的，是他大学同学，同居的女友，司马春晴。他们刚毕业，没有经济基础，通南宾馆是效益很好的国有企业，很珍惜这份工作。

从第一次见到司马春晴，甘凤麒就不能自拔。美女他见得多，气质这么好的，他第一次见到。他安排司马春晴做会计。

通南宾馆的员工，大多在宾馆用餐，甘凤麒更是一天三顿吃在宾馆，但是，他都是让餐饮部把饭菜给他送到办公室。司马春晴来了之后，他突然到餐厅和大家一起吃饭。

很巧合地，甘凤麒坐在司马春晴的对面。员工们毕恭毕敬地和他打着招呼，他说他要和大家在一起吃饭，这样会让他更接近群众。

唐超在门外做保安，他不在餐厅吃饭。

司马春晴看上去很窘。筷子几次掉在桌子上，吃饭都不敢咽了，微微低着头。

如诗如画，甘凤麒看得喜欢。慢慢地和她说话多了，她不再拘谨。

八天，一个星期多一天，天天共进午餐。甘凤麒给司马春晴讲自己的故事。

他说，他有一次出差，在餐厅吃饭，服务员的态度相当不好，他就对那位姐姐说："麻烦你，把你们的意见簿给我。"那个服务员很紧张，还嘴硬，说："怎么着，还想告我？有本事你写，越写越对你不好，气死你。"他不说话，拿过意见簿，大笔一挥，刷刷刷写了个表扬，服务员一看，乐得后槽牙都露出来了，说："大哥，你看这是怎么说的，想吃点儿什么？我给端去。"

司马春晴笑得饭都吃不下去，甘凤麒接着讲。这个姑娘单纯，容易接近。

还有一次出差，那时候他还年轻，在火车上，没座，他看到一位干部模样的人，就走过去，趴在那人耳朵上说："同志，是党员吗？还真是，我说的，我眼光不会错呢！好。看到那个人了吗？"顺手暗指旁边一个三角眼的中年人，"他是特务，我跟踪他三天了，太累了，你盯他一会儿，我睡一会儿。"那个干部也是老实人，果然把座位让给了他。

"真是个活宝，别管这事儿是真是假，总之是好笑的。"司马春晴忘了甘凤麒是领导，说完后悔，吐了吐舌头，不好意思地笑。甘凤麒心里乐开了花，这个女孩儿，太可爱了。

还有一次，他买西瓜忘带钱了。人很多，他买完了不给钱，提着西瓜站在那里，眼巴巴地瞅着卖西瓜的，看了一会儿，卖西瓜的心里发虚，问他："怎么了？还没找钱是吧？你给我多少？是十块吧？找你钱，对不起啊，我忘了，太忙了。"他提上东西拿着人家找的钱找个没人的地方使劲儿笑了老半天。

"你就编吧，你就是个坏蛋呀。"话很自然地说出来，司马春晴愣了，被下属称作坏蛋，甘凤麒也很出乎意料，但是，他很高兴。

火候已经差不多了，甘凤麒不再到餐厅吃饭，两天，司马春晴见不到他。

两天后，他出现了。司马春晴刚坐在餐厅，他就来了。说："司马，你过来一下。"不管司马有多不解，他用车把她拉到了通南最好的饭店麒麟阁。直到在餐桌边坐好了，他才说："今天，我请你。"

"请我吃饭？"司马春晴有点儿诧异，还有一些不快，"请我就这么霸道？也不事先征得我的同意？"

"其实这家饭店才是我的。"甘凤麒说，他向司马春晴讲起了他的故事。

他说他的第一桶金是他在特种部队时掘到的。那时他年轻，还有一身功夫，他们是武术世家。弟弟妹妹都是高手，只有他最不行。

在特种部队，有一次执行任务，他们抓住了一个走私黄金的，他偷偷从这个金贩子手中买了二斤黄金，当然是低价。他说他知道这是很危险的事儿，但是他就是这么一个有胆量的人。等他回到家乡，正赶上黄金涨价，他一下子赚到了十万元。他讲得很精彩，司马春晴也很感动。为他把这样的秘密向她倾诉。

看得出来，司马喜欢上了甘凤麒。

他还说到他的家庭。他的岳父曾经是通南县的县委书记，他的妻子是当时有名的通南四大美女之一。但是她是一个没有思想的人，一点儿也没有她父亲的那种精明。虽然也在财政局上班，可是现在她就像一个家庭妇女一样，对社会上的事儿，几乎一无所知。除了吃穿，什么都不在行。和丈夫说的话，越来越单调，但是说话的数量却在不断增加，唠叨起来就没个停。他说，他现在已经害怕回家了。

他说他其实也有许多苦恼，但是让他和谁去说呢？他的老婆是不能理解他的。

司马春晴的眼里现出同情。这样一个成功男人，谁会知道，他心里有着如此的苦，而他，愿意把自己心里的苦水倒给自己，这份信任，足以让司马春晴感动。何况，八天的共进午餐，已经让司马和整个通宜宾馆的人都意识到，总经理对司马春晴，青睐有加。

她的大眼睛看着他，他体会得出，里面爱的成分，很大。

"知道我为什么和你说这些吗？"他问她，眼睛毫不掩饰地看着她。

她不敢说话，筷子在盘子里转，夹不上菜。他点的全是她爱吃的菜，她却尝不出菜的味道，脸，慢慢红了。

"我什么都想和你说，因为，我，爱上你了。"他说。眼睛还是那样看着她，真挚而热烈。

"您别开玩笑了。怎么可能？您有家庭，我也有爱人。"司马春晴不愿意接受这个现实。未婚同居，在她看来，很正常，因为她本来就是要嫁给唐超的，再接受甘凤麒的爱，她觉得荒唐。

　　"你不要害怕，也不用回避，我就是爱上你了，但是我不会伤害你。是的，我有家庭，有孩子，我也不会伤害我的家庭。但是感情这东西，它自己发生了，我也没办法。我现在一天不见你就受不了，你知道那是一种什么感觉吗？我不知道自己这是怎么了，我从来没有这样爱过谁，可是你让我动了感情，我不知道将来会怎么样，但是我不能不说。我就是要让你知道，要不我受不了。"

　　司马春晴站起来，想走。

　　他说："你不用这样，我送你回去。就当什么也没有发生过，我会把这一切忘了的。"

　　司马春晴回去就把这一切对唐超说了。唐超说，要沉住气，平静地面对这一切。美女，到哪里都会被人爱，不要大惊小怪。

　　过了两天，唐超被调到了餐厅工作，不再在外面受风吹雨打。

　　司马春晴在回避，甘凤麒知道，他从来没有这样爱过一个女子，他想试试，自己是不是可以不打扰她的生活。因为他感觉得到，这个女孩子，眼里对他的爱。

　　甘凤麒爱过的女人很多。仔细盘点一下，他觉得自己没有爱过哪个女人的思想，他爱的，主要是她们的身体。他对每个女人的爱都是真诚的，但是不长久。这一次，他觉得与以往不同。

　　这个女孩像他爱上的所有女人一样，美丽。只是她的美丽与众不同，她清秀，出水芙蓉一样的。她的眼睛那么清澈，她的表情那么宁静，她总是带着笑，淡淡的，似有似无。她做事不急不缓，她对物质喜爱而不贪婪，对权势尊重而不趋附。

　　甘凤麒不想伤害她。

　　他常常在自己办公室的大玻璃后面看着。她的办公室就在她的对面。她从他面前走过，慌慌张张，身材窈窕，面容美丽。他若无其事地抽着烟，眼里贮满了威风和柔情。

　　一个月后，甘凤麒忍不住："司马，你过来。"

"对不起甘总，我这里还有事要做。"司马拒绝了。

甘凤麒口气硬起来："我叫你过来你就过来。"

财务科所有的眼睛都瞄着司马春晴，小心地低着头，用眼角的余光看。

司马无奈，跟甘凤麒到他办公室。

甘凤麒语气温和了些："你坐吧。"

司马坐下，不看甘凤麒。他说："为什么躲着我？我知道你躲着我。"

司马不语，她知道，越是压抑的感情暴发起来越是厉害，她有点儿控制不住自己。在甘凤麒受折磨的同时，她也一样。她怕自己经受不住这样的考验，想和唐超离开这里，唐超说，工作刚刚有了起色，不能半途而废。

"我不知道为什么会喜欢你。我见的美女多了，你虽然美丽，也不是独一无二，但是我就是喜欢你，喜欢你的温柔，喜欢你的聪明，喜欢你的如诗如画，还喜欢你的什么，我也不知道，但是我就是喜欢上你，不能自拔。"甘凤麒不管司马春晴作何感想，不表白，他心里盛不下。

司马春晴逃出甘凤麒的办公室，跑进洗手间。他看到，她半个小时才从那里出来，眼睛红红的。

丘比特，向他们两个人射出了箭。他知道，她已经爱上他。爱他的女人很多，只有这个女人的爱，最让他满足。

几天后唐超当了餐饮部的经理。

唐超到财务部找司马春晴，甘凤麒在玻璃后面看到了。甘凤麒忽然忍无可忍，抢起椅子砸在办公室的玻璃上，玻璃全碎了。从一楼到七楼，整个饭店的人都知道总经理发怒了，可是没有人知道是为什么发怒。

甘凤麒很少发怒的。更没有人见过他生这么大的气。

只有司马春晴知道，他的感情是真的。如此强烈！

砸过玻璃之后，甘凤麒好像平静了许多。他突然改变了做法，不再偷偷地瞄，光明正大地给司马春晴安排工作。

她参与的工作多起来，一些单位对外的事务也让她参加，尤其是一些应酬。好在吃吃喝喝从来不用出自己的单位，宾馆有餐饮也有舞厅，还有洗浴，甘凤麒不允许司马春晴去别的地方，只去餐饮和舞厅。

有一次，税务局的人来了，吃完了饭，当然还要跳舞，还要洗浴。司马春晴和几个女同事一块儿陪着去了舞厅，税务局的裴科长喝多了，拉着司马的手不放，甘凤麒不高兴了，猛地用手推裴科长，裴科长一愣，但是他知道，别看甘凤麒平时对他恭敬有加，可在心里，他也是怕甘凤麒的，要是把甘总惹毛了，他可是黑白两道。

甘凤麒马上又笑了："大哥，咱出去一下，在这里有点儿闷，走，我带你去个好地方。"裴科长当然知道怎么顺坡下了，跟着甘凤麒笑着走了。

司马春晴意识到危险越来越近，她要唐超赶紧离开这里，凭他们的才干和努力，到哪里都能吃饱饭。

唐超说，到哪里也会遇到相同的问题，关键是处理问题，不是逃避问题。

甘凤麒提拔司马春晴作了办公室副主任。司马想辞职的心动摇了。

这天中午，有审计局的人来过，陪他们吃饭，甘凤麒喝了很多的酒。司马春晴也喝了一些，她当了办公室副主任，也学会了喝酒。尤其是红酒，甘凤麒教会她怎么去品味红酒，在那种醇厚中慢慢陶醉。

甘凤麒叫司马春晴和他一起去办公室。司马一向喜欢服从，可是还是小心翼翼的。

他坐在老板椅上听音乐，听着听着突然走过来。没有任何前兆，抱住司马春晴，热烈地吻她。她吓傻了，呆在那里。

她愣了一会儿，觉察到他的手在她的身上摸，挣扎着，说："别这样。"

甘凤麒没有停止，一下把手伸到她的衣服里。

司马春晴用力挣脱，她愤怒了。甘凤麒很吃惊，松开了手，司马春晴抬起手，颤抖着打了他一个耳光，说："流氓！浑蛋！"眼泪不住地流下来。

甘凤麒愣了。一下子好像清醒了。向后退了一步，说："对不起，司马。"摆摆手让她走。她没有动，想不到，这么容易就能逃过这一劫。

司马春晴哭着走出甘凤麒的办公室，心情恍惚。她向洗手间跑，看到一个人正急急地隐进男洗手间。透过泪眼她看到，是唐超。

唐超什么也没看到，甘凤麒的办公室拉着帘。但是他能猜到，发生过哪一类事情。

唐超开始讥笑司马春晴，他们的隔膜日深。唐超希望司马春晴变得聪明起来，帮自己弄到副总的位置，又不要让甘凤麒占到便宜。司马春晴却陷到爱情之中不能自拔。

甘凤麒知道，留住司马春晴的好办法，就是升唐超的官，而唐超的工作也的确出色。很快，唐超被提拔成了副总，通南宾馆是国营，副总就要在上级机关备案了，以后，唐超的工作将由局里安排。

唐超兴高采烈地回到家，却发现司马春晴已经不辞而别。桌上，只有一张彩色的信笺，是司马春晴最喜欢的那种印满了荷花的。上面用娟秀的字体抄着一首诗：

> 黄鸟黄鸟，无集于穀，无啄我粟。
> 此邦之人，不我肯穀。
> 言旋言归，复我邦族。

> 黄鸟黄鸟，无集于桑，无啄我粱。
> 此邦之人，不可与明。
> 言旋言归，复我诸兄。

> 黄鸟黄鸟，无集于栩，无啄我黍。
> 此邦之人，不可与处。
> 言旋言归，复我诸父。

这是《诗经·小雅》中的《黄鸟》，描写了流浪者在异地遭受的欺凌，而渴望回到家中去的感情。唐超知道，司马春晴走了，回她的故乡去了。

33 男人都是这样好的

唐超去司马春晴的家里找过她，她避而不见。回来后，新雨走进了唐超的生活。新雨很漂亮，总是化着很精致的妆，眼睛妩媚多情，是那种很甜的女孩儿。如果司马春晴是一枚橄榄，越回味越甜的话，新雨就是一个水蜜桃，看着喜人，咬一口，汁多味甜，马上找到幸福感。

唐超很快和新雨走到了一起。新雨是餐饮部副经理，能说会道，留住很多客户。

"大丈夫，何患无妻？"唐超有一次喝醉了，对朋友说。

新雨觉得伤心。女人，在他心里，只要能做妻就好，至于是哪个女人，好像无所谓。她假装没听到，甘凤麒给她的任务，就是让她好好爱唐超，建立一个幸福温暖的家庭。

甘凤麒相信，他能把唐超变成自己的人。只是不想这么快。

在通宜开设麒麟阁酒店，是甘凤麒的一个大手笔，通南宾馆控股，通南麒麟阁是大股东。这样，有些事儿，比较好解决，他可以堂而皇之地让通南宾馆的人进入管理层。

原来，定好了通宜麒麟阁的总经理人选，是通南宾馆的副总张志。想不到，张志喝多了和人打架，脑袋让人家砍了，进了医院。他自己不在乎，要来上任，甘凤麒怕总经理如此形象，影响酒店的声誉，于是临时换将。其他副总能撑住通宜麒麟阁场面的，只有唐超一个人选。

用人不疑，甘凤麒将大权放给唐超。表面文章做得再好，也不能没有内线。甘凤麒安排了新雨，只是没想到，他们这么快就住到了一起。

这样也好。甘凤麒打算，过段时间再去找司马春晴。现在，她已经伤心，找也无益。唐超为了表示他的忠心，把司马的留言给甘凤麒看了。甘凤麒不爱读书，这样的诗句，根本看不懂，只能听唐超的解释。

近来，唐超表现出的成熟，让甘凤麒有点儿担心。唐超还没彻底成为自己人，成熟得太快，不是好事儿。尤其是甘凤麒身兼数任，通宜麒麟阁等于有一多半交到了唐超手中，新雨虽然是副总，不知道她是不是唐超的对手。

甘凤麒脑子里全是企业的事儿，躺在床上也睡不着。他手里拿着本书，他虽然不喜欢学习，却有个不看书睡不着觉的习惯，当然，看的只是庸俗文学。

"西西两天没回家了。"何丽娟来电话。女儿昨夜没回来，她以为去了同学家，今天一天还是没有踪影，她害怕了。

"给亲戚都打电话了吗？"甘凤麒没有着急，说不定在哪个亲戚家里住着了。

何丽娟回答还没有。甘凤麒不和她计较，他从来不指望她能做事，她只是那个最爱他的女人，永远都不会背叛他。

踢走一块儿小石子，再踢走一块儿。她不恨这些小石子，也不是想让自己的脚疼。甘春西在河岸徘徊："我不是傻B。他妈的，又上当了。"

"甘凤麒，我恨你一辈子。你作的孽全报应到我的身上了。"暗夜无人，西西对着河流大喊。

西西学习不好，打架很厉害，是有名的小太妹，有很多的同学追随她。

好朋友一个一个退学，西西也不想在学校里浪费时间。甘凤麒不允许，要她无论如何上到高中毕业。父女两个争执起来，甘凤麒打了女儿一个耳光。

"甘凤麒，怪我从小没有好好练武。"西西暗恨，知道自己打不过父亲。

"你不好好上学，将来，会受到比这更大的欺负。"甘凤麒深知，没有文化，管理企业也很吃力。他只有西西这一个孩子，这么大笔的财产，他怕她将来没有能力执掌。"你没知识，没脑子，以后嫁了人，会被人家害死。你不是穷人家的孩子，你身上有巨额的资产。"

"我不要你的臭钱，你把钱给狐狸精花去吧。我要你两万做生意，你都舍不得给我。"西西听到父亲提钱，更生气。

"我的钱全是你的，不是舍不得给你，我是想让你先打下个好基础，不要像你爸我，想学习已经晚了。赚钱有的是时间。"甘凤麒态度平和下来，教育孩子，急不得。

西西不再说话，好汉不吃眼前亏，好女也不吃。

不让退学，改逃学。老师不敢管西西，谁敢惹她？没别的危害，家里玻璃至少会碎掉。

朋友们教西西去网吧，西西很快爱上聊天。

有时候在家里，西西也忍不住上网。白天父母都去上班了，没有人会知道。晚上，甘凤麒在家的时候不多，何丽娟看到女儿屋亮着灯，以为她在学习。偶尔进女儿屋看看，西西马上切换网页，说是在查资料。何丽娟对电脑不内行，也不细看，给女儿拿个水果，告诉西西别太累了，就算完成任务。

"妈。"西西叫住何丽娟，"现在这社会，女人不能依赖男人，一定要自立，才能得到他对你必要的尊重。让他看到你气质非凡，神采飞扬，让他天天对你不放心，不要说他在外边搞女人，他还怕你会给他戴绿帽子呢，那时候，你还用天天这么费心地看着他吗？"

"小孩子，知道什么。"何丽娟快步走出女儿房间。

"你不被爸爸骗才怪，"西西叹息，"要是我，我也骗你。"

在西西眼里，妈妈很矛盾。她说爸爸是流氓，又说，嫁人，就要嫁像爸爸那样的男人，有了难题，他只要说一句"这事儿包在我身上"，肯定能办成。

西西讨厌爸爸，说他是人格分裂，他对钱的态度，让人无法接受。她不理解他的做法。她挥霍他的钱，也挥霍自己的身体。这些，都是甘凤麒留给她的。她做这些事儿，有时候很痛苦，更多的时候，是一种快乐。

她曾经爱上过一个人。刻骨铭心的那种爱，把这个野蛮小丫头软化成温柔女孩的那种爱。最后，她知道，那个大她十二岁的男人，早有妻室。她提出了分手，他却不愿意结束。

"我和你在一起，就是互相折磨，你用你的金钱考验我的抗诱惑能力，我用我的年轻美貌媚惑你的爱美之心。"她请他喝酒，对着手中的酒杯，吟诗一样。

他笑了笑说："发什么神经？还成了诗人了？我听不懂。"

西西坐直了身子，声音高起来，"那我换一种方式。要是这样说你听得懂吧：你要是知道我父亲是谁，就再也不会在我面前吹嘘你的富有了。"

听到甘凤麒的名字，他晃了一下，站起来，嘴动了几下，颤颤地说："你先坐一会儿，我去卫生间。"说完三步并作两步地走了。

从此以后，他再也没有出现过。骗甘凤麒的女儿，他知道，后果会多严重。西西后来打听过，他去了外地做生意。

经过了这样的初恋，西西成熟了。西西疯狂地上网，玩儿游戏，后来又聊天。

有人说，聊天的没好人。西西觉得，说这话的人偏激了。生活是真实的，网络是虚拟的，但是，真实的人们在生活中掩藏自己的真心，在网络上却能袒露自己的真诚。只是大家都不知道对方是哪个，可是说的话，却是真实的思想。

她在网络里游弋，触摸着那么多的心灵，觉得是找到了自己真正的家园。

但是，经过了又一次打击之后，她的看法又变了。网络上来的友谊，比现实中的要脆弱得多。因为它只是两个人的事儿，没有千丝万缕的社会关系维系着，说断，比什么都快。这种感情，发展起来，毁灭起来，都无所顾忌。

很快，她又喜欢上一个人，网名"宛如昨夜人"。

"见个面吧。我想你。你的快乐，你的达观，你的坚强，你的忧郁，我时时能感触到。我想见到你，爱护你，包容你，安慰你。"

西西没有拒绝。见了面，一切美好都变了味。

"你是我见过的最漂亮的女孩。"宛如昨夜人抱住她，直奔主题。

依然是没有拒绝。完了事儿，马上离开了他，喝令他滚，连他的真

254

实姓名也没有问。

"男人没有一个好东西。"一个人在河畔，她用脚踢了一块儿石子，再踢一块儿。

"我也不是好东西。也许就是有了我这样的坏女人，才有了坏男人的。我的确不是个好东西，我不缺钱，我还不如妓女，我给人家送上门去，连钱都不要。"

"我他妈的真不是个东西。呸！"西西用力吐着胸中的恶气。"呸！呸！呸！！"

她不想回家。昨夜从那个不知真名的小子那里跑出来，她就一直没有回家。现在，又是晚上，她不知道要去哪里过夜。

一辆出租车驶过，她招了招手，去通宜。司机看了看她，这么晚了，一个女孩子，这么漂亮的一个女孩子。

"我有什么好怕的。大不了碰上男人。"西西撇撇嘴，司机把她送到了甘凤麟的家。

34 断了我的财路，我就断了你的活路

"二龙，你过来。"二龙的哥哥大龙坐在他父亲家的客厅里，一看到二龙进门，就喊住了他，看样子，他已经在这里等他弟弟有一会儿了。

"哥。"二龙很老实，坐到哥哥对面。

"又严打了。说过多少次了，让你好好做点儿事儿，你就是不听，每次严打都让我心里不踏实。你们这几年闹得也太不像话了，这一次说什么也要抓一个了，我看，你们几个商量一下，看把谁弄进去好。另外，剩的几个，也别在家待着了，出去躲一段时间。"大龙递给二龙一个纸包，二龙说："哥，不用你管，我现在有钱。这钱，你自己留着吧。嫂子管得严，我知道你这是小金库里的钱。"

"少跟我说这个，我还至于让个娘们儿管着。"大龙不笑，但是脸色有点儿缓和，嘱咐弟弟要快点儿行动。

"瘸子，马上召集弟兄们到我家开会，准备好跑路。"二龙抓起电话给弟兄们下命令，"跑路"就是逃跑的意思。

会议很快就结束了，瘸子自告奋勇，愿意去里面待着，反正他没有老婆也没女朋友，有什么事儿等出来再说。商量完了，大家当晚就各奔东西了。

甘凤麟知道这些的时候，已经是十天以后了，他们在门市检查完了，就和老板坐着说闲话，大家有意无意提起二龙来。

"还二龙呢，跑了，一年半载不来这里了。"说起跑的原因，有三四个版本，总之一句话，跑了是真的，瘸子也被抓起来了。别的，就不好确认哪一种说法是真的了。

二龙跑了，市场的假货还有，除去原来存下的，最近来的货又是哪个供应的呢？看来，还有别人在供货。前天查到的那些假酒，生产日期标的是近几天的，这只能说明，最近还是有假货进入市场。

甘凤麟和队员们分析后，得出这样的结论。

查，一定要追查到底。甘凤麟打假热情很高。

查就有。几天下来，又查到了好几个案子，虽然是零零星星的小案子，至少说明假货还是不少的。

假货最近的确是多，大概因为市场最近大有起色，让不法商贩又看到了机会。可是他们就不想想，市场好容易有了起色，应该好好维护，他们这样卖假货，很快就会让市场死掉。

江水娟家已经有一段时间没有查过了，大家以为她有了上次的教训，近期应该不敢再经营假货了。

"我举报，江水娟家今天晚上来一车假货。有假烟，也有假酒，不信你们就去看。不在市场交货，在她们家仓库，不是市场里的那个仓库，这个黑仓库在市场外面，就是对面那个楼的地下室。"甘凤麟接到这个电话的时候，他正在家里吃晚饭，不知道举报人是怎么知道自己电话的，还没来得及追问，对方就挂了电话。

听对方的声音是个中年妇女，至于她为什么要举报，消息来源是不是可靠，都没有来得及问。

甘凤麟略一思索，有了线索就不能放过，他给寇主任打了电话，寇主任同意他带着稽查队去蹲守。还答应给他联系公安局，让公安出几个干警。

"赵玉琴一个女同志，不要惊动她了，让她在家休息吧。"寇主任特意叮嘱，这让甘凤麟脸上现出了感激。赵玉琴和江水娟恩怨多多，要是知道了这事儿，谁知道会出现什么局面呢。

"不要开你们稽查队的车了，打出租车，不容易暴露。到时候别忘了开发票，办里给报销。告诉同志们，多穿点儿，夜里，还是挺冷的。"寇主任吩咐过了，就让甘凤麟迅速行动。

秋夜，冷。

寇主任想得真周到，到了后半夜，大家坐在车里，身上都穿得多，脚却冷得受不了，不得不脱了鞋，把脚裹到了衣服里，盘腿坐在座位上，熏得花如玉直捂鼻子。

"小花，真不应该让你来。又觉得这么大的事儿不应该不让你参加。"甘凤麟有点儿歉意。

"甘队，这样的事儿不叫我参加，我会不高兴的。"花如玉语气轻松地说，"那只能说明不信任我。"

"嗯。"甘凤麟点点头，把自己座位上的垫子拿下来，扔给花如玉，"别嫌脏啊，小心别把脚冻伤了。咱们不敢发动车，也没法用暖气，盖上点儿吧。"

"谢谢，脏什么呀？这是领导的关怀，温暖着呢。"花如玉说着摇着脑袋笑了，小辫子在后脑勺上一晃一晃的。

甘凤麟笑着说："真是个小孩子。"

"来了。"坐在外侧的朱读看到远远来了一辆面包车，这辆车看来很熟悉地形，直接开到了举报所称那个楼的楼下。幸亏甘凤麟他们的车贴了膜，而且车是侧面对着来路的，大家又都坐在了后面，要是坐在前排，对面来的车的车灯正好把他们看个清楚。

"先别动。"甘凤麟按住了朱读和桑匀。看了看对面来的车，是外省的车牌号，大家小声议论了一下，确定是临河县的车。

从楼道的黑影里，江水娟走了出来，跟着的还有一个人，是个男人，等他到了亮处才发现，是彭泽军。

车灯熄了，几个人开始迅速往下搬东西。

"这是烟，江水娟搬的是烟，要不，这么一大箱子，她搬不动。"朱读说。

"这是酒。看那箱子，像是五粮液。"花如玉也看出来了。

"好，下车。"两个公安的同志率先冲了出去。这边朱读打开了自己的车灯，几个贩假的人搬着假烟假酒愣在那里，还没明白是怎么回事儿，已经让公安干警押上了车。送假货的面包车也被押着开到了市场办的大院里。

案值并不大，不够移交的数目，公安的两位同志很客气，问还需要不需要他们的协助，甘凤麟说先请二位休息休息。

两个人知道这里暂时没自己什么事儿了，很有礼貌地告辞。甘凤麟说什么也要请二位吃宵夜，两个人坚决不去，说是大半夜的，还是回家睡一觉吧。大家都是工作，没必要请客，要是愿意在一起说说话，改天他们请甘凤麟。说得甘凤麟心里热乎乎的，感激地说："二位所长，太谢谢你们了。本来这事儿，您派两个协勤来，我们就挺高兴了，要是来个正式干警就很满足了，您看，您二位亲自过来了，协助我们查获了这么大的案子，就这么回去……"

"没什么，别想这么多，团结协作嘛。"二位和甘凤麟在一起待了一晚上，知道甘凤麟是个爱开玩笑的人，笑着说，"以后还要常打交道，不在这一时，我们说不定还要你们帮忙呢。协勤可不敢轻易派出来，现在，他们这几个有点儿不听话，吃拿卡要的事儿有一些，我们正在整顿呢。要不然，让他们把我们的名声还给搞坏了呢。"

甘凤麟想起那几次和公安的合作，知道协勤真不是好惹的，不由点了点头，目送两位所长坐着自己的警车走远。

江水娟和彭泽军的案子好办。问清楚了，处理就是了。把他们笔录做好了，两个人签了字，就可以回家了。

临河这个司机也不费事儿，问什么说什么，说完了，不就是个罚款问题，也好办，反正现在身上没钱，要交罚款就要回去拿，"现在有车在这里，我回去拿钱，你们也没什么不放心的。而且，有我的车牌号，你们也能找得到我。"

司机说得挺平和，一点儿也不害怕。甘凤麟想了想，和大家一起开了个小会，又向于副主任请示了，于副主任此时已经坐在他自己的办公室里。对这个案子，他还是重视的，刚好，他今天值班，就住在单位，也不睡觉了，就在办公室里等结果。

"刚三点多，不用惊动寇主任了。我看，就这么办吧，叫他回去拿钱交罚款，要不然还能怎么着。他又不愿意打电话叫别人来送钱，看来这也是个老油条了，就怕他回去以后就不来了，车也值不了几个钱，比罚款多一万多块钱吧，他要是不要了，咱们就有点儿棘手。不过，对这种死猪不怕开水烫的家伙，也只好这样了。要不然，他在你这里住上个十天八天的，放也不是，抓也不是，还怕他告你个非法拘禁，咱们又没有拘留权。"

临河人打了个出租，很快就没了踪影，再想见到他可就难了。一天不见两天不见，三天不见，市场办就有了难题。假货还好办，现在虽然不能销毁，至少可以放到单位的仓库里，一般还不会有人来偷假货。这辆车可就难办了，不能处理，又没地方放，开始可以存在停车场，可是时间长了，存不起呀，放在单位的院里吧，怕像上次一样丢了，放在车库吧，单位还没有那么多车库。最后，没办法，只好把稽查队的车放在了院里，把这辆临河的车放到了车库里。

江水娟的案子很快处理完了，彭泽军和江水娟二话不说，交了罚款，痛快的程度都让稽查队员们吃惊了。

临河的案子也要结啊，市场办开了个会，决定请公安配合，让甘凤麟跟着，去临河。

临河公安局非常配合，忙前忙后，忙里忙外，可就是找不到那个司机。大家也没办法，住了一宿，第二天，还到临河公安局等消息，甘凤麟说："第一次来临河，我去外面转转。"公安的两位同志也说是第一次来，大家都要去转转。

"转转就走吧，不会有结果了。"通宜公安的同志说。甘凤麟点点头，到临河的市场看了看，这里的假货也不少，就明出大卖地摆在柜台上，看来，这里的环境就是这样的。他们开车回通宜，叹息声从临河响到通宜。

"你是甘凤麟的老婆吗？"宋丽影轻易也不在家，这天刚吃过晚饭，电话就打了过来，看看来电显示，是外地的号码。"是我，你找凤麟啊，我喊他，他在洗手间。"

"不用了，我就找你。告诉你老公，我是临河的，我做的是假货生意，他查假货我没意见，这是他的工作，但是不能赶尽杀绝。有钱大家赚，他要工作业绩，这个我可以帮他，每年让他完成罚款任务之外，还可以给你们一笔钱，而且，我保证他不会出事儿。你告诉他，让他不要断了我的财路，要是断了我的财路，我就断了你的活路。"

如此嚣张，甘凤麟很气愤，也很担忧。他只想把工作做好，没想过要做英雄，更舍不得让妻子儿子因为他的工作冒风险。

"我一个大男人，总不能被他们几句恐吓就吓倒了吧？我毕竟代表的是正义，能向他们低头吗？"甘凤麟对大哥和妹妹说。

西西已经在二叔家住了好几天，甘凤麒觉得，应该接女儿回家，怕直接说出来，西西不跟他走，特意请甘凤麟一家和陈桐到麒麟阁小聚。

"有些恶势力已经无所顾忌，如果再不用重典，只怕会纵容他们形成气候。"陈桐说，程书记也被恶势力暗算。

"这是你写的？"陈桐桌上新写的诗《海棠》。程书记来她屋闲坐，顺手拿起来，"大隐于市委啊。"

"写着玩儿的。"陈桐不好意思，程书记笑，她很喜欢。

> 梦随花落心成空，
> 月下听琴小园中。
> 闲拾嫩蕊十分静，
> 独品菊花一壶清。
> 起起落落真何趣，
> 多多少少总关情。
> 偷学海棠得失境，
> 来年依旧笑春风。

"你的恬淡和刚强全从这首诗里透露出来。"上大学的时候，程书记也曾经是个小有名气的才女，这些年，只忙于政务，文学，早就淡出了她的生活。

程书记越来越喜欢陈桐。陈桐的观念，悄悄地影响着她，她觉得，陈桐比她幸福。有时候，她甚至在想，做女人，是不是就应该像陈桐一样。

最初，程雪娥想把陈桐调到身边，只是因为，她需要一个保镖。这些年，因为工作，程书记得罪了一些人，常言说"宁得罪君子，不得罪小人"，程雪娥得罪的偏偏是小人多。

接触过以后，程雪娥对陈桐产生了兴趣，陈桐居然拒绝给她当秘书。陈桐的不卑不亢，让她觉得很意外。多年来，她已经见不到这样的人，对权力和欲望没有感觉，不是故作不屑，是真正的冷漠。

这个三十岁的女人，皮肤姣好，面色红润，身材性感，一个典型的风华少妇。看不出来她有一点儿习武之人的粗陋，脸上的表情是如此平静而高贵。陈桐眼里透出的是一种善良，一种高远，一种恬淡，一种自信，一种达观，一种透彻，一种深刻，一种侠气，一种温柔，一种超凡脱俗的境界，一种宽容敦厚的性情。

陈桐的生活不富裕，但是她很满足，穿纯棉衣服，吃应季蔬菜。包容庸俗的老公，分担家庭的重担，所有这些，陈桐处之泰然。她说：幸福是一种感觉，不在于你的境遇是好是坏。快乐是一种修养，不在于你的生活是穷是富。对眼前的快乐能感觉，对今后的生活不失望，人就是幸福的。

从陈桐这里，程书记看到，什么叫放下。她想，也许，做个幸福女人，就要像陈桐一样，珍惜拥有。

为了能让陈桐襄助自己，程雪娥把自己要做个好官的理想透彻地给她讲了几次，做官不为名不为利，为的是多做几件好事。保护自己，不是贪生怕死，是为了更好更多的做事。终于打动了陈桐。

自从陈桐当了秘书，两个人的关系没有上下级的分别，只有朋友一样的平等。程雪娥开始也不习惯，但是，她心里明白，中国古代有一种人，叫"士"，这种人，要尊重他的人格。

晚上不忙，程书记和陈桐谈诗。陈桐说，自己不懂格律。

程书记笑了："那咱们就别附庸风雅了。"两个人谈起家庭。

两个人天天在一起，无话不谈，程书记最不愿意谈的就是家庭，她从口袋里掏出烟，征求陈桐的意见。

一个女人，靠烟来麻醉自己，她的压力已经很大，陈桐同情她的伯乐。陈桐咳了一下，程书记起身把窗户打开，她知道陈桐讨厌烟味。

"有的家庭，两个人越走越远，直到有一方找到了别的慰藉，这个，我觉得不应该怪罪某一方，如果拒绝爱人的关心，也许是因为得到的关心太少，也许是因为得到的关心成了负担。我觉得，每个人都应该有一个幸福的家庭，这对释放人心中的压力有好处。关键是，人们怎么样去维护好这个家庭，恐怕大多数人没有这个技巧。"陈桐斟酌着，怕话说重了。

"比如我，哈哈。"程雪娥把烟摁在烟灰缸里，大半截没有抽完也不去管它，"宁可浪费烟，不能浪费生命啊。"

"陈桐，跟你说心里话是一种享受。这么多年，我养成了不说心里话的习惯。对你倾诉，我轻松。你就像是一个老禅师，我把心里堵着的东西掏给你，你从不搬弄是非，我就不烦恼了。"

262

"我来吧。"陈桐去接程书记的杯子。

程雪娥按陈桐坐下："自己的事，自己做，幼儿园的孩子都知道的道理，我为什么不能？"顺手帮陈桐也倒了杯水，见陈桐很感动地站起来。

前些天，有人好奇地问陈桐："书记的内衣，你也帮她洗吗？"

陈桐生气地说："我是贴身秘书，不是生活秘书，这些事儿我不管。"

其实，有些事儿，不是有没有能力去做，是自尊心让不让你去做。

"有时候，我的确是顾及不到家里人的感受，在外面累了一天，回到家里，只想好好地休息，希望他们都能体谅我关心我，常常没有力量再去关心他们，何况还有那么多的烦恼事儿。各方面的人际关系，其实，我也不比别人傻，我当然知道怎么做会八面逢源，但是我就是不那样做，因为，那样做了会觉得对不起良心。也正是因为我总是考虑着那个良心，我的路就要比别人多上许多磕碰。到了我这个岁数，大家都知道怎么做是对的，怎么做是对自己有利的，至于最后怎么去付诸行动，全在于自己的选择，不存在想不到的问题。"程书记三句话离不开工作。

"是啊，到了您这个岁数，到了这个职位，还有什么是没有经历过，没有听说过，没有看到过的呢？的确只是选择的问题。"陈桐很认同这句话。

"就说这次吧，北环那块地，一百亩，让张副书记的侄子开发，和让另一公司开发，相差五百万。你说，我是给张副书记面子还是不给？给了面子，我当然知道里面有什么样的好处，不给面子，我当然也知道有什么样的好处。如果这件事情交给你，我知道你会怎么做，那么，你说，我是不是也应该这样做？"

"我没在那个位置上，当然可以不给张副书记面子。站在您的位置上想，不给张副书记的侄子，的确是有些不妥，但是给了他就不是不妥，而是不对了。是要想个法子，既不得罪了张副书记，又不让政府损失。"陈桐想了想，一时也没有好方法。毕竟自己刚刚进入官场，在这方面没有经验。

"过去，这样的事儿多了，说实话，大部分我都处理得不错，但还是有一些没有处理好，有些人到现在还恨我。这不怪别的，还是我自己不够成熟啊。"

"这可真是'世事洞明皆学问'了。"陈桐想起了这句话。

陈桐忽然不再说了，她看到，在程书记的身后，是开着的窗户，外面，有个脑袋探了一下，很快，就又不见了。这里是五楼，孩子们玩耍绝对到不了这里。她伸手从宾馆的住宿须知里拿了一张便签出来，在手里搓成了个小团儿。

"过去，我虽然有些事情处理的不是那么完美，但是，我并不觉得累。自从来到通宜市，我是真觉得累了，当书记就是累呀。也许是年龄大了吧，过去当县委书记怎么就没觉得累呢。而且，现在也知道想孩子了，几天不见孩子就想得受不了，年轻的时候，孩子小，倒是没有太强烈的感觉……"

程书记正低了头喝茶，感觉有个什么东西从自己旁边飞了出去，好像到窗户那里去了。她扭头看了下，那里什么也没有。纱窗上有个破洞，她好像记得刚才并没发现这个洞。

"陈桐？"

她看了看陈桐，陈桐不动声色地笑笑。程书记明白了，她快步走到窗户边，向外张望了一下，什么也没有。她走回来，说，咱们休息吧。

"好的，我来关窗户。"陈桐笑着把窗户关上，她知道，此时，不知在哪里，那个伸出脑袋来的人，一定在捧着他的脑袋想，哪里来的这样一位高人呢？用个什么暗器就把他的头发给剃掉了一绺呢？而且一点儿都没伤到他的头皮。但愿这位仁兄吸取这次教训，从此不再来。

"世事险恶，你可要小心啊。吓唬一下行，千万别结下仇，江湖上的人，少招惹得好。"甘凤麟担心小秀的安危。

"有些事儿，还是小心些好。干的是工作，走的是人情，不能用权力交朋友，也没必要为公事得罪人。"甘凤麒劝弟弟，他不敢反对陈桐的意见，妹妹现在是他的护身符。

"是要仔细。"陈桐同意哥哥们的意见。说着二哥的事儿，怎么扯到自己身上，她又让二哥小心。

"我看，还是不要得罪他们为好。现在，这些做假烟假酒的，一般只是骗钱，不害人，害人的那是傻子。你别看其他行业添加有毒有害物质，做假烟假酒的，大多是以次充好，赚几个钱，要是出了人命，可就是刑事责任了，划不来。"甘凤麒说，他做了这么多年的酒店经理，和贩假的接触过，过去，刚入行的时候，也经营过假的，这些道理，他们懂。

35　她常常怀念柴云鹏当官之前的那段时光

赵玉琴偶尔会想起一个人，淡淡地。

一个女人一辈子如果能让一个男人牵挂很多年，是一件不容易的事。过去的许多年，赵玉琴一直觉得这是一件烦人的事儿，因为她不爱宁鹏。

柴云鹏回家的时间越来越少，从他那里得到的温情也越来越少。赵玉琴有时候，期待宁鹏的出现。

她常常怀念柴云鹏当官之前的那段时光。那时候，柴云鹏对她嘘寒问暖，接送女儿上学，做饭洗衣。可是她不觉得幸福，他们天天为了贫穷和没有社会地位而烦恼。

现在，想要的都有了，过去视而不见的东西，却显得珍贵，只是失而不可复得。

"我请你吃饭吧。"宁鹏又打来电话，他喜欢赵玉琴已经多年。

赵玉琴不吃他请的饭。

赵玉琴不是不吃别人请的饭，她常吃经销商的饭。她认为，两者有根本的区别。一个是拿权力换来的，一个是拿色相或者说是个人魅力换来的，拿权力换物力，她觉得很正常，拿色相换东西，她觉得很可耻。

"你不要把我想得太坏，我就是想和你说说话。"宁鹏纠缠赵玉琴有几个明显的阶段，赵玉琴结婚后，他见柴云鹏是外地人，曾经想占便宜，他老婆生病后，他对赵玉琴更热情。

"找情人没人找你这样的，最不适合做情人的理由里你占了两条。别人告诉我一个顺口溜，别的我忘了，就记住了两句。一句是第一夫人不可以，这个第一夫人不是指总统的媳妇，指的一把手的夫人，市长的夫人，县长的夫人，甚至是局长乡长的夫人，这些人不合适，而您老人家，就是县委书记的夫人，所以我不会找你的。第二嘛，想知道了是吗？第二就是你本身的原因了，就是自视过高的女人不可以做情人。"

"我什么时候自视过高了？"赵玉琴本来不打算说话，就让那家伙唠叨，她不允许别人这样评价自己。

"那就是我把你看得太高了。我觉得你的确与别的女人不同，所以这么多年，我就没有喜欢过别的女人。"

"好了，我在做家务呢，有时间再说话吧。"赵玉琴毫不客气地打断了他的话。她从来不怕得罪他，在她需要的时候，他会呼之即到。

赵玉琴没有做家务，她一个人在家，什么也不做，莫名其妙地害怕。

最近，诸事不顺。

"难道真的是流年不利？我赵玉琴这辈子，只相信自己，在我心目中，无神无鬼。"

柴莉已经一星期没有回家了。这丫头，一向比较听话，从来没有违拗过赵玉琴。这一次，大出意料。

赵玉琴派她哥哥的女儿赵婷去找柴莉，她们表姐妹从小就好，但愿，赵婷能把她劝回来。

柴云鹏也好多天没有回家，家里的事儿，他本来就不管，现在，连个商量的人都没有，赵玉琴心里第一次觉得空。昨天晚上，赵玉琴给柴云鹏打了电话，他嘲笑说："你不用拿这些事儿来烦我，我不回去。"

"不回来就不回来，我赵玉琴少了谁都能活着。从小没有父亲都没有难住我，我怕什么？"赵玉琴赌气，"全当你死了。"

崔月浦快退休了，赵玉琴始终关注这件事儿。如果能接替老崔，当上科长，她在家庭中的地位可能会稳固一些。不管嫁多有本事的男人，事业还是女人的尊严。

赵玉琴最近在打点所有的关系。

她给寇主任拿了一盒花旗参。这类东西，她家里用不了，经常会分送给市场办的领导们。

寇主任客气了两句，没有拒绝，笑纳了。然后，他打开抽屉，拿出一盒咖啡，说他不喝这东西，给赵玉琴。寇主任不喝咖啡，他喜欢茶，平时，得了咖啡，都转赠于副主任，于副主任经常显摆给大家看。

拿了寇主任的东西，赵玉琴心里不太痛快。寇主任没有伤她的自尊，没拒收礼物，表面上做得很礼貌，实际是告诉她，近段时间，他不打算和她有来往。过去，寇主任也收过赵玉琴的小礼物，却从来没有回赠过。

寇主任做得冠冕堂皇，赵玉琴什么也说不出。

给于副主任的是一件真丝衣服，经营户送赵玉琴的，她送给于副主任夫人："给嫂子的，别人送我的，我穿着肥，让嫂子拿去穿吧。"对于副主任，这样说话，显得关系近。

"这么好的衣服，你自己留着穿吧。她退休了，有件衣服就行。"于副主任笑着，看得出来，很高兴。

"退休了，更要漂漂亮亮的。"赵玉琴笑着，和于副主任聊了几句，然后，给其余两位副主任——主管人事的和主管党办妇联的——各送了一盒茶叶，都很高兴地收下了。

赵玉琴心情很好。

包里还有一个小礼物，是送给花如玉的，是一条丝巾，值不了几个钱。花如玉比较贫穷，给她这个就行。升迁之前，和同事搞好关系，这是赵玉琴从柴云鹏那里得来的经验。

"又叫你帮忙？"花如玉刚从别的科室回来，又叫她帮着整理档案去了，赵玉琴替她不平。

"力所能及的事儿。"花如玉憨笑，"又累不坏我。"

"花儿啊，听大姐的，他们太欺负你了，以后，像这样的活儿，咱不干。

有些事儿，就算你闲得难受，也不应该去做，这关系到你做人的尊严。"赵玉琴语重心长。

"嗯。"花如玉脸色不好看。

热脸贴了人家的冷屁股。赵玉琴心里的火"腾"地蹿起来，暗自咬牙："什么时候轮到你个小丫头在我面前耍横？要不是关键时刻，我能轻饶了你吗？"

"花儿啊，你看，这条丝巾怎么样？"她压下自己的怒火。

"还行。"花如玉瞄了一眼，轻描淡写地说。

"你戴上，我看看。"赵玉琴给花如玉围在脖子上，关键时刻，要能屈能伸。左右端详着，"嗯，漂亮。我就知道，这条一定适合你。柴莉的表姐出门，给她带回好几条来，我觉得这条一定适合你，送你了。"

"谢谢，我有。"花如玉的态度缓和了一些，但是坚决不要丝巾。

"别跟姐客气，你一月的花费，还不如我家柴莉的十分之一，在我家，这不算什么。"赵玉琴以为，赏给花如玉条丝巾，她就应该受宠若惊。想不到，花如玉听了她的话，把脸一板，扭头走了。

"这头倔驴，不知好歹。"赵玉琴拿着丝巾，有点儿尴尬，屋里只剩下展飞，在那里低着头看桌子。他一个临时工，用不着讨好他，单位提拔干部，与他无关，不用他投票。但是，关键时期，这些人也是拉拢对象。

"嗯。"展飞蔫头耷拉脑的，反正与自己无关。

"我还给你媳妇带了一条。"赵玉琴包里装了好几条，旅游景点上的便宜货，她不在乎。

"谢谢。"展飞眼里有了一点儿生气。

"别看她年轻，做事儿可够毒的。"赵玉琴马上和展飞套近乎。

展飞知道赵玉琴指的是什么，他不能被一条丝巾收买："没有的事儿，你别瞎猜。"

"展飞，我操你妈的。"展飞当队长的时候，彭泽军在综合执法科的办公室大骂。

展飞不说话，就像骂的不是他一样，他低着头，在看报纸。科里只有两个人，花如玉听不下去，脸涨得通红。

"你这个王八蛋，你凭什么处罚我？一样的事儿，你罚我五千，为什么不罚吴跃升？不就是他给你送礼了？你可倒好，抓住我们这几个人，一罚就是大数，剩下的那些小户不罚，落人情，然后吃礼，有你这么不是人的吗？"跟着又是一阵骂。

花如玉知道展飞做的事儿。有些经销商到这里来开信的时候，把他的情况提起过一些。他们说，他处罚的那些案子，没有小数额的，一罚就是五千以上，那些不罚的，也没少花了钱。过去赵玉琴当执法队长的时候，可能大家都罚一千两千的，罚上十户也只有一两万；他现在一罚就是五千以上，罚上三四户就比过去十户罚款还要多。而剩下的那些查获了不处罚的，其实也没有少花费，他们见处罚就是这么严厉，自己送上个三千两千的还觉得省下钱了，还要承他的情。

看来，彭泽军说的就是这事儿了。花如玉看看展飞，他还是无动于衷。

"展飞。今天，你不说明白了我……"全是脏话。

"彭泽军，这里是办公场所，请你说话注意点儿。"花如玉站起来，义正词严。

"没你的事儿，你别管。"彭泽军表面不听劝，但是再也没有骂那些难听的话。

花如玉做内勤，负责开出入证，市场上进出货物，都必须有综合执法科开具的出入证。他常来花如玉这里开出入证，不管是不是上班时间，花如玉从来没有耽误过他的事儿，他心里是敬重花如玉的。

"你再去我门市捣乱，我告诉你，你等着。"彭泽军的手指头快碰到展飞的鼻子了。嘴里的话虽然不再肮脏，却是疾言厉色的。

"彭泽军，你干什么？你再闹下去，我打110了！"花如玉站起来，用力拍桌子。彭泽军吓了一跳，没想到，花如玉文文弱弱的，居然会这么大的脾气。

"你打什么110啊？我这不是和他开个玩笑吗？再说了，110可不

269

管这个，我这是到机关来咨询，他有义务回答我。我又没打架，110 凭什么管我？"彭泽军太狡猾，花如玉才意识到，经营户，不好管理。

吵架之后，彭泽军对花如玉的态度冷淡了，和展飞倒是亲热起来。

很快，花如玉发现，有人偷偷给经营户开出入证。开出入证是内勤的事儿，但是，崔月浦和甘凤麟、展飞手里都有钥匙，为的是防止花如玉不在单位的时候，有急事儿。

崔月浦开出入证从来不自己动手，他是领导，要摆谱，他只会吩咐花如玉去开。甘凤麟守规矩，开出入证，一定会先请示崔月浦，再告知花如玉。联系到展飞和彭泽军的关系，花如玉猜测，这事儿就是展飞办的。

按照规定，开出入证要科长批准，花如玉开具，没有特殊情况，别人不能随便开证。

花如玉问过了崔月浦和甘凤麟，他们都说没有开过，又问展飞，他也说没有开过。出入证是两联，存根联上的字体，不是科里人的，明显是经营户自己写的，户名也没有写，这就无法查证。

花如玉很生气。

"算了，以后注意吧。没有证据的事儿，不好瞎说。"甘凤麟劝花如玉。

能够带着外人来开信，一定不是工作时间，工作时间，花如玉从来不脱岗。她一定要抓到这个人。果然，星期天下午，她在办公室整理档案，展飞带着彭泽军来了。

"小花，给彭大哥开出入证。"展飞不在意花如玉的看法。

没有科长的批准，花如玉不给开。

"展飞，你真是叫我开了眼了。"星期一，花如玉发现，又有一张别人开的出入证。

展飞不理她，没听到一样。他是队长，自从当上队长，他就不叫展飞了，他叫"展队"。

"展飞，我看你就是小人得志。"花如玉觉得，展飞还不如赵玉琴，赵玉琴顾及脸面，而且，她工作上还是有责任心的，展飞是无所顾忌。

展飞不听花如玉的数落，带着他的稽查队，走了。

"不可救药。"花如玉不知道还能说什么。两位科长自己还在整顿，没人管展飞的事儿。她也不是个喜欢告状的人。

第二天，人们就见到了那封揭发展飞的信。

展飞一直以为是花如玉写的匿名信。

"小花，要当队长了。"赵玉琴从寇主任那里揭发完展飞回来，当着全科人的面说，"主任办公会前些天决定过，不再让科长们兼任队长，你又清白，又年轻，队长一职，非你莫属。"

花如玉不在意赵玉琴的话，展飞却当了真，他坚信，这是花如玉的报复。而且，告倒他，受益人是花如玉，谁受益，谁使坏，这是他的逻辑。

"不是我瞎猜。这事儿，秃子头上的虱子，明摆着的。"赵玉琴很奇怪，所有人都知道匿名信是她写的，展飞却认定是花如玉干的。

"也许，我得罪经营户了。"展飞不愿意让赵玉琴利用。

"经营户才不会，只要不把他们逼急了，谁当队长不一样，所谓'天下乌鸦一般黑，只分深黑与浅黑'，重要的是把自己的生意做好。"赵玉琴还想说，展飞低头看报纸。

"又看股票？最近怎么样？"话不投机，赵玉琴转而说展飞感兴趣的。

"没怎么样，全套上了。"

"投多少？"赵玉琴假装关心，她突然想，也许在合适的时候，展飞会成为她的一颗棋子。

"十多万，我借的钱。"

"不是告诉你，不能借钱炒股吗？那就捂着吧。现在大盘这么低，等以后涨了再卖吧。"赵玉琴说的是心里话。

"已经卖了一部分了，人家催得急啊。本来想赚个快钱的，这下可好，倒了霉了。"

"以后跟着我干，保你稳赚不赔。"展飞看看赵玉琴，不相信。

"我那些炒股秘诀，大家都不信，可是，我真的凭借那些赚到了钱。"赵玉琴好像为自己辩解，"你一定是追高儿了。"凭展飞的性格，她断定。

展飞看看赵玉琴，眼神空洞，算是肯定她的说法。

"知道我没有说的那个第九条吗？就是，要像对你的亲人一样爱你的股票。要学会雪中送炭，不要只会锦上添花。"

"什么意思？"展飞不解，眼神中多了些好奇。

"很简单，买跌不买涨。与追涨杀跌相反。"赵玉琴故作神秘，他兴趣更大。

吊起别人的胃口，赵玉琴心情好多了。

"就像做人一样，在别人不得志的时候帮一把，人家会记你一辈子。"赵玉琴看准时机，拉近和展飞的关系。

"姑姑，我找到柴莉了，和她说了半天，她说，她不回来，除非你作出让步。"赵婷打来电话，劝赵玉琴遂了柴莉的心思。

展飞见赵玉琴接电话，赶紧走了，怕赵玉琴害了他似的。

"不可能。"赵玉琴暴躁起来，连女儿都管不了了，她还有什么用。

想到女儿的婚事，赵玉琴异常烦躁。

柴莉这孩子，长得好，把父母的优良基因都继承了，智力上却不行。赵玉琴总是怪柴云鹏，说他们柴家人笨，柴云鹏说，他是考学出来的农村孩子，智商相当高。两口子对着埋怨，不知道这孩子怎么回事儿，学习一直不好，勉强弄了中专文凭，幸亏柴云鹏有关系，把她安排到公安局。

为了孩子能有个好的未来，赵玉琴希望柴莉能够嫁一个高官的孩子。撮合了几次，总是没有她喜欢的。

上次，北京的朋友过来玩儿，柴云鹏特意安排他们一家三口住在自己家，让柴莉多和他们的儿子接触，柴莉说那男孩太霸道，居高临下的，让她不舒服。

"我的孩子，不是受气的。"柴云鹏一向护犊，一听柴莉的话就急赤白脸地表态，"就算他爸是司长也不行。"

赵玉琴看出来："柴莉是有事儿瞒着家里，八成是偷着搞对象了。"

"孩子找个自己喜欢的人，有什么不好？"男人不如女人想得细，柴云鹏对这事儿不太在意。

"这么小的孩子，你不怕她上当？"赵玉琴非常不满，却又说不出别的。

"有什么当好上？现在的孩子，和我们的观念不一样了，最多找个穷一点儿的，咱家又不缺钱，要房子给房子，要钱给钱，只要人好，没什么。"

"要是碰上坏人怎么办？"

"你以为你女儿傻啊？她精着呢，还没几个能骗得了她的，要是真能骗得了她，也值得她嫁。"柴云鹏和赵玉琴抬杠，他们俩这一辈子，就是这么打过来的。

"小莉，一定要小心啊，这可是一辈子的事儿，不要自己做主，看着差不多，带回来让我和你妈瞧瞧。我们不做主，只帮你拿个主意。"吃饭的时候，柴云鹏假装说闲话，和女儿谈了几句，他还是关心孩子的。

那时候，赵玉琴和柴云鹏的关系还没有僵。

"妈，我就是看上他了。别人，我谁也看不上。"柴莉终于还是和赵玉琴吵起来。

十天前，赵玉琴看到柴莉和一个小伙子在一起吃冰淇淋，两个人坐在一起，有说有笑，很兴奋，也很亲密。小伙子长得很好，穿着也时尚。晚上，在赵玉琴的追问下，柴莉告诉她，那是广播电台的一个记者，大学生，学中文的。她的神情中带着崇拜。学中文的，看那样子，学中文的成了学者一样的。

"记者？广播电台的？没正式编制吧？"赵玉琴认为，她的女儿，应该找一个公务员，家里还要有背景。

通过朋友，赵玉琴打听到，那个小伙子，叫樊溪，比柴莉大两岁，在电台是合同工，家是农村的，家里有父母，还有爷爷奶奶，条件不好，负担挺重。

赵玉琴开导了半天，嘴皮子说干了，柴莉就是认准了樊溪，说樊溪有学问，听到他说话，她就不想听别人说话了。

"有学问的人有的是，你才见过几个人？无论如何，也不能找一个农村来的穷小子。"赵玉琴急了，口不择言。

柴莉也急了："农村来的怎么了？爸不也是农村来的穷小子？现在怎么样？"

"孩子，你不懂。你爸现在虽然很好，你知道妈跟着他受了多少苦吗？"赵玉琴想起这些年的辛酸，眼里含上了泪。

平时，柴莉最怕看到妈妈哭。这次，她无动于衷。

"妈到现在这一步，虽说该有的都有了，妈不后悔，但是妈不希望你也过妈一样的日子。你完全可以起点高一些，嫁个好人家，从年轻就不用受苦。"赵玉琴苦口婆心。

"要想我不受苦，你多给我点儿不就行了。反正咱家就我一个，你们又不缺钱，我希望找一个真正爱我重视我的人。"

"你不用总是想着家里的钱，说不定那小子就是想着咱家的钱呢。"和女儿说不明白，赵玉琴生起气来。

"那好，我不要家里的钱。"柴莉一向还算听话，这一次看来是动了真情，搬出去住了。

赵玉琴强按住自己的心，说什么也不去找女儿。她以为，等柴莉在外面吃点儿苦，自动就回来了。

想不到女儿外表温柔，内心里比当妈的还倔强，竟然和那个穷小子同居了。

"晚上有时间吗？"又是宁鹏的电话，赵玉琴从来不接受他的邀请，可是他从来不放弃。

"有。"赵玉琴突然觉得，自己很需要找一个人倾诉，现在，没有合适的人选，也许，和宁鹏说说话，心里会好受一些。"柴云鹏说我更年期了，我离更年期还远，我也需要一个男人的抚慰，我有权利这样做。"她给自己的做法找理由。

"你的购物卡还多吗？"宁鹏突然提起这问题，所有浪漫的期待全都化为泡影。一提起钱，赵玉琴的注意力全转移了。

"不多。"赵玉琴知道，他说的是通联超市的卡。

通联超市出事儿了，卡也不能用了，赵玉琴这里有好几万，可是不能告诉宁鹏，这种事儿，他没有资格知道。

通联超市是通宜市最大的私营零售连锁企业。这些年，人们越来越精明，送礼不再送东西，多的送钱，少的送卡，赵玉琴收的购物卡消费不了，开始，逢年过节，给亲戚朋友，后来发现，用不了多少，她就用购物卡添置大件，买电视，电脑，手机，可是这些能用多少钱，终于还是剩下许多。

通联超市的老板张力和赵玉琴是朋友，是宁鹏介绍她们认识的。

那时候，柴云鹏还是通宜市供销社的主任，通联超市相中了一家商场，那家商场是供销社的下属企业，他们想从中占点儿便宜，通过宁鹏找到了赵玉琴。

赵玉琴拿了他们十万块钱，柴云鹏说，他们省了一百万。

"通联成立这几年，张力每年都到我家来看我。"赵玉琴对宁鹏说。有些事儿，是瞒不了他的，那就不如实说好。"开始，我听着他的经营还好，后来，就觉得不太靠谱了，他不是好好做生意了。他觉得自己很聪明，实际全是在玩儿小伎俩。他跟我说，他赚钱，不只是赚消费者的，还赚供货商的，供货商进店要交进店费，但是，货款，他会等卖完之后很久才给他们结。他还赚加盟商的，他的加盟店不限量，他要收取加盟费，还要统一配货。他还赚员工的，员工进店工作要培训，但是，培训十个人，只用两个，培训费够新员工一年的工资。他还有购物卡，是他的无息贷款。开始，我觉得，年轻人真是聪明啊。后来，我发现，这不是企业长期发展的策略，他什么都想到了，唯独没想到，怎么把消费者留住。我劝过他，他不听。"

"现在，进去了，他想听也晚了。不过，他出事儿不是因为这个。他在外地炒房，被骗了。这里欠下供货商大量的货款，供货商恐慌，哄抢他的商品顶账，持卡人也都抢购，事态才失控，他所有的问题全都暴露了出来。"宁鹏和赵玉琴喝酒，赵玉琴很豪爽，喝就喝吧，借酒浇愁。

"你放心，你和他的事儿，没有关系。是我收他的钱，从来没给过你。

这事儿，我自己担着。到时候，只要你不承认，什么事儿也没有。"宁鹏给赵玉琴吃宽心丸。

"在关键时候，真是个男子汉。"赵玉琴冲他挑大拇指，喝酒。心里暖，不知是酒暖，还是话暖。这事儿，如果闹大了，不只是赵玉琴，柴云鹏也难脱干系。

"柴云鹏都不回家了，我还担心他？我真是个地道的傻娘们儿。"赵玉琴心中骂自己。

"别傻了，人生得意须尽欢，喝酒。"宁鹏好像知道她的心事。但是，他什么也不要求，只陪她喝酒。

酒入愁肠，很快就有了醉意，赵玉琴忍不住，大声哭起来。宁鹏送她回家。她吐了一身，也吐了宁鹏一身。

"真丢脸。"赵玉琴口齿不清地说。在宁鹏面前，她从来都是端着架子的。既然不嫁他，就永远不让他小瞧。

"玉琴，在我面前，没有丢脸的事儿。你做什么，都是好的。"宁鹏帮赵玉琴脱了衣服，抱在胸前。

"你不怕老柴回来撞上吗？"赵玉琴醒了酒，觉得羞惭。

"我知道撞不上。"宁鹏笑，赵玉琴觉得，他笑得阴。看来，她家的事儿，他全知道。他终于得到了她，得到了他梦想了几十年的赵玉琴。

"我会对你负责的。如果你愿意嫁给我，我就回去离婚。"宁鹏信誓旦旦。

"滚！"赵玉琴突然觉得愤怒，自己怎么会和他混到了一起，"我都做了些什么？"她从来没有爱过他，也从来没有尊重过他，在她最无助的时候，让他钻了空子。

她说过，世界上只剩他一个男人了，她宁可不嫁人。

十八岁那年，晚上，赵玉琴放学回来，宁鹏从胡同里出来，猛地抱住了她。

赵玉琴知道宁鹏喜欢她。之前，朦朦胧胧的，她也喜欢他，但是，绝对不是爱，赵玉琴一直在否认。

宁鹏强吻了赵玉琴，她骂他是流氓。受了惊吓，赵玉琴的哥哥要打折宁鹏的腿，宁鹏妈来到赵家，跪着，求他们饶了儿子。

赵家终于没有把宁鹏怎么样，宁鹏向赵玉琴认了错。后来，宁鹏去外地，十几年后，他回来了，慢慢地，宁鹏和赵玉琴又有了接触，年轻时的事儿，没有人再提起。宁鹏的社会关系极多，他们慢慢成了朋友，互相利用的朋友。

宁鹏看赵玉琴脸色冰冷，知趣地走了。

她从床上下来，疯狂地收拾，把床上所有的东西都卷起来，扔进垃圾桶，边收拾边哭，"我赵玉琴成了什么人？我已经不是人了吗？淫妇！"她用牙撕扯着床单和被罩，脑子里不断地出现着一个一个的人物，柴云鹏，柴莉，甘凤麟，母亲，哥哥，她头痛欲裂。

"干什么呢？"是办公室的小胡。九点半了，她来电话一定是有重要的事情，赵玉琴马上冷静下来。

小胡给赵玉琴带来了一个消息，让她吃惊不小。这些年，赵玉琴经常对小胡小恩小惠，小胡和办公室主任关系好，她为赵玉琴提供过很多消息。

老崔要退了，寇主任有意把甘凤麟"扶正"做科长。

赵玉琴的酒一下子全醒了，在政治上，她永远不能服输，感情算什么。

"甘凤麟。"赵玉琴想起了那晚自己扑到甘凤麟怀里，"我，酒后失德。和今天一样，酒，乱了我的性情。耻辱！我不会放过你的。就算是为争这个正科长，就算是为了那天晚上的事儿。"

36　根本不懂什么叫一人执法

"凤麟，凤麟！不要走！"

宋丽影"噌"地从床上坐起来，睁着大眼睛四下看了看，没有什么人，忙伸出手向旁边摸了摸，甘凤麟不在那里躺着，她一下子又慌了神，"凤麟，凤麟"变了声调地叫着。

"怎么了？丽影，我刚上厕所了。"甘凤麟好像还没有小解完，听到妻子的叫声忙不迭地跑了来，手还捂在裤子上。

"我怕。"她的眼泪已经滴在床上，整个人一下子小了似的，缩在那里。

"又做噩梦了？"甘凤麟上前拥着她，拍拍她的头，笑了笑说，"还是老婆心疼我啊。没事儿的，放心吧，我有分寸。"在她脸上吻了一下，这才发现她流泪了，轻轻替她擦干眼泪，又给她倒了一杯水。

宋丽影稍微平静了一些，看着甘凤麟，叫他打开灯。凤麟听话地打开了灯。

"凤麟，咱不当这个队长了。"自从接到恐吓电话，宋丽影一直提心吊胆。

"丽影，别怕，那都是他们吓唬你的。为什么第一次电话响了，他们什么也不说，那是因为我接电话，他们什么也不想说，知道对我说了没用，所以第二次接电话的时候，一听是你，他们才这样恐吓你。用这种方法，正说明他们自己的胆怯。你放心，我会妥善处理的，但是我不会放过他们。只是考虑到我老婆的担心，我还是会多动动脑筋的。在保护自己的前提下，把这件事情做好。丽影，你也知道，他们把整个市场搅得太不像样子了。不能再这么让他们逍遥法外了。别怕，丽影，我会想办法处理好的。我不能让我这么漂亮的妻子失去丈夫啊，也不能让我这么可爱幼小的儿子没有爹呀。相信我，啊。"他又在她的脸上亲吻着。感觉得出来，她在他的亲吻和拥抱中，不再那么害怕。

"说实话，那天一接电话，对方一点儿声音也没有，我还以为又是哪个爱慕者给我老婆打来的求爱电话呢。心里那个醋啊，别提了，都快酸死我了。"甘凤麟看着妻子美丽的大眼睛，故作轻松地笑着。

"就你贫，人家正心里不舒服呢。昨天梦到你让坏人抓走了，今天又梦到你让公安抓走了。要是真出了那样的事儿，你还让我们娘两个活不活了，我可不能没有你。"丽影撒娇地又往他怀里偎了偎。

"公安不会抓我的，放心吧，我没那么大罪过。只是，这件事对我教训很深。"

"那个栗克良也太不是东西了。他一边求你们，一边还告你们。这个人的人品怎么这么次啊？"

"亲爱的，能不能先让为夫把肚子里这点儿存货放净了呀，实在是不好受啊，一听到夫人的呼唤，我就忙着跑来了，可是这点儿水闹得我实在是不舒服啊。"甘凤麟捂着肚子，笑着。

"快去吧。"宋丽影也笑了。她总是这样，只要甘凤麟几句话，她就不害怕了，不生气了，不难过了，甘凤麟就是她的灵丹妙药，专治心情不好。

"我要你陪我一块儿去。"甘凤麟拉着她，一起下床，活动一下，她就能放松一些了。

"不要怪栗克良，他这样做当然是他的人品决定的，但是这样的人有很多，他们为了自己的利益而活，没有什么道义和理想，他们的得失观念就是他们的是非观念。对这些人，我们不能强求人家什么，只有认可他的存在，他只要不违法经营，我们就要保护他们的合法利益。"

"你不恨栗克良？"宋丽影奇怪。

"不恨，该恨的是我们。"对栗克良的事儿，甘凤麟经过了长期的反思。经营户追求最大利润是理所当然，违法经营就当治理，执法者执法纠错，是职责所在，卖权徇私就该惩处。

"凤麟，你也不怪我吗？"丽影问得胆怯。自从买了房子，她总是唠叨，嫌丈夫赚的钱少。

"不怪你。"凤麟宽厚地笑着，妻子希望丈夫有本事，没有错。

"我以后再也不嫌你挣钱少了。"

"妈妈。"甘小宝从隔壁房间里走了过来，眼睛让灯光一照虚睁着，光着屁股钻到妈妈怀里，"你们怎么还不睡啊。"

"睡觉，睡觉。"甘凤麟起身把灯关了。宋丽影一会儿就睡着了，她太累了。

甘凤麟睡不着，他最近焦头烂额，烦恼缠身。

假货案有了一点儿眉目，恐吓电话说明，源头在临河县。甘凤麟是个铁骨铮铮的汉子，他不怕威胁，他也相信，邪不压正。程书记、小秀、花如玉，她们的精神也常常感动着他。人活着，总要有一股正气支撑着。

但是，他不是孤身一人，他是丈夫，也是父亲，不能让妻儿过上令人羡慕的生活，他已经觉得自己很没用，还要让他们担惊受怕，甚至受到伤害，他实在是不忍心。

看来，一个人要选择做英雄，很艰难。

栗克良的案子，无端地又翻腾出来，也让甘凤麟很无奈。

这次，是纪委来电话，重提旧案。说是这个案子并没有结，现在，市委抓得紧，要处理一批典型案子。

"早知道这样，还不如过去处理掉。"寇主任很生气。典型案子，一般会从重从快。

"已经说了，不再追究了，怎么又想起来了？"甘凤麟很不解。

崔月浦办了退休手续，老齐已经解聘，当事人，只剩下甘凤麟和展飞。寇主任很重视这件事儿，把他们叫到自己办公室，和于副主任一起，商量怎么解决。

"我问过纪委的同志了，栗克良找了他们，说，这个案子不处理，就说明他们受贿了。"寇主任很生气，单位已经处理过的事儿，想不到，又追查，没完没了。

"这一次，来势很猛，你们有什么办法都想一想，有什么关系，自己找一找吧。"寇主任让甘凤麟和展飞自己去想办法。

"她就是为了正科的位置。"只剩下两个人，于副主任对寇主任说，"这个赵玉琴，过分了。"

"就她这样的，能重用吗？谁敢重用这样的人？"寇主任烦躁地说，"有事儿和我反映，难道我不会处理吗？她跟我反映展飞的问题，我没有把展飞拿下吗？不是出于治病救人的考虑，只知道窝里斗。她的问题，比甘凤麟要严重得多。重用她，会比任何一个都腐败。我敢说，查甘凤麟，就这一件事儿；查赵玉琴，最低也是有期徒刑。"

于副主任从来没见寇主任生这么大气，口无遮拦起来。他们都没有和甘凤麟提起赵玉琴，猜测的事儿，两个主任说说就行了，再和甘凤麟说，不合适。

甘凤麟不明白，栗克良为什么要旧案重提，他直接找到栗克良门市。

"甘队，这次不怨我，真的不是我的事儿，都是她逼的。"栗克良苦着脸。甘凤麟现在是队长，赵玉琴不在稽查队，他怕甘凤麟报复，把实情说出来，想取得甘凤麟的原谅。

赵玉琴已经很多天不到门市来了，那天踱进店里，栗克良没敢认，她化了很浓的妆，挺吓人。

"阿姨来了。阿姨今天真漂亮。"栗克良的媳妇嘴甜。女人只要化妆，肯定希望别人夸她漂亮。赵玉琴只比栗克良大几岁，他们夫妇却一直叫赵玉琴阿姨。

三年前，赵玉琴刚刚摸出在市场上增加收入的门道，对于怎么向经营者榨钱有了一些经验。一天下午，星期天，赵玉琴到市场来了。

赵玉琴不玩儿游戏，也不跳舞。邻居里有好几个县委书记的老婆，她们会吃会玩儿会打扮，她瞧不上她们。一个女人要学会自强，怎么能只依靠老公活着呢？她们也瞧不上她，说她没女人味。

柴云鹏说："看人家，多温柔。"口气中有很多的羡慕。

赵玉琴说："看谁好，找谁去。我学不来那酸样，也看不上。"把柴云鹏噎得一句话也没有。

做完了饭，伺候一家人吃过了，洗了衣服刷了碗，卫生清理好了，看看没什么事儿了，赵玉琴骑摩托车直奔市场。她知道，星期天市场上假货多。

稍一转悠，就发现了猎物。

栗克良家的门市里，柜台上摆了十条假烟，柜台后面还有三箱。那时候，虽然政府刚刚开始打击假货，经营户还没有反侦查经验，不知道藏匿。在法律方面，更是无知，以为赵玉琴就代表了法律，根本不懂什么叫一人执法。

被赵玉琴查到假货，栗克良吓坏了。他一个劲儿地给赵玉琴倒水，拿水果，点头哈腰，不知道怎么办才好。

赵玉琴看出来，栗克良没经历过什么事儿，他越是这样，越是吓唬他。

"现在，正是严格管理市场的时候，市政府三令五申，不允许经营假货，你还顶风做案，像你这种情况，一定要从重处理。省里有文，对制售假劣商品的，要罚到他倾家荡产，该判刑的要判刑。"赵玉琴专拣厉害的说。

栗克良指天发誓，说自己不知道这些商品是假的。

"是不是假的，你说了不算。我也不能明知道你在卖假货而假装不知道。"赵玉琴往自己需要的方向引他。

她的目的很明确，她不是来为民除害的，也不是为单位加班加点净化市场来了，她是为自己的利益来的，说不好听点儿，是来揩油的。

为了让栗克良听明白，赵玉琴费了好大口舌，不是她嘴笨，是她不想把这事儿说明，要栗克良自己悟。

"只要您不说，谁也不知道。这事儿，我感激您一辈子。"栗克良终于开窍了，给赵玉琴拿出了两千块钱。

赵玉琴吓了一跳。她从来没想过要别人的钱，她觉得要钱和要物的性质不一样，她只是拿别人一些东西，也不过是价值几十到几百元不等，这么多的钱她过去没有收过。

赵玉琴黑了脸，教训栗克良："你这是干什么呀？贿赂我？我可不是那样的人。"

钱这东西，烫手。赵玉琴不敢要，心里却急，急也不能带相。收礼，一定要板起脸孔拒绝，让对方想尽了办法，最后才勉为其难收下，这是她自以为高明的地方。

推辞了一会，栗克良见赵玉琴坚辞，不知道该怎么办。

赵玉琴引导说："小栗呀，你是真不懂事儿呀，我是国家工作人员，能收你的钱吗？那成什么了？平时，大家关系好，你给我点儿吃的喝的，礼尚往来，这都没什么大不了的，这送钱可就不是交情的事儿了。"

栗克良恍然大悟，把钱收了起来，进里屋搬出两箱剑南春就往赵玉琴摩托车上放，赵玉琴拉住他，不让他去，他说："大姐，别这样，让别人看到，对你不好，我给你放车上，有人问，你就说买的。"

赵玉琴不觉好笑，他倒是想得周到。

过了一个月，柴云鹏在家请客。赵玉琴愿意让柴云鹏在家请客，在家请客显得跟客人关系近。

酒遮了脸，大家就无拘无束了。席间，臧副书记和赵玉琴喝了几个酒，拉起闲话："市场上有个栗克良，弟妹，你认识吧？"

赵玉琴马上明白，他要说什么，只是笑笑，没有回答。臧副书记说："以后多照顾着点儿吧，那是我外甥。"

第二天早上，赵玉琴在上班之前就把栗克良的剑南春送了回去。这两箱酒还没动，她一般都会等一段时间再处理收到的东西，以防万一。

栗克良坚决拒绝收回这两箱酒，不仅如此，又送赵玉琴一套化妆品，说："给阿姨美美容。"有了这层关系，赵玉琴就是他姨，以后还有许多事儿请阿姨照顾呢。

赵玉琴听到栗克良媳妇夸自己漂亮，笑起来："你姨我本来就漂亮，我年轻的时候，你是没见过。我只是不爱打扮。女人，顾家最重要。"

赵玉琴仿佛又找到了自信。

柴云鹏话里话外，总透出这样的意思，一个不加修饰的黄脸婆，不符合县长夫人的身份。

甘凤麟也曾经开玩笑，说赵玉琴从来都是素面朝天。

赵玉琴很自信地说："我就是不喜欢妖里妖气的。"说着看花如玉。

"画一点儿淡妆，是对自己的尊重，也是对别人的尊重。"花如玉不以为然。

甘凤麟同意花如玉的观点，说，我老婆也这样说。

"我看你是拿人家当你老婆了吧？"赵玉琴毫不客气，拣最恶毒的话来说。

花如玉极其不满，瞪着赵玉琴："有你这么说话的吗？你以为大家都像你，整天想些邪的歪的。"

甘凤麟不生气，上下打量着赵玉琴说："我倒是愿意把你当成老婆，编外的，就怕你不愿意当小老婆，也怕我老婆不同意。"

"我想邪的歪的了吗？哼！"赵玉琴嘴硬，心里不得不承认，她嫉妒甘凤麟对花如玉的照顾，"给你当老婆，还编外，瞧你那样子吧。黑不溜秋的。"

"嫌我黑，那好，朱读，我把她让给你了。你长得白，有学问，戴个眼镜，就你了。"甘凤麟大笑着。

朱读只是笑，不说话。

"你怎么不说话呀，他说让给你，你就不会说点儿别的呀？"赵玉琴急了。

"说什么？你让他说不要吗？"甘凤麟笑得弯了腰。

这些，仿佛都是很久以前的事儿了。

现在，她化了妆，她希望柴云鹏会回家看到，她也希望甘凤麟会看到，可是，有人愿意看吗？唯一愿意看的是宁鹏，她不愿意让他看。

想到这些，心里有点儿酸，她的决心更坚定了。

栗克良以为赵玉琴是为了生意上的事儿来找他。赵玉琴说，别害怕，我来找你，与钱无关。她来的目的，就是让他把告崔月浦和甘凤麟的案子再捡起来。如果栗克良不告，她就揭揭他这些年的底，而且，连他舅舅也脱不了干系。

栗克良意识到，朋友一旦成为敌人，将最为可怕。

栗克良和赵玉琴攀上关系之后，他们就形成了利益共同体。逢年过节，栗克良到赵玉琴家走动，赵玉琴也不遗余力地保护着栗克良。栗克良的生意从此没遇到过麻烦，赵玉琴不只是为他通风报信，还为他出谋划策。

赵玉琴了解到，臧副书记只是栗克良的一个远房舅舅，为了找个靠山，栗克良每年都要给臧副书记送礼，处得关系比较好。

既然是找靠山，赵玉琴这个姨也不错，何况，还有一个柴云鹏县长做姨父。

赵玉琴一说要揭底，栗克良怕了。这些年，他的许多违法行为，赵玉琴都知道，好多还是她帮着策划的。可是，他没有她的证据。

37　赵玉琴隐隐觉得，她喜欢甘凤麟

栗克良攀上赵玉琴的关系后，市场上很快都知道他有了一个保护伞，一个很关照他的姨，他的生意做得顺风顺水。榜样的力量是无穷的，投靠赵玉琴的经营户越来越多。有些人，通过栗克良打通赵玉琴的关系，这些经营户和赵玉琴都尝到了甜头。

栗克良对稽查队其他人的态度很冷淡，和赵玉琴相比，那些人根本不懂怎么寻租权力。他对他们很不屑，除了甘凤麟，他很少答理其他人。

崔月浦对栗克良搞突然袭击，是积压了很久的情绪。

"她以为自己是什么？西太后吗？"崔月浦愤愤。

"乱权，泄密。"老齐也愤愤。

查到栗克良的假货，大家兴奋中夹杂着不满。平时，赵玉琴在场，栗克良门市查不到假货，看来，赵玉琴通知很及时。没有检查的时候，栗克良明目张胆地售假，这让稽查队的四个人很吃惊。

查出了假货，栗克良马上给赵玉琴打电话，赵玉琴让他不要慌。栗克良问，是不是找几个打手，来点儿硬的，赵玉琴没同意。稽查队是自己单位，如果经营户都以武力对抗执法，她的财路也就断了。

"这不只是针对你，也是对我。"栗克良很快到了赵玉琴家，赵玉琴先是埋怨栗克良不小心，然后说，"他们嫉妒我。这也不能全怪你，看来，他们蓄谋已久。"

这段时间，稽查队的其他人，渐渐了解了权力是个什么东西。对赵玉琴的弄权，大家都很反感，千方百计干扰她，不让她单独行动。

栗克良问，这事儿，是不是让他舅舅出面。赵玉琴说不用，如果她办不了，该用到他舅舅的时候再说。她授意栗克良去崔月浦和甘凤麟家送礼，本来，她想让栗克良录音，转念一想，怕栗克良将来也会这样对付她，打消了念头。

送礼效果不好，栗克良让赵玉琴出面讲情，赵玉琴知道，她讲情，只是自取其辱。

联想到同事们对自己的不满，对她的孤立与疏远，赵玉琴觉得这是个报复的好机会。她给栗克良出主意，让他告稽查队。

栗克良不敢，怕以后没法做生意了。

"怕什么？告倒了他们，以后再也没人敢欺负你。再说，不是还有我和你姨父吗？你没听说你姨父马上要到人事局当局长了？"赵玉琴给栗克良打气，柴云鹏那段时间正在竞争人事局长，后来被别人挤下去了。

栗克良说，这状告上去，以后大大小小的执法单位都会对他防范有加，谁也不会再和他攀交情。

赵玉琴急了："你要是这么没出息，我也不帮你了。"

栗克良马上答应告状。他知道，赵玉琴不帮他，就意味着她还要害他，两年交道打下来，栗克良知道，赵玉琴手黑。

赵玉琴一手策划了告状事件，连信也是她起草的。

事情闹大了，赵玉琴有点儿后悔。她原本以为，这事儿可以全推到臧副书记身上，人们会以为是他幕后操纵。她低估了同事们的智商，崔月浦和甘凤麟很快向她暗示，请她帮忙。

对崔月浦，赵玉琴不同情。他自私狭隘，赵玉琴对他没好感，就算为他摆平了栗克良，他也会记恨赵玉琴。而且，赵玉琴知道，崔月浦一定会报复，只是，他能量有限，报复也不足为虑。

甘凤麟情绪很不好，不是因为被人家告了，是自责。赵玉琴看在眼里，心有不忍。过去，她和甘凤麟关系还算融洽，甘凤麟喜欢和她开玩笑，她愿意听他说话。

赵玉琴隐隐觉得，她喜欢甘凤麟。

赵玉琴的少女时代，无数次勾画过自己理想的爱人。她曾经强烈希望自己嫁的丈夫是甘凤麟这样的人。有爱心，有情调，正直，幽默，健壮，英俊。

成年之后的赵玉琴知道，只有这些是不够的，男人最重要的是权势。这是甘凤麟所不具备的。

赵玉琴有时候想，女人最理想的生活，是和柴云鹏这样的人领结婚证，和甘凤麟这样的人同床共枕。

崔月浦和甘凤麟不断地找赵玉琴，主要是崔月浦求她，崔月浦脸皮不值钱，只要肯放过他，叫赵玉琴奶奶也行。甘凤麟自尊心强，不肯狗一样求人。越是这样，赵玉琴越喜欢甘凤麟，她喜欢有骨气的人。

僵局总要打开，甘凤麟不断地以开玩笑的形式拉近和赵玉琴的关系，人的思想，瞬息万变，赵玉琴系铃解铃，和甘凤麟冰释前嫌。

"我现在，最怕三种人。"旧案重提，甘凤麟心烦，喝多了酒，办公室里只有花如玉，他唠叨了一个多小时了，"临时工，中年怨妇，快退休的人。"

"你去和她谈谈吧，你们最近关系不是挺铁的吗？"花如玉提醒甘凤麟。

花如玉痛恨吃拿卡要。她心目中，公务员应该是廉洁高效，待人和气，工作热情。她眼里看到的，却是"政府权力部门化，部门权力个人化，个人权力商品化"。

可是，她对甘凤麟恨不起来。甘凤麟一向廉洁，却弄出这么大的事儿，被人揪住不放，花如玉有点儿同情他。最主要的，是甘凤麟这人随和，和谁都笑呵呵的，平时，拿花如玉当小妹妹一样。

"你去找找赵玉琴吧，和她谈谈，那才是釜底抽薪的好办法。"花如玉又说了一遍，怕甘凤麟酒沉了，没听到。

"找她？谈什么？我知道她心里怎么想的？我又不是她肚子里的蛔

虫。"甘凤麟咽回去两个字，是句脏话。在女孩子面前要注意语言。

"那你是哪里的蛔虫？"花如玉习惯了和甘凤麟抬杠。

"臭丫头，都这时候了，还杠我一句。我都这副德行了，只有丫头的关心如此真诚，显得弥足珍贵呀。"甘凤麟慨叹着，"哈哈"大笑，突然，用手捂住嘴，往卫生间跑，刚到门口，吐了一地。

花如玉捂着鼻子，一点儿一点儿帮他打扫干净。去隔壁叫朱读，送甘凤麟回家。

崔月浦退休了，科长室没有人去，成了队员们的休息室。甘凤麟喝多了，几个队员就在隔壁，偷偷地打牌。

甘凤麟头痛欲裂，他不想回家，不愿意让宋丽影看到他痛苦的样子。一个人去科长室躺着。

最近，赵玉琴变得难以捉摸。甘凤麟发现，她情绪不对劲儿，好像变了个人似的，看人的时候，两只眼睛直喷火，碰到谁就要烧谁似的。

是为了争正科长的位置，还是因为那天晚上她扑到自己怀里的事儿，甘凤麟不清楚。赵玉琴的眼神，太可怕，甘凤麟觉得，除此以外，还有许多仇恨。

纪委不断地调查，甘凤麟和展飞被问得头都大了。

展飞慌了手脚，不停地找甘凤麟，甘凤麟也没办法。再找赵玉琴已经没有用，她的眼神告诉他，这一次，她不会罢休。

"要是我丢了这份工作，我就什么也不怕了。"展飞放出话去，他被撤了队长之后，吴跃升说效益不好，把他老婆辞退了。现在，他家五口人，只有他的工资和他父亲的退休金支撑，如果失去这份工作，他活得更艰难。

"我这样的人，除了没勇气死，没有活着的理由。"展飞这句话，对赵玉琴触动很大。她的目标是甘凤麟，没必要惹急了展飞，她活得比他滋润得多，不想鱼死网破。

展飞忽然不再找甘凤麟商量，甘凤麟料到一定是赵玉琴的攻心术。果然，赵玉琴给展飞的老婆找了份工作，展飞每天和赵玉琴有说有笑，俨然好朋友。

纪委调查很严厉，案情落实也很快。

崔月浦、甘凤麟、展飞、齐显声，四人，查获栗克良的十条假红塔山，十条假熊猫，吃了栗克良一顿饭，饭费一千多，展飞和老齐还拿了栗克良两条红塔山，稽查队打白条收了栗克良的两千块钱，这些钱放在小金库里。

至于栗克良信里说的，送崔月浦和甘凤麟的财物，送展飞的三百块钱，无法查证。

"甘队，这事儿，没什么大不了的。咱们私下里的事儿，你不承认，谁也没办法。我信上写的，很多不实。但是，我现在不能说自己是诬告，白纸黑字，我自己写的，对不住了。我也没想到，这娘们儿这么狠，她说，这事儿，没有缓和。"从纪委出来，栗克良拉着甘凤麟的手说。

"栗克良，这件事，是我们做得不对。我觉得很对不起你。我甘凤麟不会为这事儿报复你。但是，你现在的做法，我很不齿。"甘凤麟说完，扬长而去。

"为什么还让他在稽查队？"赵玉琴听了栗克良的汇报，发现了这个重要问题，"他应该待岗。"

稽查队的工作很难开展，甘凤麟带队查案子，赵玉琴在后面败坏甘凤麟的名声，同时替经营户想办法，规避处罚。假货案也越来越难查获。

"凤麟啊，看来，来者不善啊，你们最近又有什么过节吗？这件事儿本来就过去了，怎么又翻腾出来了，多大个事儿呢？"寇主任问甘凤麟小金库的事儿，崔月浦和甘凤麟全担起来，寇主任不能不管他们。他找过纪委的朋友，朋友说，对方盯得紧。

"有关系就找找吧。"寇主任再次提醒甘凤麟，他知道，甘凤麟的哥哥是麒麟阁的董事长，应该有些关系。

甘凤麒最近很忙，新酒店开业不久，要打点在通宜的所有人情关系。饭店的效益不错，唐超的工作他也很满意。张志的伤好得差不多了，甘凤麒正在考虑，是不是让张志替代唐超。夺妻之恨，甘凤麒怕唐超不能忘记。

司马春晴已经走了几个月了，甘凤麒心里一直放不下，他从来没有这样深爱过一个女人，尤其是看到唐超的时候，他就更会想起她。好在甘凤麒从来不缺女人，他缺的只是那种刻骨铭心的爱。

新雨和唐超工作配合很好，甘凤麒为他们举办了盛大的婚礼，给他们买了房子。婚礼上，甘凤麒说："希望你们两个能二十四小时密切配合。"

唐超很感激："董事长，您对我这么关怀，我真不知道怎么报答您。"他很喜欢新雨，对于他，也许新雨更适合。

新雨很漂亮。论长相，和司马春晴各有千秋，论性情，司马如诗如画，新雨却是风骚多情。在甘凤麒心目中，司马春晴是天上的月亮，新雨却只能是手中的月饼。

新雨是个穷孩子出身，这些年，她们家全仰仗甘凤麒的接济，甘凤麒让她做什么她就做什么。而且，她知道，甘凤麒手下这样的人并不少，他帮助过的这些人，大多感激他的恩德，对他言听计从，就算是赴汤蹈火，也在所不惜。更重要的是，她知道，甘凤麒手下这样的女人也不少，所以，她从来不奢求自己能成为甘凤麒的妻子，甚至于她都不渴望成为他唯一的情人。如果能嫁一个唐超这样的人，她觉得是她自己的福气，也是甘凤麒给她的恩典。

安排好了酒店的事儿，甘凤麒心里轻松了许多。他已经很多天没好好玩儿玩儿了，虽然每天都离不开女人，但是，在通宜，他还是觉得不够畅快，毕竟这里不如通南，那里，他就是一手遮天的小霸王，谁敢把他怎么样？可是通宜就不一样了，妹妹只是个书记的小秘书，真要是有了什么事儿，陈桐不一定能帮上忙，而且，以陈桐的个性，她也不一定会帮忙，说不定会非常生气呢。

最近，批发生意做得不太顺利。他在通宜麒麟阁住着，办公室里人来人往的，影响不好，时间长了，难免会引起别人的注意。当然，这里本来就是餐饮住宿的酒店，还不太容易引起别人的注意，但是，这里至少还有唐超呢，对于企业的一些内部机密，唐超还是不知道的。

想到这些，甘凤麒突然觉得归心似箭，一个小时后，他就回到了通南。

　　"甘凤麒，你还是人吗？"甘凤麒刚从服务员小芬的身上下来，他女儿西西就闯了进来，门是锁着的呀，这丫头是怎么进来的呢？不会有哪个服务员敢不经允许就打开总经理的房门。难道西西有钥匙？

　　"你去吧。"甘凤麒平静地吩咐小芬，然后坐好了，把被子往自己身上拉了拉，不动声色地看着女儿，"西西呀，来吧，坐这儿，怎么了？"

　　"你可真不是个东西。你背着我妈，天天在做这些事儿，你会得到报应的，你糟蹋别人的女儿，别人也会糟蹋你的女儿。你就做吧，我妈都快让你气死了。你有钱给那些婊子，却舍不得给我做生意，你不是让我磨炼磨炼吗？好啊，你就看着你女儿当妓女挣钱吧，我再也不要你的钱，也不进你的家门。你就做你的缺德事儿吧，千万不要父债女还就好。"西西说完摔门而去，顺便把他的裤子扔到了门外。

　　"西西，你回来。"甘凤麒气得脸色铁青，穿上上衣，也不好意思叫人，伸头看了看楼道里没人，一把抄过裤子来穿了。他知道，他这个女儿和他一样，什么事儿都做得出来，除了学习不好，什么事儿都要达到自己目的，不惜一切手段。女儿最大的毛病和他一样，就是爱冲动，冲动起来，杀人也敢，而且不管是谁，拦是拦不住的。她也没怎么出过门，如果在通南，不怕她出事儿，谁还敢把甘凤麒的女儿怎么样呢？要是出了通南，估计她只能去她叔叔家。

　　不能太大意，这个小姑奶奶已经长大了，就看刚才那一手，有几个姑娘能看着自己的父亲做这事儿，一点儿也不脸红。面对两个赤身裸体的人，居然没有一点儿羞涩和慌乱，这，恐怕连甘凤麒自己也做不到。

　　真是青出于蓝啊。

　　哎呀，不对呀，这小丫头能这样，说明她，是不是已经？想到这里，甘凤麒暗暗叫苦，难不成真的是自己在糟蹋别人的女儿，别人也糟蹋了自己的女儿？这个念头刚冒出来，他的眼睛立刻瞪得像小笼包子。这可是奇耻大辱，他甘凤麒受不了这个。

　　"丽娟，你马上给西西打个电话，看看她去哪里了。"

何丽娟听说甘凤麒回通南了，问他为什么不回家，又说起家里一大堆鸡毛蒜皮的事，甘凤麒没闲心听，催她打电话，她才想起问，女儿怎么了？

只得又说谎，甘凤麒说西西来找他要钱，开店，他没给，孩子恼了，说了一大堆乱七八糟的话，赌气跑了。"千万别大意，快找找，有消息给我回电话。"

何丽娟问他，晚上回家吗，想吃什么？

甘凤麒放下电话，何丽娟还在里面唠叨，他不由得苦笑，想吃什么？"你能做出什么来呀？我天天在酒店，什么好吃的没有？娶到这么一个傻子做老婆，真是对不起我甘凤麒的为人。不过话又说回来，要不是娶到这样的傻子，我这些年能这么潇洒快活吗？"

女儿还是重要的，虽然不听话，但是越长越像自己了，甘凤麒此刻倒是关心起女儿来。女孩子的名节可是重要的，男人可以胡作非为，女孩子却必须保住自己的贞节，这一向是他的观念。他马上又给弟弟打了个电话，言辞和刚才跟何丽娟说的一样，叫甘凤麟如果看到西西赶紧给他来个电话。

"行，哥，你不用管了。西西这孩子，喜欢她二婶，丽影正好在家，估计有了心事，西西会来找二婶的。我让丽影给她打个电话，叫她过来玩儿。前些天，她还想着叫二婶教她做导游呢，说是想当导游，天天出去玩多开心呀。"甘凤麟自己正为恐吓电话的事儿烦心，谁知道大哥又来了这样的电话，只好给宋丽影打电话。

"凤麟，你可别让她知道是我让你们找她的。要是知道了，一准儿不去你那儿了。现在，她只有去你们那儿我才放心，这姑娘大了，哎，当爹的哪儿能心净啊。"甘凤麒觉得说这话的时候，他心里正有一片阴影飘过。

"放心吧，哥。"

十分钟后，何丽娟的电话打过来了，说是孩子不接她的电话。何丽娟正在单位，也不敢多说，怕同事们笑话她，急得快哭了。接着，甘凤麟的电话就到了："哥，丽影已经和西西说好了，今天西西过来学导游词，你放心吧。"

放下弟弟的电话，甘凤麒给何丽娟打了个电话，告诉她孩子去她叔叔家了，不用担心了。自己晚上也回家吃饭，让她不用太麻烦，从酒店带两个菜回去就行了，家里不用做了。要是她还有力气，就熬个粥吧，这些天，胃不舒服。何丽娟像是得了圣旨，提前下班回家熬粥去了。

甘凤麒干脆脱了衣服，又钻进了被窝里。他不是个懒惰的人，但是今天，他就是想躺在被窝里，这种放松，这种温暖，他舍不得放弃。

弟弟，甘凤麟，甘凤麒唯一的弟弟。从小，两人在一起，受过苦，做过农活，又一起到县城上学。他爱打架，弟弟爱学习，弟弟总是考第一，也总是三好学生，他打架被罚款，不敢让家里知道，弟弟把自己的生活费省出来给他。他打架得罪了人，被人围攻的时候，弟弟帮他把那些仇人打跑，为此，那一年弟弟没有当上三好学生。弟弟高考的时候，他在部队，他把自己攒的钱全寄给了弟弟，让弟弟能够吃得好一些。那些年，手足之情真是深厚啊，常常让他想起那个词，叫"血浓于水"。

现在，孩子有了事儿，还是要弟弟帮忙，手足之情啊。

可是，这些年，兄弟的感情越来越淡了，甚至没有了共同语言，为了什么呢？大概还是为了钱吧。父亲是老观念，农村人的观念，家产只给儿子，虽然大秀没完没了地争抢，父亲也没少给她添补，但是，对于父母身后的钱财，父亲坚持只给儿子。直到小秀当了市委书记的秘书，父亲才改口说，将来，他的遗产四个孩子均分。在没有这样的决定之前，那时候，甘凤麒的日子还不像现在这么富足，他总是防着唯一的对手——弟弟甘凤麟。甘凤麟不争不抢，什么也不说，但是兄弟两个的感情越来越生疏了。

小时候，兄弟两个也常常打架。甘凤麒想起来，那时候，也许会为了一句话就打起来，都是练武的人，脾气暴躁。有时候，也会好几天谁也不理谁，但是，一有外人来打架的时候，哥儿俩就一致对外了。那些童年往事，不但没有人记仇，相反，成了哥儿俩的趣事，说起来，常常会哈哈大笑。

凤麟的脾气是倔强的，他不像凤麒。甘凤麒从小坏点子多，但是他不死心眼儿，拐弯快。通常，两个人闹了别扭，他都有办法把弟弟给哄得听他的话。为这，甘凤麒的好吃的也没少让哥哥给哄走。有时候，他把弟弟的好吃的哄走了，不一定自己吃，却去给了大秀。这也是让甘凤麟生气的地方。可是过一会儿，说不定哥哥又把大秀的什么好东西哄来给了凤麟。

凤麟哪，我的兄弟，你怎么总是那么倔强啊？甘凤麒叹了口气。亲爱的兄弟，你毕竟是我唯一的兄弟啊。你做事儿总是认死理，可是哥哥我怎么舍得对你下手啊？有时候，我只是不得以，为了我自己的利益，我不得不做呀，可是，你不能圆滑一点儿吗？你要是会做事儿，大哥会亏待你吗？

甘凤麒越想越觉得累，他干脆盖好被子，把头也蒙起来，睡了。直到晚上九点多，何丽娟才把自己熬得软烂的一碗粥送到甘凤麒的手上。而此时他们的女儿已经在甘凤麟家的床上和二婶大发牢骚了。

"西西，不要这样说你爸爸，你爸爸并不缺钱，他怎么会和你叔叔争夺你爷爷的钱呢？而且，你叔叔也没想过要争夺你爷爷的钱啊。"宋丽影劝着甘春西。

"还有，他到处找野女人。他根本就不为我和妈着想，他心里也没有这个家。婶，我将来如果结婚，一定组建一个你们这样的家庭，你和叔叔，虽然贫穷，但是你们有爱，你们的日子过得多么让人羡慕啊。我瞧不起我爹妈，也瞧不起我大姑一家，我喜欢小姑姑，但是更瞧不起小姑父。我爷爷奶奶那样的，我也不喜欢，爷爷总是觉得自己心眼多，什么事儿都不和奶奶商量，可是又怕奶奶。奶奶这一辈子，也够可怜的。嫁这么一个没准儿的人。"

"西西，可不要这么说。你一个小孩子，知道什么呀？"宋丽影心里正烦恼，却还要打起精神劝慰甘春西。

"我什么不知道？二婶，我爸爸就不是东西。你知道他有多少钱？

不知道吧？我也不知道，但是我知道他的钱用不完，可是他还不知足，在临河那里弄了个厂子，专门生产假货，然后往通宜这里的市场卖。他和通南的县委书记柴云鹏关系好，没有人敢查他，他还以为神不知鬼不觉呢，这事儿，我早就知道了。"

"西西，别瞎说。这事儿可不是闹着玩儿的。"

"我没瞎说。上次，你们在一起议论这事儿，我就想说。"

甘凤麒造假这事儿，西西早就知道。甘凤阁向父亲要钱，买房子，受到了大哥的阻拦，气得大哭大闹，摔了家里的东西。

"真没出息。"西西来爷爷奶奶这里，看到爷爷坐在沙发上抽闷烟，奶奶也不说话，她不怕大姑姑，讽刺着。

"我没出息？我也是你爷爷奶奶的孩子，凭什么家里的钱都是你爸爸的？我要我父母的钱，理所当然。你爸爸想把家里的钱都霸占了，没门儿。我没出息，我只是沾我父母的光，我不违法不犯罪。不像你爸爸，造那么多的假货，缺德。以为我不知道呢，他在临河县，有个黑窝点。"甘凤阁还要接着骂，西西没给她机会。西西武功好，只一个耳光，甘凤阁的脸很快就肿起来。

38　谢谢她费心惦记着我

甘凤麟走进办公室，赵玉琴用恶毒的眼光看着他，他没有表情，他们之间已经没有什么可说的。竞职演说刚刚结束，办里要提拔几个正副科级干部。甘凤麟知道，自己虽然还能参加竞争，却不会有机会晋升。

展飞也用仇恨的目光看着甘凤麟，甘凤麟很奇怪。

"展飞说了，如果你能把责任都担起来，就没他的事儿了。"花如玉暗中告诉甘凤麟。

"真是可笑。"甘凤麟气极反笑，"看来，这又是赵玉琴使的坏。他自己收人家一条烟，我能替他担着吗？再说了，他是临时工，又不是党员，纪委能把他怎么样？这件事儿，现在，板子只能落在我一个人身上了。"

寇主任把甘凤麟叫到办公室："凤麟，大概很快就会出结果了，对你们个人的处理可能会从重。我希望你要吸取教训，但是千万不要一蹶不振。哪里跌倒，哪里爬起来吧。工作还要做好。"

甘凤麟点点头，接过寇主任递过来的茶，默默地喝完了，放下茶杯的时候，说："你放心吧，寇主任，我没事儿。"说完这一句，他清楚地听到自己叹息了一声。

甘凤麟不愿意再回综合执法科，一个人骑上自行车往城外去了。

墨绿的叶子，淡金的花朵。地上散落着些许的落瓣，向阳坡上，不知名的花儿，开得有点儿残，让人觉得恹恹的。

甘凤麟坐下来，想了想，裤子上一定会沾上泥土，起来拍了拍。不管它，索性躺下来，好好看看蓝天。阳光从花叶的间隙里筛到脸上，有点儿晃眼。落花一瓣一瓣慢慢洒到衣服上，他忽然怀念起小时候，在农村老家过的无忧无虑的日子。

那时候多好啊，父母带着他和哥哥，放了秋假，一起去地里收庄稼。看着沉甸甸的粮食，伸手抓住那有些扎手的叶子，向前是一片一片喜人的丰收，身后是收获后平坦的土地。他和哥哥总是累得浑身酸痛，身上晒得黝黑，还总是在休息的时候，给坐在地头吃着秋梨的大秀逮一只蚂蚱或者是编一只小枪。

大秀总是很快乐地笑，哥哥们也很快乐。到了中午吃饭的时候，总能吃到妈妈特意做的好菜，当然只能是一只咸鸭蛋或者是一块儿妈妈特意做的熏肉，熏肉直到现在还是麒麟阁饭店的特色菜，因为这是外婆发明的菜。

想到外婆，就想到小秀。可怜的小秀，她本来应该享受和大秀一样的幸福，可是她没有得到。

栗克良这件事儿，小秀肯定能帮上忙，她也愿意帮二哥的忙。昨晚，小秀还来家里吃饭，甘凤麟没有和她提起。

让小秀去和程书记求情吗？以小秀和自己的兄妹感情，以程书记对小秀的器重，这件事儿，没多大困难。

小秀那么正直，程书记决心反腐，自己怎么好意思去为她们抹黑添乱，怎么能让小秀因为自己丢人？

不，不能像大哥一样去攀附小秀，小秀只是一个小树枝，挂上这些关系，只会把她坠折坠断。

每个人都要为自己所做过的事情负责，谁也不例外。甘凤麟决定谁也不找，自己承担。他只是副队长，吃了一顿饭，打了白条，私设了小金库，这是与他有关的几条，但是，他只应该承担次要责任。

还有大哥，甘凤麟的心里很乱。思绪万千，没有头绪。

大哥居然做起假货生意，他并不缺钱，却要铤而走险。给家里打的恐吓电话，是大哥授意的，还是他手下人自作主张？大哥真的要对亲兄弟下手吗？应该不会，他只是吓唬一下，希望弟弟不要太死心眼儿。

应该怎么处理大哥的事儿？反目成仇？秉公执法？甘凤麟犹豫不决。还是和大哥好好谈谈吧，毕竟是兄弟，也许，他能听进一言半语。

"甘队，你在哪里？"朱读来电话，"有人把你们和栗克良的事儿贴到网上去了。"

网上的帖子不像栗克良的信，不实的内容少了，行贿受贿的事儿也没有了，但是，新增了内容。说当初查获的栗克良的烟，其中有几条是真的。另外，有人跟帖指出，野蛮执法的人中，某副队长倚仗妹妹在市委工作，后台很硬，有恃无恐。

终于还是牵扯到陈桐。甘凤麟怒火中烧。陈桐与这事儿无关，在单位，在纪委，甘凤麟都没有提起过自己是她的哥哥。赵玉琴，太狠毒了。

"小甘，你不要有别的想法。"于副主任叫甘凤麟去，和他谈话，市场办领导研究，让花如玉当队长，"避避风头，这也是保护你。"

公示栏里，准备提拔的名单已经公布，花如玉是副科长人选之一，甘凤麟和赵玉琴全都榜上无名，党办室的主任到综合执法科当科长。

两败俱伤。赵玉琴想不到会是这样的结果。早知如此，何必当初？

"如玉。"于副主任一向这样称呼花如玉。整个市场办，只有赵玉琴称呼花如玉"花儿"，花如玉知道她不是好意，每次都像叫猫一样的。

"你年轻，要多向老同志学习。甘凤麟，赵玉琴，他们都是老稽查队长，经验丰富，要尊重他们。当然，前几任队长的教训，也一定要吸取。"于副主任语重心长，在花如玉上任之初，和她谈话。

花如玉很感谢于副主任的提醒，希望于副主任能经常这样提醒她。

花如玉常说自己忧国忧民，赵玉琴笑她。"知我者谓我心忧"，她只能这样答复，赵玉琴听不懂。

花如玉最看不起公务员贪污受贿。"纳税人的钱，给你们开着工资，你们无所作为，只会内耗，不觉得问心有愧吗？嫌收入少，你可以辞职去干别的。"这些话，她一直想狂风暴雨地说出来。

近一年来，综合执法科频频出事儿，摁下葫芦起来瓢，没有平静过。花如玉从他们每个人身上吸取教训。

每个人犯错误，都有自己的客观原因。真正的原因，是主观上的，只要他们不改变自己的观念，不出事儿是偶然的，出事儿才是必然的。

崔月浦，一生没有掌握权柄，突然大权在握，很容易就"五十九岁现象"了。

甘凤麟，花如玉觉得他可怜又可恨。他为人正直，对钱财并不贪婪，他父母比较富有，他不依靠家里，自强自立，连父母帮他买房的钱都要还。自从买了房子，他的日子过得紧了。

但是，穷绝对不是犯错误的理由，花如玉一直坚信这一点。

花如玉家是科里最穷的。

花如玉家在农村，供他们姐弟三人上学花光了所有积蓄。她父亲人很聪明，不幸的是，他早年得了气管炎，母亲很能干，种着几亩地，姐姐已经读研了，花如玉没有考研，她用工资供弟弟读书。她有一个信念，再难也要努力活着，再难也不能做不该做的事儿。

花如玉最瞧不起的人是赵玉琴。人穷志短，做出不应该的事儿，也许还能得到别人的同情，钱多到花不了，还贪得无厌，只能说是本性恶劣。

"谁也别想把这事儿轻轻一抹，这事儿没那么容易。谁要是敢说这事儿完了，我就把谁的老底揭一揭。"赵玉琴对花如玉说，也像是在自言自语，她没有可以倾诉的人。

花如玉不理赵玉琴。心里说，你有本事揭揭我花如玉的老底。花如玉的老底清清白白，不怕任何人调查。

"小花，当队长了，以后别那么傻了，早晨来那么早干什么？显得别人都不积极了，这样容易得罪人。"赵玉琴爱唠叨。这些天，家里没人，单位气氛紧张，攒下好多话。

"哦。"花如玉觉得总不理她不礼貌，又实在不愿顺着她的话说。

"还有，早晨来了，干什么忙着打扫卫生啊？现在和过去不一样了，过去，你年轻，当然要多干些活，我也觉得你这个小丫头不错，挺懂事儿的，爱劳动，现在不一样了，现在有了四个新临时工，这些活，他们不干谁干？你没看他们天天早上要早来一会儿吗？你要给他们表现的机会，这样，既让自己少干了活，又对他们有好处，他们哪个不愿意表现好了留在这里呀？你懂吗？"

花如玉懂。可是她不愿意这样做。

"赵队，你先照看一会儿，我去办公室复印材料。"花如玉把她积累的打假资料拿出来，她当队长，要让队员们都有识假技术。

"去吧，拿全了再来。"花如玉在办公室绊住，待的时间长了点儿，回来的时候，赵玉琴正在向一个经营户说着什么，看样子是那个人来办什么事儿，赵玉琴正把要求拿的材料告诉他。

"大姐，还需要哪些呀？我都来三趟了，能不能把该要的都告诉我，我一次都拿了来，省得老是跑了，也省得你一次一次地审，我多跑几趟倒是没什么，您不也嫌烦吗？"这个经营户很谦恭。

"你可真啰唆，这不是告诉你了吗，哪儿那么多事儿？我不嫌烦，我干的就是这样的工作。"赵玉琴不高兴地说。

"什么事儿呀？我看看。"花如玉的内勤工作还没有交接，这是她分内的工作。

办事儿的条件，本来就应该一次告知人家的，怎么可以让人家跑一次告诉一项呢？花如玉把所需要的手续一次都给经营户讲清楚了，怕他不明白，又拿了张纸让他自己记录下来，这才打发这位经销商走。

　　"二百五。"赵玉琴眼睛看着墙说。

　　"赵科长，你说什么呢？这么说话可不行。"花如玉马上说。她对赵玉琴的行为已经不满，更不允许赵玉琴污辱自己。

　　赵玉琴理亏，没有说话，假装没听到，拿起自己的手包走出去，眼神怪怪的，目光直直地看向前方，挺吓人。

　　"花儿，有吃的吗？"展飞在隔壁和朱读四人玩儿牌。他低血糖，过来找零食。

　　"没有。我不喜欢吃零食，你看看赵姐那里有吗？她家里吃不了的东西常常往单位拿。前天还拿了一大堆零食分给各科室的人吃呢。最近，她拉拢人的手段挺多，大概她抽屉里还有吧，你找找吧。"

　　"我不找，她的东西，这姑奶奶，我惹不起。"展飞说着出去，回家了。

　　这几个月的时间，展飞变化太大了。

　　当队员的时候，他挺谦虚的，待人也热情，只是偶尔会发发牢骚。大家都知道他家里条件不好，也都不怪他，有合适的机会，还要劝劝他。

　　自从当上队长，他就像变了一个人。在他眼里，别人全都是无能之辈，别人看得全不对，别人做的全低能，只有他才是高智商，只有他才是市场的主宰。他在市场上进行了超过前任任何一个队长的搜刮。

　　被撤下来后，他失魂落魄，见了谁也不想说话，整天低着个头，让人一看就觉得可怜。

　　前车之鉴，花如玉告诫自己，权力害人，不可重蹈覆辙。

　　"小甘，栗克良这事儿，或许还有转机。"于副主任把甘凤麟叫到他办公室。甘凤麟觉得，于副主任这人，很圆滑，两边讨好，"赵玉琴在我家附近买东西，碰到我老伴，你知道，我们两家住过多年邻居。"

　　于副主任转弯抹角，意思甘凤麟听明白了，赵玉琴提了两个条件：

一个是她想当队长，第二是钱的事儿。前年，赵玉琴摔折了胳膊，有六千多块的医药费，她说上班路上摔的，应该算工伤，单位一直没给她报销。赵玉琴说，只要把这两件事儿给她办了，栗克良的事儿，没什么难的，她有办法摆平。

于副主任和寇主任说了这事儿，寇主任说，不会让她当队长。至于医药费，寇主任问了详细情况，办公室说，赵玉琴星期天早上去买菜摔的，跟单位有什么关系？而且，她是被汽车撞的，那个司机已经给过她赔偿了。所以，不会给她这项费用。

"我的话你听明白了吗？"于副主任问甘凤麟。

甘凤麟听明白了。队长已经明确是花如玉，这事儿办不成了。六千块钱，甘凤麟可以自己出，赵玉琴拿了六千块钱，栗克良的事儿，就不再追究。

"于主任，谢谢您的关心。这件事儿我听明白了，让我考虑考虑吧。"甘凤麟走出于副主任的办公室，心里沉甸甸的。

赵玉琴的话，是通过于副主任的夫人传过来的，如果赵玉琴反悔，这些话，赵玉琴都可以不承认。

这件事儿已经闹得沸沸扬扬，赵玉琴还能左右吗？

六千块钱？对于赵玉琴也许不算什么，甘凤麟现在是月光族，到哪里去找六千块钱？

两个人的关系已经僵到这种地步，甘凤麟会拿钱去买赵玉琴的仁慈？这一次买完，下一次还会不会有？

甘凤麟的倔强劲儿上来，宁折不弯。他转身回到于副主任的办公室，"于主任，您的好心我多谢了，我甘凤麟是个有血性的男人，请您转告赵玉琴，这件事儿，我做不到。我甘凤麟当然希望自己平平安安的，但是，我的能力有限，只好听天由命了。谢谢她费心惦记着我。"

地位，金钱，感情，赵玉琴和甘凤麟，有着太多的纠葛。

为了科长和队长的位置，为了金钱，为了感情，一个女人可以变得疯狂。

甘凤麟从来没有向任何人提起赵玉琴喝醉酒扑到他怀里的事儿，做男人，要有男人的心胸。即使赵玉琴痛下狠手，他还是愿意保全一个女人的名声。

"这事儿，你想清楚了？也可以和其他几个人商量一下，毕竟不是你一个人的事儿。"于副主任提醒甘凤麟。

不用商量，崔月浦和老齐的态度很一致，他们已经离开工作岗位，没有触犯刑律，党纪政纪处分能怎么样？让赵玉琴随便折腾吧。展飞说，他也没办法，他是临时工，最多把他解聘，钱，他没有。

39　甘凤麟永远是一条铁骨铮铮的汉子

"陈科长。"陈桐正在办公室里看文件，张副书记走了进来。

"张书记，您叫我小陈吧。"陈桐忙让座斟水。

"陈科长年轻有为啊。"

"副科长，副科长。"陈桐谦虚而实在地说。

"不当副科长怎么成正科长？这还不是早晚的事儿？看程书记多器重你啊。"副书记这样对自己说话，陈桐不知道他葫芦里卖的什么药。

稍加思索，明白了。宜家商场职工上访告状的事儿，已经查清楚了。其实也没有什么好查的，张副书记的姑家表弟用低价租了宜家商场的柜台，把那里原来租给职工们的柜台抢了过来，职工们没了工作，当然要告，这件事儿没有什么难调查的，难的就是张副书记的面子。前些天，职工们上访，程书记发了话，这事儿就难住了，下边的人既不敢违拗了程书记的话，又不敢得罪了张副书记。程书记把这事儿交给了陈桐，让她催着点儿。

看来，张副书记就是为这事儿来的。

"哎呀，不省心呀。现在，咱自己当个小官，虽然没什么权力吧，可是要想管好自己还容易，怕的是家里这些人啊，他们的素质哪里都那么高啊，可是又不能不管，咱不能当了个小官就六亲不认了呀。"张副书记开始了感叹。

"是啊。不管当多大的官，也有亲戚朋友，不能因为当了官，就没了人情味儿，可是也不能因为有了权，就看不到老百姓的疾苦，你们当领导真难啊。有时候觉得，你们还不如我们当兵的轻松呢。我们只要把领导交办的工作做好就行了，不用自己费太多的心。也不应该费太多的心，费心太多了领导交办的事情就变样了。"陈桐知道张副书记下面要说什么，先把话给截了回去。

张副书记年纪不大，正在上升期，陈桐知道，他会对自己的言行有所顾忌的。听了陈桐的话，知道陈桐原则性挺强，张副书记脸上有点儿挂霜，但是很快就消融了。

"陈桐啊，虽然年轻，处理问题很成熟啊，是个好苗子，怪不得程书记器重你呢。"

"看您说的，我只是个新兵，好多事情还不知道该怎么办呢，张书记您多提醒着点儿，省得我办事儿太稚嫩。程书记这人也是个直正人，她也总说，有时候，自己一心为公，但是不知不觉就把人给得罪了。她还总说，要讲究工作方法呢，能不得罪人的时候，尽量就不要得罪。不过，必须得罪的时候，就不能只考虑自己了。这些事儿，我总是掌握不好。您是领导，多教教我工作方法吧。"陈桐把自己和程书记的苦衷都说出来，希望能得到张副书记的理解。

"是啊。有些事儿，就是这样的，不知不觉把人得罪了，到自己有了事儿，本来可以宽大的，别人也拼了命地害你，到那时候后悔就晚了，我也常常有这种时候，毕竟年轻啊，你也知道我是最年轻的书记了，有些事儿，过了很久才明白，当年只是觉得我依法按文办的事儿，谁能说错了？错是没错，但是给自己留下了后遗症，现在想想，还是错了。很多过去做过的事儿，要是现在再让我重新处理一次，我一定会处理得更圆满。"

"张书记，您喝茶，我这里没有好茶，给您沏的菊花。您总是用电脑，这个对您有好处。"陈桐不知道再说什么好，给张副书记续茶。

"不是端茶送客吧？小陈。"张副书记说着自己先笑了，"你哥哥那个事儿还没结束吗？多大点儿事儿，不就是吃了顿饭，打白条，小金库。有领导呢，他只是个副科长。柴云鹏这小子，太欺负人了。不过，他肯定不知道甘……甘什么来着？看我这脑子，就在嘴边，怎么就忘了？柴云鹏肯定不知道那是你哥，你姓陈，又不姓甘，谁会想到你们是兄妹呢。要是知道了，他肯定不敢再这样做了。他要是敢那样折腾，我也不放过他。你说是吧？"张副书记说完，端起茶杯喝茶："嗯，不错，女同志就是会保养，喝这个比我喝的那个毛尖好多了，我看程书记也喝这个。程书记这人，就是好人，廉洁啊，喝这个，一年能花多少钱？又不显得寒酸，又节约。"张副书记说完，迈着方步走了。留下陈桐一个人摸不着头脑。

"二哥，我中午吃完饭去你那里。"陈桐知道二哥一定是出了什么事儿，张副书记拿二哥来做交换条件来了。她不知道网上的帖子，帖子发出来，很快就被删掉了，赵玉琴不敢用自己家的电脑发，是到网吧发的，她怕事情闹太大了，没敢重复发帖。

"小秀啊，别过来了，让我休息休息吧。你嫂子今天又带团走了，我昨晚一夜没睡，你明天再过来吧，我要休息会儿，晚上还要辅导孩子作业呢。"甘凤麟接过了花如玉的内勤工作，正在单位打盹，恨不能早点儿回家休息。

"不行，我吃了饭就去，你在家等我。"陈桐不容分说放了电话。

小秀能有什么事儿呢？甘凤麟百思不得其解，难道她也知道了大哥的事儿？昨夜，甘凤麟一夜没睡，如果那个往市场送假货的临河的商贩真是大哥派来的，那么，大哥就是一个特大制假贩假案的主谋。如果抓获了大哥，对大哥的处理肯定不会轻，不只是经济上的，恐怕还要判刑，说不定……

想到这些的时候，甘凤麟不敢再想下去。手足之情啊，小的时候，和大哥一起去地里打草，回来的路上，下起了大雨，大哥不让凤麟站到树下，说是怕雷电劈死人。可是雨那么大，大雨柱子冲在身上打得人生疼，大哥让凤麟趴在地上，大哥趴在凤麟身上，护着弟弟，两个人把草筐顶在头上。那生死与共的场面，那兄长对弟弟的疼爱，现在想起来，甘凤麟的眼睛还是湿润的。

这些天，甘凤麟已经很疲惫了。栗克良的案子搅得他筋疲力尽，临河的案子没有结果，家里接到恐吓电话，竞争科长，接手内勤工作，没有一天清静。最让他烦心的，是听到西西说，大哥在临河开办了一家大的假货生产厂家，而且，假货主要销到通宜，甘凤麟觉得自己的脑子里装得太多太重了，真想好好休息一下，再也不想这些事儿了。

"二哥，你出了什么事儿？"陈桐出现在甘凤麟家的时候，甘凤麟刚吃完饭，锅也不想刷，一个人歪在沙发上快睡着了。

了解了陈桐的来意，用不了五分钟，甘凤麟就把栗克良这件事儿说清楚了。

"我已经知道处理结果了，给我警告处分，我被从重了。可是，我不怨恨，也没有什么情绪，相反我感到很欣慰。如果能有一个好的执法环境，一个好的执法纪律，我个人受到再重一点儿的处理也没有什么。我再也不愿意在污浊的执法环境中入乡随俗了。但愿从此以后，对违法的执法人员都能这样处理。"

陈桐看着自己的哥哥，她知道，二哥甘凤麟永远是一条铁骨铮铮的汉子。

"小秀，你不用管我。二哥知道你要是说句话可能会起作用，但是二哥不想让你踩这污泥，也不想让你知道这件事儿。"

陈桐把张副书记的事儿告诉了甘凤麟。她是动摇的，她不知道怎么做才能让自己更安心。

"小秀，不要去做这个交易。以后，你可能会遇到很多这样的不得以，但是，你不要妥协，一次也不要妥协。因为，如果第一次你妥协了，可能你就会有第二次，那么，你就不会再坚持你的原则。到最后，你会成为一个什么样的人，你知道吗？一定要坚守住第一次的原则，只有这样，你才能保持自己的廉洁，别人也就不再总是打你的算盘了。当然，要处理好和张副书记的关系，可以做做程书记的工作，在这件事儿上寻找一个更好的点来处理。但是，绝对不能因为我，和他交换条件。"

"好吧，二哥。"陈桐是含着眼泪离开的，二哥在她眼里的形象更温暖了。

甘凤麟没有和陈桐谈及大哥的事情。送走陈桐，他睡意全无。他给甘凤麒打了个电话，谈谈父母的情况，说说通宜现在的打假形式，旁敲侧击，目的只一个，希望大哥能够悬崖勒马。

"行，凤麟，我一定告诉酒店采购人员，千万小心，不要进到假货。你自己也小心，和这些人打交道很危险的，他们在暗处，你在明处，多加小心。"甘凤麒接完弟弟的电话，心情很复杂。弟弟是不是知道了什么？这事儿，自己做得挺隐蔽的，应该不会走漏消息。那么，是凤麟来关心大哥的生意？可是凤麟对这些很少关心，他根本就不懂得做生意。先不管是为了什么，看来，假货生意是要停一段时间了，不能顶着风上。

甘凤麒做假货生意已经好几年了。那时候，他还没有那么多钱，朋友圈也没有现在大，刚当上通南大酒店的老总，麒麟阁那时候父亲自己管理着。甘凤麒想做大佬，为了赚钱，他在临河开了那家专门生产假货的工厂。临河的管理很松，基本上就是不管。那几年，甘凤麒赚到了一些钱。后来，他和县委书记柴云鹏拉上了关系，他的生意就做得更顺手了，很快，他就积累了雄厚的资金。有了这些基础之后，他开始把目光放得更远，这才把酒店开到了通宜市，不久的将来，他还计划把酒店开到省城。

过去，酒店生意是为做假货生意洗钱，现在不一样了。最近，这几家酒店生意都挺好，虽然不如假货生意赚得多，但是，他已经完全可以不再依靠假货生意了。想到这些，甘凤麒拿定了主意，不做这个冒险的生意了，好好地经营饭店。等什么时候风声不这么紧了，再根据情况决定做什么。

毕竟是兄弟啊，甘凤麒想。我这个当大哥的不忍心让人去伤害他，只是打了个恐吓电话，而他这个做弟弟的也在关心着我，兄弟，到什么时候也是兄弟。

展飞没有想到，对他的处理会和甘凤麟一样。他只是个临时工，又不是党员，市场办没有他的档案，给他个警告处分，简直是笑话，但是，他保住了这份临时工作。对于他来说，饭碗才是最重要的。

本来，展飞责任不大，是赵玉琴找出了新的证据。

赵玉琴在网上发的帖子里说，稽查队把真货当假货查抄，这话，一点儿也没有错。

刚被查获的时候，栗克良就说过，其中有几条烟，他没想到会是假的。赵玉琴心里记下这事儿。假货就在稽查队的仓库里放着，赵玉琴有仓库的钥匙。她看过，有五条红塔山，是真的。每条上面都有栗克良做的记号。

赵玉琴没有声张，她觉得，这些东西，早晚有办法成为她的。

平息了栗克良的事儿，赵玉琴当上队长。她觉得，自己当队长，仓库里的东西，不要拿，最好等到合适的机会，"3·15"之类的专门销毁假货的日子，神不知鬼不觉，拿几条假烟出来，没有人会注意。

没想到，很快就让她离开了队长岗位，仓库钥匙有三把，崔月浦一把，赵玉琴一把，展飞一把。她不敢随便动仓库里的东西。

综合执法科在管理上有一套内部规定。花如玉是内勤，她的抽屉，有四把钥匙，科长一把，队长一把，副科长甘凤麟一把。仓库也一样，也要有一个副科长拿钥匙，只是没有保管员。

综合执法科，人事几经变换，副科长不再拿钥匙。那几条烟和赵玉琴没有了关系。她把这事儿揭露出来，纪委一落实，那几条烟还好好地存放在仓库里。

展飞坚称，不是他识别的假烟。时间过去不到一年，当事人都记得，当天查获的假烟都是展飞搜出来的。展飞无法抵赖，说，他当时查到的确实都是假的，没有真的。

烟上都有栗克良做的暗记，展飞的话，没有意义。

"我并不是为了自己。"私下，展飞告诉甘凤麟，查出了假货，他以为栗克良吓破了胆，浑水摸鱼，拿几条真烟，不会有事儿。没想到，事情越闹越大，他再也没敢提那几条真烟的事儿。

"哎。"甘凤麟没有再多说，埋怨展飞，于事无补。

40 它将会长成为他今生最美丽的烙印

这个世界上，能让赵玉琴屈服的，只有一个人。

机关算尽太聪明，算来算去算自身。赵玉琴一个人躺在沙发上，什么也不做，饭也不吃，她此时成了孤家寡人。

又快到八月十五了，送礼的人陆续地来。赵玉琴和柴云鹏闹了小别扭，送礼的不去计较，只要不离婚，领导夫人还是夫人，送礼还要送到家里。

她笑脸相迎，笑脸相送。礼物留下了，屋子还是空空荡荡，许多年，她认为钱是最重要的，现在，钱不缺了，礼物一堆一堆放在屋里，她连收拾的心都没有。

婆婆走了，柴云鹏也不回家，柴莉也走了，她要这些财物有什么用？迎来送往，全是虚伪的脸，她为谁辛苦为谁忙？

才入秋，家里就冰冷，冷的不是天气，是人的心。单位，她也不愿意去，大家都对她敬而远之，生怕惹恼了她，后果不堪设想。有时候，她忘记了和甘凤麟的过节，想和他开个玩笑，他冰冷着脸。宁鹏还是会来电话，偶尔的，不怕她恼，她高兴就听她笑，她不高兴，就听她骂。

"再给我打电话，我就把这事儿告诉你老婆。"赵玉琴恨宁鹏，却又期待他的电话。寂寞是她最大的敌人，有个人听自己说话，是一种享受。

"好，只要你愿意，让她走，咱们结婚。"宁鹏很无赖。赵玉琴不敢太得罪他，有些事儿，他了解。

又是电话响。赵玉琴没有接，先看来电显示，如果是宁鹏，她准备好了难听的话，她忽然觉得，自己是不是在对宁鹏撒娇？

电话号码很陌生，赵玉琴猜测，也许是送礼的。这样的电话，不能不接。有时候，送礼的找不到门口，打电话来问。

是柴莉。她用的是男朋友樊溪的电话。怕赵玉琴看到她的电话不接。

赵玉琴眼泪下来，女儿已经两个月没回家了。她想女儿，只是不愿意低头，柴莉居然也不低头。

"妈，我们在门口了。我想回家，看看您。"柴莉怯怯地。

"不用回来了。"赵玉琴嘴硬，声音却带出了哭腔，"当我没养你这个女儿。"

门铃响，赵玉琴不去开门，她用手理头发，头发很乱，是刚才在沙发上躺着的原因。脸上还有妆，很浓的，她这段时间一直这样化妆。

"妈。"柴莉自己开了门。她有钥匙，只是不敢开门。

赵玉琴站起来，两个月没见到女儿，感觉很陌生，女儿瘦了，也俊了。看来，爱情，比财富更让女人美丽。

"妈。"柴莉哭着扑到赵玉琴怀里。

"孩儿啊，受罪了。"赵玉琴再也撑不住，搂住女儿。女儿这些天一定受穷了。她受煎熬，女儿也在受折磨。

"妈，他在外面。"柴莉哭够了，坐在沙发上，赵玉琴心疼地看着她，摸手摸脸，满是怜惜，柴莉猜测，赵玉琴心软了。

"让他进来吧。"女儿都跟人家同居这么久了，不让进门，能改变什么，先听听来意再说。

"阿姨，我今天来，先道个歉。我们年轻，不懂事儿，您多原谅。"樊溪不卑不亢。

赵玉琴没有说话，她要听下文。

"最重要的，我有一个请求，求您把柴莉嫁给我。我爱她，我向您保证，我一定会对她好。"樊溪说得很真诚。赵玉琴觉得太酸，这样的话，她听听都觉得羞。

"你有什么本事，要娶我的女儿？"赵玉琴不急不火。樊溪能来求婚，她很欣慰，她怕的是不来。真的来了，她觉得，端端架子是应该的。

"我没有什么大本事。我的志向很高，但是，现在说那个很虚空。我会走好脚下的每一步，做好本职工作。对柴莉，我只有一颗爱她的心。物质的东西，我相信通过我们的努力，早晚会拥有。"樊溪的话，有点儿感动赵玉琴。她喜欢自立自强的人，可是，这个小伙子，太会说话了，她很怀疑。

"柴莉，家里没茶叶了，你去超市买去。"赵玉琴想支柴莉出去。

"家里什么时候缺茶叶了？"柴莉不想离开，"他也不喝茶，有白水就行。"

"让你去你就去。"赵玉琴板起脸，柴莉不情愿地走了。

"你是想通过努力拥有我家的物质吧？"赵玉琴毫不客气，谁也别想打她财产的主意。

"阿姨，您可以说我穷，但是请尊重我的人格。"樊溪不高兴。

"好啊，我愿意尊重你的人格。请你证明，你不是为了我家的财产来的。结婚，你的房子呢？你的聘礼呢？请你准备好了再来提亲。"赵玉琴下了逐客令。

樊溪很尴尬，他不是个脸皮厚的人，受不了赵玉琴这样的话，站起来就走，"等我准备好了再来。"

赵玉琴后悔自己说过了头，没想到，这小子如此倔强。

"樊溪，怎么了？"柴莉慌慌张张地回来，在楼下碰到樊溪。

"柴莉，看来，门当户对很重要啊。你妈让我买房子，让我送聘礼。她说的一点儿也不过分，这些都是应该的。我去拼，放心吧，等着我，我爱你。"樊溪说完，头也不回地走了。

"妈，我已经怀孕了。"柴莉跺着脚。

怀不怀孕，都是樊溪的人了，赵玉琴思想传统，她只是想让樊溪低头，没想过不让他们结婚。话已经说出去了，赵玉琴也收不回来，只能硬撑着。

柴莉拒绝吃饭。

"傻丫头，你跟妈闹？他那是故意的，只要这次咱们服了软，以后，你一辈子听他的。咱们家，总得有个让他怕的人吧？"赵玉琴嫌女儿太单纯。

"我不想活着了。没有他，我活着没意义。"柴莉只是哭，上洗手间不小心摔到地上，腿磕破了，连疼带烦，更苦恼。

"你给你爸打个电话吧，看你爸怎么办。现在，不是咱不愿意，是人家不来了。两天了，连个电话也不打。"赵玉琴知道，樊溪不是省油的灯，和她斗智呢。

"我见见他。"柴云鹏很快赶回来，女儿的事儿，马虎不得。

"房子有什么大不了的，咱家不缺房子，随便你们用哪一套结婚都行。只是，装修来不及了。"第一次见面，柴云鹏很喜欢樊溪，觉得这小伙子有前途。当时拍板，樊溪在柴莉的要求下，当即叫柴云鹏夫妇爸妈。

女儿已经怀孕了，婚礼只能从速。赵玉琴心里不痛快，却也无可奈何。

风风光光办了婚礼，樊溪说，他想把他乡下的母亲接来住，也好帮着做家务。

赵玉琴坚决不同意。有了婆婆的教训，她不想让女儿再走自己的老路。

樊溪本以为岳父岳母会夸自己孝顺，没想到，他们这么反对，连柴云鹏也不支持他。

"不能娶了媳妇忘了娘吧？"樊溪据理力争，赵玉琴毫不让步，双方僵持起来。

"我可以不住你们家的房子，但是不能不要我母亲。"樊溪站起来，"柴莉，我要回咱们租的房子去，你要是愿意跟我走，咱们是好夫妻，你要是不愿意去，我不勉强，我永远爱你。"

"妈，爸，这是我们自己的事儿，你们就别管了。"柴莉拉住樊溪，求赵玉琴和柴云鹏。

"这事儿，我们都是为你好。"柴云鹏觉得，赵玉琴坚持得没错，自己的家庭到今天的地步，与母亲的掺和不无关系。

樊溪知道不可能说服岳父岳母，不管柴莉的劝阻，用力往门口挣。柴莉回头看看父母，两难之下，还是跟着樊溪走了。

热热闹闹娶女婿的客厅，顷刻变得冷清。赵玉琴站在那里，手足无措。她无助地看着柴云鹏，担心，他也会走。

"女大不由爷啊。"柴云鹏扶赵玉琴坐下，"咱不能照顾她一辈子，让她吃点儿苦，也不错啊。"

赵玉琴钻进柴云鹏怀里，所有的苦，全倒出来，她把这半生的眼泪都流在柴云鹏的身上。此时，她才领悟到，不管她得到什么，只有柴云鹏才是她最坚实的依靠。

赵玉琴已经有了白发，脸也憔悴了许多，柴云鹏心里升起一丝愧疚，他用力抱住赵玉琴。

"不要离开我。"赵玉琴从来没有这样撒娇。

"好，不离开你。"柴云鹏觉得妻子有点儿可怜，他也有点儿自责。

幸福，终于在经过了漫长的争取与奋斗之后到来，赵玉琴心满意足。

也许，越是珍贵的东西，越不会长久拥有。

第二天，柴云鹏上班之后，没有回来。赵玉琴做好了他爱吃的茴香馅包子，等不到人影，打电话也不接。

赵玉琴给司机打电话，司机说，他送柴书记去开会，然后，就没有接到书记。

一种不祥的预感升上来，赵玉琴觉得，柴云鹏不是去找女人了，可能出事儿了。自从通联超市出事儿以来，赵玉琴一直提心吊胆，只要他们供出来，不只是柴云鹏，连她也难逃干系。

赵玉琴给宁鹏打电话，宁鹏说："想我了？我一会儿去。"

赵玉琴知道，宁鹏安然无恙，说明，柴云鹏还没有牵扯到通联超市案件中去。她不想跟宁鹏费话，又不想让他起疑，只说了一句："我打错了。"就挂了电话。

到处找柴云鹏，赵玉琴这次不怕别人笑话，她觉得，不找到柴云鹏，心里不踏实。

所有人都说不知道，有人劝赵玉琴，不要找了。赵玉琴更怀疑，心里异常不安。天晚些时候，得到正式通知，柴云鹏同志，已经被"双规"了。

赵玉琴无力地瘫倒在地上，终于还是证实了。

这些年，赵玉琴好像总在恐惧这一天，又好像总在为这一天做准备。她秘密储备了大量的金钱，一旦丈夫或自己出了事儿，就算是判了刑，只要他们出来，钱永远不是问题。

为什么要准备这一天呢？赵玉琴骂自己，这一天是自己盼来的吗？柴云鹏没有胆量，肯定会交代，赵玉琴真希望进去的是自己，那样，她什么也不会说。现在，她更担心的是柴莉，柴莉为朋友办过一些事儿，如果柴云鹏承受不住压力，把女儿也说出来，这个家，就彻底毁了。

关键时候，钱还是最重要，赵玉琴决定，用钱来救柴云鹏。她到处打听，消息甚稀，隐约知道，这件事情，可能跟甘凤麒有关。

红红火火的麒麟阁大酒店通宜店，忽然被查封了，事先没有一点儿征兆，甘凤麒被抓走，谁也不知道关在哪里。

宋丽影问西西，西西急得哭："他好歹也是我爸爸，我怎么会去揭发他？"

甘子泉问大秀，大秀气得摔杯子："有好事儿不来找我，这些事儿，全怪我。"

何丽娟病倒在床上，家里人摸不到头绪，连陈桐也不了解情况。陈桐没有去问程书记，这样的事儿，程书记不主动说，还是不要问的好。从朋友们口中，陈桐确知，甘凤麒栽在造假上。

甘凤麒在临河县，开设了一个大的制假企业，造的假货五花八门，销往全国各地。其中，销往通宜综合批发市场的占很大比例，这个市场的假烟假酒，主要是他提供的。麒麟阁大酒店通宜店开张以来，成了制假售假的总指挥部。从临河来的运输假货的车辆，有时也会停放在麒麟阁，这里是公共场所，比较容易掩人耳目。

事情出在内部。本来，甘凤麒已经打算洗手不干，一份视听资料把他的证据提供出来。

提供资料的是唐超。他不知道哪个部门能查办甘凤麒，所以，他把资料复制了好多份，公安、检察院、政府、工商、技术监督、烟草，只要是他能想到的单位，他都送去了。只是，没有市场办，他知道，甘凤麒在那里，他不是怕甘凤麒徇私不查办，是不想让甘家人了解他搜集到哪些证据。

音像资料很全，很清晰。甘凤麒如何操纵临河的假货厂子生产的，他是怎么指挥通宜的党羽销售假货的，他是怎么和柴云鹏勾结的，他是怎么派人给甘凤麟打的恐吓电话，所有这些，都详尽完备。

里面还有甘凤麒想方设法腐蚀程书记的，他跟陈桐商议，陈桐拒绝了，还劝他，不要总是动这些歪脑筋，要他好好做生意，赚干净的钱。

"幸亏他没有拉拢上程书记，不然，我就不敢在这里告了，至少要告到省里去。"唐超洋洋得意，对新雨说。

"甘总对咱们这么好，帮咱们办了婚礼，又给买了房子，你怎么忍心下手？"新雨斥责唐超。

"我就是要让甘凤麒死得很惨。现在，他在里面一定会恨我的，但是，他好像已经没有报复我的能力了，就像我当时看着他抱着我的爱人一样，我也恨他，但是，我没有能力恨他。现在，我们换了个位置。"唐超狞笑着，新雨很怕。

三天前，唐超签下一份合同，即将开张的三星级酒店"五目旗"聘他出任总经理。他现在已经是公认的优秀经理人，彻底改变了自己的身份地位。

签完合同后，唐超办的第一件事儿，就是回到他在麒麟阁的总经理办公室，从老板台抽屉里拿出了一包东西，没有犹豫，派人分送出去。这包东西，是甘凤麒大量的犯罪证据。

甘凤麒到通宜这段时间，没有在别的地方住过，就住在他自己的麒麟阁。麒麟阁的很多房间都安有偷录装置，甘凤麒想不到，螳螂捕蝉，黄雀在后，唐超抄了他的后路。唐超这几年苦心经营，手底下有了几个过命的朋友，自从他来到麒麟阁，当上了总经理，他的手下就在甘凤麒的房间里安装设备。甘凤麒这些天的所作所为，全部在唐超的监视之下。

"你这么在意司马，为什么还让她走？"新雨觉得，唐超完全可以带司马春晴去过清贫平静的生活。

"不要站着说话不腰疼。一个男人，没有自己辉煌的事业，拿什么来爱自己的妻子？一个男人，不能衣锦荣归，拿什么来孝敬自己的父母？一个男人，不能呼风唤雨，拿什么来立足于世上？我一个来自农村的穷小子，怎么才能成为一个举足轻重的人物？我卧薪尝胆，我忍辱负重，她应该帮助我，和我一起奋斗，等我有能力了，自然会金屋藏娇。我叫她忍一忍，再忍一忍，可是她，太让我失望了，她走了。"唐超以一个胜利者的姿态，慷慨陈词。

"她太单纯了，她想不到你会利用她来争取权力地位。"新雨鄙视唐超。

"她单纯？最可恨的就是她居然真的爱上了他。奇耻大辱，这是我最不能容忍的。她一定想不到，这么短的时间，我就成了一个大酒店的总经理。我亲手毁了麒麟阁，我毁了勾引我女人的人，甘凤麒，他现在已经过上了他应该过的日子。"唐超不理会新雨的鄙视，他更鄙视新雨，"你可以走了，我不会和甘凤麒玩儿剩下的女人过日子。"

"我已经怀了你的孩子。"新雨愣住了。

"孩子？我会要一个流着你肮脏的血液的孩子吗？你刚才吃的饭里，已经和进了要你儿子命的药。"唐超笑得更恐怖了。

"你居然，这么狠毒，这么无耻。"新雨不知道该说什么，怀了孩子之后，她对唐超已经死心塌地。

"别再说我无耻了，无耻其实就是一种勇敢。学习我吧，学习我，你也会成功的。而且，成功得很快。不信？那就试试。"唐超对新雨的话很不屑，对新雨这个人也不屑。

"凤麟，我再也不让你想办法挣钱了。咱们只要安分守己地工作，虽然不能过上奢侈的生活，但是饱暖还是不成问题的，当个公务员，做着旱涝保收的工作，以后，也不愁养老，咱应该知足了。我再也不羡慕大哥过的那种日子了。幸亏你没有出大事儿，要是你真的贪了，出了大事儿，像大哥一样，我们哭都来不及了。"宋丽影还不知道，甘凤麟已经出了事儿。

栗克良的案子，宋丽影过去听说过，想不到又翻腾出来，这一次，甘凤麟只字未提。

丽影能意识到这些，甘凤麟很高兴。他最怕媳妇天天在耳朵边上唠叨，

315

唠叨多了，说不定就又犯错误。

"你能成贤内助，我们就没有后患。"甘凤麟和宋丽影开玩笑，"夫人永远为我指引方向。"

宋丽影笑了，眼睛弯弯，向下，嘴巴弯弯，向上。笑得漂亮，媚气十足。

人总要为自己的过去负责，甘凤麟越来越相信这句话。

天冷了，办公室显得大。稽查队去市场了，看着花如玉天天忙忙碌碌，甘凤麟很欣慰。他为她带出一支清廉的队伍，但愿他们能经受住一次又一次的考验。

"咱们上报纸了。"今天的日报，通报了纪委查获的二十起典型案例，甘凤麟看到，第十五起，题目写的是"崔月浦、甘凤麟打白条和私设小金库案"。

展飞在玩儿游戏。他对一切失去了兴趣，从上班到下班，离不开电脑，别人说话也不愿意理。

案子都不大，处理都偏重。

痛，说不出的痛，却又有着说不出的轻松和痛快。

拿着这张报纸，甘凤麟的手有点儿抖，这是他此生无力洗刷的污点。也许此前他有多少种办法可以避免它落到头上，但是他没有去做。他愿意让它烙在他的身上，如果他知耻，它将会长成为他今生最美丽的烙印，像花一样开放在心里。

甘凤麟拿着这张纸，看到一片光明。如果每个伸出手去的人都能被捉住，那么，这样的纸会越来越少。

拿着这张纸，它忽然变得如此美丽。甘凤麟拿着它，忍不住哈哈大笑。

"你不会疯了吧？"展飞回过头，莫名其妙。

完